B. C. Schiller sind Barbara und Christian Schiller, die zu den erfolgreichsten Selfpublishing-Autoren im deutschsprachigen Raum gehören. Ihre Thriller – darunter mehrere Nr. 1-E-Book-Bestseller – haben sich bereits mehr als eine Million Mal verkauft und viele Hunderttausend Leser begeistert. Bevor Barbara und Christian Schiller sich ganz dem Schreiben widmeten, betrieben sie gemeinsam eine Werbeagentur. Sie leben auf Mallorca und in Wien.

Besuchen Sie uns auf www.penguin-verlag.de
und Facebook.

B.C. SCHILLER

TARGA

DER MOMENT,
BEVOR DU STIRBST

Thriller

PENGUIN VERLAG

Der Verlag weist ausdrücklich darauf hin, dass im Text enthaltene externe Links vom Verlag nur bis zum Zeitpunkt der Buchveröffentlichung eingesehen werden konnten. Auf spätere Veränderungen hat der Verlag keinerlei Einfluss. Eine Haftung des Verlags ist daher ausgeschlossen.

MIX
Papier aus verantwortungsvollen Quellen
FSC® C014496

Verlagsgruppe Random House FSC® N001967

PENGUIN VERLAG

1. Auflage, 2017

Covergestaltung: Hafen Werbeagentur, Hamburg
Covermotiv: © Voyagerix / iStockphotos, asbe / iStockphotos; pio3 / shutterstock; textures.com
Satz: Uhl + Massopust, Aalen
Druck und Bindung: GGP Media GmbH, Pößneck
Printed in Germany
ISBN 978-3-328-10151-2
www.penguin-verlag.de

Dieses Buch ist auch als E-Book erhältlich.

Prolog

Der Tod trennt die beiden Babys bereits wenige Stunden nach der Geburt.

Die Säuglinge liegen mit blau angelaufenen Gesichtern in dünne Flauschdecken gehüllt auf den vereisten Stufen vor dem Hintereingang des Krankenhauses und geben keinen Laut mehr von sich. Eines der Babys hat sich aus der Decke gestrampelt, der kleine Zeh seines nackten Fußes ist tief blau angelaufen und erfroren. Bei dem anderen Baby hat ein kalter Windstoß die Decke zur Seite geweht, sodass es fast nackt auf der mit einer dünnen Eisschicht überzogenen Treppe liegt.

Einige Minuten zuvor hält ein Sportwagen an dieser Stelle, und der Fahrer reißt genervt die Beifahrertür auf.

»Los, raus jetzt!«, zischt er mit kaum unterdrückter Wut in der Stimme. »Wirf sie endlich raus.«

»Aber es ist doch so kalt«, erwidert eine zaghafte Stimme. Sie gehört Luisa, die gerade erst siebzehn geworden ist und mit den Zähnen klappert. Kein Wunder, denn sie hat nur einen kurzen Minirock an und eine glänzende Lederjacke, die vorne weit offen steht. Ihre blonden Haare sind schon seit Tagen nicht gewaschen worden, und nichts erinnert mehr an das elfenhafte Wesen, das allen Männern den Kopf verdreht hat. Jetzt ist sie nur noch ein verängstigtes junges Mädchen.

Der Fahrer ist genervt und dreht die Musik im Radio lauter, er mag Falco und den Song »Jeanny« ganz besonders. Er ist zurzeit die Nummer eins der Charts.

»Ich will das nicht«, winselt Luisa, doch der Mann gibt ihr einen Stoß, und sie fällt aus dem Wagen in einen schmutzig weißen Schneehaufen. In den Armen hält sie zwei Bündel, aus denen leises Wimmern dringt.

Vorsichtig rappelt sie sich wieder auf und wankt auf die Treppe zu, die zum Hintereingang des Krankenhauses führt. Unsicheren Schrittes tastet sie sich am Geländer nach oben. Eines der Babys beginnt leise zu weinen, das andere rührt sich nicht. Als sie die Tür öffnen will, ruft der Fahrer unwirsch: »Spinnst du, da kann dich doch jeder sehen. Leg sie einfach auf die Stufen!«

»Nein, das kann ich nicht. Da werden sie erfrieren.« Luisa beginnt zu schluchzen, zögert kurz, doch dann legt sie die beiden Bündel behutsam auf die eisige Treppe.

»Beeil dich!« Der Fahrer lässt den Motor des Sportwagens aufheulen, und Luisa stolpert zurück auf die Straße. Als sie tränenüberströmt in den Wagen steigt, gibt er Gas, und Luisa wird in den Sitz gepresst.

»Es ist vorbei«, faucht der Mann und überholt einen anderen Wagen. »Es ist aus und vorbei mit uns. Hast du das endlich kapiert?«

Als Luisa etwas erwidern will, hebt er die Hand, und sie zuckt furchtsam zusammen.

»Ich will nichts mehr von dir hören. Es ist zu Ende.«

Noch weiß Luisa nicht, dass der Fahrer den Wagen zwei

Straßen weiter mitten auf einer Brücke anhalten und sie aus dem Wagen werfen wird. Nur Sekunden später wird sie über die niedrige Brüstung steigen, um in dem eiskalten schwarzen Wasser zu sterben.

Teil 1

1

30 Jahre später

»Ich bin schuldig«, steht mit rotem Lippenstift auf der Stirn der jungen Frau, die auf dem Parkplatz eines großen Supermarktes hockt und vor sich hin stiert. Nach einer Weile erhebt sie sich langsam und schlurft zwischen den parkenden Autos auf den Eingang zu. Ihre Augen sind rot unterlaufen. Eine Folge der Hämatome auf ihren Augäpfeln, die von Erstickungsanfällen hervorgerufen werden. Ihr dunkles Haar ist verfilzt, und sie trägt einen grauen Jogginganzug aus Kunststoff. Ihre nackten Füße sind schmutzig und blutverkrustet, als wäre sie schon tagelang barfuß durch die Stadt geirrt. Mit ihren Händen umklammert sie eine kleine Puppe, deren dünne, verschiedenfarbige Haarbüschel wirr von dem Plastikkopf abstehen.

Im Grunde ist sie eine merkwürdige Erscheinung, doch in diesem heruntergekommenen Stadtteil von Berlin, der nur aus Plattenbauten und vertrockneten Rasenflächen besteht, nimmt keiner Notiz von ihr. Hier kümmert sich jeder nur ums eigene Überleben.

Unschlüssig steht sie vor dem Eingang des Discounters. Die elektronischen Schiebetüren gehen unentwegt auf und zu, denn sie kann sich nicht entschließen einzutreten. Schließlich greift sie nach einem im Weg stehenden Einkaufswagen, legt die kleine Puppe vorsichtig hinein und schiebt ihn an den Kassen vorbei in den Verkaufsraum.

Vor dem abgesperrten Regal mit dem importierten Schnaps und hochprozentigen Wodka bleibt sie stehen. Zwei, drei Penner drücken sich bereits um die Regale herum, zählen verstohlen das zusammengeschnorrte Geld, aber es scheint noch zu wenig zu sein, um eine Flasche zu kaufen.

»Ich bin schuldig!«, ruft die junge Frau plötzlich verzweifelt, und jetzt registrieren sie doch ein paar Kunden und sehen überrascht in ihre Richtung.

»Ich bin schuldig«, wiederholt sie noch einmal, aber diesmal ist ihre Stimme nur noch ein heiseres Krächzen. Aus der Tiefe des weitläufigen Discounters löst sich eine Gestalt und eilt durch die Gänge nach vorne.

Währenddessen steht die junge Frau direkt vor dem Schnapsregal, umfasst die Griffleiste des Einkaufswagens und schiebt ihn mit voller Wucht gegen die Glastüren, die mit einem lauten Knall zerbersten. Dann greift sie in das Regal hinein, packt eine Flasche Wodka, reißt den Verschluss auf und trinkt, bis ihr die klare Flüssigkeit aus dem Mund, über die Wangen und über ihren Jogginganzug rinnt. Angewidert wirft sie die Flasche in einen Gang, wo sie mit lautem Krachen zerschellt. Zärtlich greift sie nun nach der Puppe, drückt sie fest an sich. Erst jetzt bemerkt sie, dass sich bereits ein Ring Neugieriger um sie gebildet hat. Mit dem Handrücken streicht sie sich über die Stirn, verschmiert dabei den Schriftzug »Ich bin schuldig«, der jetzt nur noch wie eine blutige Wunde wirkt.

»Was geht hier vor?« Der Leiter des Supermarktes ist einiges gewöhnt, denn schließlich ist man hier in einer der härteren Gegenden von Berlin. Mit einem Blick erfasst er das Chaos: sieht Scherben, eine Frau mit blutunterlaufenen Augen und einer Puppe in der Hand. Er fischt sein Handy aus dem Arbeitsmantel, um die Polizei zu alarmieren, und ruft der jungen Frau gleichzeitig zu:

»Beruhigen Sie sich. Machen Sie keinen Ärger.« Er will noch zwei Plattitüden wie »Alles wird gut« und »Es passiert Ihnen nichts« absondern, doch die Worte bleiben ihm im Hals stecken.

»Ich kann mich nicht beruhigen«, sagt die junge Frau plötzlich gelassen und mit einer eisigen Klarheit in der Stimme, als hätte sie bereits eine Entscheidung getroffen. Aus der Tasche ihrer Trainingsjacke zieht sie langsam eine Pistole. Schlagartig verstummt das Getuschel der Schaulustigen, und alle weichen panikartig hinter die Regale in Deckung zurück. Der Leiter des Discounters zuckt erschrocken zusammen und stößt mit den Beinen gegen einen zurückgelassenen Einkaufswagen, der ihm den Fluchtweg versperrt. Die Frau hebt langsam die Pistole und zielt auf ihn.

»Bitte nicht schießen. Ich habe Familie«, bettelt der Marktleiter und hebt ängstlich beide Arme, als könne er mit seinen Handflächen eine Kugel abwehren. Von draußen sind Polizeisirenen zu hören, aber das scheint die junge Frau nicht zu registrieren.

»Ich bin schuldig«, seufzt sie. Dann nimmt sie die kleine Puppe und küsst sie ganz sanft, wie zum Abschied. Als zwei Polizisten durch den Eingang stürmen, hält sie sich die Waffe an den Kopf und drückt ab. Mit zerschossenem Schädel fällt sie in die Glasscherben, und der Schriftzug auf ihrer Stirn vermischt sich mit ihrem Blut.

2

Wie ein riesiger Felsblock taucht die Insel aus der stürmischen See auf. Mit ungebremster Wucht rasen die Wellen gegen die mächtigen Klippen an, zerbersten an den scharfkantigen Felsen. Die wie Nebel aufsteigende Gischt verdeckt die Gebäude und wird nur von dem rotierenden Signallicht des Leuchtturms durchdrungen.

Erik Holm steht auf der Kommandobrücke des Polizeiboots und runzelt die Stirn, als er die im Morgendunst schwarz wirkenden Gebäude oben auf den Klippen sieht. Vom Wasser aus wirken sie wie düstere Quader, die ohne erkennbares System auf der Hochfläche verteilt wurden. Mehrere riesige Satellitenschüsseln und ein Wald aus Funkmasten wecken in ihm die Assoziation einer geheimen Forschungsstation. Bis jetzt hat er keinen einzigen Baum entdeckt, ja nicht einmal ein winziges Stück grüne Wiese. Die ganze Insel scheint aus Felsen und Geröll zu bestehen.

Vielleicht hätte ich den Job nicht annehmen sollen, denkt Erik, denn in diesem Moment erscheint ihm alles trostlos, so ohne jedes Leben, als wäre er am Ende der Welt angekommen. Aber jetzt gibt es kein Zurück mehr, der Vertrag ist unterschrieben, und er hat sich für mindestens ein Jahr verpflichtet.

Ein Jahr geht schnell vorüber, hatte er beim Einstellungsgespräch gedacht, doch jetzt hat er das Gefühl, als könne ein Jahr auf dieser unwirtlichen Insel ziemlich lang werden. Die Insel heißt offiziell nur »CI-3«, wird aber von allen »Dark Island« genannt. Auf der kleinen Erhebung, die weit vor der norwegischen Küste aus der stürmischen Nordsee ragt, wurde vor einigen Jahren ein geheimes Hochsicherheitsgefängnis der NATO errichtet.

Als Eriks Ankunft bereits fünf Tage zurückliegt, sieht er die Bilder seines Eintreffens noch immer lebhaft vor sich. Mittlerweile hat er sich gut eingearbeitet und die Abläufe verinnerlicht. Ein Tag ist wie der andere, es ist alles Routine, und die Zeit vergeht wie im Flug. Doch heute ist Dienstag, und alle sind irgendwie nervös.

»Heute ist es so weit.« Lawrence Fischer sieht Erik erwartungsvoll an. »Du bist an der Reihe.«

»Was muss ich tun?« Erik braucht deutliche Anweisungen, hasst es, im Unklaren gelassen zu werden. »Was soll ich machen?«, fragt er erneut, als Fischer, sein Chef, ihm keine Antwort gibt.

»Du musst nur auf einem Computer Skype aktivieren.«

»Skype?« Erik runzelt die Stirn. Was um alles in der Welt war so kompliziert an einer Skype-Verbindung? Gut, sie arbeiten auf einer sturmumtosten Nordseeinsel, da konnte das Internet schon mal ausfallen, aber deshalb hatten sie ja einen eigenen Satellitenempfänger bekommen. Wo zum Teufel lag das Problem, und weshalb starrten ihn auch die Kollegen so erwartungsvoll an?

»Du gehst rein, startest Skype, und dann kommst du wieder heraus.«

»Klingt ziemlich einfach.«

»Ist es im Prinzip auch.« Fischer streicht mit dem Zeigefinger über seinen schütteren Schnurrbart. »Wir beobachten dich natürlich über den Monitor. Haben alles unter Kontrolle. Falls etwas passiert.«

»Was sollte denn passieren?« Als er auf die Frage keine Antwort, sondern nur ein Schulterzucken bekommt, denkt Erik zum ersten Mal nach. Mann, er hatte gar nicht gefragt, wo er diese Skype-Verbindung aktivieren soll. Wahrscheinlich in der Bibliothek, aber weshalb dann diese Geheimnistuerei?

Mit einem leisen Klacken klappt eines der Blättchen der Wanduhr nach unten, und Erik sieht unwillkürlich nach oben: 15.20 Uhr. Das Klacken der Uhr beim Umspringen der Minutenzahl war ihm zuvor noch nie aufgefallen. Doch jetzt ist es so verdammt still im Aufenthaltsraum des Wachpersonals, dass es ihm vorkommt, als hätten seine Kollegen auch das Atmen eingestellt.

»Gehen wir!«, befiehlt Fischer, und seine Stimme zerschneidet die bedrückende Stille. Erik setzt seine Mütze auf und bindet sich den Gürtel mit Spray, Schlagstock und Elektroschocker um. Das ist Vorschrift, denn in diesem Hochsicherheitsgefängnis sind die Lebenslänglichen untergebracht. Die Mörder, Sadisten und sonstigen Perversen, die neben der Höchststrafe auch noch eine Sicherheitsverwahrung aufgebrummt bekommen haben, und das heißt, dass sie die Insel erst als Tote verlassen werden.

Ein normaler Justizwachbeamter würde sich niemals hierher versetzen lassen. Man darf seine Familie nicht mitnehmen, lebt mit Verbrechern auf engstem Raum zusammen, und im Winter ist man wegen der Stürme für knapp vier

Monate von der Außenwelt abgeschnitten. Deshalb wurde die Bewachung von der NATO an eine internationale Sicherheitsfirma ausgelagert.

Die Bezahlung für diesen Job ist überdurchschnittlich, und das Geld kann Erik gut gebrauchen. Bislang war der Dienst auch nicht sonderlich anstrengend. Der 8-Stunden-Rhythmus im Schichtdienst war in Ordnung, in der Nacht konnte man schlafen, tagsüber mit den Kollegen quatschen und sich im Internet die Zeit vertreiben.

Aber heute ist Dienstag, alle sind nervös, und Erik hat noch immer keine Ahnung, weshalb. Drei der fünf Schleusen haben sie bereits passiert, und bei jeder wird sein rechtes Auge gescannt. Nach der dritten Sicherheitsschleuse stehen sie auf einem drehbaren Rondell, von dem aus mehrere Gänge abgehen. Erik kennt diesen Weg bereits, und er weiß, dass sie jetzt bei Gang drei halten werden, der zur Bibliothek führt. Aber das Rondell dreht sich weiter und hält vor Gang fünf, der allgemein als »der rote Gang« bezeichnet wird, wegen der roten Linie auf dem Boden.

»Wieso der rote Gang?«, fragt Erik und dreht sich verwundert zu Fischer, doch dieser blickt starr geradeaus. »Soweit ich weiß, ist dort nur eine Zelle belegt.«

»Richtig.« Fischer tritt in den hell erleuchteten Flur und geht neben der roten Linie entlang, die in einen fensterlosen Kontrollraum mit mehreren Monitoren an den Wänden führt. Drei Wachbeamte springen auf, als die beiden den Raum betreten.

»Er hat noch zehn Minuten«, sagt einer von ihnen und drückt Erik ein kleines Notebook in die Hand.

»Du stellst den Computer auf den Tisch, steckst ihn an

das Stromnetz, aktivierst Skype und gehst wieder«, hört Erik Fischers Stimme in seinem Rücken.

Er starrt auf einen der Monitore und spürt, wie ihm plötzlich der Schweiß auf die Stirn tritt. Auf dem Bildschirm ist ein Mann in einem glänzenden Rollstuhl zu sehen, der gebannt auf die Stahltür blickt, die seine Zelle versperrt. Seine Hände sind mit Handschellen an die Armlehnen des Rollstuhls gefesselt.

»Ich soll zu Carlos Schmidt hinein?«, fragt er ungläubig.

»Du bist der Neue, du bist heute an der Reihe.« Fischer streicht sich wieder über seinen Schnurrbart.

»Seine Hände bleiben fixiert?«, Erik deutet auf den Monitor.

»Nein. Die Verbindung bricht oft ab, und ohne Handschellen kann Schmidt sie selbst wiederherstellen. So lautet der Befehl von oben. Und nun keine weiteren Fragen. Hier ist der Schlüssel.« Einer der Kollegen hält ihm einen kleinen silbrig glänzenden Schlüssel entgegen, an dem ein rotes Band baumelt. »Du startest Skype, dann schiebst du Carlos Schmidt an den Tisch, öffnest die Handschellen – erst die linke, dann die rechte – und läufst sofort zur Tür, die sich automatisch öffnet. Du darfst Schmidt auf keinen Fall zu nahe kommen.«

»Das reicht, Johansson«, mischt sich Fischer ein und dreht sich wieder zu Erik. »Es gab erst einen Zwischenfall vor acht Monaten, also kein Grund zur Beunruhigung.«

»Was für einen Zwischenfall?«

»Es war ein wirklich unschönes Erlebnis.« Johansson senkt die Stimme zu einem heiseren Flüstern. »Michael ist noch immer krankgeschrieben«.

»Reiß dich zusammen«, zischt Fischer und wirft Johansson einen strafenden Blick zu.

»Ihr sagt mir jetzt sofort, was passiert ist«, droht Erik, »sonst gehe ich da nicht rein.«

»Keine weiteren Fragen. Du hast doch das Anforderungsprofil gelesen«, erwidert Fischer unwirsch. »Die Zeit drängt, mach schon. Sonst bist du den Job wieder los.«

Mit dem Notebook unter dem Arm steht Erik in Schleuse vier und wartet, bis sein Iris-Scan identifiziert ist. In der Hosentasche spürt er den Schlüssel für die Handschellen, das rote Band baumelt heraus, erinnert ihn an Blut. Schnell schiebt er den Gedanken beiseite und konzentriert sich wieder auf den Ablauf: hinstellen, anstecken, Skype starten, Handschellen aufschließen, rennen.

Jetzt öffnet sich die Schleusentür mit einem leisen Zischen. Er verharrt vor der glänzenden Stahltür, auf der sich seine verzerrte Gestalt undeutlich spiegelt und hinter der ihn Carlos Schmidt bereits sehnsüchtig erwartet.

3

Heute ist kein guter Tag, denkt sie und beginnt die Bücher auf dem schmalen Bord der Farbe nach zu ordnen. Zuerst kommen die schwarzen Einbände, dann die roten, und so geht es weiter. Zum Schluss kommen die blauen.

Langsam tritt sie zurück, betrachtet ihre Arbeit. Die Buchrücken sehen jetzt aus wie ein Regenbogen. Wegen der blauen Umschläge, die immer am Ende stehen müssen, allerdings wie ein durcheinander geratener Regenbogen. Aber das muss so sein, denn Blau erinnert sie an gefrorenes Wasser.

Kein guter Tag. Wieder dieser Gedanke, der ein sofortiges Handeln nach sich zieht, ihr geradezu aufzwingt. Jetzt ist es wieder einmal so weit, sie kann nicht anders als ihren VW-Bus zu verlassen, muss etwas mit ihren Händen tun, aktiv sein. Drinnen nur herumzusitzen, macht sie verrückt. Sie muss nach draußen, um nach dem Rechten zu sehen.

Sie zwängt sich in die winzige Waschecke, lässt das eisige Wasser in ihre Hände laufen, bis sie ganz kalt sind, dann klopft sie sich mit den Handflächen gegen die Wangen, die schnell rosig durchblutet werden. Sie blickt in den winzigen Spiegel oberhalb des Waschbeckens, sieht ein ebenmäßiges Gesicht, helle Haut, hohe Wangenknochen, aufgeworfene Lippen und Augen wie gefrorenes Wasser, wie Eis?

Einmal hat ein Mann in einem Lokal zu ihr gesagt, dass sie doch mehr aus sich machen könne, sie sei doch eine so schöne Frau. Als er begann, sie auszufragen, ist sie gegangen.

In dem engen Waschraum ist es nicht leicht, die langen gewellten Haare zu zwei Zöpfen zu flechten. Wenn es ein schlechter Tag ist, so wie heute, dauert es eine Weile, bis sie die widerspenstige blonde Mähne unter Kontrolle hat.

Ehe sie die Schiebetür des VW-Busses öffnet, atmet sie noch einmal tief durch. Dann tritt sie auf die Obstkiste, die als provisorische Treppe dient, und steht barfuß auf der großen Bastmatte, die durch den vielen Regen der letzten Tage bereits ein wenig modrig ist und sich unter ihren Fußsohlen feucht anfühlt.

Sie greift nach einer kleinen Schaufel, die auf einem ausgeblichenen Klappstuhl liegt und deren Griff mit Klebeband fixiert ist. Dann geht sie an den Rand der Bastmatte und beginnt, die Schaufel in die noch feuchte Erde zu stoßen. Doch schon nach wenigen Zentimetern trifft sie auf Stein oder Beton, und es geht nicht mehr tiefer.

»Versuchst du schon wieder, was anzupflanzen?«

Ein kleiner Junge steht neben dem Bus und sieht ihr neugierig zu. Er ist etwa sechs Jahre alt, hat kurze schwarze Haare, und seine leuchtenden dunklen Augen erinnern sie an glimmende Kohlestücke.

»Ja.« Sie nickt und wischt die schmutzige Hand an ihrer Jeanslatzhose ab.

»Aber da wächst doch nichts mehr«, gibt der Junge altklug zu bedenken.

»Ich mache das, um mich zu beschäftigen. Ich kann nicht immerzu alleine in meinem Bus sitzen.«

»Du hast niemanden, der mit dir redet? Bist du gern allein?«

Auf diese Frage antwortet sie nicht, denn sie ist nicht gerne allein. Aber es ist mit den Jahren so gekommen, schleichend. Manchmal, wenn sie in einer Bar am Tresen steht und Pep Lemon trinkt, dann beneidet sie die anderen Frauen, die mit Freundinnen lachen oder mit Männern flirten. Dann fühlt sie sich ausgeschlossen und erlebt dieses nächtliche Treiben wie durch eine Glaswand, die zwar durchsichtig ist, sie aber vom Rest der Menschheit trennt.

»Hast du keine Freunde?«, lässt der Junge nicht locker.

Nein, Freunde hat sie keine. Wenn sie darüber nachdenkt, muss sie sich eingestehen, dass es überhaupt niemanden gibt, dem sie ihr Herz ausschütten könnte. *Doch, halt! Das stimmt so nicht*, korrigiert sie sich in Gedanken selbst. *Da ist Yella, für die ich koche, mit der ich rede, die mir zur Seite steht, wenn ich nicht mehr weiterweiß. Es gibt Yella, also bin ich nicht einsam und allein.* Sie denkt eine Weile nach, lässt verschiedene Gesichter in ihrem inneren Fotoarchiv vorbeirasen. Da ist auch noch Volker Lundt, der sie kennt und der sie nimmt, wie sie ist. Volker Lundt, von dem sie schon eine Weile nichts mehr gehört hat, der sie auf Stand-by-Modus gestellt hat.

»Mir ist langweilig, können wir spielen?«

»Du bist sechs Jahre alt und ich dreißig. Was sollten wir miteinander spielen?«, fragt sie und stochert weiter in der feuchten schwarzen Erde. Auf der Schaufel liegt ein Regenwurm, den sie mit zwei Fingern hochhebt und eingehend betrachtet.

»Ih, das ist eklig.« Der Junge schüttelt sich vor gespieltem Entsetzen.

»Warum sollte ein Regenwurm eklig sein?«, fragt sie und legt ihn behutsam zurück in die feuchte Erde. »Er sieht doch hübsch aus.«

»Du spinnst ganz schön!«

»Wieso? Nur weil ich Regenwürmer mag? Das verstehe ich nicht. Sie sind doch nützlich.« War sie deshalb immer allein, weil sie einen anderen Blick auf die Dinge hatte? Gerade das macht sie aber doch so erfolgreich, dafür schätzt Volker Lundt sie. Weil sie »auf die andere Seite« sehen kann. Weil sie sich in jemanden, der auf der anderen Seite steht, verwandeln kann. Das macht sie zu etwas Besonderem.

»Wo ist Hund?« Der Junge blickt suchend umher.

»Hund schläft noch.«

»Darf ich mit ihm auf das Feld gehen?«

»Gut.« Sie nickt, steht langsam auf und krempelt die Hosenbeine hoch. Dann öffnet sie die Schiebetür des VW-Busses und steckt den Kopf hinein. Hund ist taub, deshalb muss sie ihm Zeichen geben, damit er versteht. Gehorsam erhebt er sich und trabt gemächlich auf sie zu, während er sie keine Sekunde aus den Augen lässt.

»Was ist Hund eigentlich für eine Rasse?«, fragt der Junge, der neben ihm fast verschwindet. »Er ist ziemlich groß.«

»Ist das wichtig?« Sie zuckt mit den Schultern. Darüber hat sie noch nie nachgedacht. Sie hatte sofort gewusst, dass Hund zu ihr passt, da taten Rasse und Stammbaum nichts zur Sache. Er sieht aus wie eine wirre Mischung aus allen möglichen Hunderassen. Sein Fell ist gestromt, je nach Lichteinfall wirkt es braun oder dunkelgrau mit schwarzen Sprenkeln, und von einem Ohr fehlt die Hälfte. Sein Besitzer hatte ihn einfach bei einem Müllcontainer zum Entsorgen angebunden. Das war in Spanien, und sie war mit ihrem VW-Bus vorbeigekommen. Da sie kein gutes Namensgedächtnis hat, nennt sie den Mischling einfach Hund, das ist ja auch irgendwie logisch.

Hund ist dankbar, dass sie ihn gerettet hat, und will immer in ihrer Nähe bleiben. Aber zu dem kleinen Jungen hat er schon Vertrauen gefasst und lässt sich von ihm nach hinten auf das Feld führen. Der braune Acker reicht bis an den Rastplatz der Autobahn, den man in der Ferne gerade noch erkennen kann.

Die Sonne blendet, und sie schirmt mit der Hand die Augen ab, um den Jungen und Hund zu beobachten. Doch dann weckt etwas auf dem Rastplatz ihre Aufmerksamkeit. Die Sonnenstrahlen treffen den Außenspiegel eines dunklen Geländewagens, der auf den Parkplatz gefahren ist. Sie glaubt, das Zuschlagen einer Autotür zu hören, obwohl das natürlich nicht sein kann, denn der Rastplatz ist viel zu weit entfernt. Aber sie hört es trotzdem. In ihrem Kopf.

Sie tritt in die schwarze Erde, spürt die Feuchtigkeit, geht vorne um den VW-Bus herum und starrt mit zusammengekniffenen Augen auf das Feld. Dann sieht sie die winzige Gestalt, die sich von dem dunklen Geländewagen löst und über die niedrigen Büsche steigt. Die Person bleibt am Rand des Ackers stehen und senkt den Kopf, vermutlich, um sich eine Zigarette anzuzünden. In der Hand trägt sie eine weiße Tüte, die sich ein wenig im Wind bläht.

Es ist ein Mann in einem grauen Anzug, das erkennt sie jetzt. Er zieht ein Paar grüne Gummistiefel aus der Tüte, zieht umständlich die Schuhe aus und schlüpft in die Stiefel. Dann macht er einige zögernde Schritte in das Feld und sinkt immer wieder in der lehmigen Erde ein. Zielstrebig stapft er über den Acker, wird groß und immer größer. Er trägt eine Sonnenbrille und bleibt ab und an stehen, um an seiner Zigarette zu ziehen.

»Der will zu dir.« Der Junge steht plötzlich neben ihr und deutet auf den Mann, der nun bereits die Hälfte des Ackers überquert hat und in wenigen Minuten hier sein wird.

»Geh wieder nach Hause«, sagt sie und deutet auf einen silbrig glänzenden Wohnwagen, der halb verdeckt hinter Gestrüpp hervorblitzt. »Das ist nichts für kleine Jungs.«

»Holst du jetzt eine Pistole?«, fragt der Junge mit glänzenden Augen. »Wirst du ihn niederschießen?« Mit seinem Zeigefinger visiert er den Mann an, der jetzt schon deutlich zu erkennen ist. »Peng!«

»Dein Vater lässt dich zu viele Actionfilme schauen. Du sollst jetzt gehen.«

Der Mann auf dem Acker hat sein Sakko geöffnet, und der Wind bläst es ein wenig nach hinten, sodass sie das Holster mit dem Kolben der Sig Sauer kurz sehen kann. Achtzehn Schuss im Magazin, und noch ein Reservemagazin hinten am Gürtel, so ist das immer. Sie wirft einen schnellen Blick auf den Jungen, aber der hat es nicht mitbekommen.

»Geh endlich nach Hause«, wiederholt sie schroff und winkt Hund, der sie aufmerksam beobachtet. Sie zeigt auf eine Schaumgummimatratze neben dem VW-Bus, und Hund lässt sich gehorsam darauf nieder. Als der Junge verschwunden ist, schiebt sie sich langsam um den Bus herum, bis sie wieder auf der Bastmatte steht. Das ist ihr Terrain, hier ist sie sicher, hier kann ihr nichts passieren.

Der unangekündigte Besuch kommt ihr alles andere als

gelegen. Sie hat heute noch eine Verabredung, die ihr viel bedeutet. Langsam öffnet sie die Schiebetür des Busses und will hineinsteigen, als Hund leise zu knurren beginnt. Noch ehe sie sich umdrehen kann, spürt sie eine Hand auf ihrer Schulter, und eine Stimme flüstert in ihr Ohr:

»Targa Hendricks, schön dich zu sehen!«

4

Erik Holm hält den Atem an, als er den Code eintippt, der die Tür zur Zelle von Carlos Schmidt öffnet. Er strafft die Schultern, hält das Notebook fest in der Hand und bemüht sich, einen coolen Gesichtsausdruck aufzusetzen. Er versucht mit seiner ganzen Körperhaltung zu signalisieren, dass er jemand ist, mit dem man sich besser nicht anlegt.

»Skype-Termin«, sagt er so emotionslos wie möglich und würdigt Schmidt, der in seinem Rollstuhl in der Mitte der Zelle sitzt, keines Blickes. In seinem Kopf geht er zum wiederholten Mal die Abfolge durch: Notebook hinstellen, an das Stromnetz anschließen, dann die Skype-Verbindung aktivieren.

Als das Skype-Logo schließlich auf dem Bildschirm auftaucht, ist er beruhigt. Doch dann fällt sein Blick auf das rote Band, das an dem Schlüssel für die Handschellen hängt, und während er an den weiteren Ablauf denkt, bricht ihm der Schweiß aus.

Schmidt an den Tisch mit dem Notebook schieben und ihm dann die Handschellen aufschließen, sofort zur Tür laufen, die sich auf seinen Ruf hin öffnen wird.

»Okay«, flüstert Erik zu sich selbst und geht in die Mitte der Zelle, wo Schmidt mit dem Rücken zu ihm in seinem Rollstuhl sitzt. Bisher hat Schmidt noch kein Wort gesprochen. Doch als Erik den Rollstuhl umdreht, um ihn zum Tisch zu schieben, wendet er den Kopf nach hinten und betrachtet Erik mit starren Augen, die an eine Schlange erinnern.

»Sie sind neu hier, Erik Holm. Und Sie haben einen Akzent, der mir bekannt vorkommt. Meine russischen Matrosen haben auch so gesprochen.«

Schmidts Stimme ist tief und schneidend, oder bildet sich Erik das nur ein? *Woher kennt der Gefangene meinen Namen?*, schießt es ihm durch den Kopf. *Gibt es jemanden aus dem Wachpersonal, der sich mit Schmidt unterhält und ihn mit den neuesten Informationen versorgt?*

»Sie dürfen nicht mit mir sprechen«, antwortet Erik und presst die Finger fester um die Griffe des Rollstuhls.

»Wundern Sie sich nicht darüber, dass ich über Skype mit der Außenwelt kommunizieren darf?«

»Seien Sie bitte still.«

Jetzt steht der Rollstuhl an der richtigen Position, direkt vor dem Tisch. Der Bildschirm des Notebooks ist in den Stand-by-Modus gegangen, und Erik drückt auf eine Taste, um Skype erneut zu aktivieren. Er schiebt den Rollstuhl so weit an den Tisch, dass Schmidt mit der Brust gegen die Kante gedrückt wird. Aber so verschwinden seine Hände unter der Tischplatte, und Erik kann die Handschellen nicht öffnen. Er zieht den Rollstuhl ein wenig zurück und holt den Schlüssel aus der Tasche.

»Nervös?«

Erik gibt keine Antwort, sondern steckt den Schlüssel in das Schloss der rechten Handschelle. Mit einem leisen Klacken öffnet sich der Ring, und er sieht, wie Schmidt die Finger bewegt, um sie besser zu durchbluten. Er geht hinten um den Rollstuhl herum, um die linke Handschelle aufzuschließen. Dann sofort zur Tür laufen und »Öffnen« rufen. Doch noch während er den Schlüssel umdreht, erkennt er seinen Fehler: Hatte Johansson nicht gesagt, zuerst die linke Handschelle öffnen und dann erst die rechte? Jetzt steht der Rollstuhl zwischen ihm und der Tür.

Aber Schmidt will schließlich skypen, und überhaupt hätte er keine Chance zu entkommen. Nicht aus diesem Hochsicherheitsgefängnis. Erik will am Rollstuhl vorbeieilen, doch in diesem Moment macht auch Schmidt eine Bewegung zur Seite und versperrt ihm den Durchgang. Erik stolpert und fällt beinahe auf den Gefangenen, kann sich aber im letzten Moment an der Armlehne des Rollstuhls abstützen.

»Öffnen!«, ruft er panisch. Die Mechanik der Schiebetür gibt ein leises Zischen von sich, aber nichts rührt sich. Als Erik mit den Fäusten gegen das kalte Metall trommelt, beginnt über der Tür ein rotes Warnlicht zu blinken. Hinter sich hört er den Rollstuhl über den Plastikboden quietschen.

Jetzt öffnet sich die Tür ruckweise, aber der Spalt ist so schmal, dass Erik sich nicht durchzwängen kann. Das leise Quietschen der Gummireifen auf dem Boden kommt näher, dann steht der Rollstuhl mit Schmidt neben ihm und blockiert mit einem seiner Räder die Schiebetür. Er hat die rechte Hand zur Faust geballt, als würde er darin etwas verbergen. Seine Miene ist entschlossen.

Hat er etwas in der Hand? Will er mich etwa umbringen?, schießt es Erik durch den Kopf. Dann spürt er, wie Schmidt seinen Arm umfasst. Er beginnt unkontrolliert zu zittern und starrt auf die weiße Wand der Zelle. Das Zischen der blockierten Tür, das Alarmlicht unter der Decke, die untätigen Kollegen draußen und Schmidts kalte Hand, all das verdichtet sich für Erik zu einem einzigen Albtraum.

»Gar nicht schlecht für's erste Mal«, flüstert Schmidt amüsiert. »Keine Angst, Ihre Kollegen haben sie bloß auf die Probe gestellt. Das machen sie bei jedem Neuling. Was sollen sie sonst auch den ganzen Tag tun? Ich lasse Sie am Leben, Erik. Denn vielleicht brauche ich Sie draußen noch.«

Dann fährt er von der Wand zurück, die Tür öffnet sich mit einem lauten Zischen, und Erik stolpert nach draußen in die Schleuse.

5

Volker Lundt ist gekommen. Für Targa Hendricks scheint es doch noch ein guter Tag zu werden. Lundt ist seit mittlerweile fünf Jahren Leiter der Sonderabteilung K2 – benannt nach dem gefährlichsten Berg der Welt. Genauso gefährlich ist auch der Job des Teams. Denn oft wissen sie nicht, ob sie einen Einsatz überleben werden.

»Verdammte Scheiße, die Zufahrt zum Campingplatz ist wegen Leitungsarbeiten gesperrt. Ich musste den ganzen Weg zurückfahren und über den Acker laufen. Wieso wohnst du noch immer auf diesem gottverlassenen Campingplatz und suchst dir nicht endlich eine eigene Wohnung in der Stadt?« Lundt ist ein emotionaler Mensch, deshalb flucht er auch gerne. Daran hat sich Targa aber mit der Zeit gewöhnt.

»Wozu brauche ich eine Wohnung? In meinem Bus ändert sich wenigstens nichts. Das ist meine Ordnung.«

»Aber dieser Platz ist doch ein wenig abgefuckt, findest du nicht?«

»Nein, finde ich nicht.«

»Na gut.«

Lundt will nicht länger mit ihr diskutieren, er ist auch nicht gekommen, um sich mit ihr über den Campingplatz oder ihren alten VW-Bus zu unterhalten. Lundt kommt, wenn es wichtig wird, wenn alles in Bewegung ist.

Er klopft sich den Schmutz von den Gummistiefeln und setzt sich in den ramponierten Klappstuhl, der unter seinem Gewicht verdächtig ächzt. Mit einer Hand angelt er die Sig Sauer aus dem Holster und legt sie auf den wackeligen Campingtisch. Daneben kommen das Handy und die Zigarettenschachtel. Sie widersteht dem Drang, Pistole, Handy und Schachtel der Größe nach zu ordnen und am Tischrand auszurichten.

»Du hast dich gut unter Kontrolle.« Lundt nickt anerkennend und zündet sich eine Zigarette an.

»Dieser Test war leicht zu durchschauen«, antwortet sie und setzt sich auf die leere Obstkiste. »Wann geht es los?«

Lundt lächelt, während er an seiner Zigarette zieht, dann winkt er mit der Hand zu Hund, doch dieser sieht nicht einmal auf.

»Dein Hund ist nicht gerade freundlich«, sagt er und sieht ihr tief in die gletschereisfarbenen Augen. »Genau wie du.«

»Deshalb ist Hund auch bei mir. Wann geht es los?«, wiederholt sie und erwidert seinen Blick.

»Dazu kommen wir gleich. Diesmal ist alles ein wenig anders«, sagt Lundt und schiebt ihr mit dem Zeigefinger das Handy hin.

Mit ausdrucksloser Miene nimmt sie es und spielt einen kurzen Film ab. Sie liest den darunter angefügten Text, überfliegt kurz den verlinkten Blog und legt das Handy wieder auf die gesprungene Resopalplatte.

»Weshalb habt ihr ihn gefilmt?«

»Damit du ein Gefühl für ihn bekommst. Was er für ein Mensch ist, seine Mimik, wie er sich bewegt, seine ganze Körpersprache.«

»Wie viele gehen schon auf sein Konto?«

Lundt hebt wortlos vier Finger.

»Ihr habt bereit vier Tote gefunden. Und noch immer keine Beweise.«

»Noch immer keine Beweise. Vier tote Mädchen wurden elend erstickt, und wir haben nichts in der Hand«, bestätigt Lundt frustriert. »Und vor einigen Tagen hat es einen Zwischenfall gegeben. In einem Supermarkt hat sich eine junge Frau erschossen.«

»Erschossen? Klingt ungewöhnlich für eine Frau. Wo ist der Zusammenhang?«

Lundt schweigt und hält Targa erneut das Handy entgegen. Sie sieht eine schnelle Abfolge von Bildern, die den Vorfall im Supermarkt dokumentieren und nicht schön sind.

»Hat sie mit ihm zusammengearbeitet?«

»Richtig, dafür gibt es konkrete Hinweise. Ihre DNA stimmt mit der unbekannten DNA überein, die wir bei zwei der toten Mädchen gefunden haben. Und sie hatte einen Zettel in der Hosentasche, der diese Vermutung ebenfalls bekräftigt.«

Lundt schweigt, Targa schließt die Augen und stellt sich die Szene vor.

»Welche Bedeutung hat die Puppe, die sie bei sich trug?«

»Die Haare der Puppe stammen von den vier toten Mädchen, das haben wir eindeutig festgestellt. Aber das ist auch schon alles. Wir drehen uns im Kreis.«

»Wenn er sich Unterstützung holt, dann werden sich vermutlich auch die Toten häufen. Das ist keine gute Perspektive. Darüber hinaus ist er hochintelligent und scheint sehr überlegt vorzugehen. Mit herkömmlichen Mitteln wird es schwer werden, ihn zu überführen«, sagt Targa und zuckt mit den Schultern. Erneut denkt sie an ihre Verabredung. Sie müsste nun etwa zwölf Minuten überfällig sein. Doch Targa bleibt weiter auf der Obstkiste sitzen und hört Lundt zu.

»Deshalb bin ich hier. Wir probieren etwas Neues, und du bist die einzige Person, die dafür infrage kommt.«

»Wieso glaubst du das?« Targa verzieht keine Miene.

»Weil du eben so bist, wie du bist.« Lundt will nicht ins Detail gehen, das merkt sie sofort.

»Es hat mich einiges an Überredung gekostet, doch schließlich habe ich grünes Licht von ganz oben bekommen«, spricht er weiter. »Aber du musst natürlich auch zustimmen.«

»Wenn ich nicht zustimme, macht es jemand anderes?«, fragt sie und kennt die Antwort bereits.

»Nein, dann ist die Sache gestorben, und wir ermitteln weiter wie bisher. Und es wird sicher noch mehr tote Mädchen geben.«

»Wir können in fünfunddreißig Minuten aufbrechen«, sagt sie. Dann steht sie auf und öffnet die Schiebetür ihres VW-Busses. »Aber jetzt habe ich noch zu tun.«

»Nur eins noch, Targa.« Er blickt sie ernst an. »Diesmal musst du höllisch aufpassen.«

»Aber was kann denn gefährlicher für mich sein als das Leben?«, antwortet Targa, klettert in den Bus und schließt mit einem Ruck die Tür.

6

Er spürt die anstrengende Nachtarbeit noch in allen Knochen, als er am Morgen den Hörsaal der privaten Universität betritt. Zum Glück steht heute nur eine Psychologieklausur auf dem Programm, so kann er sich ein wenig entspannen, während seine Studenten über den Fragen brüten. Wie so oft schweifen seine Gedanken an diesem Vormittag immer wieder in einen ganz bestimmten Raum. *Seinen* Raum, der im Moment von Putzmitteln verunreinigt ist und so schnell wie möglich seine alte Bestimmung zurückerlangen muss.

Dann räuspert sich ein Student, und diese Gedanken sind mit einem Schlag weggefegt. Einer nach dem anderen sucht seine Blätter zusammen und kommt nach unten, um sie unter erschöpftem Gemurmel in den dafür vorgesehenen Drahtkorb zu legen. Sein unsichtbarer Selektionsmechanismus funktioniert perfekt, auch wenn er gerade nicht an das Eine denkt, er wird automatisch aktiv und blendet die jungen Männer, die an ihm vorbeiziehen, völlig aus. Anders ist es mit seinen Studentinnen.

Vier von ihnen stehen weiter hinten in der Reihe, er wirft ihnen einen gleichgültigen Blick zu, registriert aber sofort die wichtigen Details: die roten Wangen, die auf eine gute Durchblutung und reichlich Sauerstoff hinweisen, die Brüste, die sich heben und senken, wenn die Luft bis tief in die Lungen gesogen wird, oder das versteckte Leuchten in den Augen, das auf ein geheimes Verlangen hindeutet.

Als die Schlange kürzer wird, kann er zwei von ihnen bereits ausschließen, denn eines der Mädchen hustet ununterbrochen, und das würde sein Vergnügen empfindlich verkürzen. Die andere Studentin ist ein flachbrüstiges Geschöpf mit fahler Haut, was auf eine geringe Sauerstoffzufuhr hindeutet, auch das ist ein Ausscheidungsgrund.

Bleiben noch die beiden anderen übrig: Rebecca und Julia. Anfang zwanzig. Wissbegierig. Opfer und Täterin.

»Wann bekommen wir die Ergebnisse des Tests?«

Es ist Rebecca, die das fragt. Sie ist blond und findet ihn interessant, denn er kann Geschichten erzählen, Theorien spinnen und die Studentinnen in andere Sphären entführen. Er ist kein Mann wie die anderen, für sie ist er etwas Besonderes. Rebeccas Atem ist frisch, und als sie Luft holt, um weiterzureden, spannt sich ihr T-Shirt.

»In einer Woche werden die Listen mit den Noten am Schwarzen Brett ausgehängt«, antwortet er.

»Ihre philosophischen Exkurse in den letzten Wochen haben mich wirklich fasziniert«, säuselt sie. »Ich habe viel daraus mitgenommen.«

»Es freut mich, dass Sie meine Vorlesung interessant fanden, Rebecca«, antwortet er und merkt, wie es ihr schmeichelt, dass er sie mit ihrem Namen anredet. Sie würde sich für das, was er vorhat, ganz vorzüglich eignen.

Doch er darf Julia nicht vernachlässigen, denn in diesem Moment erfasst ihn ein neuer Gedanke. Was, wenn er sie beide zu Konkurrentinnen werden ließe? Eine wird leben, eine sterben.

»Gibt es im nächsten Semester auch wieder eine Vorlesung von Ihnen?« Julia ist ein exotischer Typ. Sie lächelt breit und zeigt ihre blendend weißen Zähne. Die Atemluft, die sich zwischen diesen perfekten Zähnen den Weg bis zu ihm bahnt, schmeckt nach Pfefferminze.

Wie es wohl wäre, wenn dieser Pfefferminzatem immer weniger und weniger wird, bis er schließlich ganz versiegt? Wenn ich die Minuten und Sekunden zähle, bis auch der letzte Lufthauch aus ihrem Körper entschwunden ist? Wird dieser Pfefferminzhauch dann durch die Poren ihrer kaffeebraunen Haut nach draußen dringen? Eine interessante Frage, der ich bald nachgehen sollte, denkt er. *Also wird Julia das Opfer werden und nicht Rebecca. Oder doch beide?*

»Das kann ich jetzt noch nicht sagen, Julia.« Auch bei ihr bemerkt er dieses Glitzern in den Mandelaugen, als er ihren Namen ausspricht. »Das Direktorium hat noch keine Lehrpläne erstellt. Sie wissen ja, dass der fixe Lehrkörper manchmal ein wenig länger braucht.«

»Stimmt«, kichert sie, »das sind Beamte.«

Er lächelt leicht. Sie verstehen einander.

Rebecca oder Julia. Falk Sandman muss sich bald entscheiden.

7

Targa Hendricks sitzt im Fond von Volker Lundts Wagen. Hund liegt neben ihr auf der Bank mit dem Kopf auf ihrem Oberschenkel. Gedankenverloren krault sie sein struppiges Fell. Das Gespräch, das sie zuvor in ihrem Bus geführt hat, war aufschlussreich gewesen. Vielleicht gibt es bald eine neue Spur. Spuren verfolgt sie schon seit einigen Jahren. Aber diesmal könnte es endlich die richtige sein.

Sie kennt das Gebäude, das jetzt vor ihnen auftaucht. Es ist ein unauffälliger Plattenbau in Friedrichshain. Vor der Wende war hier eine Abteilung der Stasi untergebracht. Jetzt hat die Sonderabteilung des Bundeskriminalamts hier ihre Büros. Das ist praktisch, denn es gibt mehrere abhörsichere Räume, und die Fenster sind aus schusssicherem Glas. Die K2 beschäftigt sich mit besonders gefährlichen Verbrechern, die mit herkömmlichen Methoden nicht überführt werden können. Es gibt mehrere Teams, die Undercover-Operationen durchführen, sich untereinander aber nicht kennen. Bis zu jenem Vorfall vor zwei Jahren war Targa an fixe Einsatzpläne gebunden gewesen, aber das ist jetzt vorbei. Sie kann unabhängig agieren, und das ist gut so. Lundt hat Targa schon einige Male hierhergebracht. Immer wenn die Jagd nach einem Verbrecher aussichtslos zu werden droht, dann holt man sie. So wie jetzt.

»Nur zur Information«, Lundt dreht sich kurz zu ihr um,

während er in die Tiefgarage fährt, »die Innensenatorin wird bei dem Gespräch anwesend sein.«

»Ist das von Bedeutung?«, fragt sie, aber erahnt die Antwort bereits: Sei diplomatisch, stelle keine Warum-Fragen.

»Du musst ein wenig diplomatisch sein.« Lundt bremst vor einer Schranke und hält einen Ausweis an den Scanner. »Und bitte stelle keine Warum-Fragen.«

»Hund kommt mit«, sagt Targa, als sie auf einem nummerierten Parkplatz stehen und aussteigen.

»Das geht schon in Ordnung.«

Schweigend fahren sie mit dem Lift nach oben. Hund hechelt leise und sabbert. Die Lifttüren öffnen sich und geben den Blick auf einen langen Korridor frei. Links und rechts gehen in regelmäßigen Abständen braune Holztüren ab. Ein beiger Teppich dämpft ihre Schritte. An den Wänden sieht man noch die dunklen Schatten der abgehängten Bilder. Von verdienten Stasi-Mitarbeitern.

»Stasi-Schick«, sagt Lundt und streift mit der Hand an der halbhohen braunen Holzvertäfelung entlang. Das erwähnt er jedes Mal, wenn sie an dieser Stelle vorbeigehen. Vielleicht möchte er an seine Vergangenheit erinnern. Es soll ironisch klingen, aber bei Lundt scheint es fast ehrfürchtig.

In dem abhörsicheren Konferenzraum warten schon einige Personen auf sie. Pierre, der junge IT-Spezialist, und Rita, die harte Analytikerin und Strategin. Lundt hat Targa im Auto bereits über die beiden informiert. Der Raum wirkt nüchtern, das einzige Dekorationselement ist ein Poster des K2-Bergmassivs. Das Bild soll als Motivation dienen und sorgt zugleich dafür, dass das hohe Risiko, das sie mit jeder Mission eingehen, nicht in Vergessenheit gerät.

»Keine Angst, du kannst alleine arbeiten«, hatte er gesagt. »Die beiden sind nur das Back-up für Informationen. Aber sie beschützen dich auch. Falls etwas schiefläuft.«

»Warum sollte etwas schieflaufen?«, fragte Targa.

»Ich sagte doch: keine Warum-Fragen.«

Targa wirft einen Blick auf die dritte Person, die etwas abseits sitzt und in einem Dossier blättert. Die Innensenatorin hebt die Augenbrauen und blickt kurz auf, als Targa und Hund eintreten, sagt aber kein Wort.

Als sie Platz genommen haben, wirft Pierre die Bilder von vier toten Mädchen auf eine große Leinwand an der Stirnseite des Raumes. Auf den ersten Blick wirken sie, als würden sie schlafen. Im Abstand von mehreren Wochen trieben ihre leblosen Körper in Holzkähnen auf der Spree. Das erste Todesboot fuhr mitten durch Berlin, die drei anderen Kähne konnten zum Glück bereits in den Außenbezirken gestoppt werden. »So handelt nur ein Psychopath«, hatte Lundt gesagt, als sie im Wagen über den Fall sprachen.

Targa steht auf und stellt sich direkt vor die Leinwand. Dann streicht sie mit den Fingerspitzen über die Gesichter. Sie dreht sich um und fragt: »Es gibt keine Indizien, dass die Opfer gewaltsam erstickt oder erdrosselt wurden?«

Die Innensenatorin blickt von ihren Unterlagen auf und sieht Lundt fragend an.

»Wir haben bisher keinerlei Anzeichen für Strangulation oder eine sonstige Blockierung der Atemwege gefunden. Es hat den Eindruck, als hätten die Frauen einfach die Luft angehalten, bis sie tot waren«, antwortet Lundt.

»Nein. Das glaube ich nicht. Vielleicht wurden sie in einen luftleeren Raum gesperrt«, widerspricht Targa.

»Eine Kapsel, in der man die Schwerelosigkeit simulieren kann?« Rita rückt interessiert ihre schwarze Brille zurecht. »Das lässt sich leicht überprüfen, es gibt nur eine Handvoll Simulationszentren in Deutschland.«

»Nein, eher eine Röhre für Kampftaucher«, wirft Targa wieder ein.

»Kampftaucher?« Lundt sieht sie überrascht an. »Von dieser Möglichkeit hast du mir während unserer Fahrt nichts erzählt.«

»Ist mir eben eingefallen«, antwortet Targa kurz angebunden und versucht, sich wieder auf diesen Gedanken zu konzentrieren. »Laut des Blogs unserer Zielperson ist Freitauchen eines seiner Hobbys. Da ist es doch naheliegend, dass er seine Lungenkapazität erhöhen will. Zum Beispiel mithilfe einer Druckkammer.«

»Eine Dekompressionskammer, richtig.« Lundt nickt zustimmend.

»Ich recherchiere gleich in unseren Datenbanken. Vielleicht können wir nachweisen, dass er ein solches Gerät besitzt.«

Pierre ist noch jung, wirkt aber konzentriert und rational. Das mag Targa. »Warum seid ihr eigentlich so sicher, dass er der Täter ist?«, fragt sie dann in die Runde.

»Zwei der Boote gehörten Sandman. Er hatte sie als gestohlen gemeldet. Die vier Mädchen waren zudem alle Studentinnen dieser privaten Universität, an der er doziert«, gibt Lundt mit monotoner Stimme Auskunft. »Ein Zeuge hat außerdem beobachtet, wie eine der jungen Frauen abends in das Haus des Verdächtigen gegangen ist. In seinem Bootshaus konnten Spuren von ihr nachgewiesen werden.«

»Warum hat man ihn nicht längst verhaftet?«

»Er gibt zu, dass er, einige Tage bevor wir ihre Leiche gefunden haben, einen Bootsausflug mit ihr gemacht hat. Und das ist nun mal nicht strafbar.«

»Hat sie sein Haus danach denn wieder verlassen? Gibt es dafür Zeugen?«

»Das können Sie alles in dem Dossier nachlesen«, antwortet die Innensenatorin genervt.

Targa beißt sich auf die Lippen. Mit zwei Fingern öffnet sie die Mappe, überfliegt den Inhalt. Ein Taxifahrer hat das Mädchen wieder vom Haus der Zielperson abgeholt und nach Berlin-Mitte gebracht. Dort verliert sich die Spur. Der Verdächtige machte bei der Befragung keinen Hehl daraus, mit ihr in seiner Villa zu Abend gegessen zu haben. Er leugnet auch nicht, die anderen Mädchen näher gekannt zu haben. Zumal alle vier Opfer Beiträge und Kommentare zu dem Blog »Famous Last Words« lieferten, den er betreibt. Aber etwas fehlt, deshalb muss Targa doch wieder fragen.

»Was ist mit dem Mädchen, das sich in dem Discounter erschossen hat?«

»Steht auch hier drin, und muss nur gelesen werden.« Lundt wirft ihr einen strafenden Blick zu. Sie weiß schon, dass die junge Frau Hanna Darboven hieß. Ihre DNA wurde auf zweien der Opfer gefunden. Und die einzelnen Haarsträhnen der Puppe, die sie bei sich hatte, stammen von den ermordeten Mädchen. So klar, so einleuchtend. Doch die Gedanken in Targas Kopf stemmen sich gegeneinander, wollen keine Kette aus Antworten bilden.

»Warum ist Hanna nicht vom Campus gewesen?«

»Wir wissen es nicht genau, aber sie kam vermutlich über den Blog mit der Zielperson in Kontakt«, antwortet Lundt.

»Hmm.« Targa ist nicht zufrieden mit der Antwort, aber im Augenblick hat sie einen Knoten im Hirn.

»Kommen wir zum Wesentlichen.« Lundt räuspert sich und sieht Targa direkt an. Sie wendet den Blick nicht ab, spürt, wie ihre kühlen Augen noch mehr vereisen. Jetzt ist es wieder so weit, denkt sie. Adrenalin sollte durch ihre Adern rauschen, gerne hätte sie ein Gefühl von Euphorie verspürt. Oder Angst. Irgendetwas, das sie ihren eigenen Herzschlag hören lässt. Aber sie spürt nichts.

»Du musst ihre Stelle einnehmen.«

»Welche Stelle?«

»Hanna Darboven hatte einen Zettel bei sich«, ergreift nun Rita das Wort. »Darauf stand: ›Vergebung. Ich war nur die Gehilfin‹. Deshalb sind wir zu dem Schluss gekommen, dass sie so etwas wie seine Assistentin gewesen sein muss. Auf seinem Blog gibt es einen entsprechenden Eintrag.« Rita zitiert die Stelle: »›Was gibt es Schöneres, als gemeinsam mit einer Geistesverwandten an der Seite den Augenblick des Todes zu genießen. Das ist ein stärkeres Gefühl als Liebe.‹« Rita aktiviert das dazugehörige Musikfile: »The Smiths: ›There Is a Light That Never Goes Out‹. Ein Song über den gemeinsamen Unfalltod. Doch wir müssen annehmen, dass die Zielperson hier nicht vom eigenen Sterben, sondern dem einer dritten Person spricht.«

»Das gemeinsame voyeuristische Vergnügen vermisst er jetzt aller Wahrscheinlichkeit nach.« Lundts Stimme klingt nüchtern und bürokratisch. Er will den Plan für die Innensenatorin so harmlos wie möglich darstellen. »In der Regel steigert sich bei Serienmördern die Lust am Töten. Unsere Zielperson wird vermutlich in immer kürzeren Abständen töten wollen. Für die Vorbereitung braucht er eine neue Assistentin. Das wirst du sein.«

Lundt schiebt einen flachen Umschlag über den Tisch. Targa öffnet ihn und sieht einen Berechtigungsausweis mit ihrem Gesicht und einem falschen Namen: Marie Horn. Mehrere Zeugnisse und einen Lebenslauf. Konzentriert liest sie ihn. Sie hat Medizin studiert, aber das Studium abgebrochen. Dann war sie eine Weile mit ihrem VW-Bus auf Reisen. Jetzt ist sie zurück in Berlin und arbeitet als Assistentin in einem Institut der Gerichtsmedizin.

»Marie Horn ist ein schöner Name. Aber das bin nicht ich«, sagt sie und legt den Ausweis zurück in das Kuvert. »Ich lebe auch nicht in Berlin-Mitte. Ist dir das eingefallen?«, fragt sie und sieht Lundt ernst an.

»Nein, das hat ein Psychologenteam erarbeitet. Sie sind auf die Entwicklung unauffälliger Decknamen und Profile spezialisiert.«

»Wenn ich diesen Auftrag übernehme, dann will ich *Ich* sein.«

»Ich verstehe nicht ganz, wie Sie das meinen?«, mischt sich die Innensenatorin ein.

»Warum nicht? Ich soll eng mit einem Serienkiller zusammenarbeiten. Mich ihm annähern, in seine Gedankenwelt einschleichen, ihn zu einem Fehler zwingen und dann überführen. Dafür brauche ich mein gewohntes Umfeld. Ich kann mich in dieser Hinsicht nicht verstellen. Das würde mich sofort unglaubwürdig machen.«

»Da hat sie recht.« Lundt sieht in die Runde. Keiner sagt

etwas, also wendet er sich an Pierre. »Pierre, du änderst die relevanten Informationen in den Datenbanken und auf den Online-Plattformen auf Targa Hendricks.« Er rückt sich die Brille zurecht. »Ich kümmere mich um den neuen Ausweis.«

»Ein Job in der Gerichtsmedizin ist allerdings eine sehr gute Idee«, sagt Targa, der diese Vorstellung gefällt. Tote schweigen und stellen keine unangenehmen Fragen.

»Auch wir haben eben manchmal gute Einfälle. So bist du für unsere Zielperson noch interessanter. Du hattest schon mit Toten zu tun. Für die Arbeit in der Gerichtsmedizin muss man doch einen Hang zum Morbiden haben oder einfach *anders* sein. Also brauchst du bloß du selbst zu sein.«

»Das gefällt mir gut«, unterbricht ihn Targa. Lundt hebt die Hand. Er ist noch nicht fertig.

»Nimm über seinen Blog so schnell wie möglich Kontakt mit ihm auf. Auf diese Weise gewinnst du sein Vertrauen. Du musst ihm nahekommen, sehr nahe. Er muss dir Einblicke in seine dunkle Seele gewähren.« Lundt zögert ein wenig, dann redet er weiter. »Wir verfolgen jeden deiner Schritte und können sofort eingreifen. Aber solange du nicht in Lebensgefahr gerätst, bist du ganz alleine. Doch das ist für dich ja nichts besonders Ungewöhnliches.«

Nein, Lundt, das ist ein Irrtum. Ich bin nicht immer alleine. Ich habe Hund. Vor allem aber habe ich Yella, antwortet sie in Gedanken und krault Hund im Nacken.

8

Wenn Targa in ihrem Bus ist, fühlt sie sich sicher. Dort kann sie in Ruhe über die nächsten Schritte nachdenken und ihre Gedanken sortieren. Die Besprechung hat lange gedauert, und erst bei Einbruch der Dunkelheit sind sie und Hund wieder in Lundts Auto gestiegen. Diesmal müssen sie nicht über den Acker gehen, denn die Zufahrtsstraße ist wieder frei. Entgegen seiner sonstigen Gewohnheit steigt Lundt auch aus, als sie vor dem VW-Bus halten. Unschlüssig geht er auf und ab, als hätte er noch etwas auf dem Herzen.

»Diesmal ist es sehr gefährlich für dich«, sagt er.

Diesmal kannst du mich nicht beschützen, so wie du auch deine Tochter nicht beschützen konntest, denkt Targa. Fast hat sie den Eindruck, als würde Lundt sie gerne umarmen, doch dann zieht er nur an seiner Zigarette.

»Ich mache mich mal auf den Weg«, sagt er und schnippt seine Kippe weg. Ständig testet er ihre Reaktion. Ob sie auch fit genug für den Job ist, ob sie sich unter Kontrolle hat. Deshalb hebt Targa die Kippe nicht auf, um sie mit der vom Nachmittag an der Tischkante auszurichten. Lundt macht einige zögernde Schritte zu seinem Wagen, dreht sich dann aber noch einmal zu ihr um.

»Du weißt, dass du dem Mörder diesmal sehr nahekommen wirst. Du wirst in seine Gedankenwelt schlüpfen. Nicht aus sicherer Entfernung, sondern aus kurzer Distanz. Es wird eine hautnahe Erfahrung sein.«

»Hautnah«, wiederholt sie, denn der Klang des Wortes wirkt auf sie beinahe magisch. Hautnah, das hat etwas mit Emotionen zu tun. Die anderen haben Emotionen. Lundt beispielsweise. Im Augenblick wirkt er nervös.

»Bei unseren früheren Fällen hast du dich undercover auf die Jagd nach den Verbrechern begeben. Du hast sie aufgespürt und aus dem Verkehr gezogen. Aber es wurde immer eine Distanz zwischen deinem Leben und deinem Job gewahrt. Doch diesmal ist es anders. Du musst auf die andere Seite wechseln. Du wirst mit unserem Verdächtigen gemeinsam das nächste potenzielle Opfer aufspüren und es mit ihm in Angst und Schrecken versetzen. Vielleicht musst du sogar noch weiter gehen. Du wirst auf den entscheidenden Augenblick warten, um ihn mit handfesten Beweisen zu überführen.«

»Warum redest du so viel?«, fragt sie. »Hast du Zweifel an mir?«

»O Gott, ncin.« Lundt hebt abwehrend die Hände. »Ich mache mir bloß Sorgen um dich. Machst du dir keine?«

»Ich mache mir nur Sorgen um Hund.«

»Und was ist mit dir?«, fragt Lundt.

»Was soll mit mir sein? Ich habe als Baby eine kalte Winternacht überlebt. Jetzt habe ich eine einfachere Aufgabe zu lösen. Ich bin gut in meinem Job.«

»Du bist die Beste. Also pass auf dich auf. Ich will dich nicht verlieren.« Lundt sieht an ihr vorbei in den VW-Bus. Mit der Hand deutet er auf das schmale Bord mit den Büchern.

»Das ist kein richtiger Regenbogen. Das Blau fällt aus der Reihe.«

»Es ist mein Regenbogen. Unter dem Blau liegt mein Schatz vergraben.«

»Welcher Schatz? Du machst mich neugierig.«

Targa weiß, dass sie ihn jetzt hereinbitten müsste. Soll sie ihn auffordern, noch einen Kaffee mit ihr zu trinken, und dabei gemeinsam das Dossier Schritt für Schritt durchgehen? Aber sie hat keine Zeit dafür, denn Yella wartet. Also hebt sie nur die Hand zum Abschied. »Es ist schon spät.«

»Natürlich. Ich bin dann mal weg.« Lundt klingt enttäuscht. »Du hältst dich an die Spielregeln«, schärft er ihr noch ein. »Wir hören uns morgen.«

»Aber sicher doch.«

Natürlich wird sie sich an die Spielregeln halten. Aber es ist nicht gesagt, welche Spielregeln das sind. Sind es Lundts oder ihre eigenen?

Sie lehnt an der Schiebetür und wartet, bis er in seinen schwarzen SUV gestiegen ist und losfährt. Dann klettert sie in ihren VW-Bus und schließt die Tür hinter sich. Sie ist zu Hause.

Obwohl das Innere des Busses sehr beengt ist, sind ihre Gedanken hier immer frei. Sie schweben über die rückwärtige Sitzbank, die zu einem Bett aufgeklappt ist. Umrunden den engen Waschraum. Streichen über die winzige Küche mit Gasherd und Kühlschrank und kommen zurück an den Tisch, an dem Targa sitzt. Hund schläft auf der abgewetzten Sitzbank.

Auf dem Küchentisch liegt ein abgegriffenes Feuerzeug. Lundt hat es vergessen. Nachdenklich dreht sie das Feuerzeug auf der Tischplatte hin und her, blickt aus dem zerkratzten Fenster. Der Mond ist fast rund und leuchtet hell wie eine Straßenlaterne. Sie ahnt bereits, dass die Zielperson in dieser Nacht nicht untätig sein wird. Töten ist wie eine Droge. Und Serienkiller sind süchtig. Immer tickt die Uhr. Von einem Kick zum nächsten. Die Abstände werden immer kürzer. Die Dosis muss erhöht werden. Jeder Mord hebt die Täter über die Masse hinaus. Macht sie in ihrem schwarzen Universum zu Helden. Das hat sie vor ein paar Jahren in Quantico gelernt. Damals, als ein Stipendium ihr ermöglicht hat, bei den Besten zu studieren. Bei Tom Dressler, der lange Gespräche mit Jeffrey Dahmer geführt und dadurch völlig neue Erkenntnisse über Serienkiller gewonnen hatte. Dressler, der jetzt tot ist, sie aber immer so akzeptierte, wie sie eben ist.

Langsam klappt Targa ihr Notebook auf, tippt »Famous Last Words« in die Suchmaschine. Eine Seite, schwarz wie die Nacht, öffnet sich. Aus dem Lautsprecher fließt ein Geräusch, das wie ein leises Atmen klingt. Auf dem dunklen Nichts erscheint ein Satz: »Der Moment, bevor du stirbst, ist der Augenblick der absoluten Wahrheit.«

9

Drei Stunden heizt Falk Sandman den schwarz glänzenden Grill auf der Terrasse seiner Gründerzeitvilla an und wartet, bis die Kohlen im sanften Sommerwind rot aufglühen. Er blickt auf die Uhr an seinem Handgelenk und wettet mit sich selbst, dass es pünktlich an seiner Eingangstür klingeln wird.

Ein Lächeln umspielt seine Lippen, als er die Glocke hört. Leichtfüßig springt er die steinernen Stufen der Terrasse nach unten in den Garten. Von drinnen hört er erneutes Klingeln. Sandman mag es, Besucher damit zu verunsichern, wenn er sich nicht gleich meldet oder den Türöffner drückt. Als er die Villa umrundet, hat bereits die Dämmerung eingesetzt. Erhellt von den letzten Sonnenstrahlen, sieht er zwischen den Büschen am Zaun blondes Haar hervorschimmern.

»Rebecca, schön, Sie zu sehen«, sagt er und öffnet der jungen Diplomatentochter mit einem breiten Lächeln das Gartentor. »Es freut mich, dass Sie meiner Einladung gefolgt sind.«

»Aber das ist doch eine Ehre für mich, Professor Sandman.« Rebecca atmet nervös, und ihre weiße Bluse strafft sich. Dazu trägt sie dunkle Jeans und flache Schuhe mit goldenen Spangen. Ihr Haar ist frisch gewaschen und fällt auf ihre Schultern.

»Sagen Sie doch bitte Falk zu mir, Rebecca«, antwortet er weich. »Wir können uns duzen.«

»Oh, gerne, Falk.«

Wie liebt er doch den Anblick erhitzter Wangen, die in der Dämmerung jetzt beinahe dunkelrot wirken. Aber noch mehr reizt ihn das schnelle, druckvolle Atmen, das sie vor Erregung kaum mehr kontrollieren kann.

»Gehen wir doch nach hinten auf die Terrasse.« Er macht eine einladende Handbewegung und folgt ihr ums Haus. »Wie ich bereits sagte, hat mir dein Beitrag zu meinem Blog gut gefallen.«

»Wirklich? War er nicht ein wenig dilettantisch?« Sie kichert infantil.

»Ganz und gar nicht. Was du über die Atemtherapie nach C.G. Jung geschrieben hast, zeugt von großem Wissen.«

»Mich hat die seelische Entwicklung von innen nach außen sehr beeindruckt«, redet Rebecca weiter, und ihre Röte verblasst ein wenig.

Sie wirkt auf einmal selbstsicher. *Das ist schade*, denkt Sandman und beschließt, seine Komplimente von nun an spärlicher zu streuen.

»Atmung und Seele sind faszinierend, da stimme ich dir zu. Aber im Grunde hat das gar nichts mit meinem Blog zu tun«, bringt er Rebecca zurück auf den Boden der Tatsachen. Wie erwartet, schießt ihr das Blut sofort wieder ins Gesicht. *Na also! Sie sind eben doch alle gleich.*

»Ja, nein, natürlich nicht. Es tut mir leid, wenn ich das nicht ganz verstanden habe«, stottert sie verunsichert wie ein kleines Mädchen und bleibt stehen.

»Schon gut.« Väterlich klopft er ihr auf die Schulter und

läuft die Steintreppe zur Terrasse nach oben. Er weiß, dass sie ihn beobachtet und sich den weiteren Ablauf des Abends in ihrer erhitzten Fantasie bereits vorstellt.

»Magst du Fisch?«, fragt er, als er vor dem Grill steht. Vorsichtig bläst er auf die Kohlen. »Oder lieber Fleisch?«

»Ich liebe Fisch.«

»Das trifft sich gut. Ich habe frische Haifischsteaks gekauft.«

Während Sandman die Fischfilets auf den Grill legt, wandern seine Gedanken von Rebecca nach unten in den Luftschutzbunker, den man in Zeiten des Kalten Krieges aus Furcht vor einer russischen Invasion Westberlins eingebaut hat. Wie durch eine Nebelwand hört er Rebecca über das Wetter, die anderen Studentinnen und ihre Eltern reden. Als es plötzlich still ist, schreckt er hoch.

»Was hast du gesagt?«

»Findest du Julia intelligent?«

»Welche Julia meinst du denn?«, fragt er scheinheilig und hofft, dass Rebecca seine Unaufrichtigkeit bemerkt.

»Julia Castro. Die du auch mit dem Vornamen anredest.«

»Ist intelligent ein Synonym für attraktiv?«, fragt er neckisch. Er eröffnet die Flirtphase. Doch er kann sich nur schwer konzentrieren, seine Gedanken werden von dem Bunker und seinem kostbaren Inhalt magnetisch angezogen. »Aber ja, Julia ist attraktiv und intelligent. Genau wie du. Das ist doch nichts Schlechtes.«

»Hat sie auch eine Einladung zum Grillen bekommen?«

»Nein, natürlich nicht.« Wieder steht er im Geiste in dem fensterlosen Raum, in dessen Mitte eine Art Sarkophag steht.

Als es an der Haustür klingelt, sind diese Gedanken wie weggewischt.

»Erwartest du noch jemanden?«, fragt Rebecca und kann ihre Bestürzung nur schwer verbergen.

»Nicht dass ich wüsste«, lügt Sandman und betritt durch die Terrassentür den Salon. Drinnen ist es kühl, und es riecht angenehm nach einem herben Männerparfüm. Das spärliche, geschmackvolle Mobiliar unterstreicht den monumentalen Eindruck der großen Bilder an den Wänden. Auf einem schmalen Designersideboard steht ein gerahmtes Foto, das Sandman mit Liv Streeter zeigt. Sie war die Erste, der es gelang, einhundertsechzig Meter tief zu tauchen. Mit einem einzigen Atemzug.

Sandman drückt den Knopf der Gegensprechanlage. »Wer ist da?«, fragt er gespielt verwundert, obwohl er es genau weiß.

Wenig später steht Julia in der schwach beleuchteten Halle. Ihre braune Haut verschmilzt in dem Zwielicht beinahe mit der Umgebung. Julias Eltern stammen aus Kuba, und im Gegensatz zu Rebecca wirkt sie erfrischend vulgär. Sie trägt ein enges Top und ausgefranste Caprihosen zu Sandalen. Ihre Oberarme glänzen von der Hitze des Tages. Erneut riecht ihr Atem nach Pfefferminze. Auch Julia bietet er sofort das Du an.

»Haben wir uns nicht für nächsten Freitag verabredet, Julia?«, fragt Sandman, als sie alle drei auf der Terrasse stehen und er die Haifischsteaks auf dem Grillrost wendet. Julia zuckt verunsichert mit den Schultern.

Natürlich weiß sie, dass es dieser Freitag ist, aber sie will mich nicht bloßstellen, denkt Sandman. Die Atmosphäre zwischen den Mädchen wirkt elektrisch aufgeladen, wie vor einem Wettkampf. Und es wird ein böser Wettkampf werden, wenn der Abend so weitergeht, wie er es geplant hat.

10

Der Mond leuchtet hell durch das Fenster des Busses. Targa ist von einer seltsamen Unruhe erfasst. Hund liegt neben ihr im Bett und spürt, dass sie nervös ist. Er leckt ihre Hand. Aber selbst dieses Allheilmittel hilft diesmal nicht. Mit einem Seufzer steht sie auf und zwängt sich zwischen Tisch und Sitzbank zur Kochnische. Die Gedanken an die bevorstehende Ermittlung beschäftigen sie. Hautnah, hatte Lundt gesagt. Darüber muss sie reden, und zwar sofort. Zum Glück ist es egal, dass es mitten in der Nacht ist. Yella hat immer Zeit für sie. Ihre Zwillingsschwester, die sie nie gekannt hat, ist rund um die Uhr bei ihr.

Bist du wach? Ich koche uns etwas zu essen, Yella.

Gute Idee, Targa, das wird dir helfen, deine Gedanken zu sortieren.

Ich soll mit der Zielperson gemeinsam potenzielle Opfer aufspüren.

Das weicht von deiner Routine ab. Es ist neu für dich.

Darum bin ich ja nervös. Ich muss ihm etwas vorspielen.

Kannst du das?

Ich muss es. Ich muss glaubhaft wirken.

Was, wenn er dich durchschaut?

Dann ist die Operation in Gefahr.

Dann bist du *in Gefahr, Targa!*

Ich habe keine Angst um mich.

Was, wenn er dich tötet?

Das wird ihm nicht gelingen.

Was beunruhigt dich dann so?

Ich muss Gefühle zeigen. Echte Gefühle. Aber ich habe kein Herz.

Doch, das hast du.

Warum spüre ich dann nichts?

Was willst du denn spüren, Targa?

Den wilden Schlag meines Herzens. Was spürst du, Yella?

Noch immer die Kälte von damals.

Ich spüre nur eines: eisigen Hass.

Bist du deshalb so, wie du bist?

Ja. Damals ist mir das Herz erfroren.

11

Rebeccas und Julias Wangen glühen. Sie haben viel zu viel Wein getrunken. Bei jeder von Sandmans Bemerkungen kichern sie albern. Er ärgert sich darüber, denn so wird sein Vergnügen empfindlich gestört. Die Mädchen nehmen nichts mehr ungetrübt bewusst wahr, sehen alles durch einen Nebelschleier. Er hätte besser aufpassen sollen. Ihnen mehr Wasser und weniger Wein zu trinken geben. Aber der Gedanke an den Bunker hat seine Aufmerksamkeit beeinträchtigt.

»Oh, der Wein ist schon wieder aus«, sagt er. Gemeinsam sitzen sie auf einer Couch im Garten, die Mädchen haben die Köpfe nach hinten geneigt und starren den Mond an, als würden sie dort oben etwas Interessantes sehen. Etwa einen Blick in die Zukunft? *Besser nicht*, denkt Sandman und fällt in Julias Kichern ein. Dafür schenkt sie ihm einen glutvollen Blick.

»Bald ist Vollmond«, lallt Rebecca.

Julia kichert weiter.

»Ich bin gleich zurück«, sagt Sandman und steht langsam auf. Bevor er leise die Kellertür öffnet, wirft er einen Blick zurück, um sich zu vergewissern, dass ihm keines der Mädchen gefolgt ist.

Der Weinkeller ist angefüllt mit verstaubten Flaschen, die noch sein Vater gesammelt hat. Es müssen an die fünfhundert sein, aber Sandman weiß es nicht genau. Er interessiert sich nicht für seine Weine, sondern nur für das, was sie verbergen. Denn hinter den alten Holzregalen liegt der Luftschutzbunker. Und dort befindet sich auch das Ziel seiner Begierde. Er tippt auf den Korken einer waagrecht gelagerten Rotweinflasche und aktiviert damit einen verborgenen Türöffner. Ein Weinregal samt Mauerattrappe fährt mit einem leisen Zischen zur Seite. Sandman atmet tief ein, als er den Raum betritt. Nichts lenkt hier vom Wesentlichen ab. Es herrscht eine bedrohliche Atmosphäre. Wände, Boden und Decke sind grau gestrichen, und es riecht noch immer schwach nach Putzmitteln. Hanna hatte sich erbrochen, weil die Anspannung für sie zu groß gewesen war. Ihre Nerven haben versagt. Sie war keine gute Assistentin.

Er geht zu der massiven, metallischen Kapsel, die in der Mitte des Raumes steht. In Gedanken bezeichnet er die Dekompressionskammer fast schon liebevoll als Sarkophag, denn das trifft ihre Funktion ohnehin viel besser. Oben kann man durch ein Bullauge in ihr Inneres blicken. Das Mädchen, das darin eingesperrt ist, stammt nicht vom Campus. Zu einfach will es Sandman der Polizei auch nicht machen. Sie hat blaue Augen. Als er hineinblickt, starren ihn diese Augen panisch an. Blicke, die wie Stimmen um Hilfe schreien. Sandman dreht langsam an dem Hebel und drosselt die Luftzufuhr weiter, erhöht den Innendruck. Genau so fühlt es sich an, wenn man als Freitaucher an einem Seil in die Tiefe hinabgleitet. Sofort kann man die Ruhe und Stille spüren, die vom Meeresgrund nach oben steigt. Dann ist man bereit, den eigenen Körper zu verlassen. Man fühlt sich leicht, kann schwerelos durch Raum und Zeit wandern.

»Willst du mir etwas sagen?«, fragt er das Mädchen, das durch eine Gegensprechanlage mit ihm verbunden ist. Es heißt Mira und ist eine Notlösung, denn ihre Lungenfunktion ist durch das Rauchen beeinträchtigt. Er hat eine Ausnahme gemacht, weil ihn der Zwischenfall mit Hanna so aufgeregt hatte. Da brauchte er schnell ein Ventil für seine Enttäuschung.

»Bitte lass mich frei.«

Noch eine Enttäuschung. Es ist nur eine Plattitüde, die Mira absondert. Er drosselt die Luftzufuhr weiter. Sie beginnt zu zucken und den Kopf unkontrolliert hin und her zu schlagen. Zum Glück ist der Sarkophag gepolstert, so kann sie sich nicht verletzen.

Er denkt an den Rausch, der einen beim Freitauchen befällt, wenn die Luft knapp wird. Das Gehirn setzt unglaubliche Endorphine frei, und man fühlt sich unendlich glücklich. Wie es Mira wohl in diesem Moment geht?

Inzwischen wird ihr ganzer Körper von Krämpfen geschüttelt. Das Kohlendioxid in ihrem Blut ist extrem angestiegen, und die Erstickungsangst setzt ein. Die feinen roten Äderchen in ihren Augen platzen, ein rötlicher Schleier legt sich über die Iris.

»Spürst du Schmerzen, meine Liebe? Rede mit mir.«

Doch alles, was er hört, ist ein Röcheln, dem eine plötzliche Stille folgt. Jetzt ist Mira in der Apnoephase angelangt. Für ein bis zwei Minuten stellt sich die Atmung komplett ein. Er zählt die Sekunden.

Dann beginnt das Mädchen hektisch nach Luft zu schnappen. Bald würde sie hirntot sein. Deshalb lässt er wieder mehr Sauerstoff in die Kapsel. Er braucht sie bei Verstand.

Miras Lider flattern bereits, und sie hat das Kinn wie in einem Krampf gegen die Scheibe gepresst. Noch einmal schöpft sie Hoffnung. Es ist eine trügerische Hoffnung, die ihr Sandman gibt. Er ist der Herrscher über Leben und Tod.

»Sag etwas Intelligentes, dann darfst du wieder atmen«, flüstert er in die Gegensprechanlage. Mira reißt die Augen weit auf. Sie sind von blutigen Schlieren durchzogen. Wahrscheinlich würde sie nie wieder klar sehen können. Vielleicht sogar blind sein. Doch das wäre das geringste Übel. Jetzt öffnet sie den Mund und formt lautlose Worte.

»Du musst lauter sprechen, meine Kleine.« Sandman geht in die Knie und legt sein Ohr an die Gegensprechanlage. Miras Todesangst dringt knisternd durch den Lautsprecher. Sandman schließt die Augen, spürt die Erregung in seinem Körper hochsteigen. Gleich ist es so weit. Mit vor Lust zitternden Fingern aktiviert er die Aufnahmefunktion.

»Das Leben ist ein großartiger Verlierer«, hört er ihre röchelnde Stimme durch den Lautsprecher. Ein schöner Satz aus einem kraftlosen Mund. Gleich wird dieser Satz in ein MP3-File verwandelt und in seinem Player landen. Er wird es seinen Abonnenten als Gratis-Download anbieten. Dazu wird er eine Geschichte erfinden, die allen Lesern seines Blogs vor Entsetzen die Tränen in die Augen treibt.

Langsam steht Sandman auf, streicht mit den Händen über das kühle Metall. Wie eine Geliebte streichelt er es, reibt seinen Körper daran, beugt sich über das Bullauge.

Miras Mund steht weit offen. Die Lippen sind nur mehr zwei dünne Striche. Ihre gebleckten Zähne sind blutig. Wahrscheinlich hat sie sich ein Stück Zunge abgebissen. Das passiert bei Gesichtskrämpfen häufig. Ohne den Blick von ihrem Gesicht abzuwenden, senkt er die Luftzufuhr weiter. Wieder kommt es zu der gefürchteten Schnappatmung, aber noch kann Mira klar denken, noch ist sie nicht hirntot. Es ist nur ein agonales Zeichen, ein Zeuge ihres Kampfes mit dem Tod. Auf dieses Zeichen hat er gewartet. *Jetzt ist er da, der Moment, bevor du stirbst*, denkt er und legt sein Gesicht auf das Bullauge, um der Sterbenden ganz nahe zu sein.

12

Erik Holm schlendert von dem Gebäude mit den Gefängniszellen hinüber in den lang gestreckten fensterlosen Bau, in dem sich die Kantine befindet. Es ist ein heißer, windstiller Tag, und Erik fühlt sich wie auf einer Mittelmeerinsel. Ganz weit im Westen liegt ein dünnes Wolkenband, das mit bloßem Auge fast nicht zu erkennen ist. Fischer hat es am Vormittag mit sorgenvoller Miene durch seinen Feldstecher betrachtet.

»Wenn das mal gut geht«, hat er gemurmelt, sich aber dann nicht näher dazu geäußert. Die Stunden vergehen wie im Flug, die Arbeit geht Erik mittlerweile leicht von der Hand. Er kennt die Dateien mit den Lebensläufen der meisten Häftlinge, weiß, weshalb sie hier in Sicherheitsverwahrung sind. Nur die Akte von Carlos Schmidt ist mit einem eigenen Passwort gesichert, das in keinem Register verzeichnet ist.

Nachdenklich sitzt Erik in der Kantine und isst Hackbraten mit pürierten Kartoffeln. Das grelle Licht aus den Neonröhren an der Decke überzieht das Fleisch mit einem grünlichen Schimmer, und er spürt bereits ein flaues Gefühl im Magen.

»Eine Hitze hat es draußen, wie in Spanien.« Es ist Hans Blatter, ein Österreicher, der sich neben ihn setzt. Blatter ist schon seit einigen Jahren auf der Gefängnisinsel als Arzt stationiert, er kennt die einzelnen Häftlinge fast besser als Fischer.

»Kann ich dich mal was fragen?«, nimmt sich Erik nach einer Pause ein Herz.

»Klar, was gibt's?«

»Weshalb ist Schmidts Akte mit einem eigenen Passwort gesichert?«

»Ist einfach so.« Blatter zuckt mit den Schultern und zerdrückt Hackbraten und Püree zu einem undefinierbaren Brei. »Was geht dich überhaupt Schmidt an?«

»Ich will mir selbst ein Bild von den Häftlingen machen.« Erik lässt nicht locker. »Welches Verbrechen hat er denn begangen? Immerhin ist er als sehr gefährlich eingestuft.«

»Schmidt ist wegen Mordes inhaftiert. So wie alle anderen auch.«

»Aber bei ihm muss es noch etwas anderes sein. Sonst säße er nicht isoliert im roten Trakt.«

»Kümmere dich um deine eigenen Angelegenheiten«, weist Blatter ihn barsch ab. Doch einen Augenblick später hört er auf zu essen und dreht sich Erik zu. »Er hat einen Matrosen auf unglaublich sadistische Art und Weise getötet.«

»Woher weißt du das?«, fragt Erik leise, und bei dem Gedanken, dass er wieder mit Schmidt alleine in einer Zelle sein muss, fröstelt ihn.

»Das erzählt man hier so.«

»Es ist also bloß ein Gerücht?«

»Ja, mag sein, aber jedes Gerücht hat einen wahren Kern. Und jetzt lass mich gefälligst in Ruhe weiteressen.« Demonstrativ dreht sich Blatter zur Seite und schaufelt den dunklen Brei genussvoll in sich hinein.

Erik will noch etwas sagen, doch in diesem Moment betritt Fischer die Kantine und greift das Mikrofon, das neben dem Büfetttresen liegt.

»Achtung, Leute. Wir haben eine Sturmwarnung erhalten. Von Westen nähert sich eine Gewitterfront mit Starkregen und Windstärke elf. Alle kehren sofort auf ihre Plätze zurück und bereiten sich auf Code R Plus vor.«

Code R für Rain, Regen, und das Plus ist selbsterklärend. Diesen Code kennt Erik bereits von der gestrigen Übung. Bei Code R Plus besteht die Gefahr, dass die Zellen der Häftlinge überflutet werden. Deshalb müssen die Gefangenen evakuiert und unverzüglich in die Kantine gebracht werden.

Als Erik ins Freie tritt, hat das Wetter bereits vollkommen umgeschlagen. Der Himmel hängt voller bleifarbener, niedriger Wolken, und der Wind ist schneidend kalt. Die Unwetterfront hat sich bedrohlich wie ein Bergmassiv auf dem Meer aufgetürmt und rückt rasch und von Donnergrollen begleitet auf die Insel zu. Erik muss sich vorbeugen, um von dem pfeifenden Wind nicht umgerissen zu werden. Als er den Kontrollraum erreicht, bricht der Sturm mit aller Heftigkeit los.

»Holt sofort die Häftlinge aus den Zellen«, kommandiert Fischer die routiniert arbeitende Mannschaft. Erik atmet erleichtert auf, als er zwei Kollegen befiehlt, Schmidt aus seiner Zelle in die Kantine zu bringen.

Nach nicht einmal zehn Minuten stehen die Häftlinge in einer langen Reihe aneinandergekettet vor der noch geschlossenen Schleuse, die in den Verbindungstunnel zur Kantine mündet. Dort warten sie darauf, durch einen engen Gang in den Speisesaal gebracht zu werden. Am Ende der Reihe sitzt Schmidt in seinem Rollstuhl. Erik hat das Gefühl, als würde er ihn beobachten.

»Abmarsch!«

Die Schleuse öffnet sich, und auf Fischers Befehl hin setzt sich die Kolonne in Bewegung. Der Gang ist schmal, und die Deckenbeleuchtung flackert. Selbst durch den dicken Beton hört man das Heulen des Windes und das Donnern der gewaltigen Brecher gegen die Felsen.

In der Mitte des Gangs ist eine gelbe Linie auf den Boden gemalt. Die Häftlinge müssen sich rechts von dieser Linie bewegen, der linke Teil ist für das Wachpersonal bestimmt. Durch die vielen Menschen wirkt der Gang noch enger, noch niedriger und die Luft noch stickiger. Obwohl Erik durchtrainiert ist, hat er ein ungutes Gefühl, so nahe neben den Gefangenen zu stehen. Zum Glück ist in etwa hundert Metern Entfernung bereits das Sicherheitstor zu sehen, hinter dem sich die Kantine befindet. Er sieht, wie Fischer, der den Zug anführt, eine Fernbedienung betätigt und das Tor sich mit einem leisen Zischen öffnet. Das Licht im Gang flackert immer heftiger. In der Kantine ist es vollkommen dunkel.

»Gibt's hier kein Licht?«, fragt ein Aufseher besorgt. Fischer gibt keine Antwort, sondern schreitet unbeirrt voran. Im Gang beginnen die Neonröhren über den Köpfen des Wachpersonals und der Häftlinge zu knistern und zu knacken. Weiter hinten zerplatzt eine Röhre. In der angespannten Stille hört Erik die feinen Glassplitter auf den Boden fallen.

»Was ist denn hier los, zum Teufel?«, ruft einer der Häftlinge und zerrt an seinen Handschellen. »Da stimmt doch was nicht.«

»Ruhe!«, brüllt ein Wachmann. »Es ist verboten zu sprechen.« Aber Erik bemerkt das Zittern in der Stimme des Kollegen und beschleunigt seine Schritte.

»Es besteht kein Grund zur Panik«, hört er Fischer aus der dunklen Kantine herausrufen. »Nur ein partieller Stromausfall, die Techniker im Kontrollraum haben bereits alles im Griff.«

»Bewegt euch«, zischt Erik einen der Häftlinge an, der mit schreckgeweiteten Augen auf die Betonwand neben ihm starrt, wo ein dünnes Rinnsal die Fugen entlang auf den Boden tropft.

»Die Wand ist undicht«, flüstert der Gefangene. »Das Wasser wird auch hier eindringen. Wir werden sterben.«

»Blödsinn«, antwortet Erik und drängt zu Eile. Aber auch er hat es gesehen, überall in den Fugen bilden sich feine Wasserstraßen, die sich auf dem Boden zu kleinen Seen und Pfützen vereinigen. Der Gefangene zerrt hektisch an seiner Kette, und Erik weiß, dass er jetzt keine Panik heraufbeschwören darf, wenn er ihn zwingt, stehen zu bleiben. Also schließt Erik schnell die Kette auf, die den Gefangenen mit seinem Vordermann verbindet, und drückt ihn an die Wand.

»Sie halten den Mund und gehen an den anderen vorbei. Mein Kollege vorne wird Sie in Empfang nehmen und wieder anschließen. Haben Sie mich verstanden?«

»Fuck you«, zischt der Gefangene und schleppt sich direkt auf der gelben Linie entlang an den anderen Häftlingen vorbei. In diesem Moment erschüttert ein lauter Knall den Gang, und Erik meint sogar, den Boden beben zu spüren. Mit einem Schlag erlischt die Beleuchtung im Gang. Einige

Gefangene beginnen sofort zu fluchen und zu schreien. Hektisch gibt Fischer vorne den Befehl, die Häftlinge an der Kette einfach weiterzuziehen, bis sie alle in der Kantine gelandet sind. Doch Erik hat die Kette noch nicht wieder geschlossen, und als die Reihe sich in Bewegung setzt, bleiben die letzten beiden Häftlinge in der Schlange und Schmidt in dem dunklen Gang hinter Erik zurück.

Schnell macht er einen Schritt über die gelbe Linie und greift nach der Kette, die vor ihm auf dem Boden liegt. Er spürt den Atem des vordersten Häftlings in seinem Nacken, als er ruckartig daran zieht und der Mann gegen ihn taumelt. Ketten klirren, und für einen Moment glaubt Erik, der Gefangene wolle ihn damit erwürgen. In Panik taucht er nach unten, lässt die Kette los und läuft einige Schritte nach vorne. Noch im selben Augenblick begreift er, dass er einen Fehler gemacht hat, doch es ist bereits zu spät. Hinter sich hört er Gepolter und unterdrücktes Keuchen. Für einen Moment sieht er, wie sich die Schleusentür öffnet und wieder schließt.

Erik läuft es heiß und kalt den Rücken hinunter. Es ist noch immer stockdunkel, und keiner der anderen vor ihm scheint bemerkt zu haben, was eben geschehen ist. Als er endlich die Kantine erreicht, ist er schweißnass. Keuchend lehnt er sich an die Wand und versucht, seinen Pulsschlag zu beruhigen.

Aus den Lautsprechern ist plötzlich leise Frank Sinatras Lied »Strangers in the Night« zu hören, das sich mit dem Heulen des Sturms vermischt und ihm für einen Moment den Schrecken nimmt. Doch dann wirbelt von irgendwo ein Luftzug in die Kantine, jagt durch den schwarzen Raum und fegt Gläser und Geschirr vom Büfetttresen.

»Abzählen«, ertönt Fischers laute Stimme. Mit seinem

Schlagstock klopft er auf einen Tisch, um seinem Befehl Nachdruck zu verleihen. Ein Feuerzeug flammt auf. »Sofort die Gefangenen abzählen!«, wiederholt er.

Mit gleichmütigem Gemurmel, als würden sie die Dunkelheit und den Sturm kaum bemerken, beginnen die Gefangenen mit dem Durchzählen, noch immer untermalt von Sinatras Musik.

»Dreiundsechzig!«, sagt der letzte, dann herrscht Stille.

»Es müssen sechsundsechzig Häftlinge sein«, sagt Blatter, der nun neben Erik steht. »So eine verdammte Scheiße! Drei von diesen Arschlöchern sind verschwunden.«

»Die kommen doch sowieso nicht von hier weg«, meint Erik, der bereits ahnt, was sie erwartet.

»Holm, nehmen Sie sich drei Männer und suchen Sie draußen nach den fehlenden Insassen.« Als Erik zögert, setzt Fischer nach: »Und zwar sofort.«

Nur wenige Augenblicke später steht er im Freien und stemmt sich gegen den Wind. Obwohl er schweres Ölzeug trägt, fühlt er sich schon jetzt vollkommen durchnässt. Gemeinsam mit seinen beiden Kollegen läuft er über den betonierten Vorplatz bis zu den Wellenbrechern hinunter. Turmhohe Wellen tauchen aus dem finsteren Nichts auf, erheben sich majestätisch, um mit einem ohrenbetäubenden Klatschen auf den Felsen aufzuschlagen und wieder in der schwarzen See zu verschwinden.

Eriks Taschenlampe zuckt durch den prasselnden Regen, ihr Lichtkegel wandert an den nassen Betonwänden der Gebäude entlang bis zu den Wellenbrechern. Auf dem schmalen Weg, der zu den Felsen führt, sieht er einen Rollstuhl, darin eine zusammengesunkene Person. Es ist Carlos Schmidt.

Als Erik zu ihm läuft, deutet er mit dem Arm in die schwarze See.

»Sie kommen jetzt mit mir. Ihr Fluchtversuch wird ein Nachspiel haben«, ruft Erik gegen den Wind und packt den Rollstuhl an den Griffen. Doch Schmidt arretiert die Räder und dreht sich zu Erik um. Im Schein der Taschenlampe sieht Schmidts Gesicht noch zerklüfteter und verlebter aus. Seine langen grauen Haare kleben nass auf seinen Wangen, nur seine Augen leuchten.

»Sie haben einen Fehler gemacht, Erik«, sagt Schmidt und blickt ihn fest an. »Sie haben die Kette geöffnet. Aber keine Sorge, ich behalte es für mich. Das ist unser Geheimnis. Ab sofort sind Sie mir etwas schuldig.«

»Ich verstehe nicht, was Sie meinen«, antwortet Erik, während ihm kalter Schweiß den Rücken hinunterrinnt. »Was wollen Sie hier überhaupt?«

»Ich will nur den beiden dort helfen«, sagt Schmidt und zeigt noch einmal auf die schwarzen Wellen.

»Helfen? Was reden Sie da?«

»Mann, sind Sie blind?«

Wieder deutet Schmidt mit dem Arm in die stürmische See hinaus. Erik kneift die Augen zusammen, um in der Gischt etwas zu erkennen. Als ein Blitz aufleuchtet, sieht auch er das Schlauchboot mit zwei heftig winkenden Gestalten auf einem Wellenkamm treiben. Verzweifelt versuchen die beiden Männer, das Boot stabil zu halten, doch dann donnert eine riesige Welle darüber hinweg.

»Das Boot ist verschwunden«, kommentiert Erik atemlos und lässt den gleißenden Strahl der Taschenlampe über die schwarze See gleiten. Im Lichtkegel sieht er undeutlich zwei

Köpfe, die auf den Wellenbergen auf und nieder tanzen wie ins Wasser geworfene Bälle.

Plötzlich packt ihn Schmidt am Arm. Seine Stimme klingt in dem prasselnden Regen und dem heulenden Wind unmenschlich verzerrt.

»Jetzt sehen wir ihnen beim Sterben zu.«

13

Auf den blank polierten Stahltischen im Keller des Gerichtsmedizinischen Instituts liegen zwei junge Frauen. Ihre Körper sind bis zum Hals unter dünnen grünen Tüchern verborgen, und im Licht der Neonröhren wirken ihre regungslosen Gesichter noch bleicher. Auf einem metallenen Rolltisch tickt ein Wecker. Bis auf das Summen einer Fliege, die immer wieder an das schmale Fenster klatscht, ist es das einzige Geräusch in diesem Raum.

Der Keller des Instituts besteht aus mehreren Gewölben mit niedrigen kuppelförmigen Decken, die durch Rundbögen miteinander verbunden sind. Die Nischen in den roten Ziegelwänden sind mit Postern geschmückt, auf denen philosophische Sprüche stehen, die mit dem Tod in Verbindung stehen. Ein Zitat des Schriftstellers Thomas Bernhard hängt direkt über einem Aluwaschbecken: »Es ist alles lächerlich, wenn man an den Tod denkt.« Die glänzenden Alutüren eines großen Transportlifts reflektieren das Licht, daneben gibt es eine Treppe aus Metall, die nach oben ins Erdgeschoss führt. An einer Längsseite stehen endlose Reihen von stählernen Kühlkästen, in denen die Leichen lagern, die vom Gericht bereits freigegeben sind. Auf den Stahltischen hingegen warten die aktuellen Fälle auf die Gerichtsmediziner. Sie wurden am frühen Morgen aus dem Kühlraum geholt.

Es ist zu hören, wie im Erdgeschoss eine Tür aufgerissen wird, dann steigt ein Mann hastig die Treppe hinab. In seinem Mundwinkel baumelt eine erloschene Zigarette, denn natürlich weiß er, dass hier unten nicht geraucht werden darf. Seine polternden Schritte auf den metallenen Stufen pulverisieren die Stille, und der Lärm schlägt doppelt laut von den Wänden zurück. Als der Mann auf die Stahltische zugeht, schrillt der Wecker, und er zuckt zurück.

»Verdammt, hast du mich erschreckt!«, flucht Lundt, während er sich bückt, um seine Zigarette aufzuheben, die ihm aus dem Mund gefallen ist. »Wieso bist du schon hier? Und wie bist du überhaupt hereingekommen?«

»Ich arbeite doch als Assistentin in einem der Nebengebäude der Gerichtsmedizin. Schon vergessen?« Heftig keuchend bleibt Targa auf dem Stahltisch liegen.

»Ach ja, wir haben dir einen Zugangsausweis gegeben. Daran habe ich gar nicht gedacht.«

»Ich habe mich ein wenig umgesehen und dann probiert, wie lange ich die Luft anhalten kann, deshalb der Wecker. Vor einer Weile hat man dann das tote Mädchen gebracht. Und dann habe ich mich ein bisschen neben sie auf den Stahltisch gelegt.« Noch immer verharrt sie regungslos unter dem antiseptisch riechenden Tuch und starrt nach oben in das grelle Neon. »Dieses Mädchen wurde erstickt, indem man ihr buchstäblich die Luft abgedreht hat. Was hat sie in diesem Moment gefühlt? Wann hat sie sich ihrem Schicksal ergeben und resigniert? Ich dachte, sie würde es mir vielleicht erzählen.« Targa greift nach dem altmodischen Wecker und hält ihn Lundt entgegen. »Stoppst du, wie lange ich es ohne Atmen aushalte?«, fragt sie.

Jetzt schiebt sich Lundts Kopf in ihr Blickfeld. »Manchmal frage ich mich, ob du richtig tickst«, sagt er. Aber sie erkennt an seinem Gesichtsausdruck, dass er es nicht ernst meint. Seufzend greift Lundt dann nach dem Wecker. »Dann mal los.«

Targa hält die Luft an und muss sogleich ankämpfen gegen den Drang zu atmen, dieses Experiment abzubrechen, noch ehe es richtig begonnen hat. Gedanken und Erinnerungssplitter rasen durch ihren Kopf, aber sie kann diese Fragmente nicht anhalten. Als die Luft immer weniger wird, ballt sie unwillkürlich die Fäuste, hämmert auf den Stahltisch. Lundt blickt nervös auf den rasenden Sekundenzeiger und kaut an seiner Zigarettenkippe.

»Atme! Los, bist du verrückt!?«, hört sie Lundt rufen, aber sie schüttelt den Kopf. Sie will eine Grenzerfahrung, so weit vordringen, bis es nicht mehr weitergeht. Deshalb muss sie durchhalten. Lundt wird hektischer, greift nach dem Wecker und hält ihn ihr direkt vors Gesicht. Targa will noch nicht aufhören.

»Schluss jetzt!« Lundt packt sie an den Schultern, und damit ist es vorbei mit ihrer Konzentration. Gierig schnappt sie nach Luft.

»Wie lange habe ich ausgehalten?«, keucht sie.

»Fast drei Minuten. Das ist unglaublich«, antwortet Lundt überrascht.

»Vorhin habe ich es länger geschafft«, japst sie. »In den letzten Sekunden glaube ich jedes Mal, mein Kopf zerspringt. Weiße Blitze zucken vor meinen Augen hin und her. Ich rase eine Hochgeschwindigkeitsstrecke entlang, direkt auf ein Hindernis zu. Ab einem gewissen Punkt kann ich nicht mehr stoppen, und ich will es auch gar nicht mehr. Es ist wie ein Rausch. Wahrscheinlich ist genau dieser Moment der Kick für ihn. Wenn er taucht, und auch, wenn er tötet.«

Langsam richtet sich Targa auf, atmet tief durch und bindet ihre schweißnassen Haare mit einem Gummiband zusammen. Abwartend sieht sie Lundt an, der mit verschränkten Armen zwischen den beiden Stahltischen steht und sie kopfschüttelnd betrachtet.

»Was um alles in der Welt willst du dir damit beweisen?«

»Die Zielperson ist Freitaucher. Das heißt, er kennt dieses Gefühl, an die Schwelle des Erstickens zu gelangen. Darum muss ich wissen, wie es sich anfühlt.«

»Das ist eine ziemlich exzentrische Sichtweise«, meint Lundt und räuspert sich. »Kommen wir zu den Fakten.« Mit leiser Stimme spricht er weiter, als hätte er Angst, das Mädchen in seiner Totenruhe zu stören. »Wir haben noch keinen Namen zu seinem fünften Opfer. Ein Wachmann hat das Boot in den frühen Morgenstunden kurz vor Treptow abgefangen. Ganz in der Nähe gibt es einen Bootsverleih, von dort stammt auch der Kahn.«

»Sonst irgendwelche Anhaltspunkte?«, fragt Targa, obwohl sie sich denken kann, dass sie auch diesmal nichts dergleichen gefunden haben.

Lundt schüttelt den Kopf. »Die Stelle, an der unser Mörder das Mädchen höchstwahrscheinlich ins Boot gelegt hat, ist natürlich nicht der Tatort. Es gibt auch keine verwertbaren Spuren.«

»Was ist mit unserer Zielperson?«

»Die Staatsanwaltschaft lehnt eine Observierung nach wie vor ab, solange wir nicht mit handfesten Beweisen anrücken. Natürlich gibt es rund um den Bootsverleih auch keine Überwachungskameras.«

Lundt zuckt resigniert mit den Schultern. In dem niedrigen Gewölbe wirkt er noch größer, noch dünner und noch verschlossener. Eine graue Erscheinung mit randloser Brille und tiefen Kerben in den Wangen. Lundts Alter ist schwer zu schätzen, er dürfte aber Ende fünfzig sein. Targa hat ihn noch nie danach gefragt. Warum auch?

»Noch weiß niemand von dem neuen Opfer. Wir haben eine absolute Nachrichtensperre verhängt. Die Zielperson wurde natürlich auch nicht nach ihrem Alibi befragt. Unser Stillschweigen ist Teil unserer neuen Strategie und wird Sandman hoffentlich verunsichern.«

»Wenn er nichts über seine Tat in den Nachrichten sieht, wird er vermutlich schneller wieder zuschlagen«, überlegt Targa. »Wer weiß, vielleicht sucht er sich auch mehrere Opfer auf einmal. Doch dazu bräuchte er wohl eine neue Assistentin. Wollen wir hoffen, dass er die noch nicht gefunden hat.«

Einen Moment schweigen sie beide.

»Viele tote Mädchen, die in Booten durch ganz Berlin treiben«, murmelt Lundt, und Targa merkt, dass er dieses Horrorszenario für durchaus realistisch hält.

14

»Hast du schon Kontakt zu ihm aufgenommen?«, fragt Lundt, und Targa sieht, dass er noch immer das tote Mädchen anstarrt. Das unbarmherzige Neonlicht bestrahlt ihr junges Gesicht, das im Leben attraktiv gewesen, im Tod aber zu einer Fratze verzerrt ist: ein aufgerissener blutiger Mund. Eine abgebissene Zunge. Die Lippen nur zwei dünne, blutleere Striche. Hämatome in den Augen. Ein Gesicht, dem man ansieht, dass um das Leben gekämpft wurde. Targa meint, den Ausdruck der absoluten Verzweiflung noch sehen zu können. Den Augenblick, als das Mädchen realisierte, dass es keine Chance hatte. Dass es Zeit war zu sterben.

»Bekomme ich noch eine Antwort?«, fragt Lundt erneut.

Sie schüttelt den Kopf.

»Wann erfolgt deine Kontaktaufnahme?«

»Bald. Vielleicht noch heute«, sagt sie nachdenklich. Lundt beobachtet sie scharf, denn er spürt, dass sie kurz davorsteht, einen ihrer gefährlichen Alleingänge zu machen. Sie erkennt an seiner besorgten Miene, dass er sie durchschaut hat.

»Du hältst dich an meine Anweisungen. Komm mir bloß nicht mit deinen eigenen Plänen«, schärft er ihr ein.

Gerne würde Targa ihr Vorhaben mit Lundt besprechen, doch das geht nicht. Wenn sie ihm davon erzählt, würde er versuchen, sie davon abzuhalten.

»Hier, das ist der Sender.« Lundt hält ihr ein kleines elektronisches Teil entgegen.

»Was soll ich damit?«, fragt sie, nimmt das winzige Gerät und betrachtet es neugierig. Sie weiß genau, dass sie dieses Teil nicht verwenden wird.

»Der letzte Stand der Technik«, erklärt ihr Lundt. »Wenn du dich mit der Zielperson triffst, aktivierst du sofort diesen Peilsender und steckst ihn hinter dein Ohr. Haben wir uns verstanden?«

»Warum sollte ich das nicht verstehen? Du hast klar und deutlich gesprochen.«

»Immer diese Warum-Fragen.« Lundt verdreht die Augen und betrachtet sie dann prüfend. »Du machst keine Alleingänge. Wir haben vereinbart, dass du über seinen Blog mit ihm Kontakt aufnimmst. Du schickst ihm persönliche Nachrichten mit Fotos von Toten, die du angeblich in der Gerichtsmedizin geschossen hast. Du fragst ihn, was sie wohl in ihren letzten Augenblicken gedacht haben, und kommst so mit ihm ins Gespräch. Allmählich gewinnst du sein Vertrauen, und dann wird er dich treffen wollen. So weit unser Plan. Mit dem Sender kann Pierre durchgehend deine Spur verfolgen, und alle Daten werden sofort gespeichert.«

»Du wiederholst dich. Vielleicht liegt das an deinem Alter. Hab's schon verstanden«, antwortet Targa kurz angebunden. »Wer ist Pierre?«, fragt sie dann nach, denn an den Namen kann sie sich nicht erinnern.

»Der junge Mann, der die IT für uns macht.«

»Ach ja.«

»Hast du gestern Abend noch seine Blogeinträge gelesen?«, fragt Lundt, nimmt die Brille ab und massiert sich den Nasenrücken.

»Ja, ich habe sie überflogen.«

»Was hältst du davon?«

»Er beschreibt verschiedenste Grenzerfahrungen zwischen Leben und Tod. Teilweise vertritt er sehr eigenwillige Standpunkte.«

»Die da wären?«

»Eine Rubrik nennt sich ›Der Moment, bevor du stirbst‹. Dort vertritt er die These, dass man an der Schwelle zum Tod einen Blick ins Jenseits werfen kann. Und er fordert seine Abonnenten auf, ihm Bilder, Videos von ihren Erfahrungen zu senden. Manche schrecken auch nicht davor zurück, sterbende Verwandte mit dem Handy zu filmen.«

»So ein kranker Blödsinn«, kann sich Lundt nicht zurückhalten.

»Es sei der Augenblick der absoluten Wahrheit. Vergangenheit, Gegenwart und das kleine Fünkchen Zukunft treffen aufeinander.«

»Das Thema scheint dich zu faszinieren«, sagt Lundt spitz.

»Das ist Teil meines Jobs. Ich muss seine Beweggründe erfassen.«

»Gut, dann bist du ja schon in seine kranke Gedankenwelt eingetaucht.« Lundts Handy klingelt, aber er reagiert nicht. »Das Büro der Innensenatorin ruft pausenlos bei mir an. Es herrscht ein ziemlicher Druck von oben. Verständlich, denn sie wollen nicht noch mehr tote Mädchen.«

»Gibt es sonst noch etwas Wichtiges?«, fragt sie, da Lundt keinerlei Anstalten macht zu gehen.

»Fühlst du dich wirklich stark genug für diesen Job?«

Sie bemerkt das leichte Zittern in seiner Stimme. Als sie kurz aufsieht, hat es den Anschein, als würde er leicht schwanken. Mit seiner langen dünnen Gestalt wirkt er fast wie ein Bambusrohr, das sich im Wind biegt.

»Ja.«

»Du wirst dich öffnen müssen«, hört sie Lundts Worte vorbeirauschen und in den Kuppeln der Gewölbe verschwinden. »Nur so gewinnst du sein Vertrauen, und erst dann wird er dich in seine Pläne einweihen. Du musst hautnah an ihn herankommen.«

»Das hast du schon einmal gesagt. Aber was meinst du damit? Ich kann mir unter ›hautnah‹ nichts vorstellen. Was soll das sein?«, fragt Targa und ist zum ersten Mal in diesem Gespräch etwas verunsichert.

»Denk darüber nach«, gibt ihr Lundt unwirsch zur Antwort. »Du wirst schon begreifen, was damit gemeint ist.«

»Soll ich mich nackt zu ihm legen, um seinen Atem auf meiner Haut zu spüren?«

»So weit musst du hoffentlich nicht gehen«, winkt Lundt ab.

»Aber das ist doch hautnah.«

»Die Nähe, die ich meine, ist noch viel schlimmer.«

»Das kann ich mir nicht vorstellen.«

»Das ist sie. Denn du musst in seine Seele blicken.«

15

»Die Wedellrobbe ist ein Einzelgänger. Sie kann fast eine Stunde ohne Luft unter Wasser bleiben und in eine Tiefe von bis zu sechshundert Metern tauchen«, erklärt die sanfte Stimme aus den Lautsprechern des weißen Sennheiser-Kopfhörers, den er immer trägt, wenn er in diese Unterwasserwelt eintaucht.

In der Aqua World ist vormittags noch wenig Betrieb. Die Robbe taucht vor dem großen Plexiglasfenster auf und ab, als wüsste sie, dass sie einen faszinierten Zuschauer hat. Mehrmals dreht sich das Tier vor dem Panoramafenster um die eigene Achse, sticht kopfüber in die Tiefe, um mit einem eleganten Schwung wieder durch die Wasseroberfläche in die Luft zu stoßen.

Mit gefalteten Händen sitzt er auf der Bank und starrt in das Becken. Gleich wird die Robbe wieder nach unten tauchen und nur für ihn ihr anmutiges Unterwasserballett aufführen. Er ist so gebannt, dass er es überhaupt nicht bemerkt, als sich eine junge Frau mit zwei Zöpfen neben ihm auf die Bank setzt. Erst als die Robbe wieder auftaucht, um sich von der Trainerin einen Fisch als Belohnung abzuholen, wirft er einen schnellen Blick auf sie.

Die blonde Frau blättert in einem Buch und wirkt ein wenig abwesend. Als würde sie diese Unterwassershow überhaupt nicht interessieren. Dann taucht die Robbe wieder, er wendet seinen Blick von der Frau neben ihm ab und aktiviert die Stoppuhr auf seinem Handy. Immer neue Kunststücke zeigt das Tier ihm, und bis es wieder auftaucht, sind gute zehn Minuten vergangen.

Zehn Minuten ohne Luft unter Wasser, geht es ihm durch den Kopf, und er muss an einen Tauchkollegen denken, der mit einem einzigen Atemzug über zweihundert Meter tief tauchen konnte. Aber das letzte Mal tauchte er zu schnell wieder auf und liegt seither mit Dekompressionskrankheit in einer Berliner Klinik. *Und diese Robbe schafft die dreifache Strecke*, schießt es ihm durch den Kopf.

Er blickt zur Seite. Die junge Frau sitzt nicht mehr neben ihm auf der Bank, doch ihr Buch liegt noch da.

»›Die Blumen des Bösen‹«, liest er leise den Titel, und ein leichtes Lächeln umspielt seine Lippen. Mit den Fingerspitzen streicht er über den Buchrücken, wird aber sofort wieder abgelenkt. Die Robbe taucht blitzschnell nach unten, um den Köder zu fangen, den die Trainerin an einem Seil durch das Wasser sausen lässt. Nach einer Weile lässt seine Aufmerksamkeit nach. Er nimmt das Buch, drückt es fest an seine Brust und riecht daran. Mit einem Mal sind seine Sinne geschärft, und die wirren Gedankenfragmente in seinem Kopf beginnen sich zu Bildern zu ordnen. Schnell steht er auf, blickt umher. Am anderen Ende der Halle sieht er die Frau in einen blau erhellten Gang verschwinden. Er folgt ihr.

»Entschuldigung. Sie haben Ihr Buch auf der Bank vergessen.« Als er hinter ihr steht, überragt er sie um gut einen Kopf. Überrascht dreht sie sich um und sieht ihn an.

»Oh, danke. Wie vergesslich von mir«, sagt sie mit ruhiger Stimme und nimmt das Buch, das er ihr hinhält.

»Mögen Sie Baudelaire?«, fragt er und streicht sich über seinen Dreitagebart.

»Ja, seine Gedichte haben so etwas Morbides an sich. Das fasziniert mich.« Sie lächelt schüchtern.

»Für mich beschreiben seine Worte auf poetische Weise die Einsamkeit des Menschen in der Großstadt«, erwidert er. Er hat früher oft Baudelaire gelesen, und dieses Gefühl ist ihm in Erinnerung geblieben.

Die junge Frau nickt und zwirbelt gedankenverloren an einem ihrer Zöpfe. »Das stimmt. Einsamkeit und Tod sind wichtige Themen für ihn. Das Sterben als poetischer Akt.« Sie macht eine Pause und sieht ihn mit großen Augen an.

Will sie mit mir flirten?, denkt er und lächelt. Er weiß, dass er mit diesem Lächeln jede Frau in Sicherheit wiegen kann, dass keine von ihnen das Böse erahnt, das sich hinter seinem stattlichen Äußeren verbirgt.

»Sie haben sich einen ziemlich ungewöhnlichen Ort ausgesucht, um Gedichte zu lesen«, redet er weiter.

»Ich liebe die Stille, die hier herrscht, und die anmutigen Bewegungen der Robben im Becken.«

»Es ist still hier, in der Tat.« Er blickt auf seine Uhr. »Haben Sie ein wenig Zeit? Ich würde Sie gerne auf eine Tasse Kaffee einladen.«

»Warum nicht«, antwortet sie.

»Ich heiße übrigens Falk Sandman.«

»Ich bin einfach Nadine.«

»Ein schöner Name«, sagt Sandman. Er nimmt Nadines Hand und deutet einen Handkuss an. »Sind Sie aus Berlin?«

Während sie durch die menschenleeren Gänge der Aqua World schlendern, macht er weiter Small Talk. Ihre Stimmen werden von den Plexiglasbecken und Panoramafenstern zurückgeworfen. Riesige Haie treiben lautlos an ihnen vorbei, und das bläuliche Licht verwandelt ihre Gesichter in unwirkliche Masken.

»Ich interessiere mich seit frühester Jugend für den Tod«, kommt sie dann noch einmal auf ihr vorheriges Gespräch zurück. Nervös streicht sie sich über die blonden Haare, einer ihrer Zöpfe rutscht dabei nach hinten.

Während sie über den Tod und das Leben danach spricht, fällt Sandman das kleine halbmondförmige Gerät auf, das sich hinter ihrem Ohr verbirgt. *Ein Peilsender*, denkt er, während er Nadine immer tiefer in das Ganglabyrinth der Aqua World lotst. Vor dem Becken mit den Tigerhajen bleiben sie stehen. *Haben sie tatsächlich diese Frau als Lockvogel auf mich angesetzt?*, fragt er sich selbst. *Das letzte Boot hat die Polizei sicher bereits gefunden. Und es ist kein Geheimnis, dass ich viele einsame Stunden hier verbringe. Wahrscheinlich beobachtet man mich schon seit längerer Zeit. Aber ich mag es nicht, wenn man meine Ruhe stört.*

»Haie sind faszinierend«, sagt Nadine und stellt sich ganz nahe an das Panoramafenster. Mit den Fingerspitzen streicht sie über das Glas, als sich ein Tigerhai eng daran vorbeischlängelt.

»Möchten Sie den Haien noch näher sein? Vielleicht sogar selbst einen füttern?«

»Oh ja, das wäre bestimmt ein tolles Erlebnis.«

»Der Direktor der Aqua World ist ein guter Bekannter von mir«, sagt Sandman. »Begleiten Sie mich, ich kenne den

Weg in die Futterkammer oben beim Beckenrand. Von dort können Sie die Haie füttern.«

»Wirklich? Das wäre ja fantastisch.« Sie sieht zu ihm hoch, und ihre Oberlippe beginnt vor Aufregung zu zittern.

Sie muss den Lockvogel spielen, und obwohl sie verkabelt ist und draußen ein Spezialkommando auf mich wartet, fürchtet sie sich.

»Kommen Sie, das ist ein unvergessliches Erlebnis«, schwärmt er und wirft unauffällig einen Blick auf die Überwachungskameras im Raum. Sie filmen nur die Sitzbank vor der Panoramascheibe. Sandman steht mit Nadine im toten Winkel. Die schmale Tür, hinter der eine Treppe nach oben zum Beckenrand führt, wird nicht erfasst.

Plötzlich knallt ein Tigerhai mit seinem Kopf gegen das Glas. Das sichelförmige Maul mit den spitzen Zähnen erscheint Sandman wie ein böses Lächeln des Einverständnisses. Er spürt die Erregung, die ihn durchflutet. Schnell öffnet er die unversperrte Tür, nimmt Nadine an der Hand. Noch spielt die junge Frau ihre Rolle und steigt tapfer mit ihm nach oben. Doch am Beckenrand lassen sie ihre Nerven im Stich.

»Ich habe so etwas noch nie gemacht«, flüstert sie.

»Irgendwann macht man alles zum ersten Mal«, antwortet Sandman und blickt ihr tief in die Augen. Dann schiebt er sie näher an den Rand des Beckens und öffnet die Sicherheitsfenster. »Jetzt beginnt die Fütterung«, antwortet er ruhig, dreht sich um und deutet auf einen Kübel in der Ecke. Er holt ihn und drückt Nadine einen glitschigen Fisch in die Hand. »Werfen Sie den Köder einfach in das Becken«, fordert er die junge Frau auf.

Mit leichtem Widerwillen blickt sie noch einmal auf den

Fisch in ihrer Hand und wirft ihn dann schnell in das Becken. Doch keiner der Haie lässt sich blicken, und der tote Fisch sinkt einsam in die Tiefe.

»Warum kommen sie nicht?«, fragt Nadine enttäuscht.

»Sie müssen sich weiter nach vorne beugen und den Arm mit dem Futter kräftig ins Wasser stoßen. Die Wellenbewegung lockt die Haie an.«

»Okay. Ich versuche es noch einmal.« Nadine krempelt sich den Ärmel ihrer Bluse hoch und nimmt den Fisch, den Sandman ihr auffordernd hinhält. »Eins, zwei …«, zählt sie leise, um sich Mut zu machen. Bei drei stößt sie ihren Arm tief in das Wasser. Im selben Moment sieht sie die dreieckige Rückenflosse eines Hais blitzschnell auf sie zusteuern. Mit einem lauten Schrei reißt sie ihren Arm aus dem Wasser und prallt mit dem Rücken gegen Sandman, der knapp hinter ihr steht.

»Der Hai hätte mich fast erwischt«, stammelt Nadine und drückt sich eng an ihn.

»Keine Angst. Er war nur neugierig und hat keinen Hunger. Die Fütterung war erst vor einer Stunde.«

»Aber warum sind wir dann hier?«, fragt sie verwundert.

»Weil Sie etwas Einmaliges erleben sollen. Das habe ich Ihnen doch versprochen«, antwortet Sandman.

Blitzschnell packt er Nadine an den Oberarmen und hebt sie über den Rand des Sicherheitsfensters. Sie ist überraschend leicht und wehrt sich nicht. Sein Angriff kam so unvermittelt, dass die junge Frau unter Schock steht. Dann beginnt sie verzweifelt mit den Armen zu rudern, will sich am Rand des Beckens festhalten, rutscht aber ab.

Ihr Gesicht ist ganz nahe vor ihm, er kann ihren Atem

spüren. Ihre Augen sind schreckgeweitet, aber noch immer kann sie nicht glauben, dass er sie loslassen wird.

»Aufhören! Es reicht. Das ist nicht witzig!« Sie bäumt sich noch einmal auf.

Doch Sandman reagiert nicht darauf. Mit einer Hand hält er ihren Oberarm, mit der anderen reißt er ihr den versteckten Sender vom Ohr. »Jetzt ist Schluss mit diesen Spielchen, Nadine.«

»Was machen Sie mit meinem Hörgerät?«, kreischt sie in Todesangst.

»Keine Sorge. Es geht sehr schnell. Sie brauchen nur die Luft anzuhalten. Dann ist es gleich vorbei.«

Er lässt sie los, und Nadine sinkt nach unten, taucht aber sofort wieder auf. In Panik macht sie einige unbeholfene Paddelbewegungen und schnappt hektisch nach Luft, wird jedoch von ihrer vollgesogenen Kleidung erneut unter Wasser gezogen. Von den Bewegungen im Becken angezogen, nähern sich die Tigerhaie neugierig und mit elegant kreisenden Bewegungen.

Sandman blickt auf das kleine Gerät in seiner Hand. »Verdammt, das ist tatsächlich ein banales Hörgerät.« Er schüttelt enttäuscht den Kopf und wirft das Teil zu Nadine und den Tigerhaien ins Becken. »Schade um das gute Buch.«

16

Auf der Intensivstation ist es ruhig wie auf dem Meeresgrund. Nur das gleichförmige Heben und Senken der Beatmungsgeräte und das Piepen der EKGs verraten, dass hier noch jemand am Leben ist. Manchmal zerreißt ein schriller Pfeifton die Stille. Dann stürzen Ärzte und Schwestern aus den Bereitschaftszimmern und starten den nächsten Versuch, einen Patienten vom nahenden Tod ins Leben zurückzuholen.

Nach einem anstrengenden Vormittagsdienst sitzt die Stationsschwester Margarete Hendricks in dem spartanisch möblierten Schwesternzimmer. Sie ist eine rundliche Frau mit einem grauen Zopf, den sie unter einer altmodischen weißen Schwesternhaube verbirgt.

»Störe ich dich?« Targa steckt den Kopf durch den Türspalt und blickt Margarete abwartend an. Diese steht überrascht auf und streicht sich den gestärkten weißen Kittel glatt.

»Aber nein, überhaupt nicht. Komm doch herein«, sagt sie und strahlt über das ganze Gesicht. »Wie nett, dass du mich besuchst.«

»Warum findest du das nett? Das ist Routine, wir treffen uns doch jede Woche.«

»Trotzdem freut es mich«, antwortet Margarete und umarmt Targa herzlich. Auch Targa legt ihre Arme um den fülligen Oberkörper ihrer Adoptivmutter und drückt sie an sich. Sie weiß, dass das von ihr erwartet wird, und versucht, es nicht einstudiert wirken zu lassen.

»Na gut, dann freuen wir uns.«

»Du weißt doch, wie ich das meine, Targa. Und jetzt gib deiner Mutter einen Kuss.«

Margarete fallen diese Worte leicht, denn sie kommen aus ihrem tiefsten Herzen. Wie jede Woche küsst Targa sie auf beide Wangen. Auch das ein fixes Ritual.

»Was machst du gerade?«, fragt Margarete neugierig, als sie sich an den Tisch setzen und sie für Targa grünen Tee in eine Tasse gießt. Sie weiß, dass ihre Tochter bei einer internationalen BKA-Einheit arbeitet, aber über die Details darf Targa nicht sprechen. Und das will sie auch gar nicht.

»Ich arbeite an einem heiklen Fall.«

»Ach, dann ist also alles wie immer. Du jagst die Bösen und bringst sie zur Strecke. Ich bin so stolz auf dich.« Margarete streicht ihr zärtlich über die Wange.

»Diesmal ist es anders, diesmal ermittle ich hautnah.«

»Was meinst du mit hautnah?«, fragt Margarete interessiert nach.

»Das weiß ich selbst noch nicht so genau.« Targa nimmt einen Keks aus der Dose auf dem Tisch und beißt hinein. Lundt hat versucht, ihr zu erklären, was er damit gemeint hat, aber sie kann es nur rational erfassen. Und sie weiß, das ist zu wenig. »Ich muss mich ganz auf eine Person einlassen«, wiederholt sie Lundts Worte. »Was auch immer das heißt …«

»Dann musst du doppelt vorsichtig sein«, antwortet Margarete und rückt ihre Schwesternhaube zurecht. »Wenn Gefühle ins Spiel kommen, wird es gefährlich.«

»Ich habe doch keine Gefühle.«

»Das bildest du dir bloß ein. Du bist ein durch und durch gefühlvoller Mensch, das weiß ich. Du kannst es nur nicht zeigen.«

»Glaubst du wirklich?« Targa verspürt das Bedürfnis, ihren Kopf an Margaretes Schulter zu lehnen. Für einen kurzen Augenblick ist sie wieder das kleine Mädchen, das zu ihr ins Bett schlüpfen durfte, wenn es sich fürchtete.

»Wie geht es deinem Freund?«, fragt Margarete nun.

»Freund? Wen meinst du?« Irritiert richtet sich Targa wieder auf und zieht die Stirn kraus.

»Diesen Finnen, von dem du mir das letzte Mal erzählt hast. Der mit seinem Sohn auf dem Campingplatz lebt.«

»Ach, du meinst Matti und Paul. Matti ist nicht mein Freund«, sagt sie. »Mit Matti gehe ich nur ins Bett.«

Was bedeutet Freundschaft eigentlich?, überlegt Targa, während sie noch einen Keks isst. Ist Matti vielleicht doch ein Freund, weil er auf Hund aufpasst? Weil er immer Zeit hat, wenn sie mit ihm schlafen will? Stellen einem Freunde frisch geernteten Salat vor die Tür, so wie Matti das manchmal tut? Streichen Freunde Farbe auf eine zerkratzte Stelle an ihrem VW-Bus oder reparieren den Wasserhahn? Sitzt man mit einem Freund stundenlang schweigend beim Fischen? Sie weiß es nicht.

»Na, wenigstens tut er dir gut«, sagt Margarete lächelnd, die Targas direkte Art sehr gut kennt.

»Warum?«

»Weil du so jung und hübsch aussiehst.«

»Ich gehe jeden Morgen an die frische Luft. Das fördert die Durchblutung, strafft die Haut und stärkt die Muskeln.

Mit Matti liege ich in seinem verqualmten Wohnwagen faul auf dem Bett. Wir trinken Bier und Wasser, sehen uns Filme an und haben Sex. Da sieht man hinterher nicht jung aus.«

»Aber das ist doch wunderschön. Faul im Bett liegen und den anderen genießen. Ich glaube, du liebst ihn.« Lachend schüttelt Margarete den Kopf und streicht Targa über die geflochtenen Haare.

»Warum sagst du das? Ich brenne doch gar nicht für Matti. Höchstens er für mich.«

»Muss man immer brennen, wenn man verliebt ist?«

»Ich glaube schon«, nickt Targa, denn sie hat darüber einen Artikel in einer Frauenzeitschrift gelesen.

»Dann liebt er eben dich.«

Sie antwortet nichts darauf und rückt ein wenig zur Seite. Mit dem Finger zeichnet sie unsichtbare Kreise auf die Tischplatte. Dann nimmt sie sich ein Herz und stellt die Frage, die sie bei den Gesprächen mit ihrer Adoptivmutter immer stellen muss.

»Hat sich dein Patient damals nicht doch an das Kennzeichen erinnern können?«

Schlagartig verdüstert sich Margaretes mütterliche Miene. Sie atmet heftig aus und greift sich an die Brust. »Kannst du nicht endlich Ruhe geben?«

»Nein«, antwortet Targa und stiert weiter auf die Tischplatte.

»Sieh mich an, wenn ich mit dir spreche.« Margaretes Ton wird schärfer, und Targa weiß, dass sie ihre Mutter verärgert hat.

»Es gibt keine Ruhe für mich. Es wird sie niemals geben«,

sagt sie stur. »Ich bekomme bald wieder neue Informationen. Was hat der Patient damals genau gesehen?«

Margarete lässt den Kopf hängen und seufzt auf. »Ich habe dir schon dreitausend Mal erklärt, dass sich der Patient an das Kennzeichen nicht erinnern konnte. Er hat das Nummernschild vom Fenster aus nicht deutlich gesehen.«

»Du hast es mir erst eintausenddreiunddreißig Mal erklärt.«

»Targa, du musst dich damit abfinden, dass du keinen Vater hast. Du kannst Informationen zusammentragen, so viel du willst. Du wirst ihn nicht finden. Das liegt alles schon zu lange zurück.«

»Ich finde meinen Vater«, antwortet Targa und stopft sich trotzig einen ganzen Keks in den Mund. Immer wenn das Gespräch auf ihren Vater kommt, verspürt sie diese merkwürdige Unruhe, die sie nicht einordnen kann. »Jedes Kind hat einen Vater. Das ist eine medizinische Tatsache«, sagt sie mit vollem Mund. »Und kein Vater will, dass seine Kinder in einer eisigen Winternacht vor einer Klinik sterben.« Jetzt redet sie sich in Rage.

Am liebsten würde sie ihren abgetragenen Converse-Sneaker ausziehen und Margarete ihren rechten Fuß unter die Nase halten, dem der kleine Zeh fehlt, der ihr in jener Eisnacht abgefroren ist. Aber das hat sie schon oft getan, und Margarete macht es jedes Mal traurig.

»Kein Vater will, dass sich die Mutter seiner Kinder das Leben nimmt.« Hastig stopft sie sich einen weiteren Keks in den Mund. »Und falls doch, dann werde ich ihn eines Tages dafür zur Rechenschaft ziehen.«

17

Sie wartet, bis das Taxi weggefahren ist, dann klettert sie über das Gartentor. Geschmeidig springt sie die Stufen hinauf, steht dann vor der doppelflügeligen Eingangstür und klingelt ungeduldig. Aus dem Inneren der Villa ist ein tiefer Gong zu hören, der mehrmals widerhallt, als würde er durch die Räume wandern. Nur wenig später wird die Tür geöffnet, und ein großer attraktiver Mann erscheint auf der Schwelle. Er hat die Hände in die Gesäßtaschen seiner Designerjeans geschoben und blickt sie erwartungsvoll an.

»Ja, bitte?«, fragt er.

»Ich will diese Villa kaufen.«

»Sie wollen was?« Der Mann weicht überrascht einen Schritt in das Dunkel der Eingangshalle zurück.

»Sie haben schon richtig gehört. Ich will Ihre Villa kaufen. Ist der Makler schon hier?«

»Dieses Anwesen ist nicht zu verkaufen. Es muss sich um einen Irrtum handeln.«

»Aber das ist doch die richtige Adresse?« Hartnäckig hält sie ihm einen Zettel entgegen.

»Ja, die Adresse stimmt. Aber ich verkaufe meine Villa nicht«, antwortet er sichtlich genervt. »Wenn Sie jetzt bitte gehen?«

»Darf ich mir in der Zwischenzeit die Räume ansehen, bis

der Makler eintrifft«, fragt sie nun und tut, als hätte sie seine Aufforderung überhört. Ehe er reagieren kann, zwängt sie sich an ihm vorbei ins Innere der Villa. Sie erfasst die überdimensionierte Halle auf einen Blick. Geschwungene Treppe zu einer Galerie nach oben. Geschmackvolles Designermobiliar, das eine persönliche Handschrift verrät. Die vorherrschende Farbe ist Weiß, doch es sind bunte Akzente gesetzt. Skulpturen aus Bronze, in der Halle verteilt. Moderne Bilder an den Wänden. Ihr fällt auf, dass sie alle monochrom und in abgestuften Blautönen gehalten sind.

»Schöne Bilder haben Sie da. Gehören die auch zum Inventar?«

»Verschwinden Sie auf der Stelle. Es reicht!« Jetzt steht der Mann direkt neben ihr, und seine Augen blitzen vor unterdrückter Wut.

»Beruhigen Sie sich. Der Makler wird gleich hier sein. Dann können wir auch über den Preis verhandeln.«

»Es gibt keinen Makler. Und keinen Preis. Raus jetzt!«

Drohend hebt er die Hand, doch sie ignoriert die Geste und betrachtet ein riesiges Gemälde, das bis knapp unter die Galerie reicht. Verschiedene Farbschichten in unterschiedlichen Blautönen laufen in sanften Wellenlinien horizontal über die Leinwand. Als er ihren Arm packt, sieht sie nicht einmal auf.

»So stelle ich mir die Tiefen des Meeres vor«, sagt sie stattdessen bewundernd.

»Es heißt ›Der stille Ozean‹«, antwortet der Mann und lässt ihren Arm los. Dann stellt er sich direkt vor sie, sodass sie das Bild nicht mehr sehen kann. Argwöhnisch taxiert er sie von oben bis unten.

»Wer sind Sie?«

»Ich bin Targa. Targa Hendricks. Und wie heißen Sie?«

»Mein Name ist Sandman. Falk Sandman«, antwortet er spontan. Seine Augen blitzen kurz auf. Sie hat ihn überrumpelt.

Jetzt stehen sie sich also das erste Mal gegenüber. Targa hatte ein Monster erwartet, einen Psychopathen, einen komplexbeladenen Sonderling. Nichts dergleichen passt auf Falk Sandman. Seine Stimme ist weich und gewinnend. Mit seinen dunklen Haaren und dem kurzen Bart sieht er sehr interessant aus. Seine Augen sind dunkel, und er setzt sie gekonnt ein. Betrachtet Targa. Sie erwidert seinen Blick, und für einen Moment kommt es zu einem Ringen, das unentschieden endet, denn beide sehen zeitgleich nach unten.

»Sie können sich diese Villa doch gar nicht leisten«, sagt Sandman abfällig und deutet auf ihre abgewetzte Latzhose.

»Warum urteilen Sie nur nach dem Äußeren?«, erwidert sie. »Diesen Fehler machen die meisten Menschen. Viel interessanter ist aber doch der Blick hinter die Fassade.« Sie legt den Kopf in den Nacken und verfolgt den müden Flug einer Wespe. »Haben Sie Zucker?«, fragt sie.

»Ja, in der Küche«, antwortet er irritiert.

»Geben Sie ihr einen Löffel Zuckerwasser. Das verschafft ihr neue Energie«, sagt sie und deutet mit dem Finger auf die träge durch die Luft taumelnde Wespe. »So, und jetzt möchte ich mir gerne die anderen Räume ansehen.«

Mit weit ausholenden Schritten durchquert Targa den Raum und schiebt die eindrucksvollen Flügeltüren auf. Der Salon ist lichtdurchflutet, eine breite Fensterfront öffnet sich zur Terrasse hin.

»Eine wunderbare Aussicht«, sagt sie beindruckt, als sie nach draußen bis hinunter zum Wannsee blickt. Plötzlich spürt sie Sandmans Hand auf ihrer Schulter. Als der Druck seiner Finger stärker wird, kriecht ein unbekanntes Gefühl in ihrem Inneren langsam nach oben.

»Was ist das für eine Schmierenkomödie, die Sie hier abziehen?«, hört sie seine Stimme hinter sich. »Ich muss Sie dringend bitten, mein Haus zu verlassen. Sie wissen doch gar nicht, wo Sie hier sind.«

Targa dreht sich vom Fenster weg und blickt ihn im Gegenlicht an. »Das weiß ich sehr wohl. Und der Makler wird …«

»Stopp!« Sandman hebt die Hand, um sie zum Schweigen zu bringen. »Es gibt überhaupt keinen Makler, und Sie lügen.«

Einen Moment sehen sie sich schweigend an.

»Ja, das stimmt«, antwortet Targa dann ruhig. »Ich habe das einfach erfunden. Ich bin eine Lügnerin.«

»Also heißen Sie überhaupt nicht Targa?«, fragt Sandman und wirkt zum ersten Mal verunsichert. »Warum tun Sie das?«

»Ich heiße wirklich Targa. Aber den Rest habe ich erlogen. Wie wäre ich sonst in diese schöne Villa gekommen? Da musste ich mir doch etwas Kreatives einfallen lassen.«

»Ich verstehe noch immer nicht, was Sie an meinem Anwesen so interessant finden.«

Targa tritt erneut an die breite Fensterfront. Die Sonne steht hoch am Himmel und verwandelt den Wannsee in ein glitzerndes Meer voller verlorener Wünsche und Träume. »Ich stelle mir vor, dass diese Villa meinem Vater gehört hat und ich hier geboren wurde.«

»Das stellen Sie sich vor? Sie sind komplett verrückt.« Er wendet sich kopfschüttelnd ab.

»Ja, ich bin vielleicht verrückt. Aber in meinen Träumen habe ich in genau so einem Haus gewohnt. Ich bin mit meinem Vater hinaus auf den See gerudert, und er hat mir das Tauchen beigebracht. Wenn ich länger als eine Minute unter Wasser bleiben konnte, bekam ich ein Eis. Einmal blieb ich so lange unter Wasser, bis ich ohnmächtig wurde. Es war ein schrecklich schönes Gefühl, langsam auf die andere Seite zu kippen.«

»Ja, unser Atem ist etwas Kostbares.« Sandman macht einen Schritt auf sie zu. Sie hat sein Interesse geweckt. Dann wandert auch sein Blick hinunter aufs Wasser. »Die meisten Menschen erkennen das erst, wenn sie keine Luft mehr bekommen. Als Freitaucher jedoch wird einem das jedes Mal bewusst, wenn man in die Stille des Ozeans hinabgleitet.«

Kaum hat er diese Sätze ausgesprochen, geht ein Ruck durch ihn, und er verwandelt sich wieder in den unnahbaren Villenbesitzer. Targa erkennt an seiner Miene, dass er darüber verstimmt ist, ihr einen Blick in seine Welt gestattet zu haben.

»Warum erzählen Sie mir lauter Lügen? Sie sind doch eine interessante Frau. Gibt es denn keine Wahrheit in Ihrem Leben?«

Langsam geht Sandman auf sie zu. Sie weicht nicht zurück, sondern bleibt abwartend stehen. Als er direkt vor ihr steht und sie erwartungsvoll anlächelt, spürt sie zum ersten Mal im Leben ihren Herzschlag.

18

Zwei Tage sind seit dem Unwetter vergangen, und auf der Gefängnisinsel geht alles wieder seinen gewohnten Gang. Laurenz Fischer hat eine Pressemitteilung verfasst, dass zwei Häftlinge einen Stromausfall genutzt haben, um zu fliehen. Höchstwahrscheinlich sind beide während des Sturms im Meer ertrunken. Ein Polizeiboot hatte sich direkt nach dem Unwetter auf die Suche gemacht, konnte die beiden vermissten Häftlinge aber bislang nicht bergen. Die Untersuchung des Vorfalls hat ergeben, dass die Gefangenen vermutlich während des Abzählens durch eine Notausgangstür flüchten konnten. Wie genau, wird noch ermittelt.

Keiner scheint mitbekommen zu haben, dass Erik die Kette, mit der die Gefangenen verbunden waren, aufgeschlossen und dadurch ihre Flucht ermöglicht hat. Außer Carlos Schmidt. Und das ist beunruhigend.

Noch immer hat Erik keine Ahnung, weshalb Schmidt isoliert in einer Zelle im roten Gang inhaftiert ist. Er hat es aufgegeben, seine Kollegen danach zu fragen, denn niemand kann oder will ihm etwas darüber sagen.

Heute hat Erik Spätdienst, und er ist für die abendliche Essensausgabe zuständig. Als er sich gerade auf den Weg in den Speisesaal machen will, steht Fischer plötzlich breitbeinig und mit verschränkten Armen vor ihm.

»Holm, du bist hier falsch.«

»Aber ich bin doch für die Essensausgabe eingeteilt?«

»Richtig. Aber nicht hier.«

»Wo denn dann?« Erik sieht Fischer verständnislos an, denn einen zweiten Speisesaal gibt es nicht.

»Du bist für den roten Gang zuständig.«

»Für die Zelle von Carlos Schmidt?«

»Hast du ein Problem damit?« Fischer zieht die Augenbrauen nach oben und hebt das Kinn. »Wenn du Angst hast, dann bist du hier fehl am Platz.«

»Nein, ich wundere mich nur, dass ausgerechnet ich wieder zu Schmidt soll.«

»Das ist reine Routine«, beruhigt ihn Fischer. »Einer muss es ja machen. Du bist der Neue, deshalb ist es jetzt deine Aufgabe.«

»Ist das wieder so ein Scherz wie letzte Woche mit dem Skype-Termin?«, fragt Erik vorsichtig, denn ein zweites Mal will er sich nicht ins Bockshorn jagen lassen.

»Nein. Mach einfach deinen Job.« Fischer schiebt die Metalltür auf, die in den Speisesaal führt. »Dort steht das Essen für Schmidt. Du bringst es ihm.« Er deutet auf ein Tablett mit Aluminiumschüsseln, die im Neonlicht wie Skulpturen funkeln.

»Ich soll wieder in die Zelle?«

»Den Ablauf erklären dir die Kollegen.«

Während sich das Rondell dreht und schließlich vor Gang drei zum Stehen kommt, hält Erik das Tablett mit beiden Händen umklammert. Die rote Linie auf dem Boden leuchtet aufdringlich, als wäre sie extra für Erik frisch übermalt worden. Er kneift die Augen zusammen, atmet tief ein und aus und geht mit ruhigem Schritt in den Kontrollraum.

»Das Essen für Carlos Schmidt«, sagt er betont gelassen.

»Wir sind informiert. Siehst du die Zellentür?«, fragt einer der Kollegen und deutet auf den Monitor.

»Ja, klar. Was ist denn damit?«

»Wenn du davorstehst, öffne ich vom Kontrollraum aus eine Luke, und du kannst das Tablett auf die Klappe stellen. Du wartest, bis Schmidt es heruntergenommen hat, dann schließe ich die Luke wieder, und du kommst zu uns zurück. Noch Fragen?«

»Nein, das werde ich wohl schaffen.« Erik zögert, ehe er dann doch eine Frage stellt. »Weshalb wird mit Schmidt so ein großer Aufwand betrieben? Was ist so Besonderes an ihm?«

»Das geht uns alle nichts an. Je weniger wir wissen, umso einfacher ist unser Job. Das wollen unsere Bosse so. Wenn wir wüssten, warum die Kerle alle hier sitzen, dann bekämen wir es vielleicht mit der Angst zu tun.«

»Da habt ihr recht.« Erik lächelt unverbindlich, tritt in die Schleuse und wartet, bis sein rechtes Auge gescannt wird. Als er vor der Zellentür steht, öffnet sich lautlos eine Luke, und eine Platte klappt nach unten. Erik stellt das Tablett darauf ab und will gerade einen Schritt zurücktreten, als ihn eine Hand am Gelenk fasst.

Panikartig zuckt er zusammen, tastet mit der freien linken Hand nach seinem Schlagstock, den er aber nicht aus seiner Halterung lösen kann, da er an der anderen Seite des Gürtels hängt.

»Danke für das Abendessen, Erik«, hört er Schmidts schneidende Stimme durch die Luke.

»Loslassen. Was soll das?«, antwortet Erik nervös, obwohl er weiß, dass es verboten ist, mit den Gefangenen zu sprechen. Er zieht seinen Arm zurück, doch der Griff ist zu fest.

»Ich habe dich letzte Woche am Leben gelassen. Weißt du auch, warum?«

»Lassen Sie mich sofort los«, zischt Erik und hofft, dass man im Kontrollraum nichts von dem Gespräch mitbekommt. Noch reagieren die Kollegen nicht, denn er steht mit dem Rücken zur Überwachungskamera.

»Ich brauche dich noch«, redet Schmidt unbeirrt weiter. »Du musst mir ein paar Informationen besorgen.«

»Sie sind komplett verrückt. Warum sollte ich das tun?«, flüstert Erik und versucht erneut, seine Hand zu befreien, doch Schmidt hält sie wie ein Schraubstock am Gelenk fest.

»Es wäre ganz einfach, dir jetzt die Hand abzuschneiden. Aber ich will mal nicht so sein«, sagt Schmidt leise, lockert den Druck jedoch nicht.

»Was wollen Sie von mir?«

»Wie ich bereits sagte: Ich brauche Informationen. Über eine gewisse Person.«

Erik atmet tief durch. Er steht schon auffällig lange vor der Klappe und müsste jetzt eigentlich über sein Funkgerät Unterstützung anfordern.

»Ich löse jetzt den Alarm aus«, flüstert er. Er will sich von Schmidt nicht einschüchtern lassen.

»Lass das lieber bleiben, Erik. Was würde wohl Fischer dazu sagen, wenn er erfährt, dass durch dein Verschulden zwei Gefangene fliehen konnten und jämmerlich ersoffen sind?«

»Fischer wird Ihnen kein Wort glauben.«

»Da täuschst du dich. Ich spiele abends oft Schach mit ihm. Über die Jahre hat er meine Menschenkenntnis und mein Urteil zu schätzen gelernt. Ein Wort von mir über den Vorfall, und du bist deinen Job los. Wie willst du dann deine Schulden bezahlen? Denk doch an deine kleine Familie, Erik. Die sitzt bald wegen dir auf der Straße. Und wer besorgt dann die teuren Medikamente für deinen kranken Sohn?«

»Stopp«, unterbricht er Schmidt. »Woher wissen Sie das alles?«

»Die Akten liegen in Fischers Büro herum. Da braucht man bloß darin zu blättern.«

An Eriks Schulter knistert das Mikro des Funkgeräts. Er muss zurück in den Kontrollraum.

»Du besorgst mir die Informationen, die ich brauche«, zischt Schmidts Stimme nun durch die Luke. »Dann vergesse ich, dass du schuld am Tod zweier Männer bist. Du hast ihnen schließlich zur Flucht verholfen.«

Eriks Augen weiten sich vor Schreck. »Was wollen Sie von mir?«

»Na bitte, warum denn nicht gleich so?« Schmidts Stimme klingt mit einem Mal versöhnlich, der Druck seiner klauenartigen Finger lässt nach.

Erik spürt, wie eine Papierkugel in seine Hand geschoben wird.

»Auf dem Zettel steht ein Name. Zum nächsten Skype-Termin brauche ich alle verfügbaren Informationen über diese Person. Hast du mich verstanden?«

»Ja«, flüstert Erik und zieht seine Hand aus der Luke. Schmidt nimmt das Tablett, und die Klappe schließt sich lautlos. Hastig wischt sich Erik mit der Hand über das Gesicht und lässt dabei die Papierkugel in seinem Mund verschwinden. Mit steinerner Miene geht er in den Kontrollraum.

Er spürt, wie Wut und Verzweiflung in ihm hochkochen. Denn er hat alles zu verlieren.

19

Sandman spürt die rätselhafte Aura, die Targa Hendricks umgibt. Sie ist unnahbar, als würde sie sich hinter einer Glaswand verschanzen, durch die er sie zwar sehen, aber nicht zu ihr durchdringen kann. Er muss auf der Hut sein.

Ihr bizarrer Auftritt hatte ihn zunächst irritiert, doch allmählich erlangt er die Kontrolle über die Situation zurück. Was ist sie für eine Frau? Sie ist noch jung, das unterstreichen aber auch die Zöpfe, mit denen sie ihr widerspenstiges blondes Haar zu bändigen versucht. Mit ihrer Latzhose und den Sneakern sieht sie entspannt aus, aber dieser Eindruck kann natürlich täuschen. Oberflächlich betrachtet wirkt sie naiv, vielleicht sogar ein wenig eigenartig. Wären da nicht ihre Augen. Diese Augen erinnern ihn an das Eis der Gletscher, die er in den Bergen durchwandert hat – kalt, unberechenbar und gerade deshalb so gefährlich.

»Ich zeige Ihnen etwas«, sagt sie nun, nestelt eine völlig verdrückte Fotografie aus der Brusttasche ihrer Latzhose und hält sie Sandman entgegen. »Das Foto habe ich von meiner Mutter bekommen.«

Er kneift die Augen zusammen und lächelt milde. »Diese Terrasse kann zu jeder Villa in dieser Gegend gehören.«

»Ist auch nicht so wichtig«, sagt Targa und lässt das Foto wieder in ihrer Tasche verschwinden.

»Unsere Familie besitzt das Anwesen schon seit Generationen«, antwortet Sandman.

»Naja, dann habe ich mich eben getäuscht.« Sie zuckt gleichmütig mit den Schultern und schlendert unbekümmert durch den Salon.

»Wird wohl so sein. Wo ist Ihr Vater jetzt?«

»Das weiß ich nicht. Ich bin schon mein ganzes Leben auf der Suche nach ihm.«

»Sie lügen vermutlich schon wieder. Aber sind wir nicht alle auf einer endlosen Suche?«

»Diesmal sage ich die Wahrheit.«

Während sie weiter über das Anwesen reden, schweifen Sandmans Gedanken wieder zu Hanna, seiner Assistentin, die ihn so bitter enttäuscht hat. Vielleicht wäre es mit dieser jungen Frau etwas anderes, vielleicht ist es ein Wink des Schicksals, dass sie hier bei ihm aufgetaucht ist. Aber noch ist es zu früh, sich darüber den Kopf zu zerbrechen.

»Können Sie kochen?«, fragt er dann völlig unvermittelt, um sie aus dem Konzept zu bringen. Er hat das Gefühl, sie auf die Probe stellen zu wollen.

»Warum fragen Sie?«

»Ich habe schon seit ewigen Zeiten nicht mehr mit einer hübschen Frau gemeinsam gekocht, und ich erwarte heute Abend Gäste«, antwortet Sandman charmant.

»Außer Spiegeleiern kann ich nichts kochen«, antwortet sie.

»Das macht nichts. Sie brauchen mir bloß zu assistieren.«

»Sie benötigen eine Assistentin?«, fragt Targa, als sie in Sandmans Hightech-Küche steht.

»Ich würde eher Gehilfin dazu sagen«, antwortet er und

blickt sie verheißungsvoll an. »Sie brauchen nur den Brotteig in der Schüssel kräftig zu kneten.«

Plötzlich weckt das Tivoli-Radio sein Interesse, das auf einem Wandbord steht und aus dessen Lautsprecher die Lokalnachrichten dringen. Eine aufgeregte Moderatorin berichtet von einem dramatischen Zwischenfall in der Aqua World, wo eine junge Frau aus bisher ungeklärten Umständen in ein Haifischbecken gestürzt ist. Sie hatte Glück im Unglück, denn die Haie haben ihr nichts getan. Aber durch den Schock wurde sie unter Wasser ohnmächtig und liegt seither im Koma.

Sandman wirft einen unauffälligen Blick auf Targa, doch sie knetet bereits den Teig in der Schüssel und scheint dem Radio keinerlei Aufmerksamkeit zu schenken. Mit Nadine wird er sich später beschäftigen, jetzt ist Targa an der Reihe.

»Kommen Sie mit, ich zeige Ihnen etwas«, sagt er leise und führt sie zurück in die Eingangshalle. Er stellt sie vor den großen, schlichten Spiegel und blickt über ihre Schulter hinein. »Was sehen Sie?«

»Ich sehe mein Gesicht im Spiegel.«

»Richtig. Aber dieser Spiegel kann hinter Ihre Stirn blicken. Er erkennt Ihre Gedanken und verrät mir, wer Sie wirklich sind. Es ist der Spiegel der Wahrheit.« Er wirft ihr einen verschwörerischen Blick zu.

»Das ist Unsinn. Ein Spiegel ist ein Gegenstand. Und Gegenstände können nicht zwischen Wahrheit und Lüge unterscheiden.«

»Sie scheinen mir ein sehr rationaler Mensch zu sein. Aber vergessen Sie nicht Ihre emotionale Seite, Targa«, flüstert Sandman mit weicher Stimme und hält sie dabei fest an den

Schultern. Nach einigen Sekunden lockert er seinen Griff. Er hat durchaus bemerkt, dass ihr diese Berührung nicht unangenehm war. »Ich muss noch kurz etwas erledigen. Kneten Sie doch bitte solange weiter den Teig. Ich bin gleich wieder zurück«, sagt er, schiebt sie sanft zurück in die Küche und verlässt den Raum.

Mit geschmeidigen Bewegungen sprintet er die Treppe nach oben und verschwindet in seinem Arbeitszimmer. Während der Computer hochfährt, denkt er kurz an Nadine. Sie könnte zu einem Problem werden.

Dann taucht Targas Gesicht auf dem Bildschirm auf.

Hinter dem Spiegel im Eingangsbereich hat er eine Kamera installiert, die mit einem Bewegungsmelder verbunden ist und alle Personen fotografiert, die sich darin betrachten. Die Screenshots werden sofort auf seinen Computer überspielt und mit verschiedenen Datenbanken abgeglichen.

»Targa Hendricks«, murmelt Sandman und klickt sich durch ihre Facebookseite. Interessiert betrachtet er die Fotos. Targa vor einem alten VW-Bus. Targa mit einem großen struppigen Hund. Es sind nur wenige Bilder, aber sie zeigen deutlich, dass die junge Frau nicht viele Freunde hat. Ein Bild zeigt Targa in einem grünen Kittel und mit einer grünen Haube auf dem Kopf. »Meine erste Woche im Institut« steht darunter.

»Gerichtsmedizin, was für ein Zufall.« Sandman ruft ihren Lebenslauf auf einer Jobplattform auf. Demnach hat sie ein Medizinstudium abgebrochen, ist lange Zeit mit ihrem Bus durch die Welt gegondelt und arbeitet jetzt als Assistentin in der Gerichtsmedizin. Noch einmal holt er den Screenshot mit Targas Gesicht auf den Bildschirm, vergrößert ihn, bis ihm nur noch die eisigen Augen entgegenleuchten.

»Bist du vielleicht die Richtige für mich?«, murmelt Sandman vor sich hin. Dann schaltet er den Computer aus und geht wieder nach unten.

»Was machen Sie eigentlich beruflich?«, fragt er ganz nebenbei, während er mit dem Daumen eine Messerklinge auf ihre Schärfe prüft.

»Ich arbeite mit Leichen«, antwortet sie kühl.

»Ach, das klingt aber interessant«, sagt Sandman mit gespielter Überraschung. »Erzählen Sie mir mehr davon?«

»Nein. Ich habe keine Lust.«

»Wie Sie meinen.« Dann wird er eben anders an sie herankommen. »Ich muss noch Wein aus dem Keller holen. Wollen Sie mich begleiten?«

»Warum nicht? Vielleicht ist auch der Weinkeller so geheimnisvoll, wie ich ihn mir vorgestellt habe?«

»Das glaube ich nicht«, erwidert Sandman lächelnd. Nein, so ein Keller, wie er ihn hat, übersteigt ihre Vorstellungskraft. In ganz Berlin gibt es keinen zweiten wie seinen. Da ist er sich vollkommen sicher.

»Das müssen an die fünfhundert Flaschen sein. Ein kleines Vermögen«, erklärt er stolz, als sie in dem hohen Gewölbe stehen. »Mein Vater hat sie gesammelt, er ist Weinliebhaber.«

»Ich trinke keinen Alkohol. Zu viel Alkohol führt zu Kontrollverlust«, sagt Targa und sieht interessiert umher. »Was ist denn dort?«, fragt sie und deutet auf eine eiserne Tür, die bündig mit der Ziegelwand abschließt.

»Dahinter befindet sich mein Tauchbecken.«

»Das möchte ich gerne sehen«.

»Wie Sie wollen.« Sandman greift in seine Jeans und fischt

einen kleinen Schlüssel hervor, der an einer geflochtenen Schnur baumelt. Mit einem Ruck öffnet er die eiserne Tür.

Sie betreten ein Gewölbe aus schwarzen Steinen mit einem Betonboden. In der Mitte steht ein hohes und schmales gläsernes Becken, das mit Wasser gefüllt ist. An den Wänden hängen großformatige Fotografien, die Sandman in Tauchausrüstung zeigen. Sonst ist der Raum leer. An einer Seite des Beckens befinden sich einige Stufen, auf der anderen verschiedene Displays und Anzeigen. Ein konstanter Brummton hüllt den Raum ein wie ein unsichtbarer Kokon.

»Hier trainiere ich meine Lungen«, sagt Sandman und beobachtet Targa, die fasziniert vor dem Becken steht. Er will ihr die technischen Raffinessen des Beckens erklären, von dem euphorischen Gefühl schwärmen, wenn die Luft immer weniger wird. Doch als er ansetzen will, winkt Targa ab.

»Ich habe genug gesehen«, sagt sie und zerreißt mit ihrer brüsken Ablehnung seine fein gesponnene Gedankenwelt. »Gehen wir wieder nach oben.«

»Natürlich.« Sandmans Miene verdüstert sich.

Schweigend gehen sie zurück in die Küche. Eine leichte Wut baut sich in ihm auf. Als sie vor dem Becken standen, hatte er das Gefühl, eine Vertraute an seiner Seite zu haben, jemanden, dem er sich öffnen kann. Aber sie hat ihn zurückgestoßen.

»Ich muss jetzt gehen«, hört Sandman ihre Stimme, und zerstreut nickt er.

»Vielleicht möchten Sie auch einmal in dem Becken Ihre Atmung trainieren«, meint er, während er Targa in die Halle begleitet.

»Ich übe nicht«, antwortet Targa.

Ihre brüske, undurchschaubare Art weckt den Jäger in Sandman.

»Soll ich Ihnen ein Taxi rufen?«

»Nein, ich gehe gern ein Stück zu Fuß.«

Plötzlich wird auf der Galerie mit lautem Knall eine Tür aufgerissen. Langsam dreht sich Sandman um und sieht seine beiden Mädchen oben am Geländer stehen. Unsicher blicken sie zu ihm herunter. Sie tragen noch immer die seidenen Morgenmäntel. Ihre Haare sind zerzaust, und die Striemen an Rebeccas Handgelenken leuchten rot. Beide haben dunkle Ringe unter den Augen und wirken erschöpft. Julia winkt ihm müde zu.

»Das sind meine Nichten, Rebecca und Julia«, erklärt er Targa mit entschuldigendem Unterton. »Sie verbringen die Sommerferien bei mir und waren gestern auf einer Party. Deshalb sehen sie so übermüdet aus.« Aufmerksam beobachtet Sandman Targas Reaktion. Er steckt seine Hand in die Hosentasche und spürt den dünnen Draht zwischen seinen Fingern. Sein Notfallprogramm.

»Ich war früher auch viel auf Partys«, sagt Targa gleichgültig, und Sandman nickt erleichtert. Sie hat keinen Verdacht geschöpft.

»Vielleicht besuche ich Sie bald in der Pathologie«, ruft er ihr noch hinterher, als sie über den gekiesten Vorplatz geht.

»Tote sind nichts für Sie«, gibt Targa ihm zur Antwort.

»Da haben Sie vermutlich recht«, antwortet Sandman und geht zurück in sein Haus, wo Rebecca und Julia auf ihn warten. Er wird die Zeit nutzen, in der sie beide noch am Leben sind.

20

Matti Juukonen kann gleichzeitig Forellen auf Stöcke aufspießen, einen Joint drehen und Bier trinken. Interessiert beobachtet Targa, wie er einen Fisch nach dem anderen auf den Grill legt und dazwischen einen Schluck Bier aus der Flasche nimmt. Wegen der Hitze hat er seine langen glatten Haare zu einem Dutt hochgebunden. Von seinem Hals rinnt der Schweiß nach unten und färbt sein helles Tanktop am Saum dunkel. Mattis muskulöse Arme sind dicht mit keltischen Symbolen tätowiert. Targa mag es, mit ihm im Bett zu liegen und sich die Symbole erklären zu lassen. Das entspannt sie.

Den rostigen Grill hatte Matti irgendwann vom Sperrmüll mitgebracht, ihn ordentlich geputzt und direkt vor Targas VW-Bus gestellt. Ein echter Liebesbeweis, hatte Margarete zu ihr gesagt. Zunächst war Targa nicht glücklich gewesen über das sperrige Ding vor ihrer Tür, aber mittlerweile steht er weiter hinten, und sie hat sich daran gewöhnt.

Als sie Lundts Wagen hört, steigt Targa in den Bus und holt noch einen Pappteller heraus. Sie hatte ihn vorhin bei einem Taxistand von einem der wenigen noch existierenden Münztelefone aus angerufen und ihn nach den beiden Mädchen gefragt. Eine Weile war es still gewesen am anderen Ende der Leitung, doch dann hatte Lundt gesagt, dass er sich sofort darum kümmern werde.

»Wir bekommen Besuch«, sagt sie zu Matti, der nur gleichgültig nickt.

Zwei Minuten später sitzt Lundt auf einer Obstkiste und zündet sich eine Zigarette an. »Haben Sie die Fische selbst gefangen?«, fragt er.

»Kann sein«, brummt Matti und dreht die Forellen auf dem Stanniolpapier auf die andere Seite.

Lundt verschwindet mit seinem grauen Anzug fast in der Dämmerung, nur das regelmäßige Aufleuchten der Zigarettenglut schält ihn aus der Dunkelheit.

Nachdem sie schweigend gegessen haben, steht Lundt auf und winkt Targa zu sich.

»Wir haben einiges zu bereden.«

»Gut. Nehmen wir Hund mit.«

Targa steht auf und gibt Hund ein Zeichen. Gehorsam trottet das Tier neben ihnen her, als sie über den verlassenen Campingplatz schlendern.

»Du solltest doch über den Blog Kontakt mit ihm aufnehmen«, beginnt Lundt und dreht sich zu Targa. Eine schwache Laterne beleuchtet sein Gesicht, das hager und abgekämpft aussieht. »Wieso hast du schon wieder eigenmächtig gehandelt?«

»Über den Blog hätte er sicher Verdacht geschöpft. So habe ich den Überraschungseffekt nutzen können.«

»Du bist verrückt. Weißt du, wie gefährlich das war?«

»Das war nicht gefährlich, das ist mein Job. Außerdem habe ich diese beiden Mädchen gesehen, also sei froh, dass ich dort war. Hast du etwas über sie herausgefunden?«

»Es sind keine Frauen vermisst gemeldet, auf die deine Beschreibung passt.« Lundt zuckt müde mit den Schultern. »Ich habe Pierre alle infrage kommenden Datenbanken durchsuchen lassen. Kannst du dich mittlerweile an einen Namen erinnern?«

Targa schüttelt den Kopf. Sie weiß, dass Sandman zwei Namen genannt hat, doch sie hat sich keinen davon merken können. Aber die Striemen am Hals des blonden Mädchens sieht sie noch immer ganz deutlich vor sich. Sie hat eben ein visuelles Gedächtnis.

»Es war irgendein längerer biblischer Name …«, überlegt sie laut.

»Ein biblischer Name? Na gut, ich gebe es weiter«, seufzt Lundt.

»Wieso wusstet ihr nichts von den beiden?«, fragt Targa. »Ich dachte, ihr habt Sandman im Visier.«

»Verdammt, was weiß ich, weshalb wir nichts davon wussten!«, flucht Lundt auf einmal und tritt die Zigarettenkippe mit der Schuhspitze aus. »Der Kerl tanzt uns auf der Nase herum.«

»Dann müssen die Mädchen erst kürzlich zu ihm gekommen sein.«

»Also hat er vielleicht bereits neue Assistentinnen gewonnen«, murmelt Lundt mit einem resignierten Unterton in der Stimme. »Dann wäre die ganze Operation hinfällig.«

»Nein, ich mache weiter wie besprochen. Vertrau mir. Ich bin besser als die beiden.«

Eine Weile gehen sie schweigend nebeneinanderher.

»Was wissen wir von dem Mädchen, das sich im Supermarkt erschossen hat?«, ergreift Targa dann erneut das Wort.

»Wir haben Hanna Darbovens Umfeld durchleuchtet. Ihre Mutter lebt mit der kleinen Schwester außerhalb von

Berlin. Die Polizei hat sie natürlich aufgesucht. Keine Auffälligkeiten.«

»Von uns war niemand bei der Mutter der Toten?« Ungläubig zieht Targa die Augenbrauen in die Höhe.

»Nein, es bestand keine Veranlassung dazu. Worauf willst du hinaus?«

»Ich muss nachdenken«, winkt Targa ab. »Wo ist denn die Puppe, die Hanna bei sich hatte?«

»Die muss noch bei der Spurensicherung sein. Aber mach dir keine Hoffnungen. Das war irgendeine billige Puppe, die in ganz Deutschland vertrieben wird. Die wird uns zu nichts führen.«

»Kannst du mir Hannas Puppe besorgen?«

»Ich denke schon. Was hast du denn damit vor?«

Targa ignoriert seine Frage. »Ruf bitte sofort an.«

»Wen soll ich anrufen?«

»Die Spurensicherung, ich brauche die Puppe.«

»Da arbeitet um diese Zeit doch kein Mensch mehr«, wiegelt Lundt ab und sucht in seinen Sakkotaschen nach der Zigarettenpackung.

»Warum nicht?«

»Weil andere Menschen ein Privatleben haben, Targa. Nicht so wie du.«

»Aber wir haben doch gegrillt«, sagt sie leise und merkt an Lundts Miene, dass ihm das Gesagte leidtut. »Das ist doch auch privat.«

»Natürlich. Ich habe es nicht so gemeint. Eilt es denn so?«, fragt er und zieht sein Handy hervor.

»Nein, ist schon in Ordnung, das kannst du auch morgen früh erledigen. Hauptsache, ich bekomme die Puppe.«

»Willst du mir nicht sagen, was du vorhast?«

»Noch nicht. Es ist nur so ein Gedanke, der in meinem Kopf herumschwirrt.«

»Na gut. Ich mache mich dann auf den Weg«, sagt Lundt, als sie wieder am VW-Bus stehen.

Als er in seinen SUV steigt und davonfährt, sieht Targa ihm nach. *Lundt hat doch selbst kein Privatleben*, denkt sie. Vor einiger Zeit hatte er ihr erzählt, dass seine Tochter an einer Überdosis starb. Daran ist auch die Ehe mit seiner Frau zerbrochen.

Das Wort »Privatleben« geistert in ihrem Kopf herum, als sie sich neben Matti setzt, der noch immer vor dem Grill hockt und in die Glut starrt. Targa weiß, dass man im Privatleben für die Dinge anderer Personen Interesse zeigen muss. Ob das immer aufrichtig geschieht oder oft nur vorgespielt wird?

»Hast du schon wieder einen Job?«, nimmt sie schließlich Anlauf und streichelt Hund, der seinen Kopf auf ihre Beine gelegt hat. Früher war Matti einer der gefürchteten Türsteher im Berliner Technoclub Berghain. Aber dort hat man ihn wegen seiner Vorlieben für Joints und Bier entlassen.

»Sieht gut aus«, murmelt Matti, was so viel bedeutet wie: *Ich kann auch von Hartz IV ganz angenehm leben*. Dann fügt er hinzu: »Vielleicht mache ich mich selbstständig.«

»Mit deinen Kräutern?«

»Mal schauen«, antwortet er mundfaul.

Dann probiert sie es noch mal: »Wo ist dein Sohn heute Abend?«

»Es ist bereits dreiundzwanzig Uhr. Kinder schlafen normalerweise um diese Zeit.«

Auffordernd hält er ihr einen fertig gedrehten Joint hin, doch Targa winkt ab. *Matti ist auch kein guter Gesprächspartner, wenn es um private Dinge geht*, denkt sie beruhigt. Deshalb versteht sie sich wohl so gut mit ihm.

Ihre Gedanken kehren zu den beiden jungen Frauen zurück. Irgendetwas hatte nicht gestimmt mit ihnen. Sie konzentriert sich, lässt die Bilder wie in Zeitlupe durch ihr Gedächtnis laufen. Es waren nicht die Striemen an den Handgelenken oder die Verletzungen am Hals des blonden Mädchens, die sie irritiert haben. Es war der Blick. Die Augen des blonden Mädchens irrten ängstlich umher, während das andere Targa fast lauernd wie eine Raubkatze beobachtete. Das unterschiedliche Verhalten der beiden Mädchen war es, das Targa so irritiert hat. Eigentlich müssten sie beide Angst haben. Angst vor Sandman. Angst um ihr Leben.

21

Er betrachtet die beiden Frauen, die nackt und schlafend in seinem großen Bett liegen. Julia kuschelt sich in das Kissen, zusammengerollt wie eine Katze. Ihre dunkle Haut glänzt wie Samt. Die blonde Rebecca schläft auf dem Rücken. Die Striemen an ihrem Hals wirken wie eine morbide Halskette.

Die letzten Tage und Nächte waren intensiv und mit lustvollem Sex erfüllt. Ganz langsam hatte Sandman begonnen, sie in die Kunst der Strangulation einzuführen. Doch gestern Vormittag war Rebecca ohnmächtig geworden und mit geröteten Druckstellen und Blutergüssen am Hals erwacht. Den Rest des Tages hatte sie sich zurückgezogen. Doch dann war diese eigenartige Frau auf der Bildfläche erschienen, Targa. Das hatte Rebecca plötzlich wieder angespornt, um den Platz an seiner Seite zu kämpfen.

»Aufwachen«, ruft er und rüttelt Julia an der Schulter. Verschlafen schrecken die beiden hoch.

»Wie spät ist es?«, fragt Rebecca mit heiserer Stimme und streicht über ihren Hals.

»Es ist fünf Uhr morgens.«

»Weshalb weckst du uns um diese Zeit?« Julia gähnt herzhaft und streckt sich.

»Wir gehen tauchen«, sagt Sandman und wendet sich Rebecca zu. »Wie fühlst du dich?«

»Das alles ist immer noch neu für mich«, sagt sie und fasst wieder an ihren Hals. »Aber es war schrecklich schön gestern. Ich dachte, ich sterbe. Ich lief durch einen Korridor, der immer enger wurde, bis ich stecken blieb und keine Luft mehr bekam. Aus den Wänden drangen Hände, die mich packten. Sie waren wie aus Stahl. Drückten mir die Luft ab. Noch jetzt fällt mir das Schlucken schwer. Und gleichzeitig war es unheimlich erregend.«

»Bald wirst du noch einmal von diesem Gefühl kosten dürfen. Asphyxiophilie ist eine Kunst«, sagt Sandman und dreht sich um. »Ihr braucht euch nicht anzuziehen«, ruft er nach hinten.

Er geht die Treppe nach unten. Vor dem »Stillen Ozean« bleibt er stehen und denkt an die letzten Worte, mit denen alles begann: »Das Nichts ist so blau wie auf meinen Bildern«. Mit den Fingerspitzen streicht er über die feinen Unebenheiten der Farbschichten, folgt dem Strich des Pinsels. *Vielleicht wäre alles anders gekommen, wenn sie überlebt hätte*, denkt er und reißt seinen Blick von dem Bild los.

»Wo tauchen wir denn?«, fragt Rebecca mit einem bangen Unterton in der Stimme, als sie ihm kurz darauf nach unten in den Keller folgen.

»Das wirst du noch früh genug erfahren«, antwortet Sandman geheimnisvoll.

»Hast du etwa Angst?« Julia zwinkert ihm verschwörerisch zu, doch er ignoriert diese Annäherung.

»Warum sollte Rebecca denn Angst haben?«

»Immerhin ist sie gestern ohnmächtig geworden«, plappert Julia mit einem arroganten Lächeln im Gesicht weiter. »So intensivem Sex ist sie wohl nicht gewachsen.«

»Ist es so?« Sandman bleibt auf der Treppe stehen und dreht sich zu Rebecca um.

»Natürlich nicht. Julia redet Unsinn.« Wieder muss sie husten.

Im Keller öffnet er eine schmale Tür. Der Raum dahinter ist vollkommen schwarz. Er schaltet die indirekte Beleuchtung ein. Beeindruckt lassen die Mädchen ihre Blicke über die Fotografien an den Wänden schweifen. Das Tauchbecken strahlt in einem bläulichen Licht. Feine Schatten huschen über die gläsernen Seitenwände. Verschwinden zwischen den großen Kieselsteinen, die am Boden des Beckens aufgeschichtet sind. Alles wirkt kalt, unheimlich, bedrohlich.

»Was ist da im Wasser?«, fragt Rebecca leise.

»Das sind nur Wasserschlangen«, antwortet Sandman. Er öffnet seinen schwarzen Seidenkimono und deutet zum Becken. »Rein mit dir.«

»Zu den Schlangen?« Rebecca tritt an den Beckenrand, aber bleibt dort zögernd stehen.

Sandman lächelt. »Keine Sorge, sie sind harmlos. Nun stell dich nicht so an, vertraue mir.«

»Widerlich.« Sie schüttelt sich, steigt aber trotzdem vorsichtig ins Becken. In dem blauen Licht wirkt ihre helle Haut grau und ungesund.

»Wer den Atem länger anhalten kann, gewinnt diese Kette.« Sandman greift in die Tasche seines Kimonos und zieht eine silberne Kette mit einem großen tränenförmigen Diamantanhänger hervor. Er hält sie vor die beiden jungen Frauen, sodass sie die Gravur auf der Rückseite erkennen können. »In love. F. S.«

»Du startest, Rebecca, und ich stoppe die Zeit.« Sandman

klopft ungeduldig auf die Uhr, die an der Außenwand des Beckens befestigt ist. »Los!«

Sie holt noch einmal tief Luft, hält sich die Nase zu und verschwindet unter Wasser.

Sandman nimmt Julia an der Hand und beide treten einen Schritt zurück. In dem gläsernen Becken sehen sie Rebecca, die sich an den Haltegriffen an der Beckenwand festhält. Eine Schlange windet sich dicht an ihr vorbei. Sandman dreht sich zu Julia und küsst sie lange und intensiv.

»Du drückst Rebecca unter Wasser, wenn sie auftauchen will«, flüstert er. »Schaffst du das?«

Wortlos nickt Julia und geht zum Becken. In diesem Moment schießt Rebeccas Kopf aus dem Wasser. Julia presst sofort beide Hände darauf und drückt ihre Rivalin mit aller Kraft nach unten.

»Das machst du sehr gut«, lobt Sandman sie, während er die Uhr im Auge behält. Genüsslich zählt er die Sekunden. Das Wasser schäumt unter Rebeccas panischen Befreiungsversuchen. Eine Minute ist schnell um, und Rebeccas Gegenwehr wird merklich schwächer.

»Das reicht.« Sandman gibt Julia ein Zeichen, doch sie reagiert nicht darauf. »Du sollst sie loslassen.« Er packt Julias Arm und zieht sie weg. Rebecca schnellt nach oben.

»Bist du verrückt!«, schreit sie, spuckt Wasser und hustet. »Ich wäre fast ertrunken! Ich mach dich fertig. Ich bring dich um.«

»Hört auf.« Sandman hilft Rebecca galant aus dem Becken. Sein Tonfall ist unverändert ruhig. »Los, jetzt du«, befiehlt er Julia.

Sie steigt ins Becken und taucht ab.

Er wendet sich Rebecca zu. »Jetzt kannst du dich revanchieren. Drück sie unter Wasser. Bring sie um, wenn du willst.«

»Ich soll sie töten?« Rebecca sieht ihn mit ungläubigen Augen an und schüttelt den Kopf. »Nein, das kann ich nicht.«

»Du hast gerade doch selbst gesagt, dass du sie umbringen willst.«

Sie blickt unsicher auf ihre Füße. »Das war nur so daher gesagt.«

»Sie taucht gleich auf. Probiere es. Vielleicht fühlt es sich gut an«, fordert Sandman sie auf.

»Okay.« Zögernd hält Rebecca die Hände über das Becken. Als Julias schwarzer Lockenkopf hochschießt, drückt sie ihn zaghaft nach unten. »Ich kann das nicht«, flüstert sie und zieht ihre Hand wieder weg.

Sofort taucht Julia auf und strahlt über das ganze Gesicht. »Ich habe gewonnen.«

»Wie kommst du darauf?« Sandman zieht amüsiert die Augenbrauen hoch.

»Ich habe diese Fotze länger unter Wasser gedrückt.« Herausfordernd sieht sie zu Rebecca. Doch diese schweigt nur und ignoriert die Beleidigung.

»Das stimmt.« Sandman nickt, und Julia steigt aus dem Tauchbecken.

»Da siehst du es. Du bist die Loserin«, ruft sie Rebecca höhnisch zu.

»Nein, Julia«, unterbricht Sandman sie. »Die Frage war, wer länger unter Wasser bleiben kann. Das war eindeutig Rebecca.«

»Was? Das ist doch völlig daneben!« Julia schlägt mit der

flachen Hand auf das Wasser. »Diese blöde Kuh hat nicht gewonnen. Ich bin die Siegerin. Sag es. Bitte!«, jammert sie und lässt sich rücklings wieder ins Wasser gleiten. »Machen wir doch einfach noch einen Durchgang.«

Sandman beachtet sie nicht weiter. Er geht zu Rebecca und streicht mit der Silberkette über ihre nackte feuchte Haut. Sie zittert leicht. In dem blauen Licht wirkt sie mit ihrer zarten, aber durchtrainierten Figur wie eine nordische Göttin.

»Das ist für dich, meine Siegerin«, flüstert er und hängt ihr die Kette um den Hals. Mit seinen Lippen streicht er zärtlich an den Blutergüssen entlang.

22

Monika Darboven wohnt in einem kleinen Haus in der Peripherie von Berlin. Mit der S-Bahn fährt Targa durch die Stadt bis zur Endstation, muss dann aber noch ein ganzes Stück zu Fuß gehen, bis sie ihr Ziel erreicht. Sie hat ihre Haare unter einem Baseball-Cap versteckt und trägt eine Sonnenbrille. Auf keinen Fall will sie einem Journalisten in die Arme laufen, der vielleicht hier herumstreunt. Hannas Name wurde zwar geheim gehalten, aber man weiß ja nie. Targa geht lieber auf Nummer sicher.

Unter den Arm hat sie eine abgegriffene Plastiktüte aus dem Discounter geklemmt. Darin befindet sich in einer Klarsichtfolie der Spurensicherung die Puppe. Es hat Lundt eine Menge an Überzeugungsarbeit gekostet, den Leiter der Spurensicherung so weit zu bringen, dass er ihm die Puppe überlässt. Aber es hat schließlich doch geklappt.

»Ich fahre dich hinaus«, hatte Lundt ihr angeboten, als er die Puppe gebracht hat. Doch Targa hatte abgelehnt, denn eine eintönige S-Bahn-Fahrt war genau das Richtige, um sich auf die Begegnung mit Hannas Mutter einzustimmen.

Das Grundstück, auf dem sich das Haus von Monika Darboven befindet, ist mit einem verrotteten Holzzaun eingefasst. Es steht in einer tristen Arbeitersiedlung. Das rostige Gartentor ist nicht abgeschlossen, und Targa kann problemlos eintreten. Der ungepflegte Rasen ist verdorrt und das Wasser in einem aufblasbaren Planschbecken modrig. Das Haus ist einstöckig und die Fassade bröckelig. Alle Fensterläden sind geschlossen.

Monika Darboven ist zurzeit arbeitslos und auch sonst nicht gerade vom Glück begünstigt. Es gab eine Anzeige wegen häuslicher Gewalt gegen einen ihrer Lebensgefährten, die sie allerdings wieder zurückgezogen hat. Dann der Selbstmord der Tochter und die Konfrontation mit den schrecklichen Tatsachen, als plötzlich die Polizei vor der Tür steht: Ihre Tochter wird verdächtigt, an vier Morden beteiligt gewesen zu sein. Mit dieser entsetzlichen Ungewissheit muss Monika Darboven wohl vorerst leben.

Targa klingelt, aber nichts rührt sich. Sie runzelt die Stirn. Sie klingelt erneut und geht im Geiste noch einmal das Protokoll durch: eine alleinerziehende Mutter von zwei Töchtern. Hanna war neunzehn Jahre alt, ihre Schwester ist ganze dreizehn Jahre jünger. Zwei verschiedene Väter. Beide unbekannt. Mehrere Jobs, um die Kinder durchzufüttern. Schnell wechselnde Männerbekanntschaften, wahrscheinlich immer auf der Suche nach dem bisschen Glück zu zweit. Da wird man als Frau schnell abgestempelt.

Aus dem Dossier weiß Targa, dass Hanna einen Hang zum Düsteren hatte, Musik von Joy Division und Psychic TV hörte. Ein Foto ihres Zimmers zeigte an der Wand ein Poster von Marilyn Manson als Mickymaus. Was aber hat die billige Puppe damit zu tun?

Aus dem Inneren des Hauses ist plötzlich ein leises Geräusch zu hören.

»Frau Darboven?«

»Ja. Gehen Sie«, ertönt eine unsichere Frauenstimme.

»Ich bin von der Polizei. Öffnen Sie bitte die Tür. Ich habe etwas von Ihrer Tochter mitgebracht«, sagt Targa. Sie hört zögernde Schritte.

»Legen Sie es einfach vor die Tür.«

»Ich muss es Ihnen persönlich geben.«

»Sie sehen nicht aus wie jemand von der Polizei. Verschwinden Sie.«

Targa dreht sich zur Seite und sieht, dass in dem verrammelten Fenster neben der Tür ein winziges Loch ist. Sie wird beobachtet.

»Ich zeige Ihnen etwas.« Sie greift in die Tüte und holt die Puppe heraus. Schwenkt sie vor dem Loch hin und her. Von innen hört sie einen überraschten Ausruf. Dann wird die Eingangstür aufgesperrt. Sie scheint mit mindestens drei Schlössern gesichert zu sein.

»Kommen Sie schnell herein.« Eine Hand packt Targa und zieht sie in das finstere Innere des Hauses. Targa kann sich nur schwer orientieren. Undeutlich kann sie einen engen Flur und eine schmale Treppe erkennen, die nach oben führt.

»Geben Sie mir die Puppe«, flüstert Monika Darboven.

»Ich mache Licht, dann kann ich sie Ihnen zeigen.« Targa tastet mit der Hand an der Wand entlang, doch Monika reißt sie zurück.

»Kein Licht«, zischt sie. »Niemand darf wissen, dass wir noch hier sind.«

»Warum nicht?«, fragt Targa und bereut für einen Moment, dass sie keine Waffe mitgenommen hat. Eine Atmosphäre latenter Bedrohung liegt schwer über den dunklen

Räumen, ein dumpfes Grauen, das Targa nicht recht einordnen kann.

»Ist doch egal. Geben Sie mir jetzt die Puppe.«

»Gehörte sie Hanna?« Noch bevor Monika Darboven antworten kann, erkennt Targa es selbst. Die ganze Zeit hatte sie bereits das Gefühl, dass diese Puppe nicht recht zu Hanna passte. »Es ist die Puppe Ihrer jüngeren Tochter. Nicht wahr?«

Monika schweigt, und Targa geht einen Schritt auf sie zu. Sie versucht, eine Reaktion zu erkennen, aber es ist so dunkel, dass Monika Darbovens Umrisse sich in der Schwärze des Zimmers auflösen. Wie war doch gleich der Name der Schwester?

»Das ist Claras Puppe, richtig?«, wiederholt Targa dann. Die Schwester ist sechs Jahre alt, zu diesem Alter passt die Puppe. Aber weshalb hatte Hanna sie bei sich?

»Mhhh.« Mehr ist von Monika nicht zu hören.

Targa versucht die losen Fäden, die sich wie Lichtspuren durch ihren Kopf schlängeln, zu verknüpfen.

»Wo ist Clara?«, fragt sie.

»Nicht hier. Ja, die Puppe gehört Clara, das wollten Sie doch wissen. Jetzt verschwinden Sie. Ich habe Ihrer Kollegin doch bereits alles gesagt.«

Monika Darboven will sie schon nach draußen schieben, aber Targa dreht sich noch einmal um. »Nur noch eine Frage: Was war Hanna für ein Mensch?«

»Warum wollen Sie das wissen?«

»Sie hat es sicher nicht leicht gehabt mit ihrem Asthma.«

»Stimmt. Wir haben es nie leicht gehabt im Leben«, antwortet Monika kurz angebunden.

»Wie war doch gleich der Name des Arztes, bei dem sie in Behandlung war?«

»Hören Sie endlich mit der Fragerei auf. Ich trauere um meine Tochter. Nehmen Sie doch ein bisschen Rücksicht.« Wieder schiebt sie sie in Richtung Tür.

»Tut mir leid. Darf ich mir noch kurz die Hände waschen, bevor ich gehe?«

»Also gut. Das Badezimmer ist neben der Treppe links. Aber es gibt kein Licht, ich habe alle Glühbirnen herausgeschraubt.«

»Das macht nichts, ich finde mich auch im Dunkeln zurecht.«

Langsam geht Targa zurück in den Flur, öffnet die Tür des Badezimmers und dreht den Wasserhahn auf. Schleicht wieder nach draußen. Sieht den schattenhaften Umriss der Treppe. Lautlos steigt sie nach oben. Die Treppe mündet in einen kleinen Vorraum, von dem mehrere Zimmer abgehen. An einer Tür klebt eine Kinderzeichnung. Das muss Claras Zimmer sein. Die Tür ist nur angelehnt, denn ein schmaler Lichtstreifen fällt in den düsteren Flur. Mit den Fingerspitzen schiebt Targa die Tür auf. Unten rauscht leise das Wasser. Sie hört Monika im Wohnzimmer nervös auf und ab gehen.

Der schwere Vorhang vor dem Fenster ist ein Stück zur Seite geschoben, und Tageslicht sickert durch den Spalt herein. Claras Zimmer ist in graues Zwielicht gehüllt. Fliegen summen aufgeregt umher, und ein eigenartiger Geruch liegt in der Luft. Vor dem Fenster steht ein Schreibtisch, an einer Wand gibt es einen schmalen Schrank. Die Türen sind aufgerissen, und alle Kleider liegen durcheinander auf dem Boden. Das Bett an der Wand gegenüber ist zerwühlt, die Matratze ragt schief über die Kante heraus. Auf dem Boden davor liegt ein flauschiger Teppich und auf ihm zwei Personen. Eine Frau und ein Kind. Hand in Hand. Als würden sie schlafen.

Rund um die Köpfe der beiden ist der Teppich dunkel verfärbt, und in den dünnen Lichtstrahlen wirkt es, als wären sie auf rote Blumenkissen gebettet. Direkt zwischen den Augen des Kindes ist ein runder Fleck zu sehen, der wie ein indisches Segenszeichen aussieht. Aber es ist ein Einschussloch. Targas Blick wandert zu der Frau daneben. Ihr Kopf sieht merkwürdig verformt aus. Sie sieht, dass der Frau von einer Kugel der Schädel zertrümmert wurde.

Es ist ein Bild des Grauens, doch Targa bleibt keine Zeit für weitere Überlegungen. Sie hört, wie Monika unten die Badezimmertür öffnet und das Wasser abdreht.

In der plötzlichen Stille sind ihre Tritte auf der Treppe überdeutlich zu hören. Hastig sieht sich Targa nach einer Waffe um, kann jedoch nichts Brauchbares entdecken. Sie muss den Überraschungseffekt nutzen. Die Schritte kommen näher. Dann steht Monika vor Claras Zimmer. Als sich die Klinke bewegt, reißt Targa die Tür auf und springt auf die Schwelle. Die Frau prallt überrascht zurück.

»Sie sind nicht Hannas Mutter!«, ruft Targa und drängt sie hinaus auf den Flur.

»Wie kommen Sie darauf?«

»Hanna hatte kein Asthma. Das hat Sie verraten. Was haben Sie hier zu suchen? Sind das Monika und Clara Darboven?« Targa deutet nach hinten, wo die beiden Toten liegen. Doch die Frau schweigt und steht mit durchgedrücktem Rücken starr vor ihr. »Wer sind Sie?«

Langsam weicht sie bis zum Treppenabsatz zurück.

»Das werden Sie nie erfahren!«, zischt sie nun hasserfüllt. »Ich liebe ihn. Für ihn bin ich zu jedem Opfer bereit.«

»Von wem sprechen Sie?«

Plötzlich zieht die Frau eine Pistole hinter ihrem Rücken hervor und richtet sie auf Targa. In diesem Moment sieht sie das lächelnde Gesicht von Falk Sandman vor sich und versteht.

Unverwandt starrt sie Targa an und hebt wie in Zeitlupe die Pistole. Im Zwielicht wirkt ihr Gesicht, als würde es vor Glück strahlen.

»Jetzt beweise ich ihm, wie tief meine Liebe geht.« Ihre Stimme ist nur noch ein Wispern, und die Worte treiben wie Todesboten an Targa vorbei, hinein in das Zimmer, in dem Monika und Clara Hand in Hand tot auf dem Boden liegen.

In Targas Gedanken vermischt sich das Bild mit Sandmans zufriedenem Lächeln, und sie weiß, dass es kein Zurück mehr gibt.

Diese Frau hat getötet, und sie wird weiter töten, wenn ich sie nicht aufhalte, denkt Targa und springt im selben Augenblick auf sie zu, um ihr die Waffe zu entreißen. Doch Targa hat nicht den Funken einer Chance. Die fremde Frau dreht sich geschickt zur Seite, zögert keinen Moment und drückt ab. Für den Bruchteil einer Sekunde friert die Szene ein, und Targa erkennt deutlich das wahnhafte Leuchten in ihren Augen. Dann wird alles von einer Kugel ausgelöscht.

Teil 2

1

Das Gewitter verwandelt die Straße in einen reißenden Bach. Innerhalb weniger Sekunden ist der Himmel schwarz. Blitze erhellen in beängstigend schneller Abfolge die Finsternis. Von einem zuckenden Lichtkegel wird ein schwarzer Geländewagen aus der Dunkelheit herausgeschält. Seine Scheibenwischer laufen auf höchster Stufe, trotzdem ist der Fahrer im Inneren nicht zu erkennen. Der Wagen steht mit laufendem Motor und eingeschalteten Scheinwerfern gegenüber einer Bushaltestelle. Der überdachte Unterstand ist leer, doch eine Person steht davor und hält ihr Gesicht in den Regen. Es ist eine blonde Frau, und sie ist bereits komplett durchnässt. Das Wasser rinnt über ihren Körper und fließt aus ihren hochgekrempelten Hosenbeinen ihre nackten Füße hinab. Um ihren Hals hängt ein Paar Sneaker, an den Schnürsenkeln verknotet. Als sie den Kopf senkt und sich eine klatschnasse Haarsträhne aus dem Gesicht streicht, hat es den Eindruck, als würde sie weinen.

Aber Targa weint nicht. Sie beginnt gerade, das Erlebte rational zu verarbeiten. Die fremde Frau hat sich vor ihren Augen erschossen. Targa weiß, dass sie davon und von dem Anblick des toten Kindes geschockt sein müsste. Doch für sie ist es wie ein Film, den sie betrachtet. Sie sitzt davor und spult die Szenen ab. Sie hat Kollegen gesehen, die in solchen

Situationen zusammengebrochen sind oder nicht mehr klar denken konnten. Aber bei Targa ist es anders.

Während der Regen unablässig auf sie niederprasselt, analysiert sie das Verhalten der unbekannten Frau. Ihr Selbstmord war irrational. Sie hätte Targa erschießen und unerkannt entkommen können. Hatte Sandman ihr befohlen, zunächst Mutter und Kind und dann sich selbst zu töten? Targa ist sich sicher, dass es eine Verbindung zu ihm gibt, das spürt sie. Die blitzartige Vision von Sandman, die sie hatte, als sie der Frau gegenüberstand, hatte einen Grund.

Targa hebt den Kopf. Auf der anderen Straßenseite steht noch immer der Geländewagen. Der Fahrer wartet darauf, dass sie ihm ein Zeichen gibt. Er muss sich gedulden. Noch ist sie nicht so weit. Sie nimmt den Gedanken von vorhin wieder auf. Die fremde Frau war im Auftrag von Sandman als Killerin unterwegs. Targa ist ihr in die Quere gekommen. Da hat sie die Konsequenzen gezogen. Drei Tote an einem Tag. Mutter und Tochter. Eine noch unbekannte Frau. Dazwischen immer wieder das Bild von Sandman. Der sein Netz auswirft. Ein Netz der Gefühle und Abhängigkeiten, in dem sich labile Frauen verfangen. Ein schwarzer Menschenfischer.

Jetzt wartet er geduldig auf Targa. Sie kann es spüren.

Targa beginnt heftig zu zittern und mit den Zähnen zu klappern. Das Wasser rinnt in Bächen über ihre Haut. Am liebsten würde sie in diesem Moment nackt durch den Regen laufen. Alle brutalen Bilder aus ihren Gedanken waschen, um nur noch die bloßen Fakten zu sehen. Das ist ihre Art der Trauer. So verarbeitet sie den Horror.

Nachdenklich starrt sie auf ihre nackten Füße, die in einer

schmutzigen Pfütze stehen. Das monotone Prasseln beruhigt sie.

Allmählich fühlt sie sich besser. Jetzt ist sie so weit. Jetzt hebt sie die Hand. Die Fahrertür des Geländewagens wird aufgerissen, und Lundt springt heraus. Er läuft auf Targa zu, legt ihr sein Sakko über die Schultern.

»Es ist genug! Du holst dir noch den Tod!«, ruft er in den trommelnden Regen hinein. Lundt bemerkt nicht die schwarze Ironie seiner Worte.

»Der Regen wäscht meine Wut ab«, sagt sie und zieht die Jacke vorne zusammen. »Ich habe nicht damit gerechnet, dass diese Frau sich tötet. Wenn ich schneller reagiert hätte, wäre sie noch am Leben. Dann wären wir schon ein Stück weiter.«

»Menschen reagieren meistens anders, als man denkt. Wir finden sicher verwertbare Spuren«, sagt Lundt ungewohnt optimistisch. »Bald kennen wir ihre Identität.«

Er steht hinter ihr in dem Wartehäuschen und schüttelt sich das Wasser aus den Haaren. Sie hört das vertraute Klicken seines Feuerzeugs, als er sich eine Zigarette anzündet und einige Züge nimmt.

»Wir werden keine Verbindung zu Sandman entdecken«, sagt Targa. »Dazu ist er viel zu intelligent.«

»Du denkst, Sandman steckt dahinter?«, fragt Lundt.

»Ich bin mir ziemlich sicher.«

»Da hast du wahrscheinlich recht. Es kann gut sein, dass sie ihn kannten und er mit dem Mord an den beiden jegliche Verbindung zu ihm kappen wollte«, stimmt ihr Lundt zu. »Komm, lass uns fahren.«

Sie laufen durch den Regen zu Lundts Wagen. Die Standheizung ist eingeschaltet, und das Gebläse läuft auf höchster Stufe.

»Wie er die Frau wohl dazu gebracht hat, einen Mord für ihn zu begehen?«, fragt Lundt und legt den Gang ein.

»Sie war Sandman hörig. Er hat sie so lange manipuliert, bis sie alles getan hätte, was er von ihr verlangt.« Targa sieht auf den Boden, wo sich das Wasser von ihrer nassen Hose in der Fußmatte sammelt.

»Wie kommst du darauf?«

»›Jetzt beweise ich ihm, wie tief meine Liebe geht‹«, antwortet Targa.

»Was sagst du da?«

»Das waren ihre letzten Worte, ehe sie sich erschossen hat.«

»Hat er wirklich eine solche Wirkung auf Frauen?«, fragt Lundt skeptisch.

»Ich habe ihn erlebt. Er ist attraktiv und geheimnisvoll. Das ist eine gefährliche Mischung. Es macht ihn anziehend.«

»Auch für dich?«

Sie überlegt einen Moment. »Er fühlt sich allem überlegen, und diese Arroganz wird ihn zu Fall bringen.«

Lundt bemerkt, dass sie seiner Frage ausgewichen ist. Er verzieht den Mund und klopft mit der Hand auf das Lenkrad. »Nun haben wir drei weitere Tote. Und noch dazu eine Mutter mit ihrem Kind. Das können wir vor der Presse nicht geheim halten. Es ist zum Kotzen.«

Jetzt ist Lundt wieder ganz der Alte. Targa ist beruhigt. Wenn Lundt flucht, wird alles gut.

»Müssen wir auch gar nicht. Sandman soll ruhig wissen, was passiert ist.«

»Wir haben eine Nachrichtensperre vereinbart«, widerspricht Lundt.

»Das stimmt. Aber nur für die toten Mädchen.«

»Vielleicht hast du recht. Vielleicht können wir ihn damit aus der Reserve locken.«

Targa sieht schweigend aus dem Fenster. Der Regen klatscht noch immer gegen die Scheibe, durch die man die Häuser der Stadt nur verschwommen erkennen kann.

»Wenn ich eine Waffe mitgenommen hätte, wäre alles ganz anders verlaufen«, sagt sie nachdenklich.

»Quatsch. Du hast alles richtig gemacht. Es bestand keine Veranlassung, eine Waffe mitzunehmen.« Lundt macht eine abfällige Handbewegung. »Hast du die Puppe wieder mitgenommen?«

Wortlos greift Targa in die Tüte und hält sie ihm hin.

»Die gehört zurück in die Asservatenkammer.«

Sie fahren eine Weile durch den Westteil von Berlin, bis sie in einer schmalen Straße in Wedding landen. Vor einem Ecklokal ohne Namensschild parkt Lundt seinen Geländewagen und öffnet die Tür.

»Da wären wir«, sagt er und steigt aus.

Mittlerweile hat es aufgehört zu regnen. Die Gewitterwolken verziehen sich, und die Sonne zeigt sich bereits zaghaft. Es sieht nach einem schönen Nachmittag aus. Aber nicht für Targa.

»Wo sind wir hier?«

»Ist doch egal. Der Laden gehört meiner Schwester.« Lundt steht vor der abgeschlossenen Tür und fischt einen Schlüssel aus seiner Sakkotasche. »Hier können wir uns ungestört unterhalten. Der Betrieb startet erst gegen Abend.«

Schweigend gehen sie in das Lokal. Lundt scheint sich hier gut auszukennen, denn er schaltet ein paar schummrige Lampen ein und zapft sich hinter dem Tresen ein Bier.

»Das brauche ich jetzt«, seufzt er nach dem ersten Schluck und sieht Targa fragend an.

»Für mich nur Wasser.«

Mit dem Rücken lehnt sich Targa an den Tresen und sieht sich um. Sie nimmt das Glas Wasser, das Lundt ihr reicht, und trinkt es gierig in einem Zug aus. Das Lokal ist klein mit einer winzigen Tanzfläche am Rand. In mehreren Reihen stehen kleine Tischchen mit jeweils zwei Stühlen. Auf jedem Tisch stehen eine Schirmlampe in Form eines Fliegenpilzes und ein Bord mit nummerierten Knöpfen. Erst jetzt bemerkt Targa, dass auch die vielen Barhocker Nummern an der Rückseite haben.

»Ist das ein Animierlokal?«, fragt sie und sieht Lundt erstaunt an. Ihn hat sie nie mit Sex oder gar Animiermädchen in Verbindung gebracht. Lundt war für sie immer ein geschlechtsneutrales Wesen.

»Ja, eines dieser schön altmodischen Lokale, noch aus den Sechzigerjahren. Kein Speeddating und dieser ganze Internetscheiß. Hier sitzt man bei einem Glas Sekt an seinem Tisch, und an der Bar warten die Frauen. Wenn einem Gast eine Dame gefällt, drückt er auf die Nummer, und sie kommt zu ihm.«

»Und dann haben sie Sex?«

»Nein, nicht unbedingt. Es geht mehr ums Reden.«

»Aber Reden ist doch Privatsache. Was sind das für Frauen?«

»Das sind ganz besondere Frauen. Sie kümmern sich um

alleinstehende Männer, die ein gebrochenes Herz haben und sich nach Liebe oder was auch immer sehnen.«

»Ich bin auch alleinstehend. Aber Hund liebt mich«, antwortet Targa.

»Du bist so klug, aber von richtiger Liebe verstehst du nichts«, seufzt Lundt.

Was macht wohl richtige Liebe aus?, denkt Targa. *Nicht alleine sein und viel reden? Wahrscheinlich ist es nur eine Wunschvorstellung, der alle hinterherjagen.*

»Entschuldige mich einen Moment.« Lundt steht auf, nimmt ihr das nasse Sakko von den Schultern. Er geht damit in einen Nebenraum. Kurz darauf kommt er wieder zurück. Er trägt einen Pullover und hat eine Strickjacke über dem Arm.

»Hier, zieh das an, du frierst ja«, meint er fürsorglich.

»Wohnst du etwa hier?«

Lundt nimmt einen Schluck Bier. »Sprechen wir noch mal über deine Theorie mit der Puppe. Warum bist du zum Haus von Monika Darboven gefahren?«, wechselt er sofort das Thema.

Targa weiß, dass sie jetzt keine Antwort erhalten wird. Aber sie wird ihn irgendwann wieder nach seiner Wohnung und diesen besonderen Frauen fragen. Und irgendwann wird sie eine Antwort bekommen.

»Ich glaube, dass Hanna von Sandman erpresst wurde. Clara, die kleine Schwester, war das Druckmittel. Sandman hat wahrscheinlich gedroht, sie zu töten, wenn Hanna nicht gehorcht. Deshalb hatte sie die Puppe bei sich. Damit sie immer an ihre kleine Schwester erinnert wird.«

»Und die unbekannte Frau?«, fragt Lundt. »Wie passt die in dieses Bild?«

»Sie war ihm ebenso hörig. Und sie ist nicht die einzige.«

»Wie kommst du darauf?«

»Mit den beiden Mädchen, die ich bei Sandman gesehen habe, verhält es sich wahrscheinlich genauso.«

»Er macht aus ihnen willenloses Werkzeug.«

Targa nickt. »Sandman isoliert sie von der Außenwelt. Für die Frauen dreht sich irgendwann alles um ihn. Er ist ein Mann mit großem Charisma.«

»Das auch auf dich bereits zu wirken scheint«, unterbricht Lundt sie und sieht sie dabei ernst an.

»Wie kommst du darauf?« Targa denkt an ihre erste Begegnung mit Sandman und das Gefühl, das er in ihr hervorrief, als er sie anlächelte. Es war ihr Herzschlag, den sie spürte. Doch das würde sie niemandem sagen. Außer Yella.

»Du redest nicht mehr von der ›Zielperson‹, sondern verwendest seinen Namen. Du hast eine persönliche Verbindung zu diesem Fall aufgebaut.«

»Ich ermittle hautnah, wie du es wolltest. Wenn ich mich öffne, dann gewinne ich sein Vertrauen. Das hast du selbst gesagt.«

»Schon gut. Du musst wissen, wie weit du gehst.«

»Ich habe alles unter Kontrolle. Mir kann nichts passieren.«

»Das hoffe ich. Denke immer daran: Gut und Böse trennt nur ein schmaler Grat. Auf ihm zu balancieren, ist wie der Tanz auf Messers Schneide. Wenn du auf die falsche Seite springst, dann kann ich dir nicht mehr helfen.«

2

Sandman liebt es, über den Tod seiner Opfer zu lesen. Es ist ein erhabenes Gefühl, als würde man aus der Dunkelheit ins Scheinwerferlicht treten. *Niemand hier ahnt, dass der Jäger der Nacht mitten unter ihnen weilt*, denkt er.

Er sitzt auf der Terrasse eines Cafés Unter Den Linden und blättert die »Berliner Morgenpost« durch. Vor sich auf dem Tisch liegen noch andere Tageszeitungen, aber in keiner steht etwas über Mira. Das ist enttäuschend. Sie war die Letzte, die er in einem Holzboot die Spree entlangtreiben ließ.

Es ist völlig ausgeschlossen, dass man das tote Mädchen noch nicht gefunden hat. Wie kann es da sein, dass nicht darüber berichtet wird? Vielleicht eine Nachrichtensperre, um die Bevölkerung nicht zu beunruhigen? Oder eine neue Strategie der Polizei, um ihn aus der Reserve zu locken? Damit er mit ihnen Kontakt aufnimmt? Sich mit seinen Morden brüstet und sich damit zu erkennen gibt?

Doch das interessiert ihn nicht. Alles, was er braucht, sind die kostbaren letzten Minuten. Die Minuten, ehe seine Mädchen über die Schwelle des Todes treten. In denen er sieht und spürt, wie das Leben langsam aus ihnen weicht. Diese Momente sind seine Erfüllung.

»Entschuldigen Sie die Verspätung.«

Sandman lässt die Zeitung sinken und blickt nach oben. Was er sieht, gefällt ihm ausnehmend gut. Es ist eine Frau, die er auf Ende vierzig schätzen würde, wenn er nicht wüsste, dass sie tatsächlich bereits Ende fünfzig ist. Sie hat ein ebenmäßiges Gesicht, dunkle Augen und schwarze halblange Haare, die sie offen trägt. Alles an ihr zeugt von einer nachlässigen Eleganz. Einer Souveränität, wie sie nur schöne Frauen vermitteln können.

»Frau von Webern, aber ich bitte Sie. Ihr Anblick entschädigt mich doch hinlänglich für die Wartezeit«, antwortet Sandman in blumigen Wendungen. »Bitte setzen Sie sich zu mir.«

Cosima von Webern, die Leiterin der Oberstaatsanwaltschaft, nimmt ihm gegenüber Platz. Er kennt sie schon, seit er ein kleines Kind war. Sie war eine enge Vertraute seines verstorbenen Vaters, und Sandman weiß, was das zu bedeuten hat. Cosima wurde dadurch zwar ein Fall für den Psychiater, aber ihrem beruflichen Aufstieg war es nur förderlich. Sandman winkt dem Kellner.

»Für mich Kaffee mit Cognac«, sagt sie.

»Ich nehme einen Gyokuro.«

Der Kellner sieht Sandman fragend an.

»Gyokuro heißt auf Deutsch ›edler Tautropfen‹«, wendet sich Sandman ihm arrogant zu. »Es ist ein grüner Schattentee mit hohem Koffeinanteil. Das sollten Sie eigentlich wissen.« Der Kellner nickt verunsichert und wendet sich ab. »Was sind die Menschen heutzutage ungebildet«, seufzt Sandman und blickt ihm hinterher.

»Noch immer exzentrischer Teetrinker?«, fragt Cosima leicht amüsiert.

»Ich finde, Schattentee passt zu mir«, antwortet Sandman geheimnisvoll. »Ich mag es bitter und scharf.«

Als der Kellner die Teekanne vorsichtig vor ihm auf den Tisch gestellt hat, wendet Sandman sich interessiert Cosima von Webern zu. »Was gibt es Neues bei der Staatsanwaltschaft? Ist man immer noch hinter diesem Serienkiller her?«

»Sie wissen doch, dass ich darüber keine Auskunft geben darf«, seufzt Cosima und schüttet den Inhalt des Cognacglases in ihren Kaffee. »Aber es wird Sie freuen, dass ich den übereifrigen Staatsanwalt einbremsen konnte, der Sie rund um die Uhr observieren wollte.« Cosima schüttelt genervt den Kopf. »So eine Verschwendung von Steuergeldern.«

»Durchaus eine interessante Erfahrung, plötzlich für einen Serienmörder gehalten zu werden«, antwortet Sandman mit ironischem Unterton in der Stimme.

»Ich bewundere es, wie souverän Sie diese Anschuldigungen wegstecken, Falk. Jeder andere hätte die Polizei verklagt, aber Sie haben sich darüber sogar amüsiert. Das ist wirklich sehr nobel.«

»Es ist eben nicht der Rede wert.« Sandman macht eine abfällige Handbewegung. »Auch wenn es mich entsetzt hat, wie schnell man als rechtschaffener Bürger in eine Polizeiermittlung verwickelt werden kann.« Er blickt sich kurz um, dann beugt er sich zu ihr über den Tisch, als wolle er ihr ein Geheimnis anvertrauen. »Aber stellen Sie sich nur mal vor, Sie säßen hier tatsächlich mit einem Killer am Tisch. Wäre das nicht eine gruselige Vorstellung?«

Cosima beugt sich ebenfalls nach vorne und fixiert Sandman mit ihren dunklen Augen. Ihre Lippen sind leicht geöffnet, und es kommt ihm vor, als würden sie ihm zuflüstern: »Küss mich!«

»Wenn Sie es wären, wäre ich dann auch in Gefahr?«, fragt sie mit kokettem Unterton.

»Aber selbstverständlich. Schöne Frauen zu erstechen ist meine Spezialität«, legt Sandman bewusst eine falsche Spur.

»Die Opfer wurden nicht erstochen.« Cosima richtet sich wieder auf. »Schade, Sie sind nicht der gesuchte Mörder«, sagt sie mit gespielter Enttäuschung und schiebt die Unterlippe nach vorn.

Da irrst du dich wohl, denkt Sandman, während ein selbstgefälliges Lächeln seine Lippen umspielt. *Ich bin es, und du bist meine beste Informantin*.

»Es scheint ruhiger um den Mörder geworden zu sein«, redet er dann weiter. »Hat er mit dem Töten aufgehört?« Voller Erwartung nimmt er einen Schluck von seinem Tee.

»Wenn es nur so wäre. Leider gibt es schon wieder eine Frauenleiche. Aber die Innensenatorin hat eine absolute Nachrichtensperre verhängt. Nicht einmal ich weiß, was da genau vor sich geht«, entrüstet sich Cosima.

»Eine Nachrichtensperre?« Sandman legt die Hände in den Nacken und sieht nachdenklich in den Himmel, der bereits wieder von dunklen Wolken durchzogen ist. »Hat man denn endlich eine heiße Spur?«

»No comment«, sagt Cosima und hebt abwehrend die Hände. »Es herrscht höchste Geheimhaltung. Auf Nachfrage erhalte selbst ich diese Antwort: No comment. Eine Topsecret-Operation.«

»Aber ich bitte Sie, Frau von Webern. Vor Ihnen kann man doch nichts geheim halten.«

»Wie meinen Sie das?«

»Sie haben doch Mittel und Wege, um an Informationen zu gelangen.«

»Welche Mittel sollen das denn sein?«

»Nun, Sie sind eine attraktive Frau.«

»Worauf spielen Sie an?«

»Die Innensenatorin hat einen gut aussehenden jungen Schnösel in ihrem Vorzimmer sitzen. Von dem Sie neulich so geschwärmt haben. Und der ganz bestimmt nichts gegen eine erotische Erfahrung mit einer reifen Frau einzuwenden hätte.« Sandman zwinkert ihr verschwörerisch zu.

»Was erlauben Sie sich!« Wütend steht Cosima auf und streicht sich ihren engen Rock glatt. »Von Ihnen lasse ich mir sicher nicht vorschreiben, mit wem ich eine Affäre beginnen soll.«

»Aber Sie bevorzugen doch jüngere Männer, wenn ich mich recht entsinne«, entgegnet er mit einem süffisanten Unterton. »Haben Sie etwa sogar schon mit ihm gefickt?«

»Sie können mich nicht provozieren.« Cosima beugt sich über den Tisch und legt ihre ganze Verachtung in die Worte: »Nicht mit Ihrer vulgären Ausdrucksweise. Im Übrigen langweilen Sie und Ihre kleinbürgerliche Moral mich außerordentlich.«

Cosima steht auf und verlässt das Café, ohne sich noch einmal umzudrehen. Sandman sieht ihr hinterher, wie sie den Bürgersteig entlanggeht. *Kleinbürgerliche Moral*, ihre Worte klingen noch in seinen Ohren nach. Vielleicht sollte er sie spüren lassen, wie es tatsächlich um seine Moral bestellt ist.

Wütend wirft Sandman einige Euroscheine auf den Tisch

und steht auf. Er sieht, wie sie ein Stück weiter die Straße hinab in ihr weißes BMW-Cabrio steigt. Mit aufheulendem Motor schießt sie aus der Parklücke und straft ihn im Vorbeifahren mit einem verächtlichen Blick.

Sie glaubt, ihn damit demütigen zu können. Doch er wird sie schon bald eines Besseren belehren.

3

Er taucht in den Menschenmassen unter, wird völlig unsichtbar. Er weiß, wie er sein Opfer im Blick behält, ohne selbst entdeckt zu werden.

Im trägen Stadtverkehr kommt Cosimas weißes Cabrio kaum voran, deshalb kann Sandman sich Zeit lassen. Der Himmel ist schwarz, und erste Tropfen klatschen auf den Asphalt. Er beobachtet, wie Cosima das Verdeck des BMW hochfährt. Die Ampel schaltet auf Grün, die vierspurige Kolonne setzt sich langsam in Bewegung.

Allmählich regnet es stärker, doch Sandman spürt den Regen nicht. Er hat nur noch Augen für den weißen Roadster, der nach rechts in eine weniger befahrene Straße einbiegt.

Sandman läuft schneller. Er darf den Wagen nicht aus den Augen verlieren. Das Cabrio ist schon an der nächsten Kreuzung. Er wechselt die Straßenseite, nimmt eine Abkürzung. Er läuft in eine Hauseinfahrt, prallt mit einem kleinen Jungen zusammen. Das Kind stürzt zu Boden, beginnt zu weinen. Sandman ignoriert das Geschrei. Er hetzt durch einen mit Gerümpel vollgeräumten Hinterhof. Passiert eine schon lange geschlossene, mit Brettern vernagelte Tankstelle. Gelangt wieder auf eine Durchfahrtsstraße. Der weiße BMW parkt vor einem Haus halb auf dem Gehsteig.

Abwartend bleibt Sandman in einer Einfahrt stehen und

wischt sich die nassen Haare aus der Stirn. Cosima steigt aus dem Wagen und läuft auf den Hauseingang zu. Er sprintet über die Straße, erwischt die Tür gerade noch, ehe sie ins Schloss fällt. Als er im Treppenhaus steht, ist sie bereits im Aufzug, der sich in diesem Moment in Bewegung setzt. Sofort läuft Sandman die Treppe hoch, nimmt immer zwei Stufen auf einmal. Nur einen Augenblick nach dem Aufzug kommt er oben an.

Cosima will gerade die Tür ihrer Penthouse-Wohnung hinter sich schließen, als Sandmans Fuß sich dazwischendrängt.

Kurz blickt sie ihn erschrocken an, sammelt sich aber sofort wieder. Von Angst keine Spur. »Was soll das hier werden?«, fragt sie herausfordernd und stemmt die Hände in die Hüften.

Sandman antwortet nicht, sondern packt Cosima an der Kehle. Er stößt sie ein Stück zurück. Dabei verliert sie einen Schuh.

»Hören Sie sofort auf damit!«, presst sie hervor und versucht sich aus Sandmans Griff zu winden. »Verschwinden Sie! Sonst rufe ich die Polizei!«

Wortlos schiebt er sie den Flur entlang bis ins Schlafzimmer. Dort wirft er sie auf das Bett. Mit einem einzigen wütenden Ruck fetzt er ihr die Seidenbluse vom Körper. Sie schlägt wie wild um sich, doch er sitzt bereits rittlings auf ihr. Er drückt ihren Kopf in die Kissen. Cosimas Befreiungsversuche stacheln ihn weiter an. Blitzschnell zieht er den Gürtel aus seiner Hose und fesselt ihr damit die Hände auf den Rücken. Schiebt ihren Rock hoch und zerreißt den dünnen Slip.

»Bitte nicht!«, hört er ihr dumpfes Wimmern aus den Kissen, während er seinen Hosenschlitz öffnet.

»Sei still!« Er drückt sie härter auf das Bett.

Dann blendet er wie in Trance alles um sich herum aus. Er fühlt sich, als würde er mit schmerzenden Lungen tief im blauen Ozean tauchen. Mit beiden Händen umklammert er ihren Hals. Schließt die Augen. Im finsteren Meer seiner Lust gleitet er tiefer und tiefer. Das Blut pocht in seinen Ohren. Lichtblitze zucken vor seinen Augen. Der Druck in seinem Kopf schwillt an. Immer weiter taucht er in den Grenzbereich zwischen Leben und Tod. Will den Grund des Ozeans erreichen. Zu den Schatten tauchen. Dem Tod ganz nahe sein.

Cosima stöhnt. Bald wird sie ohnmächtig werden. Aber er kann die Hand nicht von ihrer Kehle nehmen. Er muss zudrücken. Die letzte Luft aus ihren Lungen pressen. Sie bäumt sich in Todesangst auf, versucht verzweifelt, ihre gefesselten Hände zu befreien. Doch Sandman verstärkt den Druck seiner Finger um ihren Hals. Bis sich ihre Haut bläulich färbt. Bis sie nur noch röchelt. Bis ihr ganzer Körper krampfartig zuckt.

Plötzlich, als alles rings um ihn explodiert, erscheint Targa. Diese eigenwillige Frau, die so unvermittelt in sein Leben eingedrungen ist. Er sieht ihre hellen Gletscheraugen vor sich. Kalt und ohne Gefühl. Sind sie zwei dunkle Seelen, die das Schicksal zusammengeführt hat? An Zufälle hat er noch nie geglaubt.

Vielleicht könnten sie gemeinsam töten. Wie ein Leuchtfeuer blitzt der Gedanke in seinem Kopf auf. Targa wäre dazu fähig, das spürt er. Er muss sie nur noch erwecken.

Cosima liegt regungslos vor ihm, und langsam löst er seine Hände von ihrem Hals. Schweißüberströmt sinkt er auf ihr zusammen.

»Diesmal war ich richtig gut, oder?«, drängt sich dann Cosimas kratzige Stimme unaufhaltsam in seine dunklen Fantasien. Langsam windet sie sich unter seinem Körper hervor und streift ihre Fesseln ab. »Ich brauche etwas zu trinken«, keucht sie und wird von einem Hustenanfall geschüttelt. »Für einen kurzen Augenblick dachte ich wirklich, du seist der gesuchte Serienmörder und wolltest mich töten.«

4

Denken und Gehen gehören zusammen. Je schneller die Schritte, desto intensiver die Gedanken. Wie Perlen an einer Schnur reihen sie sich aneinander. Ergeben ein Gesamtbild. Bringen Licht ins Dunkel.

Langsam taucht die Morgensonne hinter dem Campingplatz auf. Ein sanftes Licht überzieht die Landschaft, macht sie friedvoll. Targa trägt unförmige Gummistiefel. Mit weit ausholenden Schritten geht sie über das vom Gewitterregen des Vortags aufgeweichte Feld und spürt die frische Luft auf ihrer Haut. Die widerspenstigen Haare trägt sie offen. Hund springt neben ihr her. Er bellt vor Freude, wenn sie ihm einen Stock wirft.

Innerhalb der nächsten zwei Tage wird Sandman bei ihr auftauchen, davon ist sie überzeugt. Sie hat den Köder ausgeworfen. Nun braucht sie nur noch zu warten, bis er anbeißt.

Vor sich sieht sie bereits den kleinen Teich, der zu dem Campingplatz gehört. Erste Sonnenstrahlen glitzern im Wasser. Normalerweise ist sie um diese Zeit alleine, doch an diesem Morgen sind bereits Leute dort.

Ein Mann und ein Kind sitzen auf ihren ausgebreiteten Jacken am Ufer und angeln. Der Mann hat ein Baseball-Cap verkehrt herum auf dem Kopf.

Hund wird immer langsamer und streckt seine Schnauze in die Luft.

Das ist Mattis Junge, denkt Targa überrascht, als sie näher kommt. Nun erkennt sie auch Mattis Cap mit dem Schriftzug eines Films von Kaurismäki.

»Warum seid ihr denn heute schon so früh unterwegs?«, ruft sie ihnen zu, als sie knapp hinter den beiden stehen bleibt. Hund beginnt leise zu knurren.

»Hallo Hund«, ruft der Junge und springt auf. Er streichelt ihn und wendet sich dann Targa zu. »Ist das dein neuer Freund?«

»Wen meinst du?«, fragt sie verwirrt.

»Guten Morgen, Targa.«

Sie weicht einen Schritt zurück. Das ist nicht Mattis Stimme. Der Mann steht langsam auf und dreht sich dann zu ihr um.

»Ein schönes Fleckchen haben Sie sich zum Wohnen ausgesucht. Und die offenen Haare stehen Ihnen übrigens sehr gut.« Sandman nimmt das Cap ab und setzt es dem Jungen auf. »Danke für die Leihgabe, Paul.« Dann dreht er sich wieder Targa zu. »Gehört dieser See auch zu dem Campingplatz? Wasser ist so beruhigend. Finden Sie nicht auch?«

Innerhalb weniger Sekunden schärfen sich alle ihre Sinne. Sandman ist zu ihr gekommen. Sie ist der Köder. Und Sandman hat ihn geschluckt.

»Ich bin übrigens sehr an Ihrem VW-Bus interessiert«, fährt er dann fort. »Verkaufen Sie ihn mir?«

»Mein Bus ist ein Liebhaberstück. Er ist unverkäuflich.«

»Keine Sorge, das war nur ein Scherz«, entgegnet Sandman lachend.

»Ich mag keine Scherze früh am Morgen. Die verderben mir den ganzen Tag«, erwidert Targa ernst.

»Targa, nun sag schon: Ist er dein neuer Freund?«, plappert Paul aufgeregt dazwischen. »Was gibst du mir, wenn ich es Papa nicht erzähle?« Er blickt zu Sandman hinauf und grinst ihn an. »Papa ist Targas richtiger Freund. Sie fischen gemeinsam«, redet er altklug weiter.

»Matti ist nicht mein Freund.«

»Aber ihr guckt doch Filme zusammen«, lässt sich Paul nicht aus dem Konzept bringen.

»Warum bist du überhaupt schon auf? Wo ist dein Vater?«, fragt sie barsch.

»Papa schläft noch, aber mir war langweilig, da bin ich eben aufgestanden. Draußen habe ich dann ihn getroffen. Er stand vor deinem Bus und wollte dich überraschen.«

»Sie haben mich beobachtet?«, fragt Targa und blickt Sandman scharf an. Wie lange mag er vor dem Bus gestanden haben?

»So würde ich das nicht nennen«, wiegelt er charmant ab. »Mich hat nur Ihr exzentrisches Zuhause fasziniert.«

»Es ist ein simpler VW-Bus, mehr nicht«, entgegnet sie lapidar. Sie will nicht mit ihm über ihren Bus reden. Denn für Targa ist der VW-Bus mehr. Er ist ihr Heim, ihre Zufluchtsstätte. Wenn ihre Ticks stärker werden. Wenn sie mit Yella reden muss.

»Eben haben Sie von einem Liebhaberstück gesprochen.«

Das war er, aber nur für sie. Äußerlich hatte er nichts Besonderes: Er war unauffällig weiß mit einem schwarzen Reserverad am Kühler. Der hohe Dachaufbau machte ihn anfällig für Seitenwinde. Aber Targa liebte den Bus.

»Ich finde ihn einzigartig, wie Sie«, ergänzt Sandman, als sie nicht weiter auf die Unterhaltung eingeht.

»Ist das eine Liebeserklärung an mein Fahrzeug oder an mich?«

»Ich wollte damit nur ausdrücken, dass von diesem VW-Bus eine ungewöhnliche Energie ausgeht«, lacht Sandman über ihren Einwand. »Es ist das Zuhause einer eigenwilligen Frau, einer Frau, die sich nicht um Konventionen schert.«

»Was redet ihr für komische Sachen?«, nörgelt Paul, der sich sichtlich langweilt. »Ich gehe mal wieder.« Dann dreht er sich noch einmal zu Targa um. »Dein neuer Freund will mir übrigens das Tauchen beibringen«, sagt er und grinst Sandman mit leuchtenden Augen an. »Er sagt, er kann minutenlang unter Wasser bleiben, ohne Luft zu holen. Das ist doch cool, oder?«

Targa weiß nicht, was sie erwidern soll. Sie stemmt die Arme in die Hüften und sieht Paul fest in die Augen. »Du kannst später mit Hund spazieren gehen.«

»Okay. Ab morgen bin ich aber für drei Wochen bei Omi in Hamburg.« Als Targa nicht darauf reagiert, zuckt er bloß mit den Achseln und schlurft davon.

»Ich liebe Hunde«, nimmt Sandman das Gespräch wieder auf und macht einen Schritt auf Hund zu. Doch der zieht die Lefzen nach hinten und knurrt.

»Hund mag Sie nicht.«

»Ist er eifersüchtig?«

»Weshalb sollte er auf einen Mann eifersüchtig sein?«

»Ich bin eben nicht irgendein Mann.« Sandman bückt sich und hebt einen kleinen Rucksack vom Boden auf, neben dem zwei dampfende Becher Kaffee stehen. »Ich weiß, dass

Sie gerne weiche Eier frühstücken und dazu getoastetes Vollkornbrot mit gesalzener Butter.« Er hockt sich in das feuchte Gras, breitet eine weiße Damastserviette aus und platziert alles darauf. »Ihren Kaffee trinken Sie schwarz, ohne Zucker.«

»Woher wissen Sie das alles?«, wundert sich Targa.

»Mein neuer Freund Paul hat es mir erzählt. Ich gab ihm fünfzig Euro, und er hat mir die Sachen drüben bei der Autobahnraststätte besorgt. Das Wechselgeld durfte er natürlich behalten.«

Wie eine Spinne wirft Sandman sein Netz nach mir aus, denkt Targa. *Umgarnt die Menschen in meiner Nähe. Saugt Informationen aus ihnen heraus, um mich zu durchschauen. Aber ich erkenne die Strategie der Spinne.*

»Ich habe keinen Hunger«, sagt sie kurz angebunden. Targa winkt Hund heran, der mit gesträubtem Fell zu ihr trottet, Sandman immer im Blick. »Packen Sie das wieder zusammen. Sie können mich ein Stück begleiten.«

Hier ist mein Terrain, hier bin ich die Stärkere, denkt sie. *Sandman will mein Leben erforschen, er will in meine Welt eintauchen, aber ich bestimme die Regeln. Ich bestimme den nächsten Schritt.*

Sie gehen über einen schmalen Weg, der mit Waschbetonplatten gepflastert ist, zu Targas Bus.

»Ich bin schon neugierig, wie der Bus von innen aussieht«, hört sie Sandmans dunkle Stimme neben sich.

»Ich lasse keine Besucher in meinen Bus. Meine Schwester Yella schläft noch.«

»Sie haben eine Schwester? Das wusste ich gar nicht.«

»Woher sollten Sie das auch wissen? Sie kennen mich nicht. Und das ist gut so.«

»Aber ich möchte Sie gerne kennenlernen.«

Targa bleibt stehen und sieht Sandman an. »Warum wollen Sie das?«

»Weil Sie anders sind als die meisten Menschen. Sie geben zu, wenn Sie gelogen haben. Das ist eine interessante Stärke.«

Sie blickt auf den Boden und überlegt einen Moment. »Begleiten Sie mich zur Arbeit?«

»Gerne, aber zuerst trinken wir noch unseren Kaffee.«

Auffordernd hält Sandman ihr einen der beiden Pappbecher entgegen. Das Aroma des Kaffees duftet verführerisch. Als Targa nach dem Becher greift, berührt Sandman zärtlich ihre Fingerspitzen.

5

Wenn der Tod eintritt, stirbt auch die Faszination. Die letzten Worte sind verhallt. Alles, was bleibt, ist eine leere Hülle. Ein Körper, der bald zu Staub zerfällt.

Nachdem sie das Gerichtsmedizinische Institut betreten haben, sind sie einen langen Korridor entlanggegangen, an dessen Ende Targa nun einen Ausweis an einen Scanner hält. Als sich die Türen eines Lastenaufzugs öffnen, lässt Sandman ihr den Vortritt und betrachtet sie unauffällig. Targa trägt eine ähnliche Latzhose wie bei ihrem ersten Treffen, dazu eine schwarze Lederjacke. Ihre Haare hat sie nun wieder zu Zöpfen geflochten. Obwohl sie sich kein bisschen schminkt, ist sie von einer eigenwilligen Schönheit.

»Nicht erschrecken«, meint sie, als der Aufzug unten ankommt und sich die Türen öffnen. »Hier unten sind nur Tote. Und es herrscht eine wunderbare Stille.«

»Ich werde versuchen, nicht gleich davonzulaufen«, flüstert Sandman.

»Warum flüstern Sie?«, fragt Targa.

»Gehört sich das hier nicht so?«, antwortet er.

»Den Toten ist das egal. Die können uns sowieso nicht mehr hören.«

Mit vor der Brust verschränkten Armen geht Sandman durch die niedrigen Gewölbe. Er nimmt den Geruch von

Desinfektionsmittel und Formaldehyd in sich auf und blickt sich interessiert um. »Das ist also Ihr Reich.«

Das grelle Neonlicht blendet ihn zunächst ein wenig. Aber nach und nach gewöhnen sich seine Augen an die Helligkeit. Der Tod ist hier so anders als in seiner geheimen Kammer. Hier ist er banal klinisch. Hier raubt man dem Tod seinen geheimnisvollen Schrecken.

»Ich reinige die Toten und verdecke ihre oberflächlichen Wunden. Dann werden sie nummeriert und in der Kühlkammer in Stahlschränken aufbewahrt, bis man sie abholt«, erklärt Targa und schwingt sich auf einen leeren Metalltisch. »Wo haben Sie das Frühstück? Jetzt habe ich Hunger.«

Mit hochgezogenen Augenbrauen holt Sandman das Essenspaket aus seinem Rucksack.

»Stört Sie das überhaupt nicht, in der Nähe von Toten zu essen?«

»Warum? Hier ist es hygienischer als in so manchem Gasthaus. Ich hole uns noch einen Kaffee.«

Als sie zu einem Getränkeautomaten neben der Aufzugtür geht, sieht Sandman ihr hinterher. Ihr ganzes Verhalten bestätigt seine bisherige Einschätzung: Targa ist die ideale Gefährtin, kalt und emotionslos. Aber trotzdem muss er sich ganz langsam an sie herantasten. Sie noch auf die Probe stellen.

»Erst gestern haben wir eine junge Frau hereinbekommen«, sagt Targa, als sie mit zwei Plastikbechern zurückkommt. »Sie ist unter sehr mysteriösen Umständen gestorben. Auch wenn ich natürlich nichts Genaues darüber weiß …«

»Wie ist sie denn ums Leben gekommen?«, fragt Sandman. »Kann man überhaupt mysteriös sterben?«

»Sie wurde erstickt. Und doch gibt es keinerlei Anzeichen äußerlicher Gewalt. Sie hat einfach aufgehört zu atmen.«

»Interessant. Und diese Frau liegt hier in diesem Raum?«

»Sie ist drüben in der Beautykammer.« Targa beißt herzhaft in eine Scheibe Toast.

»Beautykammer?«, fragt er nach.

»So nennen wir den Kühlraum. Die Leichen bleiben dort schön erhalten.« Targa deutet mit dem Kopf nach hinten zu einer glänzenden Tür mit einem drehbaren Rad. Sandman erinnert dieser Eingang an einen altertümlichen Safe.

»Jetzt haben Sie mich aber neugierig gemacht«, sagt er bedächtig. »Diese Leiche würde ich mir gerne ansehen.«

»Warum?«

»Weil mich alles fasziniert, was mit Toten zu tun hat.«

»Also gut.« Targa stopft sich den Rest des Toasts in den Mund, steht auf und öffnet die Stahltür.

Als sie den Raum betreten, schlägt ihnen eisige Luft entgegen.

»Hier bin ich gerne. Ich mag es, wenn die Kälte ganz langsam an einem nach oben kriecht und das Herz vereist«, sagt Targa mit ausdrucksloser Miene und öffnet die Lade eines Kühlfachs. Mit einem schnellen Ruck zieht sie die stählerne Trage heraus. »Hier ist sie.«

Sandman tritt zur Seite, um besser sehen zu können. Jetzt spürt er die Kälte nicht mehr. Mit einer schnellen Handbewegung schlägt Targa das grüne Laken zurück. Sandman starrt in das bleiche Gesicht einer jungen Frau.

Mira, denkt er und betrachtet versonnen das tote Mädchen. In seiner Erinnerung hört er ihre röchelnde Stimme. *Das Leben ist ein großartiger Verlierer*. Das waren ihre letzten

Worte. Er hat die Aufnahme als Download auf seinem Blog hinterlegt. Vor Erregung beginnt er heftig zu zittern. Miras Todeskampf ist plötzlich wieder gegenwärtig.

Kann es Zufall sein, dass ausgerechnet Targa sein totes Mädchen reinigen muss? Oder ist es Bestimmung?

6

Aus den Augenwinkeln beobachtet Targa, wie Sandman gebannt vor dem toten Mädchen steht. Durchlebt er noch einmal Miras Todeskampf? Hört er immer und immer wieder ihre letzten Worte? Dann hebt er den Kopf, und ihre kalten Blicke treffen sich. Vereinigen sich für den Bruchteil einer Sekunde. Verwandeln Eis in Feuer.

»Ist Ihnen der Tod gleichgültig?«, fragt Targa. »Die meisten Menschen reagieren anders auf einen solchen Anblick.«

»Der Tod ist eine Erlösung. Er ist unausweichlich und erbarmungslos. Nichts bleibt mehr zurück, nur der Ozean der Erinnerung.«

»Sehr poetisch. Aber diese Frau ist brutal erstickt worden.«

»Nur wie?«, fragt Sandman.

»Vielleicht in einem luftleeren Raum?« Targa zuckt mit den Schultern. »Ich habe keine Ahnung.«

Sie streift sich Latexhandschuhe über. Vorsichtig hebt sie ein Augenlid der Toten an. »Sehen Sie die Hämatome auf den Augäpfeln? Der Gerichtsmediziner hat mir erklärt, dass die Adern platzen, wenn man keine Luft mehr bekommt. Wenn man Pech hat, ist man danach blind.«

»Aber das kann dieser armen Frau egal sein. Denn sie ist bereits tot«, antwortet Sandman.

»Sie klingen ziemlich abgebrüht. Schon einmal eine Leiche berührt?«

»Nein, natürlich noch nicht.«

»Versuchen Sie es doch einmal.«

Targa blickt Sandman auffordernd an und schlägt das grüne Tuch weiter zurück.

Gebannt beobachtet sie, wie Sandman langsam die Hand ausstreckt, um über die kalte bleiche Haut zu streichen. Doch ehe er das tote Mädchen berühren kann, schiebt Targa seine Hand energisch zurück.

»Sie würden tatsächlich eine Leiche anfassen?«, fragt sie mit gespieltem Entsetzen.

»Warum denn nicht? Man hat nicht alle Tage die Gelegenheit, ein totes Mädchen zu berühren.«

»Was glauben Sie, wie sie den Todesmoment erlebt hat. Hat sie gelitten, um Erlösung gefleht?«

»Ich weiß es nicht«, antwortet Sandman. »Vielleicht war sie sogar glücklich. Glücklich darüber, dass es gleich vorbei sein würde. Vielleicht wusste sie bereits, was sie auf der anderen Seite erwartet.« Beinahe liebevoll streichelt er über den Arm der Toten. »Der Moment, bevor man stirbt, ist doch der Augenblick der Wahrheit.«

»Sie meinen den Moment, in dem man Vergangenheit, Gegenwart und Zukunft kennt, den endlosen Kreislauf von Leben und Sterben? Ich habe Ihren Blog gelesen.«

Sandman blickt Targa lange an, und sie hält seinem Blick stand.

»Ich glaube, sie hat um Gnade gebettelt. Was denken Sie?«, fragt sie dann erneut.

Antworte mir, denkt sie. *Ja, sie hat gelitten, und sie hat um*

Gnade gefleht. Aber diesen Moment wirst du erst mit mir teilen, wenn wir ihn gemeinsam erleben.

Sandman schweigt.

»Jetzt sieht sie so friedlich aus«, sagt sie und streicht mit ihren Latexhandschuhen über die Stirn der Toten. »Doch als ich sie bekommen habe, waren ihre Augen noch aufgerissen. Bloße Panik hatte in ihrem Blick gelegen.«

Erneut treffen sich ihre Blicke.

»Was glauben Sie, waren ihre letzten Worte?«, fragt Targa leise. Sie beugt sich über die tote Mira. »Darüber schreiben Sie doch so gerne in Ihrem Blog. Von Gedanken, die das Dunkel des Todes erhellen. Von lichten Wortkaskaden, in denen der Sterbende eins wird mit dem Universum. Von tiefen Gefühlen, bei denen das Herz zu bluten beginnt.«

Ihre Gesichter sind jetzt ganz nahe aneinander. Die eisige Luft der Leichenkammer hüllt sie ein wie ein unsichtbares Netz aus gefrorenem Verlangen. Behutsam streicht ihr Sandman eine Haarsträhne von der Wange, lässt dann seine Finger noch einmal über ihre Haut gleiten.

»Ich weiß nicht, ob sie noch letzte Worte von sich gab. Aber ich glaube, dass sie unheimlich gelitten hat«, sagt Sandman und lässt seine Hand wieder sinken. »Sie hat um Gnade gefleht, die ihr aber von ihrem Mörder nicht gewährt wurde.«

»Wie kommen Sie darauf?«, hakt Targa nach.

»Weil Sie mir ihre blutigen Augen gezeigt und von der Angst in ihren Augen gesprochen haben. Das ist wahres Leiden.« Noch einmal nähert er sich ihrem Gesicht. »Wie gerne würde ich Si : jetzt küssen, Targa!«

Sie blickt ihn fest an. »Man küsst sich nur, wenn man sich mag.«

»Sie mögen mich also nicht?«

»Das muss ich mir noch überlegen.«

Sandman holt tief Luft. Sie spürt seinen Atem über ihr Gesicht streichen. Eisig und gefährlich.

Noch immer sind sie über die Tote gebeugt und sehen sich unverwandt an. *Erzähle mir mehr über diese Angst, die eine Frau befällt, wenn sie erkennt, dass du sie töten wirst*, denkt Targa, ehe sie sich aufrichtet. In der nächsten Sekunde ist die Anspannung im Raum verflogen.

»Unser Meinungsaustausch war nett. Aber nun haben wir lange genug geredet«, sagt sie und dreht sich zur Seite. »Ich muss endlich arbeiten.« Mit geübtem Griff schiebt sie die Tote zurück in ihr Kühlfach und geht zur Tür. »Worauf warten Sie? Sie müssen jetzt gehen«, mahnt sie Sandman zur Eile, der noch immer versonnen auf das Fach blickt, in dem Miras Leiche liegt. »Ich begleite Sie nach draußen.«

Schweigend fahren sie mit dem Aufzug hinauf in das Erdgeschoss.

»Hoffentlich auf Wiedersehen«, verabschiedet sich Sandman, als sie auf den Korridor hinaustreten. »Dieser Besuch war sehr bereichernd.«

»Inwiefern?«, fragt Targa und übersieht seine ausgestreckte Hand.

»Weil ich gemeinsam mit Ihnen eine Leiche betrachten durfte«, antwortet Sandman. »Kommen Sie doch am Wochenende zu mir. Dann können wir ein wenig intensiver über meine Erfahrungen reden.«

»Vielleicht, wenn ich nichts anderes zu tun habe. Ich weiß, wo ich Sie finde.«

Grußlos dreht sie sich um und tritt zurück in den Aufzug.

Zwei Mediziner in grünen Mänteln steigen ebenfalls ein und nicken ihr freundlich zu, doch sie nimmt keine Notiz von ihnen.

Als sich die Türen bereits geschlossen haben, spürt sie noch immer Sandmans Hand auf ihrer Wange. Diese Berührung, die ihre kalte Haut erhitzt hat. Ist es das, was Lundt mit einer hautnahen Ermittlung meinte? Targa horcht in sich hinein. Es ist ein Gefühl, als würden Kälte und Hitze in ihr um die Vorherrschaft streiten.

7

Im Spiegel sieht sein Gesicht ungesund und fleckig aus. Aber das kann auch an der grellen Beleuchtung in den Waschräumen liegen. Nachdenklich holt er das zerdrückte Foto aus seiner Hosentasche und streicht zärtlich über seine kleine Familie.

»Ich brauche das Geld für euch«, flüstert Erik Holm seinem Spiegelbild zu.

Er muss vorsichtig sein. Auf keinen Fall darf er Schmidts Zorn auf sich ziehen. Er hat schon die unterschiedlichsten Gerüchte gehört: Schmidt soll einem Wachposten große Stücke Haut herausgebissen haben. Er soll andere Häftlinge aufgestachelt haben, einen Wärter halb tot zu prügeln. Erik hat diese Gerüchte nie geglaubt, aber etwas Wahres muss daran sein. Sonst wären sie ja nicht in Umlauf.

Er muss Schmidts Auftrag ausführen, ihm bleibt keine Wahl. Und die Zeit drängt. Nur ein Computer ist mit dem Netzwerk der Polizei verbunden. Er steht in Lawrence Fischers Büro. Erik sieht nur eine Möglichkeit, dort hinzugelangen.

Als er am Mittag die Kantine betritt, wirft er einen schnellen Blick in die Runde. Fischer steht mit einem Tablett in einer langen Schlange und wartet geduldig auf sein Essen, völlig auf die Auswahl der Speisen konzentriert. Der Zeitpunkt ist günstig. Erik überlegt nicht lange und verschwindet nach draußen. Schlägt nicht den Weg zu den Zellenblöcken ein, sondern geht in den Verwaltungstrakt. Die Büros sind um diese Zeit menschenleer.

Fischers Büro liegt in der Mitte eines langen Korridors. Erik sieht sich nach Überwachungskameras um, kann aber keine entdecken. Schnell huscht er durch die Tür und orientiert sich: Es gibt einen Schreibtisch mit einem großen Bürostuhl dahinter und zwei Stühlen davor. An einer Wand steht ein abschließbarer Aktenschrank. Gegenüber ist der Schachtisch, den Schmidt erwähnt hat. Hinter dem Schreibtisch, an der rückwärtigen Wand, befindet sich ein vergittertes Fenster. Die Aussicht geht direkt auf das graublaue Meer hinaus.

Neben dem Computer liegt ein Berg Akten. Erik setzt sich auf Fischers gepolsterten Stuhl. Dann drückt er eine Taste auf der Tastatur, und der Bildschirm leuchtet mit einem leisen Ploppen auf. Ein Fenster erscheint: Passwort.

»FischerSpassky1972«. Erik tippt das Passwort ein, das Schmidt ihm genannt hat. Woher er es kennt, hat er Erik nicht verraten. Es stimmt.

»Mach schneller.« Während der Computer lädt, trommelt Erik nervös mit den Fingern auf den Schreibtisch. Es ist bereits wertvolle Zeit verstrichen. Im Moment sitzt Fischer sicherlich noch mit seinem Tablett in der Kantine. Aber sein Chef ist ein schneller Esser. Wie jeden Tag wird er in Windeseile alles in sich hineinschaufeln.

Endlich hat das Programm geladen, und die Suchmaske baut sich vollständig auf. Mit feuchten Händen tippt Erik den Namen, den er von Schmidt erhalten hat, in das dafür vorgesehene Feld. Erik hat keine Ahnung, wer der Mann ist. Aber aus dem, was Schmidt über ihn gesagt hat, hat er sich zusammengereimt, dass er eine kriminelle Vergangenheit haben muss, für die er nie verurteilt wurde. Er ist jetzt eine einflussreiche Persönlichkeit. Erik wartet gespannt auf das Ergebnis.

Eine Akte öffnet sich. Er überfliegt die wesentlichen Punkte und prägt sich die Adresse ein, die unter dem Foto einer Villa steht. Es ist eine Adresse in Berlin. Er schreibt die wichtigsten Daten auf einen Zettel.

Vier Minuten ist Erik jetzt bereits in Fischers Büro. Vor seinem geistigen Auge sieht er ihn durch die Kantine zum Ausgang gehen.

Er hört, wie am Ende des Gangs eine Tür geöffnet wird. Erik schwitzt am ganzen Körper. Seine Finger zittern. Mit einer Tastenkombination fährt er den Computer in den Standby-Modus.

Reifen quietschen über den PVC-Boden. Ist das ein Rollstuhl? Ist es Schmidt?

Erik schleicht zur Tür. Das Quietschen kommt näher, mischt sich mit Schritten. Er wirft einen Blick zum Schreibtisch. Der Zettel liegt noch vor dem Computer. Mit seinen handschriftlichen Notizen.

Blitzschnell huscht er zurück, stopft den Zettel in seine Hosentasche. Die quietschenden Reifen sind jetzt ganz nah. Ein Eimer klappert.

Es ist nur die Reinigungsmannschaft, beruhige dich wieder, denkt Erik erleichtert.

»Fischer ist beim Essen. Ich putze sein Büro«, hört er eine Stimme. Scheiße! Erik schiebt sich an der Wand entlang und sucht fieberhaft nach einer Ausrede.

Die Tür schwingt auf. Erik drückt sich an die Wand. Er steht im toten Winkel. Der Reinigungswagen taucht auf. Die Reifen quietschen. Besen und Putzlappen wippen in dem Metallgestell. Erik hält den Atem an.

»Mann, sieh dir diese Sauerei an!« Die Stimme der anderen Reinigungskraft dröhnt durch den Korridor.

»Was ist los?«

»Eine Toilette ist verstopft. Alles läuft über.«

»Ich komme und helfe dir.«

Der Reinigungswagen verschwindet und die Schritte entfernen sich wieder. Erik fährt sich durch die schweißnassen Haare. Sein Herz schlägt wie verrückt.

»Das war verdammt knapp«, sagt er leise. Er tritt hinaus in den Korridor, muss sich zwingen, nicht loszurennen.

Als er bereits die Hand nach der Tür zum Treppenhaus ausstreckt, wird sie im selben Moment von außen aufgerissen. Erik steht Fischer von Angesicht zu Angesicht gegenüber.

»Was hast du hier zu suchen?«, herrscht sein Chef ihn an.

»Ich wollte zu Ihnen.«

»Zu mir?« Fischer runzelt skeptisch die Stirn. »Worum geht es?«

»Urlaub. Es geht um einen Urlaub.« Erik verhaspelt sich. »Mein Kind ist krank.«

»Was hat denn das Kleine?«, fragt Fischer nun etwas ruhiger. Schmidt hatte recht, denkt Erik. Bei Kindern wird Fischer weich. Schmidt hatte ihm im Notfall zu dieser Antwort geraten und ihm nun damit den Job gerettet. Wenn nicht noch mehr.

»Du kannst dir maximal zwei Tage nehmen«, brummt

Fischer und taxiert Erik von oben bis unten. »Ist auch ganz gut, wenn du mal rauskommst und ein wenig Abstand von Schmidt hast.«

»Es geht um meinen kranken Sohn. Was hat das mit Schmidt zu tun?« Erik blickt verunsichert umher. Das Gespräch behagt ihm nicht besonders.

»Weil du ab sofort dauerhaft für Schmidt eingeteilt bist. Er will nur noch dich sehen. Hat anscheinend einen Narren an dir gefressen.« Fischer klopft Erik auf die Schulter, als wäre es eine besondere Auszeichnung.

»Darf Schmidt sich sein Wachpersonal denn selbst aussuchen?«, fragt Erik irritiert.

»Natürlich nicht. Aber er hat beim Schachspiel gegen mich gewonnen, da hatte er einen Wunsch frei. Und dieser Wunsch bist du.«

8

In ihren letzten Worten wird Mira im Ozean der Erinnerung weiterleben. Das ist eine Auszeichnung. Nicht jede Tote kommt in diesen Genuss. Im Grunde ist Sandman ein Wohltäter. Er verschafft namenlosen Geschöpfen eine Bedeutung. Er wird eine Abhandlung schreiben über das Weiterleben in den Worten. Die Seele der Stimmen. So wird er diesen Beitrag nennen.

Er denkt an Targa. Überlegt, wie er sie zu seiner Gefährtin machen kann. Noch kennt er sie nur oberflächlich. Doch ihre Gefühllosigkeit fasziniert ihn. In dieser Ausprägung hat er das bei einer Frau noch nie erlebt. Das macht Targa zu etwas Besonderem. Aber noch ist er nicht bis zu ihrem Wesenskern durchgedrungen. Das Böse schlummert tief in ihr. Er muss es nur erwecken. Er wird dem schwarzen Tier in ihrem Inneren Leben einhauchen. Targa wird zu seinem Geschöpf werden. Und sie wird ihn nicht enttäuschen, so wie Hanna. Nein, Targa ist anders. Gemeinsam werden sie den letzten Worten ihrer Opfer lauschen. Gemeinsam den zarten Atemhauch auskosten, ehe der Tod eintritt.

Kurz bevor er seine Villa erreicht, denkt er zum ersten Mal wieder an Julia und Rebecca. Seit er Targa getroffen hat, sind ihm die beiden Mädchen langweilig geworden. Jetzt hat er ein anderes Ziel für seine Begierde gefunden. Es war ein netter Zeitvertreib, sie zu manipulieren. Aber keine Herausforderung. Wie einfach es doch war, Julia zu provozieren. Wäre er nicht eingeschritten, wäre Rebecca in seinem Tauchbecken gestorben.

Als sich das Einfahrtstor zu seinem Anwesen automatisch öffnet, hat Sandman bereits einen Entschluss gefasst. Er steigt aus dem Wagen und schließt die Haustür auf. Wie immer, wenn er die Halle betritt, bleibt sein Blick zunächst an dem großformatigen Bild hängen. Das Blau des »Stillen Ozeans«, wie Targa es genannt hat, leuchtet. Schickt ihm Schwingungen, die sich zu Worten formen. *Wirf die Mädchen hinaus. Du hast jemanden gefunden, der dir ähnlich ist.* Sanft streicht er mit der Hand über die Leinwand. Die stumme Zwiesprache gibt ihm Kraft.

»Rebecca! Julia? Wir haben etwas zu bereden«, ruft er nach oben. Doch niemand antwortet. Sandman geht durch den Salon hinaus auf die Terrasse. Auch hier sind sie nicht.

Plötzlich hört er laute Stimmen vom Bootshaus unten am Ufer. Sandman erinnert sich, dass die Mädchen heute mit dem kleinen Ruderboot auf den See fahren wollten. Er geht den schmalen Weg zum Ufer hinunter. Das geräumige Holzhaus wurde von seinem Großvater entworfen. Mit seinen großen Glasfenstern und dem Balkon im ersten Stock erinnert es an eine halb im See versunkene Villa. Als er näher kommt, erkennt er die Stimmen von Julia und Rebecca. Sie reden aufgeregt miteinander. Laut. Schrill. Sie streiten.

»Falk hat mir erzählt, dass dein Vater illegal in Deutschland ist«, hört er Rebeccas wütende Stimme. »Wenn du willst, dass niemand davon erfährt, dann verschwinde von hier.«

Das stimmt. Julia war so unvorsichtig gewesen, dieses Geheimnis auszuplaudern. Sandman hatte es Rebecca im Vertrauen erzählt. Damit sie es gegen Julia verwendet. So wie jetzt.

»So ein Blödsinn. Das würde dir ohnehin niemand glauben.« Julias Stimme klingt gefährlich aufgebracht. Sie ist impulsiv. Lässt sich von Stimmungen leiten. Von Gefühlen.

Leise geht Sandman um das Bootshaus herum, stoppt bei der Holztreppe, die außen in den ersten Stock führt. Er steigt behutsam die Stufen nach oben und schleicht den Balkon entlang. An einem geöffneten Fenster bleibt er stehen und blickt nach unten. Ein unsichtbarer Zuschauer.

»Du verschwindest sofort aus meinem und Falks Leben«, droht Rebecca erneut, »sonst melde ich euch bei der Einwanderungsbehörde. Und dann werdet ihr beide abgeschoben. Vergiss nicht, mein Vater ist Diplomat.«

»Wehe! Mein Vater geht dich überhaupt nichts an! Und übrigens findet Falk deine Piepsstimme nervtötend.«

Sandman sieht die beiden Mädchen unter sich. Ihre Gesichter sind erhitzt. Die Körper angespannt. Ihre Wut hüllt sie ein. Macht sie unberechenbar.

»Dir wird das Lachen schon noch vergehen!«, droht Rebecca. »Du bist einfach nur niveaulos und billig.«

»Halt den Mund, du Diplomatenfotze! Du bist doch bloß hier, weil du Geld hast. Falk fickt dich nur wegen deiner Beziehungen.«

»Denkst du!« Rebecca greift sich an den Hals. Spielt mit dem Anhänger. »Mir hat er die Kette geschenkt. Ich bin seine Auserwählte. Das hat er mir schon längst verraten.«

»Du lügst. Er will mich!« Julia greift nach einem der alten

Bootshaken an der Wand. Wie mit einer Lanze stößt sie mit der rostigen Spitze nach ihrer Konkurrentin. »Verschwinde von hier!«, zischt sie.

»Spinnst du?«, ruft Rebecca überrascht. »Hör sofort auf damit.«

Sandman weiß, dass er jetzt eingreifen müsste. Der Streit läuft aus dem Ruder. Doch er bleibt regungslos am Fenster stehen. Genießt. Die Neugier, was passieren wird, erregt ihn.

Julia stößt noch einmal mit dem Haken zu. Rebecca will ausweichen, ist aber zu langsam. Die Spitze durchbohrt ihr T-Shirt. Zerteilt die Haut. Blut spritzt.

Rebecca starrt auf ihre blutende Wunde. »Dafür kommst du ins Gefängnis«, stammelt sie. »Ich gehe zur Polizei.«

»O mein Gott!« Julia lässt den Haken fallen und hält sich bestürzt die Hände vor den Mund. »Das wollte ich nicht. Es tut mir leid.« Sie geht auf Rebecca zu, doch diese wehrt sie mit der Hand ab.

»Spar dir deine Entschuldigung«, keucht sie und presst ihre Hand auf die Wunde. »Dafür wirst du bezahlen.«

»Das war doch keine Absicht.« Julia klingt panisch.

Sie ist in einer Ausnahmesituation, denkt Sandman. Sie kann nicht mehr klar denken. Ihr Leben bricht zusammen. Ihre Zukunft ist schwarz.

Sie packt Rebecca am Arm. »Komm schon, wir sind doch Freundinnen.«

»Das waren wir nie!« Rebeccas Gesicht ist schmerzverzerrt. Sie reißt sich los. Die Wunde blutet heftig. »Ich rufe jetzt die Polizei.«

»Das wirst du nicht!«, kreischt Julia. Sie bückt sich nach dem Bootshaken, hebt ihn auf und sticht noch einmal auf

Rebecca ein. Sie erwischt ihren Hals, die Schlagader. Blut spritzt in hohem Bogen auf den Holzboden. Rebecca sinkt langsam auf die Knie. Julia reagiert nicht. Starrt nur noch auf das viele Blut.

»Ich verblute«, stammelt Rebecca. »Hilf mir!«

Julia wirft den Bootshaken auf den Boden und weicht langsam zurück.

Sandman greift nach seinem Handy. Wählt eine Nummer und beobachtet das Geschehen weiter. Rebecca zuckt im Todeskampf. Julia reagiert noch immer nicht. Steht unter Schock. In der Leitung klingelt es. Dann endlich nimmt sie ab.

»Ich wollte mich nur für den außerordentlich netten Vormittag bedanken, Targa. Unser gemeinsames Betrachten der Leiche hat mir große Freude bereitet.«

Im Bootshaus liegt Rebecca in einer Blutlache auf dem Boden. Sie starrt mit weit aufgerissenen Augen an die Decke. Ihr Herz pumpt noch immer Blut in ihre Arterien. Es strömt ungehindert aus ihrem Hals. Sandman hält das Handy an sein Ohr, hört Targas Stimme. Aber er kann den Blick nicht von der sterbenden Rebecca abwenden.

»Warum rufen Sie an? Sie stören gerade«, hört er Targas kalte Stimme. In diesem Moment entdeckt Rebecca ihn. Ihre Blicke treffen sich. Flehend streckt sie ihre Hand nach oben.

Gebannt starrt Sandman in die vom Tod umwölkten Augen. *Was sie wohl in diesem Moment sagen würde?*, denkt er fast zärtlich und konzentriert sich dann wieder auf Targa.

»Denken Sie an meine Einladung für das Wochenende«, flüstert er. »Ich kann Ihnen interessante Videofiles aus meinem Blog zeigen.«

»Sie wiederholen sich. Das ist langweilig«, antwortet Targa kurz angebunden. »Ich habe jetzt keine Zeit mehr.«

Sandman will sich verabschieden, doch Targa hat bereits aufgelegt. Er konzentriert sich wieder auf das schöne Drama im Bootshaus. Julia hat sich aus ihrer Erstarrung gelöst, hockt zitternd vor der toten Rebecca und verschmiert mit den Händen das Blut auf dem Boden. Sie streicht über die Schulter ihrer Konkurrentin, aus deren starrem Blick nun jegliches Leben gewichen ist.

»Mach doch keinen Scheiß. Sprich mit mir! Das ist nicht witzig, Rebecca.« Julia starrt auf ihre blutigen Finger, fährt sich damit ins Gesicht. Sie umarmt Rebeccas schlaffen Körper und wiegt ihn sanft hin und her. »Ich wollte das nicht. Ich wollte das nicht«, flüstert sie immer wieder.

Sandman hat genug gesehen. Er geht zur Treppe und steigt leise hinunter. Zügig läuft er über den Rasen zurück und um die Villa herum zum Haupteingang. In der Halle wirft er seine Jacke über einen Stuhl, als wäre er eben erst angekommen. Durch den Salon betritt er erneut die Terrasse.

In diesem Moment wankt eine Gestalt aus dem Bootshaus über den Rasen. Ihr Gesicht ist blutverschmiert. Es ist Julia.

»Ich habe das nur für dich getan«, ruft sie von Weitem, als sie Sandman auf der Terrasse sieht.

»Was ist passiert, meine Kleine?« Er eilt die Stufen in den Garten hinunter.

»Ich glaube, Rebecca ist tot. Es war ein Unfall. Ich wollte das nicht«, schluchzt Julia. Sie bricht zitternd auf der Wiese zusammen. Flennt, reißt Grasbüschel aus der Erde, verschmiert Dreck und Blut auf ihren Wangen. Angewidert bleibt Sandman stehen. Er empfindet kein Mitleid. Nicht für Julia. Nicht für Rebecca. Beide sind bereits Vergangenheit. Beide verschwinden in dem grauen Nebel des Vergessens.

Er dreht sich auf dem Absatz um und geht zurück in die Villa. Das Blau des »Stillen Ozeans« wirkt noch eisiger als sonst. Es erinnert ihn an Targa.

9

»Spreche ich mit der Polizei?«

»Ja, Sie haben den Notruf gewählt.«

»Ich möchte einen Unfall melden.«

»Wer sind Sie?«

»Mein Name ist Doktor Falk Sandman.«

Lundt schaltet den MP3-Player aus und sieht Targa an. Auf seiner Stirn tritt eine pulsierende Ader hervor. Selbst in der Dunkelheit sieht Targa, dass er innerlich kocht. So wütend hat sie ihn noch nie erlebt.

»Dieser Typ verarscht uns!«, flucht Lundt. Sie spürt, dass er am liebsten laut aufschreien möchte. »Sandman besitzt die Frechheit, selbst die Polizei anzurufen, um einen *Unfall* zu melden?«

Sie stehen in einer verlassenen Wochenendsiedlung an einem Waldrand irgendwo in der Peripherie von Berlin. Inmitten der verlotterten Häuschen parkt der weiße VW-Bus. Targa hat ihren Campingplatz verlassen. Seit Sandman dort aufgetaucht ist, meidet sie den Ort.

Lundt sitzt auf einem wackeligen Campingstuhl und betrachtet argwöhnisch die Plastikkübel, die auf dem Boden herumstehen.

»Was machst du mit den Kübeln?«, fragt er ein wenig ruhiger.

»Ich sammle Kröten.«

Lundt zuckt zurück, als ihm Targa eines der Tiere unter die Nase hält. »Verschone mich mit deiner Tierliebe.«

»Kröten sind Amphibien. Sie gehören zu den Froschlurchen.«

»Interessant«, kommentiert er zynisch.

»Nimm einen Kübel. Wir sammeln die Kröten ein und bringen sie über die Straße zu dem kleinen Tümpel. Auf dem Weg dorthin kannst du mir alles genau erzählen.«

Lundt rührt sich nicht. »Das ist doch Schwachsinn.«

»Nein. Das beruhigt. Außerdem retten wir die Kröten. Ohne uns werden sie überfahren.« Targa deutet zu der asphaltierten Straße am Waldrand.

»Na gut, wenn du meinst«, seufzt Lundt. »Hast du Handschuhe?«, fragt er, bevor er nach einem der leeren Eimer greift.

»Nein, wozu? Die Kröten beißen dich nicht. Also: Erzähl mir, was passiert ist.«

»Die beiden Mädchen, die du in seiner Villa gesehen hast, sind vermutlich aufeinander losgegangen. Eine ist dabei getötet worden. Er behauptet, es sei ein Unfall gewesen, aber das glaube ich nicht.« Während Lundt redet, bückt er sich zaghaft nach einer Kröte im Gras und legt sie in den Kübel.

»Wo ist das gewesen?«

»In seinem Bootshaus am Ufer des Wannsees.«

»War Sandman zu dieser Zeit auch in der Nähe?«

»Sandman war angeblich in seiner Villa. Er hat überhaupt nichts mitbekommen, behauptet er. Stattdessen habe er innen mit dir telefoniert.«

»Natürlich. Ich bin sein Alibi. Er kann nicht jemanden töten und gleichzeitig telefonieren.« Targa lässt eine Kröte in den Kübel plumpsen und schüttelt mürrisch den Kopf. »Ich hätte es wissen müssen. Der Anruf kam mir merkwürdig vor.«

»Mach dir keine Vorwürfe.« Lundt deutet auf den Eimer. »Krötensammeln beruhigt schließlich. Das hast du gesagt.«

»Kröten nehmen unter Wasser über feine Blutgefäße Sauerstoff aus dem Wasser auf. Dadurch können sie länger tauchen, ohne zu ersticken. An Land atmen sie dann mit ihren Lungen.« Monoton betet Targa die Fakten herunter. Das ist ihre Art, Nervosität in Schach zu halten.

Sie darf sich von Sandman nie provozieren lassen. Sie erinnert sich an früher. Als sie von ihrer Spezialausbildung in Quantico zurückkam. In Amerika hatte sie Selbstbewusstsein gewonnen. Als die Stelle des Abteilungsleiters für Kapitalverbrechen beim BKA frei wurde, hatte sie sich beworben. Targa war die Beste und wurde trotzdem nicht genommen. Sie beschwerte sich. Ein Wort gab das andere. »Sie sind nur eine junge, unerfahrene Frau«, sagte ihr Vorgesetzter mit spöttischem Unterton. Das reichte und sie verpasste ihm eine Ohrfeige. Sie wäre erledigt gewesen, wenn Lundt sich nicht eingeschaltet hätte. Er nahm sie in seine neu gegründete Sonderabteilung K2 auf. Das wird sie ihm nie vergessen.

Sie wendet sich wieder an Lundt. »Was passiert mit dem anderen Mädchen?«

»Sie wird des Totschlags oder der Körperverletzung mit Todesfolge angeklagt«, sagt Lundt.

»Sandman hat beide gegeneinander ausgespielt«, überlegt sie und läuft in Richtung der Straße.

»Das war ziemlich clever.« Lundt folgt ihr gebückt und sammelt eine weitere Kröte ein. »Jetzt ist er sie mit einem Schlag beide los. Vielleicht wollte er den Weg für dich frei machen. Es wird höchste Zeit, dass wir uns nicht länger von ihm auf der Nase herumtanzen lassen und ihm das Handwerk legen.«

»Er spielt Katz und Maus mit uns«, sagt Targa. »Er will beweisen, dass er uns weit überlegen ist.«

»Der Mann ist ein Killer. Er ist abgrundtief böse.«

»Keine Sorge, ich bin vorbereitet.«

Am Tümpel angekommen, setzen sie die Kröten ins dichte Gras und stapfen mit den leeren Eimern zurück zu Targas Bus.

»Weshalb hast du dich eigentlich hier verkrochen?«, fragt Lundt.

»Yella wurde es an dem alten Stellplatz zu heiß. Darum bin ich hier.«

»Immer noch Yella?« Er blickt sie besorgt an.

»Ja, sie gibt mir Kraft.«

»Ist vielleicht doch eine gute Art, mit Stress umzugehen«, meint Lundt und betrachtet eine Kröte. »Sind gar nicht so hässlich, diese Lurche.«

»Sie gehören zu den Amphibien.«

»Manchmal nervst du ganz schön, Targa.«

Sie wechselt das Thema. »Was gibt es Neues über die Frau, die Monika Darboven und ihre Tochter erschossen hat?«

»Sie hieß Tekla Braun und arbeitete als Sekretärin bei einer Spedition. Davon abgesehen, dass sie wohl von Zeit zu Zeit Sandmans Blog gelesen hat, gibt es keine Verbindung zu ihm. Die Kollegen vom LKA haben das gecheckt.« Lundt macht eine Pause, um sich die erste Zigarette an diesem Abend anzuzünden.

»Ich bin mir sicher, dass er ihr den Auftrag gegeben hat, Monika Darboven und ihre Tochter zu töten. Aber natürlich können wir ihm das nicht beweisen.«

Lundt blickt auf die Uhr.

»Erwartest du noch jemanden?«, fragt Targa.

»Ja, ich habe Rita gebeten, noch vorbeizukommen. Damit wir keine Zeit verlieren.«

Kurz darauf sehen sie einen schmalen Lichtschein die Straße entlangstreichen. Aus dem Dunkel taucht eine junge Frau auf, die ein Rennrad schiebt. Sie trägt ein schwarzes T-Shirt und schwarze Jeans. Auch ihr zu einem Dutt zusammengefasstes Haar ist schwarz.

»Fuck, das ist ziemlich weit draußen«, schnauft sie. »Aber eine coole Location.« Rita sieht sich um und lehnt ihr Rennrad an Targas VW-Bus. »Wo ist Hund?«

»Er schläft.«

Rita blickt auf die leeren Kübel. »Was macht ihr damit?«

»Wir sammeln Kröten ein. Das beruhigt«, erläutert Lundt.

»Ihr seid wirklich komplett irre.« Rita schüttelt belustigt den Kopf. »Krieg ich ein Bier?«

»Ja. Du kriegst Mattis Bier.«

»Wer ist Matti?«, fragt Rita, doch Targa antwortet nicht. Sie steigt in den Bus und holt das Bier aus dem Kühlschrank. Die vielen Veränderungen machen sie nervös. Und jetzt ist auch noch Rita aufgetaucht. Zu viele Menschen und zu wenig Ruhe. Gut, dass sie bereits eine Entscheidung getroffen hat.

Als sie alle in Campingstühlen sitzen, holt Rita ihr Tablet aus dem Rucksack und legt es auf ihre Knie. »Pierre hat eine 3-D-Ansicht nach den Bauplänen von Sandmans Villa gemacht.« Das Gebäude taucht als buntes Liniengerippe auf dem Bildschirm auf. Sie nimmt einen Schluck Bier aus der Flasche. »Wenn du das nächste Mal in Sandmans Villa bist, sieh dich in allen Räumen um, ob du etwas Verdächtiges findest.«

»Was sollte ich denn finden?«

»Vielleicht gibt es irgendeine Spur von Hanna«, antwortet Rita. »Sie hat die Puppe vermutlich immer bei sich gehabt. Auf ihren Unterarmen haben wir Narben gefunden, sie hat sich geritzt. Dann noch der Zettel mit dem Satz: ›Ich war nur Gehilfin.‹ Gut möglich, dass sie auch noch andere Botschaften oder Hinweise hinterlassen hat.«

»Gib mal rüber«, sagt Targa und greift nach dem Tablet.

»Was willst du damit?«, fragt Rita.

»Ich will mir den Grundriss einprägen«, antwortet Targa. »Ich habe ein visuelles Gedächtnis.«

»Den kann ich dir auch auf dein Handy schicken«, entgegnet Rita.

»Ich habe kein Handy.«

»Kein Handy, aber dafür Kröten sammeln. Du bist vielleicht eine Nummer.« Rita grinst und nickt anerkennend mit dem Kopf.

»Sonst noch etwas?«, fragt Targa ungeduldig.

Rita öffnet ein neues Fenster. Es erscheint das Bild eines etwa mannshohen Zylinders aus Aluminium.

»Was ist das? Sieht aus wie ein Sarg«, meint Lundt.

»Ich weiß nun, wie Sandman vorgeht. Das Ersticken ohne

äußere Gewalteinwirkung funktioniert mit einer standardisierten Dekompressionsmaschine«, erklärt Rita.

Targa denkt nach. »Was ist mit dem Stromverbrauch in Sandmans Villa?«, fragt sie. »Diese Maschine braucht doch bestimmt eine Menge Energie.«

»Den haben wir kontrolliert. Er weicht nicht von der Norm ab.«

»Dann tötet er die Mädchen woanders«, gibt Lundt zu bedenken. »Oder er nutzt einen Generator.«

»Bekomme ich noch ein Bier?« Rita hält Targa die leere Flasche auffordernd entgegen.

»Kriege ich auch eins?«, fragt Lundt.

Schweigend steht Targa auf und holt zwei weitere Flaschen aus dem Bus.

»Stört euch der Alkohol nicht beim Denken?«, fragt sie.

»Nein«, antwortet Rita irritiert.

»Dann seid ihr Alkohol wohl gewöhnt«, sagt Targa.

Rita antwortet nicht, sondern blickt Lundt fragend an.

»Targa meint das nicht so.« Er nimmt einen großen Schluck.

»Doch. Aber ich finde euch trotzdem in Ordnung.«

»Wir dürfen keine Zeit mehr verlieren. Targa, versuche so schnell wie möglich Sandmans Vertrauen zu gewinnen. Ganz nah an ihn heranzukommen.«

»Hautnah, ich weiß«, sagt Targa.

»Hautnah?«, wundert sich Rita. »Was soll das sein? Habe ich da etwas verpasst?«

»Ist nicht so wichtig«, winkt Lundt ab. »Brechen wir auf.«

Targa wartet, bis beide verschwunden sind. Dann holt sie Hund aus dem Bus und setzt sich mit ihm ins Gras.

Sie denkt an Sandman. Es ist ein gefährliches Spiel. Jeder tastet sich an den anderen heran. Sandman wird einen Loyalitätsbeweis von ihr verlangen. Und sie auch von ihm. Doch was kommt dann? Wird sie jemanden töten müssen, um ihn zu überführen?

10

»Das Leben ist ein großartiger Verlierer.« Immer und immer wieder dringt die Stimme röchelnd und kraftlos aus dem Sennheiser-Kopfhörer. Sie dringt in Sandmans Ohr, und augenblicklich sieht er die sterbende Mira wie in einem Film vor seinem geistigen Auge. Die Bilder sind so intensiv, dass er noch stärker in die Pedale tritt. Getragen von Miras letzten Worten, rast er auf einem dunklen Highway seiner schwarzen Welt entgegen.

Sandman trainiert bis zur Erschöpfung auf dem Ergometer in einem Fitnesscenter in Berlin-Mitte. Mit körperlicher Anstrengung versucht er, seine gefährliche Gier zu bändigen. Rebeccas Tod hat ihn ins Rampenlicht gerückt. Cosima von Webern hat auf seinen Anruf besorgt reagiert. Sie konnte jedoch dafür sorgen, dass sein Name nicht an die Öffentlichkeit gelangt.

Julia hat einen Nervenzusammenbruch erlitten und liegt in der Psychiatrie. Sandman hat einen befreundeten Psychiater beauftragt, ein Gutachten über ihren Geisteszustand zu erstellen. Er wird ihr einen Anwalt besorgen, der auf Unzurechnungsfähigkeit plädiert. Noch ahnt sie nicht, dass das die Einweisung in eine psychiatrische Klinik bedeuten wird. Bei ungünstiger Prognose lebenslang. Aber das ist nicht sein Problem.

Trotz dieser unerfreulichen Vorkommnisse schreien alle Fasern seines Körpers nach einem neuen Opfer. Das unersättliche Tier in seinem Inneren braucht Nahrung.

Nach dem Spinning stellt er sich unter die Dusche. Der eiskalte Strahl schmerzt wohltuend auf seiner Haut. Währenddessen läuft das immer gleiche Szenario in seinem Kopf ab. Eine Frau liegt im Sarkophag. Die Luft entweicht langsam aus ihrem Körper. Ihre Stimme ist nur noch ein heiseres Flüstern. Letzte Worte begleiten sie in den Tod.

Plötzlich legen sich von hinten zwei Hände über seinen Hals und drücken zu.

»Was ist das für ein Gefühl, wenn man plötzlich keine Luft mehr bekommt?«

»Wer bist du?«, fragt Sandman überrascht und will sich befreien.

»Nicht umdrehen. Ich bin's, Ada«, hört er eine Stimme, und das Bild einer dreißigjährigen Frau mit kastanienbraunen Haaren und grünen Augen taucht vor ihm auf. Ada ist eine Bloggerin, mit der er bereits seit gut einem Jahr in Kontakt steht. Sie haben sich bei einer Online-Blogger-Konferenz kennengelernt. Mit großem Vergnügen tauschten sie während zahlreicher Stunden im Online-Chat ihre erotischen Erfahrungen mit Strangulation aus. Doch Adas Blog hat mit diesem Thema nichts zu tun. In ihrem Blog geht es um Frauen in männerdominierten Berufen. Zu Beginn hatte sie vor allem über weibliche Programmierer geschrieben. Daher auch ihr Pseudonym Ada, nach der Erfinderin der Computersprache, Ada Lovelace. Sandman hat keine Ahnung, wie sie wirklich heißt, aber er weiß, dass sie auch für Lifestyle-Magazine und für die Kulturbeilage der »taz« schreibt. Darauf ist sie ziemlich stolz, denn sie findet, dass Kultur in der heutigen Zeit sträflich vernachlässigt wird.

Vor einigen Wochen hat er bemerkt, dass sie dasselbe Fitnesscenter besuchen. Zu Beginn ihres Kontakts hatten sie Bilder ausgetauscht, jedoch auch vereinbart, sich außerhalb ihrer Online-Bekanntschaft nicht persönlich zu treffen. Das ist eines von Sandmans Prinzipien. Doch Ada scheint ihn ebenfalls erkannt zu haben, und jetzt setzt sie sich einfach darüber hinweg.

»Wir haben doch ausgemacht, uns nicht persönlich zu treffen«, sagt er, ohne sich umzudrehen. Der Druck um seinen Hals lässt nach. »Warum brichst du unsere Vereinbarung?«

»Weil ich mir nehme, was ich will«, antwortet Ada. »Und im Augenblick will ich dich.« Ihre Hand gleitet nach unten. »Eine starke Frau, das macht dich wohl an«, sagt sie, als sie seine Erregung bemerkt.

»Es kann jederzeit jemand in die Dusche kommen«, erwidert Sandman und dreht sich um. Ada steht nackt vor ihm. Ihre Augen funkeln, sie kostet die Situation aus.

»Hast du Angst, dass uns jemand überrascht?«, fragt sie spöttisch.

»Nein.« Er legt seine Hände um ihren Hals und drückt langsam zu.

»Jetzt nicht.« Ada schiebt seine Hände zur Seite und drückt Sandman an die Wand.

Der eiskalte Duschstrahl prasselt noch immer auf seine Haut. Niemand außer ihnen ist hier. Es ist eine Gelegenheit. Aber Ada ist intelligent, sie will ihren eigenen Willen durchsetzen, die Kontrolle behalten. Er lässt zu, dass sie ihn auf den Boden zieht und sich rittlings auf ihn setzt. Er packt Ada an den Hüften, doch sie hat ihr eigenes Szenario im Kopf.

»Ich führe hier Regie«, sagt sie.

Der Wasserstrahl trifft ihn jetzt mitten ins Gesicht, und er muss die Augen schließen. In seinen Gedanken nimmt eine vage Idee immer mehr Gestalt an. Er steht in seiner geheimen Kammer vor dem Sarkophag, streicht über die glänzende Oberfläche. *Ja das wäre perfekt*, denkt er und überlässt sich ganz Adas Führung.

Wenig später löst sie sich langsam von seinem Körper. Sandman richtet sich auf. »Da wir uns jetzt intensiv bekannt gemacht haben, kann ich dir auch einige neue Videos zeigen, die ich für meinen Blog bekommen habe«, sagt er und blickt sie erwartungsvoll an.

»Du meinst, wir sollen uns gemeinsam die letzten Worte Sterbender anhören? Wie grauenvoll!«, antwortet Ada mit gespieltem Entsetzen.

»Nicht nur das.« Er zögert einen Moment und blickt ihr fest in die Augen. Dann spricht er weiter. »Ich habe zu Hause ein Gerät, mit dem man die Atmung kontrollieren kann. Es versetzt einen in Zustände, die noch viel weiter gehen, als das, was man mit einem Griff an die Kehle erzeugen kann.«

»Du bist pervers.« Ada schiebt ihn weg, doch ihre Augen glitzern, als sie nach einem Handtuch greift.

»Hast du Angst vor mir?«, hakt Sandman sofort nach.

»Vor dir?« Ada lacht und fährt sich mit der Hand durch ihr nasses Haar. »Warum sollte ich mich denn vor einem Mann fürchten?« Sie wickelt das Handtuch um ihren Körper und geht zur Tür. »Treffen wir uns unten in der Tiefgarage. Ich fahre mit dir nach Hause.«

11

Hund beobachtet Targa aufmerksam. Er spürt, dass sie unruhig ist. Sie sitzt mit zerzausten Haaren auf dem Bett, die Augen rotgerändert. Zu viele Gedanken. Zu wenig Schlaf. Da hört sie Yellas Stimme.

Was ist los, Targa? Beschäftigen dich noch immer die tote Mutter und das Kind?

Ja, aber auch das Motiv der Mörderin.

Was denkst du darüber?

Frauen reizt die Gefahr. Und Sandman zeigt ihnen den Weg in eine fremde Welt. Er entführt sie aus der Sicherheit der Gefühle. Hin zu unbekannten Emotionen.

Ist es das, was sie so abhängig von ihm macht, dieses Gift unentdeckter Empfindungen?

Ja. So manipuliert Sandman die Frauen. Er weckt ihre geheimen Lüste.

Was ist sein Ziel?

Er macht sie zu willenlosen Befehlsempfängerinnen.

War es so auch bei der Mörderin?

Tekla Braun war eine unauffällige Sekretärin. Ein Schattengewächs. Durch Sandman wurde sie zu einer Blume.

Warum machst du dir so viele Gedanken, Targa?

Weil ich kurz mein Herz gespürt habe, Yella.

Was beunruhigt dich daran?

Ich kenne das nicht. Es ist gefährlich. Sandman bringt unbekannte Saiten in mir zum Klingen.

Warum lässt du dich nicht darauf ein?

Weil ich mich vor mir selbst fürchte.

Du hast doch nie Angst.

Aber was, wenn ich mich aus meinem Eispalast wage? Meine Mauer hat einen Riss bekommen. Aber ich muss mich auf ihn einlassen. Nur so kann ich es begreifen.

Was willst du begreifen?

Wie man so abgrundtief böse und gleichzeitig so anziehend sein kann.

Sie zieht sich an, öffnet die Schiebetür des Busses. Blickt umher. Sieht die geduckten Häuschen. Die vielen Plastikkübel. Die dunklen Tannen. Ruckartig schließt sie die Tür wieder. Sie klettert auf den Fahrersitz und startet den Motor. Der Bus rumpelt über die Wiese auf die Straße. Jetzt ist sie in Bewegung.

12

»Ohne Luft bewegt man sich schwerelos durch Raum und Zeit. Erreicht den Saum des Bewusstseins. Blickt nach drüben in die andere Welt.«

»Das hört sich richtig philosophisch an.« Ada steht in Sandmans Küche und trinkt Gunpowder-Tee. Sie weiß nicht, dass er mit einer Essenz aus Wurzelextrakt angereichert ist, die den Blutzuckerspiegel absinken lässt. Drei Tropfen reichen, und man wird für einige Minuten ohnmächtig. Es gibt keine bleibenden Schäden. Nur die Erinnerung fehlt.

»Es freut mich, dass dir meine Gedanken gefallen. Es gibt nur wenige besondere Frauen, die das verstehen«, schmeichelt er ihr.

»Das ist cool. Ich bin eben auch etwas Besonderes und habe einen extravaganten Geschmack.« Sie wirft ihm einen provokanten Blick zu.

»Willst du selbst erleben, wie es ist, wenn die Luft immer weniger wird?«, fragt Sandman und lächelt sie an.

»Ja, das reizt mich.« Ada nickt. »Ich stehe auf neue Herausforderungen.«

»Okay. Trink deinen Tee aus. Dann zeige ich es dir.«

»Bringst du mich in den Grenzbereich? Dorthin, wovon auf deinem Blog alle schwärmen?«, fragt Ada neugierig. Dann trinkt sie den Tee in einem Zug leer.

»Ich entführe dich in eine andere Welt. Dorthin, von wo noch nie ein Mensch zurückgekommen ist.«

Sandman nimmt ihr die Tasse aus der Hand und betrachtet sie. Im Kopf zählt er die Sekunden, bis das Wurzelextrakt seine Wirkung entfaltet. Als Ada zu wanken beginnt, stützt er sie fürsorglich.

Wenige Minuten später kommt sie wieder zu sich.

»Was ist passiert?«, fragt sie. »Wo bin ich?«

Sie versucht sich aufzurichten. Doch Sandman hat ihre Hände mit weichen Lederriemen festgeschnallt. Die hinterlassen keine Abdrücke.

Er beugt sich über sie. »Du bist in meiner geheimen Kammer.«

»Was für eine geheime Kammer?« Adas Augen blicken irritiert umher. »Dieses Spiel hast du noch nie erwähnt. Und warum liege ich in einer Röhre?«, fragt sie.

»Damit ich deinen Atem kontrollieren kann«, antwortet er beruhigend.

»Aber warum hast du mich festgebunden?«

»Damit du dich nicht verletzt.« Sandman streichelt ihr zärtlich über die Wange. Langsam beginnt er, den Deckel mit dem Sichtfenster über ihr zuzuschieben.

»Also gut. Diesmal überlasse ich dir die Kontrolle«, antwortet sie. »Aber es ist verdammt eng und heiß hier drinnen.«

»Möchtest du etwa schon aufhören?«

»Nein, ich will es spüren.«

»Du kannst jederzeit entscheiden, wann du aufhören willst«, antwortet er. »Ich mache ein Video von dir. Versuche, deine Eindrücke zu beschreiben. Du kennst doch das Motto: ›Famous Last Words‹.«

»Hoffentlich sind das nicht wirklich meine letzten Worte«, entgegnet Ada mit einem ironischen Lächeln. Einen Moment flackert Panik in ihrem Blick auf, doch dann lässt sie ihren Kopf entspannt zurücksinken. »Let's go!«

Sandman verschließt den Deckel. Durch das Bullauge sieht er ihren angespannten Blick. Hört durch den Lautsprecher ihren Atem.

Er betätigt den Regler, lässt ein wenig Luft aus dem Sarkophag entweichen. Mit seinem Handy filmt er ihr Gesicht. Adas Augen quellen leicht hervor. Sie sind schon ein wenig gerötet. Ihr Atem pfeift, der Sauerstoff wird immer weniger. Durch den Anstieg des Kohlendioxids im Blut wird das Atemzentrum massiv gereizt. Ada schnappt nach Luft. Kurz darauf schwellen ihre Schleimhäute an. Erstickungsangst überkommt sie. Ihr Gesicht verzerrt sich zu einer fürchterlichen Grimasse. Sandman lässt wieder ein wenig Sauerstoff in die Röhre.

»Aufhören. Ich will raus!« Adas Stimme hat an Kraft verloren. Klingt nur noch wie ein sanfter Hauch.

»Was siehst du? Beschreibe es mir.«

»Alles ist grau. Schwarze Vögel schwirren vor meinen Augen umher.« Adas Körper bäumt sich auf. Sie wird von Muskelkrämpfen geschüttelt. »Und jetzt lass mich raus.«

Sandman erhöht noch einmal minimal die Luftzufuhr. Er wird sie nicht sofort töten. Diesmal will er sehen, wie lange sie bei Bewusstsein bleiben kann. Dafür muss er nicht neben ihr stehen. Denn jetzt hat er Hunger. Er hat Appetit auf ein Steak.

Er verlässt den Raum und lässt das Weinregal wieder vor den Eingang fahren. Die geheime Kammer ist verborgen.

In der Küche aktiviert er seinen Laptop, öffnet den Gefrierschrank und nimmt ein Rinderfilet und eine Packung Tiefkühlgemüse heraus. Als er das Fleisch in die heiße Pfanne legt, sieht er auf dem Bildschirm, wie Adas Kopf hin und her schlägt. Einen Moment sieht er fasziniert zu, dann wendet er das Steak. Das Gemüse köchelt daneben in einem Topf. Ada kann die Krämpfe nicht mehr kontrollieren. Dann ist das Fleisch auf den Punkt. Medium, wie er es liebt. Er legt es auf einen Teller. Gibt das gekochte Gemüse dazu. Adas Augen sind verdreht. Die ersten größeren Adern platzen. Er muss sich beeilen. Ihre letzten Worte sind sein besonderer Nachtisch.

»Was fühlst du?«, flüstert er, als er wieder vor dem Sarkophag steht.

Ada starrt ihn mit blinden Augen an. Aus den Ohren tropft Blut. Ihre Lippen sind aufgesprungen. Sie bewegt den Mund.

»Lauter. Ich kann dich nicht hören.«

Doch es dringen nur unartikulierte Geräusche aus dem Lautsprecher.

»Siehst du die fremde Welt? Kannst du sie beschreiben?«

Ihre Lippen beben. »Ich …« Dann nimmt sie ihre ganze Kraft zusammen. »Ich wandere über glühende Splitter.«

Sandman explodiert vor Erregung. Sinkt auf dem Boden zusammen. Lächelt. Mit zitternden Fingern spielt er den Satz auf seinem Handy erneut ab. Dann noch einmal.

»Glühende Splitter«, sagt er laut. »Ich danke dir! Was für ein schönes Bild.«

Wenige Minuten später steht er erneut vor der Tür seines geheimen Verlieses. In der Hand hält er eine Flasche Rotwein. Ein teurer, noch von seinem Vater. Die gönnt er sich jetzt.

Ada wird er fürs Erste in einer Kühltruhe aufbewahren. Es wäre zu gefährlich, sie in einem Holzboot auf die Spree zu schicken. Vielleicht später einmal.

Zurück in der Eingangshalle bleibt er vor dem blauen Bild stehen und denkt an Targa. Er stellt sich vor, er hätte gemeinsam mit ihr vor der sterbenden Ada gestanden. Ihm rinnt ein lustvoller Schauer über den Rücken. Dann geht er in den Salon, tritt hinaus auf die Terrasse und blickt auf den See. Rund um das Bootshaus sind noch die Absperrbänder der Polizei zu sehen. Träge flattern sie im Wind.

Dann sieht er es.

Ein Trugbild, denkt er zunächst. Doch er hat richtig gesehen. Das Ding, das in einiger Entfernung von seiner Villa mitten auf der Wiese steht, ist Realität, hebt sich deutlich vom dahinterliegenden Wannsee ab. Es ist weiß und hat ein schwarzes Reserverad am Kühler. Es ist Targas VW-Bus.

Dann ertönt eine Stimme in seinem Rücken, die ihn paralysiert.

»Hier bin ich. Ich will von Ihnen lernen.«

13

Carlos Schmidt hasst Veränderungen. Doch die Routine seines Alltags wird heute von zwei bewaffneten Sicherheitsleuten gestört, die unangekündigt in seiner Zelle auftauchen und ihn durch den roten Gang in das Rondell schieben.

»Wo ist Erik Holm?«, fragt Schmidt. »Er ist nun für mich zuständig.«

Die Männer schweigen und starren gegen die sich drehende Wand. Als das Rondell zum Stehen kommt, schieben sie den Rollstuhl in den Gang, der zur Krankenstation führt. *Was geht hier vor?*, denkt Schmidt. Er streckt seine gefesselten Hände nach unten und arretiert die Räder.

»Wo ist Holm?«, fragt er erneut. Diesmal mischt sich ein aggressiver Unterton in seine Stimme.

»Holm ist krank«, lautet die knappe Antwort.

»Was soll ich auf der Krankenstation?« Schmidt dreht den Kopf nach hinten, um das Gesicht des Sicherheitsmanns zu sehen.

»Termin bei der Psychologin«, antwortet der Mann abgehackt, ohne Schmidt anzusehen.

»Welcher Psychologin?« Schmidt kann sich nicht daran erinnern, in den letzten Jahren jemals eine Psychologin gesehen zu haben. Der einzige Arzt, der ihn untersucht, ist Blatter. Von ihm bekommt er jeden Mittwoch seine Morphiumspritze, die ihm die Schmerzen erträglicher macht. Aber heute ist Freitag.

»Eine Psychologin vom Festland. Sie ist extra wegen Ihnen gekommen.«

Kurz darauf betreten sie einen fensterlosen Raum. Die Klimaanlage läuft. In dem Zimmer befinden sich eine Liege, die mit weißem Papier bezogen ist, zwei Stühle und ein Schreibtisch. Dahinter sitzt eine ungefähr vierzigjährige blonde Frau mit rundem Gesicht.

»Nehmen Sie ihm bitte die Handschellen ab«, sagt sie und holt einen schmalen Ordner aus ihrer Aktentasche. »Das ist doch lächerlich, Herrn Schmidt wie einen Schwerverbrecher zu behandeln. In seinem Zustand.«

»Carlos Schmidt *ist* ein Schwerverbrecher, Frau Doktor«, gibt einer der Sicherheitsleute zu bedenken.

»Öffnen Sie sofort die Handschellen«, befiehlt die Psychologin. »Und dann warten Sie bitte draußen vor der Tür.«

»Wir haben strikte Anweisung, den Gefangenen nicht unbewacht zu lassen. Hier gibt es keine Überwachungskamera.«

»Richtig. Das ist der Raum für persönliche Gespräche. Hier brauchen wir keine Mithörer«, klärt sie den Wachmann auf. »Carlos Schmidt steht jetzt unter meiner Obhut.«

»Danke, Frau Doktor«, sagt Schmidt, als die Handschellen abgenommen sind, und reibt sich die Handgelenke.

»Ich bin Ellen Karlsson.« Sie beugt sich über den Schreibtisch und streckt ihm die Hand entgegen. Schmidt überlegt kurz, winkt dann ab.

»Vorsicht. Ich bin gefährlich«, sagt er und bleckt ironisch die Zähne.

»Hören Sie bloß mit dem Unsinn auf. Da habe ich schon weitaus schlimmere Fälle gesehen.«

»Warum bin ich hier?«, fragt er dann. Schmidt ist neugierig, was Ellen Karlsson von ihm will.

»Ich habe mir Ihre Strafakte angesehen«, sagt Ellen und schlägt den Ordner auf. »Kapitänleutnant Carlos Schmidt. Vor zwanzig Jahren befehligten Sie ein Atom-U-Boot der NATO. Das U-Boot hatte eine Havarie. Sie weigerten sich, den Hafen von Travemünde anzulaufen. Angeblich wegen der Gefahr einer radioaktiven Verseuchung. In weiterer Folge töteten sie ihren Ersten Offizier. Auf sehr unappetitliche Weise.«

»Warum lesen Sie mir das alles vor?« Schmidt legt den Kopf in den Nacken und versucht, die Erinnerung zu verdrängen. Er hat mit der Vergangenheit abgeschlossen. Er konzentriert sich ausschließlich auf sein Ziel.

»Weil es mich wundert, dass man Sie nach zwanzig Jahren noch immer auf dieser Insel festhält und nicht in den normalen Vollzug überstellt hat. Noch dazu in Ihrem Zustand.«

»Was hat meine Krankheit damit zu tun?« Schmidt wird hellhörig.

»Ich werde beantragen, dass Sie in ein Gefängnis mit besseren Bedingungen auf dem Festland kommen. Das haben Sie verdient.« Sie sieht Schmidt erwartungsvoll an.

»Ach, ich habe mich an meine Zelle hier gewöhnt«, gibt er ausweichend zur Antwort. »Das ist nicht nötig.«

»Was nötig ist und was nicht, entscheiden nicht Sie«, stellt sie in bestimmtem Tonfall fest. »Ein Wunder, dass Sie überhaupt noch leben. Sie werden in ein Gefängnis nach Schweden verlegt. Dort gibt es auch ein Hospiz mit etwas Komfort, wo man sich besser um Ihre Gesundheit kümmern kann. Ein Wunder, dass Sie überhaupt noch leben.«

»Ich soll dort auf meinen Tod warten?« Schmidt schüttelt ungläubig den Kopf. »Nein, ich will hier in meiner Zelle sterben.«

»Ich diskutiere nicht mit Ihnen«, sagt Ellen Karlsson und steht auf. »Sie haben Angst vor dem Tod, das kann ich verstehen. Deshalb reagieren Sie so aufgebracht«, fügt sie versöhnlich hinzu.

Sie geht um ihren Schreibtisch herum und lehnt sich mit verschränkten Armen an die Vorderkante der Tischplatte. Er hält ihrem Blick stand.

»Sie haben Ihrem Opfer die Kehle durchgebissen. Sein Blut getrunken. Was ist da in Ihrem Kopf vorgegangen?« Sie betrachtet ihn neugierig wie ein seltenes Tier.

»Warum wollen Sie das wissen?«

»Erzählen Sie mir von der unappetitlichen Sache mit dem Ohr?«

»Steht alles im Bericht.«

»Ich möchte es aber aus Ihrem Mund hören, Herr Schmidt.« Einen Moment blicken sie sich schweigend an. Dann ergreift sie erneut das Wort. »Ich arbeite an einer Studie über kriminelle Verhaltensstörungen. Dazu würde ich gerne Ihren Fall beleuchten.«

»Ein Militärgericht hat mich unter Ausschluss der Öffentlichkeit verurteilt. Es gibt keinen Fall Carlos Schmidt.«

»Wenn Sie erst einmal im normalen Strafvollzug sind, werden Sie sicherlich kooperationsbereiter sein. Ich schicke den Antrag für Ihre Verlegung noch heute weg.«

Sie nimmt das Papier vom Schreibtisch und beugt sich

zu Schmidt hinunter. Ihr Blick ist warm und freundlich. Sie möchte ihm tatsächlich helfen.

»Es nützt nichts, wenn Sie sich an eingefahrene Muster klammern«, sagt sie leise. »Mit meiner Studie kann ich Sie unsterblich machen. Sie müssen nur hier unterschreiben.«

Ellens Stimme plätschert durch den Raum. Doch Schmidts ganze Aufmerksamkeit gilt dem silbernen Stift, der in der Brusttasche ihres weißen Kittels steckt.

»Hören Sie mir überhaupt zu?«, fragt sie. Sie wirkt enttäuscht, als keine Reaktion von ihm kommt.

»Ich denke nach«, antwortet er schließlich.

»Worüber?«, fragt sie interessiert. »Über den Antrag?«

»Nein. Darüber, ob ich Sie mit Ihrem eigenen Füller töten soll.«

Seine Stimme ist leise und vollkommen ruhig. Doch noch während er spricht, greift er blitzschnell mit einer Hand nach dem Stift. Mit der anderen packt er die Ärztin im Nacken. Er drückt sie fest nach unten. Sie geht in die Knie.

»Zum letzten Mal. Ich werde nicht verlegt. Hast du mich jetzt verstanden?«, zischt er und drückt ihr den Stift an die Halsschlagader. »Wenn nicht, töte ich dich. Genau so wie ich damals meinen Ersten Offizier getötet habe. Dann wirst du am eigenen Leib spüren, was mit seinem Ohr passiert ist.«

»Das ist doch nur zu Ihrem Besten«, keucht Ellen Karlsson. Sie versucht sich aus der Umklammerung zu winden. »Ich kann Ihnen eine Öffentlichkeit verschaffen. Ich weiß, dass Sie eine Geschichte zu erzählen haben.«

»Ich brauche keine Öffentlichkeit. Ich will einfach nur in meiner Zelle auf dieser Insel bleiben«, widerspricht Schmidt und drückt fester zu. Die silberne Spitze des Stifts ritzt bereits in Ellens Haut. Ein einzelner Blutstropfen quillt hervor.

Langsam beugt Schmidt sich nach unten und leckt mit der Zunge das Blut weg. Die Psychologin beginnt zu wimmern. Windet den Hals, doch Schmidt hält sie eisern fest.

»Ich habe verstanden«, flüstert sie voller Angst.

Schmidt lockert den Griff. Sie kommt zitternd auf die Beine. Eine blonde Haarsträhne hängt ihr ins Gesicht. Sie greift nach dem Verlegungsantrag.

»Zerreißen«, befiehlt er leise.

Ellen knüllt das Papier zusammen. Dann reißt sie es in kleine Stücke. Wie Schneeflocken rieseln die Papierschnitzel auf den weißen Boden.

Schmidt löst seine Hand von ihrer Kehle und lässt den Stift in seinem Jackenärmel verschwinden. Ellen schnellt nach hinten, stößt an den Schreibtisch.

Mit aufgerissenen Augen starrt sie ihn an. »Sie sind noch schlimmer, als man mir gesagt hat«, keucht sie.

»Wagen Sie es nicht, den Antrag hinter meinem Rücken zu stellen. Wenn Sie meinen, außerhalb dieser Mauern seien Sie vor mir sicher, dann täuschen Sie sich. Und jetzt will ich zurück in meine Zelle.«

Als die Wachmänner ihn aus dem Zimmer schieben, sehen sie nicht das zufriedene Lächeln auf Schmidts Gesicht. Ellen Karlsson wird ihm nicht mehr in die Quere kommen. Jetzt braucht er sich nur noch um Erik Holm zu kümmern.

14

»Sie möchten von mir lernen?« Sandman zieht erstaunt die Augenbrauen in die Höhe. Targa steht vor ihm. Lässt ihm keine Zeit zum Nachdenken.

»Ich habe Ihren Blog studiert«, sagt sie. »Bei meiner Arbeit in der Gerichtsmedizin höre ich oft die Toten wispern. Das ist nicht möglich, ich weiß. Trotzdem spüre ich, dass sie mir etwas mitteilen wollen. Aber dafür ist es bereits zu spät. Ich muss die Sterbenden an der Schwelle zum Tod erreichen. Ich will ihre letzten Worte verstehen.«

Gib ihm keine Chance, dich abzuweisen, denkt sie. *Du bist das Gesetz des Handelns*.

»Das kann ich Ihnen nicht beibringen«, wehrt Sandman ab. »Um zu begreifen, was in dem Grenzbereich zwischen Leben und Tod vorgeht, muss man seine Gefühle bis zu einem bestimmten Punkt ausschalten. Das ist nicht einfach. Und das können nur die wenigsten.«

»Warum?«

»Weil die meisten Menschen ihre Emotionen nicht kontrollieren können. Sie werden von Moral, ihrem Gewissen, aber auch Angst oder Panik geleitet.«

»Das wird mir nicht passieren. Ich empfinde keine Gefühle, die mich von einem Ziel abbringen könnten«, erwidert Targa. Das war korrekt, es geht ihr nur um das Resultat.

Aber es ist ein gänzlich anderes, als es Sandman vermutet. Ihr Ziel ist seine Festnahme.

»Kommen Sie mit.« Sandman nimmt ihre Hand.

Die Berührung ist angenehm und abstoßend zugleich. Targa verzieht keine Miene. Sie muss vorsichtig sein.

»Wir sollten uns duzen«, sagt Targa, als sie die Treppe in den ersten Stock nach oben steigen. *Lass dich nicht einschüchtern. Du musst ihm immer einen Schritt voraus sein*, denkt sie. Vor einer hohen weiß lackierten Flügeltür bleibt Sandman stehen und dreht sich zu ihr um.

»Ich bin Falk«, sagt er und sieht sie dabei unverwandt an.

»Ich weiß.«

»Jetzt küsst man sich normalerweise.«

»Nein, das brauchen wir nicht zu tun, Falk.«

Bei der Nennung seines Vornamens zuckt Sandman fast unmerklich zusammen.

»Du magst deinen Namen nicht besonders«, hakt Targa nach.

»Wie kommst du darauf?«

»Ich habe es dir angesehen.«

»Geht es so nicht fast jedem, der seinen Vornamen von einer anderen Person hört? Viele Menschen verbinden eine Angst aus der Kindheit damit.«

»Hast du denn schlimme Kindheitserinnerungen?«

»Nein. Ich hatte ein glückliche Kindheit.«

Targa merkt, dass er ihrem Blick ausweicht und stattdessen ins Leere starrt.

»Ich glaube, das Gegenteil war der Fall«, widerspricht sie ihm. Sie wird Rita bitten, Informationen über seine Kindheit einzuholen.

»Und wie war deine Kindheit?« Er schaut ihr wieder in die Augen. »Aber nun Schluss damit. Wir brauchen heute keine Psychologie.«

Mit entschiedenem Schwung öffnet Sandman die Tür zu seinem Arbeitszimmer. Vier Bildschirme stehen auf einem riesigen geschwungenen Schreibtisch. An der Decke hängt ein Projektor. Alles wirkt hochwertig und auf dem neuesten Stand der Technik.

»Hier schreibst du also deine Blogeinträge«, sagt Targa, nachdem sie sich gründlich umgesehen hat. »Woher bekommst du immer neues Material?«

»Meine Abonnenten schicken mir Videos und Fotos. Ich selektiere sie. Entscheide, welche veröffentlicht werden und welche nicht.«

»Du umgibst dich täglich freiwillig mit dem Tod?«

»Ja, genau wie du«, antwortet Sandman.

»Du hast recht. So ist das Leben. Jeder muss sterben.«

»Das stimmt. Doch manche dürfen in ihren Worten weiterleben.«

»Du klingst beinahe besessen vom Tod.«

»Manche meiner Leser sind es vielleicht. Aber ich nicht. Ich analysiere. Vergleiche. Das ist keine Obsession. Es ist eine Wissenschaft.«

Ein zufriedenes Lächeln huscht über Sandmans Lippen, dann aktiviert er mit der Maustaste den Computer, und auf einem der Bildschirme erscheint ein Video. Eine Frau mit eingefallenen Gesichtszügen und einer habichtartigen Nase ist zu sehen. Sie flüstert mit geschlossenen Augen unverständliche Worte. Wie Untertitel werden die Sätze am unteren Rand des Fensters eingeblendet.

»Solche Dateien bekomme ich täglich. Es ist unglaublich, wie viele Menschen ihre Angehörigen beim Sterben filmen. Einige wollen eine letzte Erinnerung festhalten, doch viele wollen sich damit nur wichtigmachen. Fühlen sich in einem solchen Moment als Herrscher über Leben und Tod.«

»Drehst du solche Videos auch selbst?«, fragt Targa.

»Ich stelle in der Regel nur meine Seite zur Verfügung«, antwortet Sandman diplomatisch.

»Was machst du, wenn dir jemand einen Snuff-Porno schickt?«, fragt sie weiter. Targa weiß von Lundt, dass es in Berlin eine eigene Szene für diese Todes-Sex-Videos gibt.

»Ich lösche das File sofort.«

»Du gehst nicht zur Polizei?«

»Nein. Meinen Abonnenten garantiere ich Anonymität. Allerdings sperre ich den Teilnehmer anschließend.« Sandman antwortet souverän, behält die Kontrolle über die Situation.

»Erregen dich solche Filme?« Targa geht einen Schritt auf ihn zu, nur noch wenige Zentimeter trennen sie von einer Berührung.

Er überlegt einen Moment. »Nun, ich glaube, niemanden lässt ein solches Video kalt.« Nach einer Pause sieht Sandman sie an. »Kann ich dir vertrauen?«

»Ich bin mit meinem Bus zu dir gekommen. Das heißt: Ich vertraue dir. Das sollte als Beweis genügen.« Targa spürt, dass er ihr noch lange nicht vertraut. Ein Raubtier wie er muss vorsichtig bleiben. Doch sie spürt auch seinen intensiven Blick. Sie fasziniert ihn. Er fühlt sich ihr nahe, so wie sie sich ihm nahe fühlt.

Sandman gibt keine Antwort. Er öffnet ein weiteres Videofile. Diesmal ist es ein junges Mädchen auf dem Totenbett. Sie hängt an einer Unmenge von Infusionsschläuchen. Bäumt sich plötzlich auf. Eine Hand aus dem Off dreht ihren Kopf zur Seite, in Richtung der Kamera. Eine erregte Stimme spricht: »Rede mit uns! Sag uns, was du fühlst, bevor du stirbst.«

Sandman schaltet den Projektor ein. Plötzlich ist auf der weißen Wand das riesige Gesicht des Mädchens zu sehen. Ihr Atem heult pfeifend durch den Raum. Sandman startet einen weiteren Film, der auf dem Schreibtisch nun auf einem anderen Bildschirm zu sehen ist. Auf der Wand legen sich die Bilder übereinander, ein zuckender Oberkörper schiebt sich über das Gesicht von vorhin. Sandman projiziert weitere Filme an die Wand. Wie ein DJ vermischt er Bilder und Töne. Ein flimmerndes Kunstwerk des Grauens. Augenblicke größter Verzweiflung. Momente ungeheurer Angst.

Dann wird alles ruhig.

»Jetzt zeige ich dir etwas ganz Besonderes. Meine Apnoetaucherin. Beim Auftauchen bekam sie die Dekompressionskrankheit.«

Targa bemerkt, dass Sandman schneller atmet. Er wirkt erregt.

Der Kopf einer Frau schnellt neben einer Boje aus dem Meer. Männerhände packen sie. Ziehen sie aus dem Wasser. Sie liegt in einem Boot. Zuckt und zittert. Wieder kommen die Männerhände ins Bild. Reißen ihr die Neoprenhaube vom Kopf. Das helle Haar steht wie ein Heiligenschein von ihrem Kopf ab. Ihr Gesicht beginnt sich zu verkrampfen. Ein dünner Blutfaden rinnt aus ihrem Mundwinkel.

Targa sieht, dass Sandmans Blick wie gebannt ist. Diese Frau muss ihm etwas bedeuten.

»Was ist mit ihr passiert?«, fragt sie leise.

»Sie wollte den Weltrekord im Freitauchen brechen. Dabei lagert sich durch den Wasserdruck Stickstoff im Körpergewebe ab. Sie hat ihre Kräfte überschätzt. Ist zu schnell nach oben gestiegen. Der Stickstoff bildete Gasblasen in ihrem Blut und Körpergewebe. Die Folgen sind irreparabel.«

Sandman bemüht sich, seine Stimme zu kontrollieren, sich keine Emotionen anmerken zu lassen. Keine Sekunde wendet er den Blick von dem Video ab. Die Frau schlägt mit Armen und Beinen unkontrolliert auf den Boden. Für Targa sieht es aus, als würde sie unter Strom stehen.

»Hat sie überlebt?«

»Zum Glück nicht«, antwortet er beinahe liebevoll. »Was du hier siehst, ist ein neurologischer Ausfall, DCS Typ II. Er führt zu Blindheit und Hörverlust. Für eine Malerin ist das eine Tragödie.«

»Sie war Malerin?«

»Ja, und der Ozean war ihr Lieblingsmotiv. ›Das Nichts ist so blau wie auf meinen Bildern.‹ Das waren ihre letzten Worte.«

Sandman stoppt den Film und fährt sich mit dem Handrücken über die Augen. Seine Miene ist ausdruckslos. Doch in seiner Stimme kann er die Erregung kaum verbergen.

»Warum hilft ihr keiner?« Targa deutet auf das riesige verzerrte Gesicht der Taucherin an der Wand.

»Ohne eine sofortige Verlegung in eine Dekompressionskammer gibt es keine Rettung. Ein Kollege hat ihren qualvollen Tod gefilmt.«

»Warst du dieser Kollege?«, fragt Targa. Sie stellt sich Sandman vor, wie er neben der sterbenden Taucherin hockt. Er legt sein Ohr an ihren Mund. Hört die letzten geflüsterten Worte: »Das Nichts ist so blau wie auf meinen Bildern.«

Er schüttelt den Kopf. »Man hat mir das Video anonym geschickt. Aber ich wäre gerne dabei gewesen.«

»Um zu sehen, wie sie stirbt?«

»Nein, um sie zu retten. Damit sie immer und ewig dieses tiefe Blau malt. Wie auf dem Bild unten in der Halle.« Für einen kurzen Moment verliert Sandman die Kontrolle und klingt aufgewühlt. »Doch hier lebt sie weiter.«

Er lässt das Video weiterlaufen und geht langsam auf die Wand zu. Das Bild der Taucherin läuft über seinen Körper. Auf Targa wirkt es, als würde sie sich mit ihm vereinen.

Sandman dreht sich zur Seite und drückt auf eine Fernbedienung. Aus den Boxen ist ein dumpfer Beat zu hören, der das Atmen und Keuchen übertönt.

»Das ist ihr Herzschlag«, sagt er.

»Beeindruckend«, sagt Targa. »Ich finde das erregend.« Er dreht sich zu ihr um, und für einen Augenblick sehen sie sich in die Augen. Dann geht sie zur Tür. »Jetzt muss ich Hund füttern.«

»Wenn du willst, können wir in noch tiefere Schichten hinabsteigen«, hört sie Sandman in ihrem Rücken.

»Was meinst du damit?« Sie bleibt stehen.

»Hast du schon einmal die Lust verspürt, jemanden zu töten?«

Targa zögert einen Moment. »Manchmal stelle ich es mir vor. Der Gedanke fasziniert mich. Findest du das schlimm?« Über die Schulter wirft sie ihm einen unsicheren Blick zu.

»Nein. Der Tod kann sehr erregend sein.«

»Hast du schon getötet?«

»Darauf gebe ich dir keine Antwort. Dafür kennen wir uns nicht gut genug.«

»Dann lerne mich kennen.« Targa dreht sich um und lehnt sich im Lichtstrahl des Projektors mit dem Rücken an die Wand. Das Video läuft über ihren Körper. Als würden die Bilder der Taucherin in ihre Seele kriechen.

Er blickt sie an.

»Stell mich auf die Probe«, sagt sie dann.

Er geht auf sie zu. Steht direkt vor ihr. Sein Schatten legt sich über sie. Über die Taucherin. Über die Wand. Beinahe berühren sich ihre Gesichter. Sie spürt seinen Atem. Sieht seine leicht geöffneten Lippen.

»Das werde ich«, flüstert Sandman.

»Heute aber nicht mehr.« Targa schiebt ihn zur Seite. »Ich muss jetzt gehen.«

Auf der Terrasse zieht sie ihre Sneaker aus. Barfuß geht sie über die Wiese und steigt in ihren Bus. Schiebt die Tür hinter sich zu. Sie ist zurück in ihrer Welt. Hund liegt auf der Holzbank und beobachtet sie aufmerksam. Sie kippt das Trockenfutter in den Napf, gießt Wasser darüber, sieht Hund dabei zu, wie er frisst. Dann streichelt sie sein struppiges Fell und schließt die Augen. Sandmans Stimme schwirrt durch den Bus. Legt sich wie eine weiche Decke über Targa. Wiegt sie in den Schlaf.

15

Es ist ein unbeschreibliches Gefühl, wenn die letzten Worte seines Opfers erklingen. Diese Erregung mit jemandem zu teilen, den man begehrt, würde die Lust noch um ein Vielfaches erhöhen. Doch sein Verstand warnt Sandman.

»Stell mich auf die Probe.« Das waren Targas Worte. Eine Aufforderung. Jetzt ist er am Zug.

Da kommt ihm eine Idee, die einfach und genial zugleich ist. So wird er zweifelsfrei herausfinden, ob er Targa trauen kann oder nicht.

Zufrieden dreht er das Wasser ab, steigt aus der Dusche und zieht sich an.

Als er eine Tasse grünen Tee in der Hand hält, überlegt er kurz, an die Tür des VW-Busses zu klopfen, lässt es dann aber bleiben. Er fährt mit seinem Jaguar weg, ohne sich zu verabschieden.

Auf dem Weg in die Innenstadt bremst Sandman vor einem Blumenladen und bleibt quer auf dem Gehsteig stehen.

»Geben Sie mir den größten Strauß«, sagt er mit einem charmanten Lächeln zu der jungen Verkäuferin. Er klassifiziert sie sofort. Sie hat dickes rotes Haar und Sommersprossen.

»Aber gerne«, antwortet sie mit einer kräftigen, frischen Stimme. Er würde sie in die engere Wahl nehmen, doch auf dem Tresen liegt in einem Aschenbecher eine brennende Zigarette. Eine Raucherin mit eingeschränkter Lungenkapazität.

»Ist das Ihre Zigarette?«, fragt er trotzdem. Er will ganz sichergehen.

»Ja, stört Sie der Rauch?« Die Verkäuferin wird rot, hebt entschuldigend die Schultern und reicht ihm schnell die eingepackten Blumen.

»Nein, ich liebe diesen Duft«, antwortet Sandman lächelnd. »Wie heißen Sie?«, fragt er beiläufig.

»Klara«, antwortet die Rothaarige.

»Danke für die schönen Blumen, Klara«, verabschiedet er sich. Er spürt, dass sie ihm neugierig hinterhersieht. Aber er hat sich bereits gegen sie entschieden.

Als er sein Ziel erreicht hat, bleibt er noch einen Moment in seiner Limousine sitzen. Der Wagen steht auf dem Parkplatz der Unfallklinik Tegel. Sandman beobachtet Sanitäter und Ärzte. Hektisch laufen sie in der Schleuse der Notaufnahme neben den Tragen mit Verletzten her. Sie wollen Leben retten. Sandman will Leben vernichten.

»Kein Erfolg ohne Risiko«, motiviert er sich selbst. Er steigt aus und geht zum Eingang. Im Foyer ist ein ständiges Kommen und Gehen. Niemand achtet auf ihn. Die Intensivstation befindet sich in der dritten Etage. Unbemerkt fährt Sandman nach oben.

Er tritt aus dem Aufzug und ist überrascht von der Stille, die hier herrscht. Der Empfang ist unbesetzt. Aus einer offenen Tür hört er leises Lachen. Die Schwestern haben gerade Kaffeepause. Sandman geht zum Tresen und sieht auf die Tafel mit der Zimmerbelegung: Nadine Hajo – Zimmer 6.

Er prägt sich ihren Familiennamen ein. Eilt mit leisen

Schritten über den Korridor. Durch ein Fenster sieht er die Patientin in ihrem Bett liegen. Ein blondes Mädchen mit Atemmaske. Liegt sie noch im Koma? Gleich wird er es wissen. Mit dem Blumenstrauß vor dem Gesicht öffnet er langsam die Tür. In monotonem Rhythmus pumpt das Beatmungsgerät Sauerstoff in Nadines Lungen.

»Was machen Sie hier?«, hört er plötzlich eine scharfe Stimme hinter sich. Langsam dreht er sich um. Auf dem Flur steht eine rundliche Krankenschwester mit grauen Haaren, die sie unter einer altmodischen Schwesternhaube festgesteckt hat.

»Ich bin der Onkel von Nadine Hajo«, sagt Sandman und setzt ein gewinnendes Lächeln auf.

»Ich habe Sie hier noch nie gesehen«, antwortet die Krankenschwester. »Margarete« steht auf dem kleinen Schild, das sie an ihren gestärkten weißen Kittel geheftet hat.

»Ich war im Ausland und habe erst jetzt Zeit gefunden, meine Nichte zu besuchen«, entgegnet Sandman zerknirscht. »Geht es ihr schon besser? Albtraumhaft, so ein Sturz ins Haifischbecken.«

»Ja, schrecklich. Aber mit den Blumen dürfen Sie nicht hinein«, sagt Margarete bestimmt. Sie deutet auf den Strauß. Seine Frage nach Nadines Zustand überhört sie einfach.

»Das weiß ich doch«, erwidert Sandman. Er streckt ihr die Blumen entgegen. »Die sind für Sie. Damit Sie immer ein wachsames Auge auf meine Nichte haben.«

»Für mich? Sie wollen mich wohl veräppeln.« Trotzdem nimmt sie die Blumen, und als sie daran riecht, wird ihr strenger Gesichtsausdruck von einem Lächeln erhellt. »So ein schöner großer Strauß«, sagt sie sanft.

»Deshalb passt er auch perfekt zu Ihnen.«

Zufrieden bemerkt Sandman, dass sie sich geschmeichelt fühlt. Wahrscheinlich erhält sie in ihrem Alter nicht mehr viel Bestätigung. Wie alt sie wohl sein mag? Sicherlich weit über fünfzig.

»Das ist die reine Wahrheit, Schwester Margarete.« Seine samtweichen Worte umgarnen sie. Heben sie auf ein Podest. Machen sie für einen Augenblick begehrenswert. »Darf ich meine Nichte für einen kurzen Moment sehen?«

»Das ist eigentlich nur den engsten Verwandten gestattet«, antwortet Margarete. Doch dann lächelt sie. »Aber bei Ihnen mache ich eine Ausnahme.«

»Das ist ganz reizend von Ihnen, Margarete. Ich darf Sie doch so nennen?«, fragt Sandman.

»Natürlich. Alle hier nennen mich so.«

»Dann sind Sie wahrscheinlich so etwas wie die gute Seele der Intensivstation.«

»Meine Patienten liegen mir eben am Herzen«, antwortet sie stolz und stopft sich eine widerspenstige Haarsträhne unter ihre Schwesternhaube.

»Wie geht es meiner Nichte? Besteht die Chance, dass sie wieder ganz gesund wird?«, fragt Sandman erneut.

»Ich will Ihnen keine falschen Hoffnungen machen«, antwortet Margarete zögerlich. »Aber Nadine macht für ihren Zustand gute Fortschritte. Gestern hat sie sogar auf meine Berührung reagiert. Es bestehen noch Chancen, dass sie keine bleibenden Schäden davontragen wird.«

»Oh, das ist schön.«

Sandman beglückwünscht sich innerlich. Er hat richtig gehandelt. Sollte Nadine aus dem Koma erwachen, wird sie ihn möglicherweise zweifelsfrei identifizieren können. Dann hätte die Polizei zum ersten Mal eine konkrete Handhabe gegen ihn. Und dann könnte ihm auch Cosima nicht mehr helfen. Es war richtig, hierherzukommen.

»Wenn Sie Nadine sehen wollen, dann müssen Sie sich beeilen. Gleich kommt der Chefarzt zur Visite«, drängt Margarete.

»Danke für Ihre Unterstützung«, sagt Sandman und streicht ihr über die Schulter. »Sie sind wirklich eine sehr beeindruckende Frau.«

»Nun hören Sie schon auf, mir zu schmeicheln«, antwortet Margarete mit gespieltem Entrüsten. »Und jetzt beeilen Sie sich.«

Sandman betritt den Raum und schließt die Tür leise hinter sich. Jetzt ist er mit Nadine alleine. Jetzt könnte er einfach ein Kissen nehmen und …

Doch sofort verwirft er diesen Gedanken. Zu unüberlegt, zu gefährlich. Schwester Margarete wäre eine Zeugin. Er müsste dann auch sie auslöschen. Noch dazu gibt es Überwachungskameras in der Klinik.

Er steht vor dem Bett. Lauscht dem regelmäßigen Geräusch des Beatmungsgeräts. Nadines Haut ist bleich. Ihre blonden Haare sind strähnig. Sie hat die Augen geschlossen. Ihre Hände liegen auf der Decke. Eine Kanüle steckt in ihrem Handrücken, Flüssigkeit tropft in ihre Venen.

Sandman streckt seinen Arm aus und streicht Nadine mit der Fingerspitze über den Handrücken. Sanft, doch sie zeigt keinerlei Reaktion. Er verstärkt er den Druck. Der gleichförmige Piepton des EKGs wird schneller. Nadines Atem beschleunigt sich. Ihre Hand zuckt.

»Nadine, meine Kleine.« Sandman beugt sich zu ihr hinunter. »Ich bin's, Falk. Wir vollenden bald, was wir begonnen haben.«

Ein Zittern geht durch Nadines Körper, und die Herzfrequenz auf dem Monitor steigt weiter an.

Plötzlich schlägt sie die Augen auf. Starrt ihn panisch an.

»Was ist das für ein Gefühl, zu erwachen und seinen Mörder zu sehen?«, flüstert Sandman.

Ruckartig hebt Nadine den Kopf. Ihr Herzschlag schnellt nach oben.

Sandman legt die Hand auf ihre Wange.

»Schweige.«

16

Das Murmeln und Raunen der sterbenden Menschen geistert noch immer durch Targas Kopf. Es erfüllt den Raum. Ein schmaler Lichtstreifen dringt durch die zugezogenen Vorhänge. Staub wirbelt auf, tanzt im Strahl der Sonne.

Targa steht in Sandmans Arbeitszimmer. Sie hat ein gekipptes Fenster in der Küche geöffnet und ist ins Haus geklettert.

Sandman ist gerade erst weggefahren, und Targa ruft sich den Plan der Villa ins Gedächtnis. Es gibt zu viele Zimmer. In jedem könnte eine Spur von Hanna sein. Vielleicht auch ein Hinweis auf den Standort der Dekompressionsmaschine.

Sie überlegt. Die beiden Studentinnen waren auf der Galerie aus einem Raum gekommen. Vermutlich wird auch Hanna oben gewohnt haben. In Sandmans Nähe.

Tatsächlich. Sie öffnet eine große Flügeltür und steht in einem winzigen Zimmer, eingezwängt zwischen Sandmans Arbeitsraum und seinem Schlafzimmer. Eine Matratze liegt auf dem Boden. Ein zerfledderter Umzugskarton lehnt an der Wand. Ansonsten ist der Raum leer. Da sieht sie am Rand der Matratze ein paar in die Wand geritzte Striche und den Buchstaben H. Das muss Hannas Zimmer gewesen sein. Jetzt ist sich Targa sicher.

Sie hockt sich auf den Boden, lässt die Geräusche in ihrem

Kopf auf sich wirken. Das Wispern. Das Raunen. Targa schließt die Augen. Blendet alles rings um sich aus. Jetzt tauchen die Bilder auf: Hanna sitzt mit angezogenen Knien auf der Matratze. Starrt mit ängstlichen Augen zur Tür. Jeden Moment kann Sandman eintreten. Sie wieder zwingen, ihm beim Töten zu helfen. Auf der Stirn hat sie die verschmierten Worte stehen: »Ich bin schuldig.«

Hanna dreht sich um. Schiebt die Matratze zur Seite, ritzt mit ihrem Daumennagel etwas in den Verputz. Als sie fertig ist, wendet sie den Kopf zu Targa. Sieht sie fragend an.

»Du willst mir etwas zeigen«, sagt Targa zu der nackten Wand. Sie schiebt die Matratze beiseite. Dahinter sind weitere Striche in die Wand geritzt, und jetzt erkennt Targa, was dort zu sehen ist. Es ist ein Strichmädchen mit einem Rock. Daneben, fast unleserlich, steht ein Datum. Targa prägt es sich ein. Das muss Rita überprüfen. Wenn an diesem Tag ein Mädchen ermordet wurde, dann haben sie ein weiteres Indiz gegen Sandman. Vermutlich wären hier auch Hautreste oder sogar Fingernägel von Hanna zu finden. Aber das alles reicht natürlich nicht aus.

Von der Straße hört sie ein Geräusch. Targa schnellt hoch. Lauscht. Schritte. Ein lautes Bellen. Jemand führt seinen Hund spazieren.

Wieder schließt sie die Augen. Konzentriert sich auf Hanna. Als sie die Lider wieder öffnet, bemerkt sie eine schmale Tür, die wie die Wand tapeziert ist. Dahinter befindet sich ein kleines Badezimmer, das nach Putzmitteln riecht. Natürlich hat Sandman alles gereinigt.

Targa blickt sich suchend um, bückt sich. Unter dem Waschbecken entdeckt sie eine locker sitzende Fliese. Sie lässt sich einfach herausziehen. Targa greift hinein. Hat Hanna hier etwas versteckt? Findet sie hier einen Beweis dafür, dass Hanna in der Villa gelebt hat? Sie zieht eine rostige Nagelschere heraus.

Mit der Schere in der Hand lehnt sie sich gegen die Badewanne. Erneut sieht sie Hanna vor sich. Sie hält ihr beide Arme entgegen. Targa sieht die Narben und offenen Wunden. Jetzt begreift sie. Mit dieser Nagelschere hat Hanna sich geritzt. Die Schere war ihr Rettungsanker. Bis sie die Pistole gefunden hat. Einen sicheren Ausweg.

»Woher hattest du die Waffe, Hanna?«, flüstert Targa. »Hat Sandman sie dir gegeben? Hast du sie in der Villa gefunden?« Noch einmal schließt sie die Augen. Hanna steht vor ihr und richtet den Blick nach oben. Der Dachboden. Sollte Targa sich als nächstes dort umsehen? Aber das ist zu riskant. Sandman könnte jederzeit zurückkommen.

Targa verlässt den Raum und geht nach unten. Sie spürt Hanna neben sich, als würde sie von ihr geführt werden.

In der Eingangshalle bleibt sie vor dem Gemälde stehen. Das Bild der Apnoetaucherin. Noch nie hat sie Sandman achtlos daran vorübergehen sehen. Fast andächtig verharrt er jedes Mal davor. Als würde er mit der Künstlerin eine geheime Zwiesprache führen.

Vor ihrem geistigen Auge taucht Hanna wieder auf. Targa sieht sie an der Kellertreppe stehen. Die Narben an ihren Unterarmen glühen.

Ein Auto ist zu hören. Ist es Sandman? Noch ist es ein Stück entfernt, aber es nähert sich. Targa läuft zur Treppe und springt in schnellen Schritten die Stufen nach unten. Öffnet die schwere Eisentür. Steht in einem Weinkeller.

Das Motorengeräusch wird lauter. Targa versucht sich noch einmal zu konzentrieren, schließt noch einmal die Augen. Doch Hannas Umrisse tauchen nicht mehr auf.

Targa hört, wie der Motor abgestellt wird. Sie läuft die Kellertreppe nach oben. Sie geht durch die Halle und weiter in den Salon. Sie will zurück in ihren Bus.

Ein lautes Klingeln stoppt sie. Jemand steht an der Eingangstür, eine Gestalt ist an dem schmalen Fenster zu sehen. Die Person winkt ihr zu. Targa zögert einen Moment, doch er hat sie gesehen. Es ist besser, wenn sie öffnet.

Vor der Tür steht ein Mann in der Uniform eines Paketdienstes. Er hält ein langes schmales Päckchen in den Händen.

»Wohnt hier Falk Sandman?«, fragt der Bote.

Targa nickt. Sie unterschreibt und nimmt das Paket entgegen. Als sie die Tür wieder geschlossen hat, zieht sie den Lieferschein aus dem Umschlag. Sandman hat bei einer Firma aus Key Largo in Florida eine Spezialharpune für Betäubungspfeile bestellt.

Wozu braucht Sandman eine Harpune?

17

Carlos Schmidt sitzt vor dem Notebook und wartet, bis sein Gesprächspartner auf dem Bildschirm auftaucht. Holm hat die Zelle bereits verlassen, und für die Wachbeamten draußen vor den Monitoren sieht alles nach der wöchentlichen Routine aus.

Ist es aber nicht.

Denn diesmal hat er endlich Informationen. Als Holm den Laptop vorhin startete, schob er seinen Ärmel zurück, und Schmidt sah, dass er etwas auf seinen Unterarm geschrieben hatte. Schmidt hat sich die Namen und Daten eingeprägt und wiederholt sie im Stillen, während sein Skype-Kontakt ihn noch immer warten lässt. Dann endlich taucht ein Rücken vor dem Regal auf, das in dem Videofenster zu sehen ist. Eine Hand greift die Bücher einzeln heraus und ordnet sie nach den Farben eines Regenbogens. Nur das Ende passt nicht, denn er schließt mit Blau ab.

Dann endlich dreht die junge Frau sich um und blickt starr in die Kamera. »Guten Tag. Was können Sie mir berichten?«

Wie immer hält sie sich nicht mit Einleitungsfloskeln auf, sondern kommt gleich zur Sache.

Schmidt nennt einen Namen. Eine lange Pause entsteht.

»Reden Sie weiter.«

»Die Person lebte zur fraglichen Zeit in Berlin und besaß einen Porsche 911 Carrera Targa Baujahr 1980«, antwortet Schmidt.

»Welche Farbe hatte der Wagen?«

»Das konnte mein Informant nicht herausfinden.« Schmidt überlegt sich seine nächsten Worte sehr genau und zögert einen Moment, bevor er weiterspricht. »Hat Ihr Name etwas mit dem Sportwagen zu tun? Heißen Sie deshalb Targa?«

»Ja.«

Mehr bekommt er nicht zu hören. Die junge Frau auf dem Bildschirm senkt den Kopf.

Wenn sie bedrückt ist, sieht sie Luisa so verdammt ähnlich, denkt Schmidt. Ein jäher Schmerz durchzuckt ihn.

Alles wäre ganz anders gekommen, hätte er damals nicht den Einberufungsbefehl erhalten. Hätte er nicht auf das Atom-U-Boot gemusst. So viele »hätte«. Dreißig Jahre sind seither vergangen. Seitdem hatte er eine Unmenge Zeit, darüber nachzudenken, was damals schiefgelaufen ist. Seinen Hass zu nähren. Seine Wut zu bewahren.

Dann ergreift er erneut das Wort. »Die Person, die Sie suchen, war früher in kriminelle Aktivitäten verwickelt. Vor der Karriere in der Finanzbranche. Kontakte zu dubiosen Geschäftspartnern gibt es aber wahrscheinlich bis heute. Passen Sie also auf sich auf.«

»Warum?«, fragt die Frau, von der er kaum etwas weiß. Er weiß nur, dass sie Luisas Tochter ist. Die Tochter seiner großen Liebe. Als er über Margarete Hendricks mit Targa Kontakt aufnahm, hat er ihr allerdings nur erzählt, dass er ihre Mutter kannte.

Auch Targa ist voller Hass. Und er wird ihr helfen, ihren

Hass zu kanalisieren. Denn darin sind sie sich ähnlich. Beide hassen. Ihn hält der Hass noch am Leben, Targa treibt er an.

»Wenn er tatsächlich der Mann ist, den Sie seit Jahren suchen, dann wird er nicht erfreut sein, Sie zu sehen. Er wird versuchen Ihnen zu schaden.«

»Das macht mir nichts aus. Ich habe keine Angst.« Wieder ein Gesichtsausdruck, der ihn an Luisa erinnert. Mit dem Handrücken streicht Schmidt beinahe zärtlich über den Bildschirm.

»Was machen Sie da?«

»Nichts, ich reinige nur den Bildschirm«, antwortet er.

»Erzählen Sie mir heute von meiner Mutter?«, fordert Targa ihn dann plötzlich auf.

Wie jedes Mal weist er sie ab. Er kann es einfach nicht. Nach all den Jahren schmerzt es noch immer zu sehr. »Vielleicht beim nächsten Mal. Jetzt konzentrieren Sie sich auf Ihr Ziel«, antwortet er mit schleppender Stimme. Das viele Reden strengt ihn an. »Ich habe Ihnen einen Namen genannt, aber es ist lange her, dass ich mit diesem Mann zu tun hatte. Tun Sie, was Sie tun müssen. Doch wenn Sie einen Rat wollen: Lassen Sie diese alte Geschichte ruhen.«

Schmidt schweigt. Denkt zurück. Zwanzig Jahre muss es her sein, dass er auf einen Artikel über den Vorfall gestoßen ist, in einer vergilbten Zeitung, die über Jahre ganz unten in einem Stapel gelegen hatte. Reiner Zufall war es, dass er ihn entdeckt hat. Nein, Zufall kann man dazu nicht sagen. Es war Bestimmung. An diesem Tag hat sich sein Schicksal entschieden.

Alles andere waren von da an nur noch Nebengeräusche. Die Havarie des U-Boots, der Mord, die Sicherheitsverwahrung. Der kurze Artikel über Luisas Selbstmord hat ihn zu dem gemacht, was er ist: zu einer Bestie.

»Carlos.«

Zum ersten Mal seit Jahren spricht ihn jemand mit dem Vornamen an.

»Carlos«, wiederholt Targa, und der Name geistert durch seine Zelle.

Für einen Augenblick glaubt er, Luisa redet zu ihm.

»Ja?«, fragt er vorsichtig und muss sich räuspern. Er spürt, wie das Blut durch seinen zerstörten Körper rast. Wie ihn das Adrenalin durchflutet.

»Du hast mich lange genug im Unklaren gelassen. Gib mir eine ehrliche Antwort.« Schmidt fällt auf, dass Targa plötzlich vom »Sie« ins »Du« gewechselt ist. »Ist dieser Mann mein Vater?«

Kurz blicken sie sich über ihre Bildschirme schweigend an, dann ergreift Targa erneut das Wort. »Dein Schweigen ist mir Antwort genug. Und jetzt übe ich Vergeltung.«

18

Der schwarze Bildschirm ist wie ein Himmel ohne Sterne.

Targa hat keine Antwort von Carlos Schmidt bekommen. Sie muss akzeptieren, dass es auf diese Frage vorerst keine Antwort gibt. Aber trotzdem hat sie eine Entscheidung getroffen. Sie wirft einen Blick auf das schwarze Kleid, das über der Lehne des Beifahrersitzes liegt. Es hing am Außenspiegel des VW-Busses, als sie von ihrer Schicht in der Gerichtsmedizin zurückkam.

»Wir gehen heute Abend aus. Trage dieses Kleid. Vertraue mir.«, stand auf der Karte, die beigeheftet war. Sie zögert.

Warum probierst du das Kleid nicht an, Targa? Was ist schon dabei, einmal in ein Kleid zu schlüpfen?

Es ist, als würde ich meine Identität verlieren.

Bist du nicht schon in ein anderes Leben geschlüpft?

Ja, doch das hat mit meinem Auftrag zu tun.

Gehört dann nicht auch das zu diesem Auftrag?

Aber mit dieser Verkleidung will er mich nach seiner Fantasie formen. Er will mich kontrollieren.

Er lässt dich deine weibliche Seite spüren. Das Kleid ist sexy.

Ja, aber ich darf meinen Auftrag nie aus den Augen verlieren. Meine Stärke ist die Abwesenheit von Gefühlen.

Aber hat er nicht schon Gefühle in dir geweckt, Targa?

Seine Berührungen elektrisieren. In seinen Augen schlummert die Leidenschaft. Doch das ist nebensächlich.

Was fasziniert dich dann an ihm?

Die Konsequenz, mit der er tötet. Sein tabuloses Denken reizt mich. Dieser Gegensatz ist abstoßend und anziehend.

Targa nimmt das Kleid und schlüpft hinein. Es ist ein Designerstück, aus weichem, dunkel schimmerndem Stoff. Der Schnitt ist so raffiniert, dass es wie ein Umhang aussieht. Trotzdem ist es figurbetont. Sie dreht sich vor dem kleinen Spiegel in ihrem winzigen Bad. Yella hat recht, das Kleid ist sexy, denkt sie.

Als sie die Schiebetür des Busses öffnet, atmet sie kurz durch. Hund liegt auf dem Bett und schläft zufrieden. Leise schließt Targa die Tür hinter sich. Geht barfuß über die Wiese auf die Villa zu. Sie fühlt sich stark und sicher.

19

Im Licht der untergehenden Sonne erscheint der VW-Bus größer und geheimnisvoller. Sein langer Schatten reicht bis zur Terrasse. *Was Targa wohl da drinnen macht?*, denkt Sandman. Mit einem Fernglas steht er am Fenster seines Arbeitszimmers und kontrolliert, ob sich etwas regt. Plötzlich wird die Tür aufgeschoben. Targa steigt heraus. Zum ersten Mal sieht Sandman sie in einem Kleid. Durch das Fernglas wirkt sie wie ein schönes Tier.

Barfuß geht sie über die Wiese. In der Hand hält sie ihre abgewetzten Sneaker. Die letzten Sonnenstrahlen verleihen ihrem offenen Haar einen goldenen Glanz. Der asymmetrische Schnitt ihres Kleides bedeckt ein Bein bis zum Knöchel und reicht beim anderen nur bis zur Mitte des Oberschenkels. Die weiten, überlangen Ärmel wehen im Wind. Flattern wie schwarze Fahnen, als sie selbstsicher auf die Villa zugeht.

Langsam zoomt Sandman ihr Gesicht näher heran. Mit dem dezenten Lippenstift wirkt ihr Mund noch herausfordernder. Der dunkle Lidschatten verstärkt das intensive Leuchten ihrer Augen. Dann ist sie aus seinem Blickfeld verschwunden. Er hört, wie sie unten die Terrassentür öffnet, und tritt auf die Galerie hinaus. Langsam geht er die Treppe nach unten.

»Gefalle ich dir?«, fragt Targa ohne jede Spur von Koketterie. Sie dreht sich einmal im Kreis.

»Das Kleid steht dir ausgezeichnet, und mit den offenen Haaren siehst du wunderschön aus.«

»Schönheit liegt im subjektiven Blick des Betrachters«, antwortet Targa ungerührt.

»Stimmt. Auch jedes Bild kann für den einen hässlich und für den anderen schön sein.«

Sandman dreht sich um und versinkt in die Betrachtung des »Stillen Ozeans«. Er trägt einen dunklen Anzug und ein weißes Hemd mit Manschetten. Seine schwarze Krawatte ist eng am Kragen festgezurrt. Er liebt diesen Druck auf seinem Hals. Es ist wie eine Droge.

»Was machst du da?«, fragt Sandman überrascht, als Targa sich auf den Boden setzt, um ihre fleckigen Sneaker anzuziehen.

»Ich ziehe meine Schuhe an.«

»Aber zu diesem Kleid gehören zarte Stilettos«, erklärt er ihr.

»Warum?«

»Keine Frau würde zu einem solchen Kleid freiwillig Turnschuhe tragen.«

»Aber ich bin keine Frau wie alle anderen«, erwidert Targa und schnürt weiter ihre Schuhe zu.

»Nein, das bist du wirklich nicht.« Er schenkt ihr ein sanftes Lächeln.

»Wohin fahren wir?«, fragt sie und steht wieder auf. »Und warum sind wir so festlich gekleidet?«

»Es gibt einen besonderen Anlass. Da lege ich Wert auf angemessene Kleidung. Lass dich überraschen.«

»Ich mag keine Überraschungen.«

»Diese wirst du mögen.«

Während der Fahrt schweigen beide. Als sie auf die Schnellstraße Richtung Marzahn-Hellersdorf biegen, dreht sich Sandman zu Targa.

»Gleich sind wir da.«

»Gehen wir in die Oper oder ins Theater?«, fragt Targa und sieht aus dem Seitenfenster. Die verwitterten Plattenbauten von Marzahn gleiten wie gigantische Gebirge an ihnen vorbei, wirken im Scheinwerferlicht noch brutaler und riesiger. Dann werden die Wohnblöcke niedriger, verschwinden schließlich ganz. Sie fahren durch ein Gebiet mit kargen, einstöckigen Bungalows, die wie Schuhschachteln eng aneinandergereiht sind.

»Das ist Bonzen-City«, sagt Sandman. »Früher lebten hier verdiente DDR-Funktionäre.«

Vor einem heruntergekommenen Bungalow bremst Sandman den Jaguar ab. Beide steigen aus. Das Haus ist schmal und geduckt. Die Wände sind aus grauem Beton. Zwei vergitterte Fenster reichen links und rechts der Tür vom Boden bis zur Decke. Die Front erinnert an ein Gesicht mit panisch aufgerissenen Augen.

Auf einer abbröckelnden Mauer auf der gegenüberliegenden Straßenseite sitzen mehrere Jugendliche. Sie lachen, trinken Bier und werfen dem Jaguar argwöhnische Blicke zu. Sandman macht einen Schritt auf die Straße und winkt einen von ihnen zu sich.

»Du passt auf meinen Wagen auf«, sagt er, reißt einen Hunderteuroschein in der Mitte entzwei und drückt dem

Jungen eine Hälfte in die Hand. »Die zweite Hälfte kriegst du, wenn ich wiederkomme.«

»Geht klar«, sagt der Junge und lehnt sich breitbeinig an den Kühler des Wagens.

»Was machen wir hier?«, fragt Targa, als Sandman wieder neben ihr steht.

»Du willst doch lernen«, antwortet er. »Hier bekommst du die Gelegenheit dazu.« Er läutet an der Tür.

»Hey Chef!« Ein junger Mann mit platter Boxernase und gegelten Haaren öffnet. Er trägt einen glänzenden schwarzen Anzug. Dann bemerkt er Targa. Er betrachtet sie mit einem misstrauischen Blick. »Wer ist die Braut?«

»Sie ist meine Begleitung«, antwortet Sandman knapp.

»Geht klar.« Er öffnet die Tür. »Ist schon alles vorbereitet. Ich bin Kevin«, sagt er zu Targa.

Geschäftig winkt er die beiden weiter. Sie zwängen sich durch einen mit Pappkartons vollgeräumten Gang, von dem marode Sperrholztüren abgehen.

»Das sind die Sachen von Püppchen«, sagt Kevin und klopft mit der Hand gegen einen Karton.

»Oh, ihr habt schon alles verpackt.« Sandman nickt verständnisvoll. »Zum Entsorgen.«

»Wo denkste hin! Das wird alles zu Kohle gemacht.« Kevin öffnet eine gesprungene Glastür. Sie stehen in einem winzigen Wohnzimmer. Die braune Raufasertapete an der Wand wellt sich. Der PVC-Boden ist fleckig und abgetreten. Von der niedrigen Decke hängt ein Leuchter in Form eines Hirschgeweihs. Das einzig neue Teil in diesem Zimmer ist ein riesiger Flachbildfernseher. Auf einer beigen Kunstledercouch sitzen drei Personen.

»Herr Doktor, endlich sind Sie da!«, krächzt eine übergewichtige Frau mit blonder Dauerwelle. Hastig drückt sie ihre Zigarette aus und sprüht Raumspray in die Luft. Sie wuchtet sich hoch und schüttelt Sandman überschwänglich die Hand. Auf ihrer blauen Kostümjacke sind Aschespuren. »Kevin hat mich dazu überredet. Ich will das nicht.«

»Wir haben das doch schon geklärt, Mama«, mischt sich Kevin ein.

»Ich bin einfach nur traurig, dass wir in so eine Notsituation gekommen sind«, erklärt sie wehmütig und streicht einem etwa zwölfjährigen Jungen in einem weißen Kunstfaserhemd über die Schulter. »Das ist mein Jüngster.«

»Hallo!« Der Junge hebt kurz die Hand und widmet sich dann wieder seinem Gameboy.

»Computerspiele sind schlecht für das Denken«, sagt Targa. »Und man wird davon aggressiv.«

»Schon gut.« Sandman legt Targa die Hand auf den Arm.

»Hör genau hin, was die Braut schwatzt«, sagt Kevin zu seinem Bruder. »Mach das Ding aus.«

»Seit wann gibst du was auf die Meinung einer Fickmaus?«, kontert der Junge.

Kevin verpasst seinem Bruder eine Kopfnuss. »Benimm dich. Das ist eine Dame.«

Auf der anderen Seite der Couch sitzt ein hübsches Mädchen. Targa schätzt sie auf sechzehn oder siebzehn, und sie muss das Abbild ihrer Mutter in jungen Jahren sein.

»Michelle hat jetzt Arbeit im Discounter«, sagt die Mutter und nickt ihrer Tochter stolz zu. Auch Michelle hat sich für den Abend fein gemacht. Schwarzer Minirock. Enges Top. Korallenkette um den Hals.

»Guten Abend«, haucht sie schüchtern und blickt zu Boden. »Ich finde das sehr schlimm.«

Kevin nimmt Sandman vertraulich am Arm. »Ich habe drinnen alles so dekoriert, wie Sie es gewünscht haben. Hat mich 'ne Menge gekostet.« Seine Augen sind plötzlich ganz feucht. »Unser armes Püppchen.«

»Wer ist Püppchen?«, fragt Targa interessiert. Wieder bedeutet ihr Sandman zu schweigen.

»Ich begleiche natürlich eure Ausgaben«, sagt Sandman. »Das mit deiner Schwester tut mir sehr leid.« Er deutet auf eine Tür. »Ist es dieses Zimmer?«

»Was soll dieses Theater?«, zischt Targa nun, die sich nur noch mühsam beherrschen kann. Sie zieht ihn zur Seite. »Wer sind diese Leute?«

»Das ist die Wirklichkeit, Targa. Es ist eine Reise ans Ende der Nacht«, antwortet Sandman kryptisch. »Störe jetzt bitte den Ablauf nicht.«

»Michelle, hol unseren Gästen bitte was zu trinken«, fordert die Frau unterdessen ihre Tochter auf. »Wir haben doch extra den Sekt gekauft«, ergänzt sie treuherzig.

Mit traurigem Gesichtsausdruck verschwindet Michelle hinter einem klimpernden Perlenvorhang und taucht kurz darauf mit Plastikgläsern und einer Flasche Billigsekt wieder auf.

»Für mich nur Wasser.« Targa winkt ab, als ihr Michelle einen der Becher reichen will.

»Bist du ein Alki auf Entzug?«, fragt der Junge mit dem Gameboy interessiert.

»So was fragt man nicht«, weist ihn seine Mutter zurecht.

Dann wendet sie sich wieder Targa und Sandman zu. »Das ist ein trauriger Anlass für uns alle.« Sie hebt ihr Glas und stößt mit ihnen an. »Es ist schlimm, wenn die eigenen Kinder vor einem sterben. Auf unser Püppchen.«

Dann gehen sie in das Nebenzimmer. Es herrscht ein diffuses Zwielicht. An den Wänden kleben verblichene Blumentapeten. Ein Poster über einem kleinen Schminktisch zeigt eine Stadtansicht von Venedig. Auch in diesem Zimmer ist das bodentiefe Fenster vergittert. Der Raum wird von einem verchromten Klinikbett dominiert. Darin liegt eine junge Frau mit eingefallenen Gesichtszügen. Jeder Atemzug scheint sie anzustrengen. Dazwischen entstehen immer wieder lange Pausen. Dann krallt sie sich in dem grauen Leintuch fest. Stöhnt und röchelt. Kerzen sind um das Bett verteilt und flackern im Luftzug.

»Sie ist noch so jung.« Targa will näher herantreten, doch Sandman greift ihren Arm.

»Du bist hier, um zu lernen. Also halte dich zurück«, flüstert er.

»Was hat sie?«, fragt Targa mit erregter Stimme. Sie lässt sich nicht so einfach abwimmeln.

»Sieh einfach zu«, erwidert Sandman und drückt Targas Arm.

»Wer ist die junge Frau? Was hat sie?«, wiederholt sie hartnäckig.

Sandman atmet laut durch die Nase ein und aus. »Sie ist Kevins Schwester. Noch keine dreißig. Gehirntumor. Sie haben versucht, ihn zu entfernen, aber er ist mittlerweile inoperabel.«

Kevin wieselt geschäftig um die junge Frau herum. Klopft ihr auf die Wangen. »Püppchen, kannst du mich hören? Sag was.«

Ihr Atem ist nur noch ein leises Pfeifen. Es klingt, als wären ihre Lebensgeister bereits am Erlöschen.

»Die Herrschaften sind von weit her gekommen. Du musst etwas sagen.«

»Das Mädchen liegt im Sterben«, erklärt Sandman Targa leise. »Und sie will zu Hause aus der Welt gehen.«

»Armes kleines Püppchen.« Kevin beugt sich über seine Schwester. Streicht ihre Wangen. »Sag doch was, für Mama und mich.« Er wischt sich mit dem Handrücken theatralisch über die Augen. Räuspert sich.

»Ich halte das nicht länger aus.« Kevins Mutter beginnt zu schluchzen und läuft aus dem Zimmer.

»Mama, warte doch«, ruft Michelle und folgt ihrer Mutter.

Sandman wirft einen schnellen Blick auf Targa. In ihrem schwarzen Designerkleid wirkt sie völlig deplatziert. Ihr Gesicht ist ausdruckslos. Er kann nicht erkennen, ob sie die Szene schockiert. »Du wolltest lernen. Jetzt hast du die Gelegenheit dazu«, sagt er streng. »Kevin kennt meinen Blog. Er hat mir angeboten, die letzten Worte seiner Schwester aufzuzeichnen. Natürlich revanchiere ich mich angemessen finanziell.«

»Seine Schwester stirbt, und er unternimmt nichts dagegen?«

»Dagegen kann man nichts mehr unternehmen. Nun wird sie zu Hause sterben. Im Kreise ihrer Familie. Und als Abschiedsgeschenk wird sie uns ihre letzten Worte zurücklassen.«

»Was, wenn sie nicht spricht?«

»Dann haben wir eben Pech gehabt«, flüstert Sandman ihr

zu. »Mein Blog hat mittlerweile mehr als genug Interessenten angezogen. Ich kann mich vor Zuschriften kaum retten.«

»Leute bewerben sich darum, dass du ihren Verwandten gegen Bezahlung beim Sterben zusiehst?« Targas Stimme klingt ungläubig. »Das ist doch widerlich.«

»Das ist nicht widerlich. Sondern schön. Es ist ein Geschenk, im Kreis interessierter Menschen zu sterben. Von denen man sich mit letzten Worten verabschieden kann. Mit Sätzen, in denen man weiterlebt.«

»Mich nimmt das ziemlich mit«, entschuldigt sich Kevin und schnäuzt sich in ein fleckiges Geschirrtuch. »Aber Püppchen ist nun mal meine große Schwester.«

»Das ist schon in Ordnung.« Sandman klopft ihm gönnerhaft auf die Schulter.

»Hat Püppchen auch einen Namen?«, fragt Targa.

»Consuela. Sie heißt Consuela. Aber alle nennen sie nur Püppchen. Weil sie so hübsch war. Ist …«, sagt Kevin leise.

»Ich werde ihre letzten Worte aufnehmen.« Sandman stellt sich an das Bett und zieht ein Handy aus seiner Tasche. »Sprich mit deiner Schwester«, fordert er Kevin auf.

Kevin schiebt Püppchen ein großes Kissen in den Rücken und richtet ihren Oberkörper etwas auf. Ihre dicken schwarzen Haare sind am Hinterkopf abrasiert. Targa kann die Narbe einer Gehirnoperation erkennen. Er lehnt sich zu ihr. »Sag uns, was du fühlst, Püppchen. Was möchtest du uns noch sagen?«

Die junge Frau beginnt zu röcheln. Sie verdreht die Augen. Stammelt einzelne unverständliche Worte.

»Wir können dich nicht verstehen. Bekommst du keine Luft mehr? Püppchen, rede mit uns!«

Nun steht auch Targa am Bettrand und beobachtet die Szene angespannt. Sandman tritt hinter sie und legt seine Hände auf ihr Schultern. Zärtlich massiert er ihren Hals.

Püppchen bäumt sich auf.

»Das Licht. Ich sehe kein Licht«, stöhnt sie.

Kevin beugt sich noch näher zu ihr. »Sprich weiter, Püppchen. Gibt es noch etwas, das du uns sagen willst?«

»Ruhe jetzt«, schneidet Sandman ihm das Wort ab und starrt auf das Mädchen. Die Aufnahmefunktion des Handys in seiner Hand läuft. Seine andere Hand liegt um Targas Hals. Er drückt seine Finger in ihre Haut. Stärker. Püppchens Röcheln wird lauter. Der Körper der jungen Frau zittert. Dann ein Krächzen.

»Ich habe nie die Liebe erlebt.« Ihre Stimme ist leise, aber nun klar verständlich.

»Lass los, Püppchen«, flüstert Sandman. »Was fühlst du?«

»Mir ist so kalt.«

»Drüben wird es wärmer.«

»Jetzt sehe ich es. Das Licht.«

Sandman presst die Finger um Targas Hals. Beginnt heftig zu atmen. Seine Hände zittern. Püppchen bäumt sich ein letztes Mal auf. Öffnet den Mund. Tonlos. Holt tief Atem. Sandman schnürt Targa mit seinem Griff die Kehle ab. Ihr Körper vibriert unter der Anspannung. Sie schnappt nach Luft. Consuela atmet noch einmal heftig. Dann entweicht plötzlich alles Leben aus ihr. Sie sinkt im Bett zusammen. Eine leere Hülle.

»Ist sie tot?« Kevin fühlt mit zitternden Fingern ihren Pulsschlag und wischt sich verstohlen eine Träne aus den Augen.

»Mein Beileid.« Sandman löst seine Hand von Targas Hals. Feine rote Striemen sind auf ihrer Haut zu sehen. Er greift in die Innentasche seines Abendsakkos und holt einen Briefumschlag heraus. Gibt ihn Kevin. »Der Betrag, wie vereinbart. Das wird den Schmerz deiner Familie ein wenig lindern. Dieser Abend war sehr beeindruckend für uns, vielen Dank.«

»Danke, Kevin«, sagt Targa und lächelt. »Danke, dass wir dabei sein durften.«

Als sie wieder ins Wohnzimmer gehen, sitzen die Mutter und Michelle eng umschlungen auf dem Sofa und weinen.

»Ist Püppchen …«, fragt Michelle mit bebender Stimme, ohne den Satz zu vollenden.

»Ja. Es ist vorbei.«

Kevin begleitet Sandman und Targa zur Tür.

»Wir sind nicht herzlos«, rechtfertigt er sich. »Aber die Kohle brauchen wir dringend. Und Püppchen ist hier zu Hause gestorben. Wie sie es wollte.«

»Sie sind ein guter Mensch.« Sandmans Stimme klingt beruhigend. Er steckt Kevin noch einen Geldschein in die Brusttasche des glänzenden Sakkos.

Dann fasst er Targa am Arm, und sie verschwinden in der Dunkelheit.

»Wie hat es dir gefallen?«, fragt Sandman, als sie wieder auf der Schnellstraße unterwegs sind.

»Ich muss das alles erst verarbeiten«, antwortet Targa. »Es war eine erschreckende Erfahrung. Schrecklich schön«, ergänzt sie.

Er blickt sie von der Seite an. »Noch intensiver ist die Erfahrung, wenn man den Tod selbst herbeiführt.«

»Wie meinst du das?«

»Wenn man jemanden tötet.«

»Hast du schon getötet?«

Lange antwortet Sandman nicht. »Schon oft und doch noch zu wenig«, sagt er dann.

»Was ist das für ein Gefühl?«

»Es ist unbeschreiblich.«

»Dann lass es uns gemeinsam versuchen.«

20

Die Frauenleiche auf dem Stahltisch beginnt zu vibrieren. Ihre Hände klopfen auf die blankpolierte Fläche. Als würde die Tote aufstehen wollen. Aber es ist bloß die U-Bahn, die den Keller der Gerichtsmedizin zum Zittern bringt.

Targa lehnt an der Wand. Sie schließt die Augen. Durchlebt noch einmal den gestrigen Abend.

Menschen präsentieren aus Geldgier ihre sterbenden Verwandten kranken Voyeuren, denkt sie. *Dafür gibt es also einen Markt. Wie abartig können Menschen sein? Oder ist es die Verzweiflung, die sie so weit treibt?*

Sandman hat es zum ersten Mal ausgesprochen: Es ist ein unbeschreibliches Gefühl, jemanden zu töten. Jetzt sind sie auf die Zielgerade eingebogen. Bald wird er mit ihr gemeinsam töten wollen. Dann schnappt die Falle zu.

Konzentriert wäscht sie die Leiche. Die Arbeit beruhigt. Sie hasst Sandman für das, was letzte Nacht passiert ist. Es ist, als wäre das Böse direkt in sie eingedrungen. Gleichzeitig bewundert sie seine Zielstrebigkeit. Sein ganzes Leben ordnet er diesen dunklen Obsessionen unter. Jemandem wie ihm ist sie noch nie begegnet. Das spornt sie an. Sie will ihm beweisen, dass sie besser ist als er. »Ich habe dich überführt«, wird sie ihm sagen, wenn er verhaftet ist.

Als Targa nach ihrer Schicht ins Erdgeschoss fährt und den

langen Flur entlangläuft, bemerkt sie am Eingang eine Gestalt. Ein Mann lehnt mit dem Rücken zu ihr in der geöffneten Tür. Raucht.

»Was machst du hier?«, fragt Targa, als sie neben Lundt steht.

»Ich hatte Sehnsucht nach dir«, lautet seine lapidare Antwort. »Warst du noch mal in der Villa? Hast du etwas Neues?«

»Ich habe Hannas Zimmer gefunden. Doch alles, was sie hinterlassen hat, waren eine rostige Nagelschere und ein Strichmännchen an der Wand. Mit einem Datum daneben.« Sie holt den Zettel aus ihrer Hosentasche, auf dem sie das Datum notiert hat, und reicht ihn Lundt. »Wurde an diesem Tag ein Mädchen ermordet? Das muss Rita überprüfen.«

»Ich gebe das gleich weiter. Sonst noch etwas?«

»Ich glaube, er tötet die Mädchen im Keller. Es muss dort ein Versteck geben oder einen geheimen Raum.«

»Wie kommst du darauf?«

»Ich habe es gespürt. Hanna hat mich in den Weinkeller geführt.«

Lundt runzelt die Stirn, aber fragt nicht nach.

»Du siehst mitgenommen aus«, wechselt er das Thema.

»Ich weiß. Der gestrige Abend war schwierig für mich.«

»Was ist passiert?« Lundts Augen leuchten auf. Er vergisst vor Aufregung, an seiner Zigarette zu ziehen. »Haben wir ihn? Können wir ihn endlich festnehmen?«

»Noch nicht. Aber gestern bin ich das erste Mal mit ihm ans Ende der Nacht gereist.« Während Targa ins Leere starrt, erzählt sie von dem düster-traurigen Besuch.

»Das ist ein Geschäftsmodell?« Lundt schüttelt angewidert

den Kopf. »Das kann nicht legal sein. Ich werde der Sache nachgehen. Wo wohnt diese Familie?«

»In Marzahn. Bonzen-City. Früher haben dort wohl DDR-Funktionäre gelebt.«

»Das ist mir bekannt«, antwortet Lundt gedankenverloren. »Ich habe dort gelebt.« Targa blickt ihn überrascht an, doch Lundt winkt ab. »Erzähle ich dir ein anderes Mal. Ich muss wieder los.«

»Sandman hat zum ersten Mal vom Töten gesprochen.«

Lundt dreht sich noch einmal um. »Bloßes Reden bringt uns leider nicht weiter, Targa.«

»Aber vom Reden zum Handeln ist es nicht mehr weit.«

Er verschwindet grußlos. Alles, was von ihm zurückbleibt, ist der schale Zigarettenrauch, der um Targa herumschwebt.

Als sie das Gartentor der Villa aufschiebt, beginnt Hund neben ihr leise zu knurren. Die Sonne steht bereits tief und blendet sie. Sie legt die Hand über die Augen und versucht etwas zu erkennen. Vor ihrem VW-Bus sitzt Sandman auf einem mit weißem Leinen bespannten Regiestuhl und winkt ihr zu. Er ist barfuß und trägt eine helle Stoffhose. Sein dünnes Seidenhemd ist aufgeknöpft, sein muskulöser Oberkörper ist zu sehen. In der Hand hält er eine Zigarre. Er wirkt wie der Regisseur eines Hollywoodfilms.

So gefällst du dir, denkt Targa unbeeindruckt. *Du führst Regie, und wir alle sind Schauspieler, die nach dem teuflischen Drehbuch in deinem Kopf gesteuert werden.*

»Was tust du hier?«, fragt sie und gibt Hund mit der Hand das »Platz«-Kommando.

»Ich habe ein Geschenk für dich!« Elegant schwingt sich Sandman aus dem Stuhl und deutet auf ihn.

»Voilà, neue Stühle.«

»Die alten Klappstühle reichen mir«, sagt sie schroff. »Bist du deswegen hier?«

»Natürlich nicht.« Sandman geht langsam auf sie zu und greift nach einem ihrer Zöpfe.

»Offen gefällt mir dein Haar besser.«

»Deswegen trage ich es heute anders. Also, was willst du?«

»Wann stellst du mir deine Schwester Yella vor? Ist sie da?«, fragt Sandman stattdessen und deutet mit dem Daumen zum Bus. »Oder gibt es sie vielleicht gar nicht?«

»Doch. Aber Yella ist nicht mitgekommen«, antwortet Targa.

»Wie schade. Ich hätte sie gerne auch zum Essen eingeladen. Ich habe uns etwas Vorzügliches zubereitet. Ceviche«, sagt Sandman und dreht sich in Richtung der Villa. »Kommst du?«

»Ich muss erst Hund versorgen.«

»Dein Hund ist zu dick. Komm, wir haben viel zu bereden.«

Sie öffnet die Schiebetür des Busses und gibt Hund ein Zeichen. Gehorsam springt er hinein.

»Was gibt es denn so Dringendes?«, fragt sie, als beide über die Wiese zur Terrasse gehen.

»Später.«

Durch die große Flügeltür betreten sie den Salon.

»Hast du etwas Kühles zu trinken für mich?«, fragt sie.

»Aber natürlich«, antwortet er zuvorkommend und reicht ihr kurz darauf ein volles Glas Champagner. Doch sie winkt ab.

»Ich trinke nur Wasser und Kaffee«, stellt sie nüchtern fest. »Das solltest du langsam wissen.«

»Dieser Champagner ist etwas Besonderes. So wie du. Tu mir diesen Gefallen.« Sandman hält das Glas in die Höhe. »Dieser Champagner wird nur bei Vollmond abgefüllt.«

»Na gut«, willigt sie ein. Sie darf ihr Ziel nicht aus dem Blick verlieren. Targa trinkt ihr Glas in einem Zug leer.

Sandman nimmt es ihr aus der Hand und stellt es auf einen Tisch. Er beugt sich zu ihr. Küsst sie sanft auf den Mund. Sein heißer Atem weckt bei ihr die Assoziation von Lava. Er will ihr Eis zum Schmelzen bringen. Aber noch ist sie innerlich gefroren. Sie erwidert seinen Kuss nicht.

»Ich nehme noch ein Glas«, sagt sie und schiebt seine Hände weg.

»Gerne.«

Sandman holt die Flasche aus dem Eiskübel und füllt Targas Glas erneut. Der Champagner zischt und sprudelt. Wieder trinkt Targa das Glas in einem Zug leer. Mit den Fingerspitzen streicht Sandman zärtlich über ihre Arme. Schiebt die Träger des weiten schwarzen Tops von ihren Schultern. Wie ein Schatten fällt es zu Boden.

Halbnackt steht sie vor ihm. Trägt nur ihre verwaschenen Jeans. Doch sie weicht nicht zurück. Sieht ihn herausfordernd an.

»Wenn du mit mir schlafen willst, dann sag es einfach.«

Sandman lächelt nur. Mit einer Hand umfasst er ihren Hals. Zieht sie zu sich heran. Sie spürt ihre Schlagader unter seinen Fingern pulsieren. Langsam schiebt er sie zurück zu dem breiten Sofa. Drückt sie auf ein Kissen. Sie wehrt sich nicht. Der Champagner zeigt langsam Wirkung. Doch noch immer sieht sie Sandman in die Augen. Es ist ein Kräftemessen, das sie gewinnen muss.

»Was willst du?«, flüstert er.

»Zieh dich aus.« Jetzt bestimmt sie das Gesetz des Handelns. Sie zieht Sandman an den Haaren zu sich herunter. Küsst ihn lange und intensiv.

»Ich werde deine Gefühle wecken«, flüstert er in ihr Ohr.

Sie dreht den Kopf zur Seite. »Das schaffst du nie.«

»Oh doch. Glaube mir.«

Targa drückt ihn von sich weg, richtet sich auf und setzt sich dann rittlings auf ihn. »Was wolltest du mit mir bereden?«, fragt sie. Sie will nicht über ihre Emotionen sprechen. Auch nicht daran denken. Es gibt eine Grenze in ihrem Inneren. Einen Wall aus Eis, den niemals ein Mann einnehmen wird.

»Hat das nicht Zeit bis später?«

»Nein, sag es mir.« Mit den Händen streicht sie über seine muskulöse Brust. Greift dann nach der Champagnerflasche. Trinkt.

»In ein paar Tagen ist es so weit.« Er blickt ihr tief in die Augen, seine Lippen nur wenige Millimeter von ihren entfernt. »Dann wirst du auf die Probe gestellt. Dann werden wir herausfinden, ob du so bist wie ich.«

21

Auf den Stufen des Krankenhauses liegen zwei winzige Bündel. Ein eisiger Wind bläst die Straße entlang. Weht die Decke weg. Ein winziges Baby, das nur mit einem dünnen rosa Leibchen bekleidet ist, beginnt laut zu weinen. Auch in dem anderen Bündel regt sich etwas. Ein nacktes Füßchen streckt sich auf die eisigen Stufen. Auf der Straße heult ein Motor laut auf. Aus einem Fenster der Klinik blickt ein Patient dem davonrasenden Porsche hinterher.

Er muss das Kennzeichen gesehen haben.

Targa will zurück in diesen Traum. Seit Jahren verfolgt er sie bis in die tiefsten Schichten des Schlafs. Doch etwas hindert sie daran. Es ist eine Hand, die an ihrem Arm rüttelt.

»Targa, aufwachen!«, hört sie Sandmans dunkle Stimme. Schlagartig ist sie hellwach. Sie befindet sich in seinem Schlafzimmer, draußen ist es noch immer finster. Die abgewetzte Jeans und ihre Sneaker liegen verstreut auf dem Teppich. Doch ihren Slip hat sie noch an.

»Was ist geschehen?« Sie versucht sich zu erinnern. Sie hat Sandman geküsst. Viel zu viel Champagner getrunken. Bald will er sie auf die Probe stellen, herausfinden, ob sie so ist wie er. An diese Worte kann Targa sich noch erinnern.

»Hatten wir Sex?«, fragt sie unverhohlen. Sie hat einen schalen Geschmack im Mund.

Sandman lächelt nur zweideutig.

»Warum weckst du mich mitten in der Nacht?« Ihr Kopf dröhnt.

»Es ist etwas passiert.« Sandmans Stimme klingt plötzlich heiser.

»Was ist passiert?«, fragt Targa. Sie versucht sich krampfhaft an die Details des Abends zu erinnern. Das Pochen in ihrem Kopf wird immer stärker. Sie braucht eine Aspirin. Targa greift nach einem T-Shirt, das neben dem Bett liegt. Zieht es sich über den nackten Oberkörper. Ein Schauer läuft über ihren Rücken. Sein unverwechselbarer Geruch hängt noch in dem Stoff. Er dringt durch die Poren ihrer Haut.

»Komm! Ich muss dir etwas zeigen.« Sandmans tiefe Stimme klingt beruhigend. Aber ein kalter Unterton schwingt in ihr mit. Er nimmt ihre Hand und zieht sie aus dem Bett.

Targa blickt sich im Zimmer um. Die vielen Bilder an den Wänden rücken näher. Scheinen sie zu erdrücken. Sie kann die Situation nicht einschätzen, muss wachsam sein.

Sandman legt seine Hände auf ihre Schultern. Blickt sie fest an. Sein Gesicht wirkt ernst. »Ich muss dir etwas zeigen.«

Er führt sie auf den kleinen Balkon hinaus. Noch immer herrscht düstere Nacht, doch die gekieste Einfahrt strahlt im grellen Licht der Außenbeleuchtung. Sie sieht die Treppe, die hinauf zum Eingang führt. Sie sieht die exakt geschnittenen Blumenstöcke links und rechts. Dann sieht sie den schwarzen Sack auf dem Kies.

»Was ist das?«, fragt sie. Das Pochen in ihrem Kopf wird unerträglich. Sie spürt, wie sich die Kälte in ihrem Inneren ausbreitet, wie sie langsam gefriert. *Bleib ruhig. Egal was gleich geschieht*, denkt sie. Mit gleichgültiger Miene dreht sie sich zu Sandman. »Geht es um den Sack? Was ist damit?«

»Die Nachbarn haben ihn vorhin gefunden«, antwortet Sandman. Er tritt neben ihr ins Licht. »Du hast zu viel Champagner getrunken. Bist dann in meinen Armen eingeschlafen. Hast die Klingel gar nicht gehört.« Jetzt kann sie sein Gesicht sehen. In seinen Augen entdeckt sie einen merkwürdigen Glanz, den sie nicht einordnen kann. Er wirkt aufgeregt.

»Wen haben sie gefunden?« Noch immer hat Targa die Situation unter Kontrolle. Sie stellt die Fragen. »Sag schon!« Sie dreht sich von ihm weg, starrt nach unten auf den schwarzen Sack.

»Es ist Hund!«, platzt es plötzlich aus ihm heraus.

Die Worte treffen sie so unvermittelt, dass sie nach vorne taumelt und sich an der Balustrade festhalten muss.

»Was ist mit Hund?«, flüstert sie. Sie spürt einen leichten Brechreiz, kann ihn aber unterdrücken.

»Ein Lieferwagen hat ihn überfahren.«

Die Sätze zischen auf sie nieder wie Peitschenhiebe. Jedes einzelne Wort reißt ein Stück Erinnerung aus ihrem Körper. Sie sieht sich mit dem VW-Bus durch eine hitzeflirrende Landschaft fahren. Hund sitzt auf dem Beifahrersitz. Er hat ein rotes Tuch um den Hals gebunden. Dann spürt sie seine raue Zunge, mit der er ihr jeden Morgen über das Gesicht leckt. Sie hört sein freudiges Bellen, wenn sie zu einem Spaziergang aufbrechen. Hund ist ein Teil von ihr.

Und dann trifft es sie wie ein Donnerschlag: Sie hat ihn nicht beschützt. Sie hat ihn diesem Monster ausgeliefert.

Wie soll sie mit dieser Schuld weiterleben?

Wie soll sie ohne Hund weiterleben?

Wie soll sie das überleben?

»Wieso liegt er da in einem Sack?« Targa krallt ihre Finger in das Mauerwerk der Balustrade.

»Der Lieferwagen hat ihn völlig zerquetscht. Diesen Anblick wollte der Fahrer keinem zumuten. Aber so kannst du dich wenigstens von deinem Hund verabschieden.«

»Wie ist Hund aus dem Bus gekommen?«, fragt sie leise.

»Wahrscheinlich hast du die Tür nicht ordentlich geschlossen. Du warst unvorsichtig.« Sandman zuckt gelangweilt mit den Schultern. Seine Stimme hat sich verändert. Er klingt souverän. Er hat alle Trümpfe in der Hand. Sie ist plötzlich ein Nichts. Sie ist unfähig, einen klaren Gedanken zu fassen. Sie ist paralysiert. Kann nicht einmal weinen. Sandman hat sie getroffen.

»Er geht ohne mich nie aus dem Bus.«

»Diesmal doch.«

Targa atmet tief durch. Stößt sich von der Balustrade ab. »Ich gehe zu ihm«, sagt sie. Ihre Stimme klingt entschlossen, zittert kein bisschen. Sie darf Sandman keine Schwäche zeigen.

»Wir können ihn hinter dem Haus vergraben. Dann kannst du ihn jeden Tag besuchen«, hört sie ihn hinterherrufen. Er klingt zufrieden.

Als sie auf die Galerie tritt, spürt sie einen Knoten in der Brust. Sie beginnt intensiv ein- und auszuatmen. Doch der Knoten löst sich nicht. Im Gegenteil. Er wird immer größer. Sie kann nicht mehr Luft holen. Muss sich für einen kurzen Moment auf die Treppenstufen setzen. Die Situation erfassen. Sie darf jetzt keine Gefühle zulassen. Aber der Knoten in ihr wird größer und größer. Sie muss ihn zurückdrängen, doch sie ist zu schwach. Sie legt den Kopf auf die Knie. Alles in ihr dreht sich.

Sie stürzt im freien Fall von einer Klippe. Weiß genau, dass sie in wenigen Sekunden zerschellen wird. Dann steht sie auf und schleppt sich nach unten.

Als sie aus der Eingangstür tritt, wirkt der Sack noch größer, noch unheilvoller als von oben. Sie geht die Treppe zur Einfahrt hinunter, bemüht sich, ihre zitternden Beine zu kontrollieren. Sandman beobachtet sie vom Balkon. Der Marmor fühlt sich unter ihren nackten Füßen kalt und leblos an.

Sandmans Schatten schiebt sich über den weißen Kies. Drückt sie zu Boden. Jetzt steht sie vor dem Sack.

Es ist ein einfacher schwarzer Jutesack, mit einer Schnur zugebunden. Sie sinkt in die Knie. Die spitzen Steine drücken sich in ihre Haut. Doch diesen Schmerz spürt sie nicht. Den anderen schon.

Zärtlich streicht sie über den groben Stoff. Legt ihre Wange darauf.

»Hund«, flüstert sie leise. »Mein einziger Freund.« Wieder streichelt sie den Sack. Sie will Hund anders in Erinnerung behalten. Lebendig. Nicht verletzt. Nicht tot. Doch sie will ihn auch ein letztes Mal sehen. Ein letztes Mal über seinen Kopf streichen. Sein Fell küssen.

Der Sack ist fest verknotet. Erst mit den Zähnen gelingt es ihr, die Schnur zu lösen. Sie schließt die Augen. Greift vorsichtig mit einer Hand hinein. Sie fühlt etwas Weiches.

Doch das ist nicht Hund.

Sie zieht es aus dem Sack. Es ist eine Felljacke. Hektisch greift sie erneut hinein. Zieht einen alten Nerzmantel hervor. Noch einen Pelz. Bis der Sack leer, schlaff vor ihr liegt.

Sie hört Sandmans höhnisches Lachen. Es stürzt von oben auf sie herunter.

»Wo ist Hund?«, schreit sie und springt auf. Sie versetzt dem Sack einen wütenden Tritt. »Wo ist mein Hund?« Ihre Augen füllen sich mit Tränen. Dafür hasst sie sich. Es ist ein Zeichen von Schwäche.

»Wahrscheinlich schläft er in deinem VW-Bus.«

»Warum tust du das?« Der Knoten in ihrer Brust löst sich. Ihre Stimme kippt über. Sie muss sich beherrschen, darf jetzt nicht durchdrehen. So wie früher. Im Kommissariat. Am liebsten würde sie nach oben laufen und Sandman niederschlagen. Mit gesenktem Kopf und geballten Fäusten steht sie im Licht der Scheinwerfer. Sie bückt sich und ordnet die Ziersteine in einem Blumenbeet hektisch nach ihrer Größe. Richtet sie am Rand aus. Wenigstens das kann sie kontrollieren. Doch noch immer sind ihre Augen nass und gerötet. Mit einer schnellen Handbewegung schiebt sie sich die Haare über das Gesicht. Diesen Triumph gönnt sie ihm nicht.

»Warum tust du das?«, ruft sie erneut, als sie keine Antwort erhält. In der Stille der Nacht versucht sie ihren Atem zu beruhigen. Die Fassung wiederzugewinnen.

Plötzlich steht Sandman vor ihr und streicht ihr die Haare aus dem Gesicht.

»Es ist doch nur ein Spiel, Liebes. Ich will dich nicht quälen«, sagt er lächelnd. Dieses Lächeln zeigt Targa sein wahres Gesicht. Mit der Fingerspitze streicht er über ihre feuchte Wange.

»Hast du um deinen Hund geweint?«

»Das sind keine Tränen.«

»Ich glaube doch. Erinnerst du dich an meine Worte? Ich habe versprochen, deine Gefühle zu wecken. Und das habe ich getan.«

22

Einmal öfter aufstehen, als man am Boden liegt. Targa mag solche Sprüche. So ist das Leben. Gestern hat Sandman sie besiegt, heute steht sie wieder auf den Beinen. Steckt die Niederlage weg. Konzentriert sich auf ihr Ziel. Aber in die Gerichtsmedizin fährt sie nicht.

Als sie mit Hund am Wannsee in den Waggon steigt, legt sich Hund sofort zu ihren Füßen auf den Boden. Er spürt, dass sie in der Nacht großen Kummer gehabt hat. Da will er ihr nicht auf die Nerven fallen. Je näher sie dem Zentrum kommen, desto mehr Leute steigen in die S-Bahn. Hund beginnt leise zu hecheln, die vielen Menschen verunsichern ihn.

»Ich weiß, du magst keine Menschenansammlungen«, flüstert Targa Hund zu, der sie nicht hören kann. Aber an ihrer Mimik erkennt er, dass es etwas Beruhigendes ist, und wedelt deshalb mit dem Schwanz.

»Darf ich?« Ein Mann in einem figurbetonten Designeranzug setzt sich ihr gegenüber. Vorsichtig zieht er sein Hosenbein hinauf, damit Hund es nicht vollsabbert.

Er beobachtet die beiden eine Weile. »Sie sind das genaue Gegenteil der üblichen Hundebesitzer«, sagt er plötzlich.

»Warum?«, fragt Targa.

»Normalerweise ähneln sich Hund und Besitzer.« Der

Mann sieht Targa abwartend an. Aber sie hat keine Lust zu reden. »Bei Ihnen ist es das genaue Gegenteil«, wiederholt er noch einmal. Erneut macht er eine Pause und wartet auf eine Reaktion. Doch Targa schweigt und blickt ihn unverwandt an.

»Ihr Hund ist so hässlich, und Sie sind so schön.«

»Das ist kein Kompliment, sondern eine Beleidigung für meinen Hund«, sagt Targa, der dieses Gerede auf die Nerven geht.

»Aber ich wollte damit doch nur sagen, dass …«

»Sie brauchen nicht weiterzureden«, unterbricht sie ihn. »Ich finde Ihre Schuhe hässlich.«

»Die sind aus echtem Krokodilleder«, stammelt er überrascht.

»Das macht es nur noch schlimmer. Krokodile werden getötet, damit Sie diese albernen Schuhe tragen können.«

»Sind Sie Tierschützerin?«

»Nein, aber ich schütze Tiere vor Menschen wie Ihnen.«

Kopfschüttelnd steht der Mann auf. Targa hört noch ein gezischtes »Emanze«. Aber sie reagiert nicht darauf.

Kurze Zeit später haben Hund und sie die richtige Station erreicht. Sie steigen aus.

Neben einem Kiosk entdeckt Targa eine der selten gewordenen Telefonzellen. Sie wirft ein paar Münzen ein, wählt und hat Glück: Margarete ist noch zu Hause.

Nachdem Targa aufgelegt hat, läuft sie mit Hund durch eine belebte Straße mit Boutiquen und Cafés. Zehn Minuten später haben sie das Haus erreicht, in dem Margarete wohnt. Im Foyer ist es angenehm kühl. Doch wie immer ist der Lift außer Betrieb. Hund blickt sie erwartungsvoll an.

»Wir müssen die drei Etagen zu Fuß gehen, leider«, sagt sie zu Hund und macht eine traurige Miene.

Oben wartet Margarete bereits in der geöffneten Tür.

»Hallo, mein Liebling«, begrüßt sie Targa überschwänglich wie immer. Dann bückt sie sich zu Hund und tätschelt ihm den Kopf. »Das hat dich angestrengt, was? Gleich gibt's was zu trinken«, sagt sie.

Hund leckt ihr als Antwort mit der Zunge über das Gesicht. Margarete ist einer der wenigen Menschen, die nicht zurückzucken, wenn ein Hund sie ableckt, das gefällt Targa.

Im Flur der Wohnung betrachtet Margarete sie eingehend.

»Was ist mit dir los?«

»Zu viel Arbeit«, antwortet Targa einsilbig. Dann beginnt sie ihr Ritual und geht durch alle Zimmer. So wie bei jedem Besuch.

In Margaretes Wohnung hat sich nichts verändert, seit Targa das letzte Mal hier gewesen ist. Noch immer gibt es in der geräumigen Küche die gelb gestrichenen Hängeschränkchen, auf die Targa als Kind kleine Herzen geklebt hat. Noch immer steht im Wohnzimmer das breite weiche Sofa. Margarete hat es zwar irgendwann neu beziehen lassen, aber die gleiche Farbe wie früher gewählt. Noch immer gibt es den Werkraum von Margaretes Bruder, der hier früher gebastelt hat. Karl, ein glückloser Erfinder, ist vor einigen Jahren gestorben. Seither gibt es nur noch Margarete und sie. Genau wie Targa geht auch Margarete in ihrer Arbeit auf. War nie verheiratet. »Der Beruf ist mein Leben und ersetzt eine Beziehung« sagt Margarete immer, wenn man sie darauf anspricht. So einfach ist das.

»Ich habe bei Karls Sachen diese Kette und dieses Schloss gefunden. Danach hast du mich ja am Telefon gefragt«, sagt Margarete und schleppt eine lange, großgliedrige Kette aus dem Werkraum. Zusammen mit einem verbeulten schwarzen Schloss und einem Schlüssel legt sie sie auf den Esstisch in der Küche. »Wozu brauchst du das alles?«

»Mein Schloss ist kaputt, und ich will nicht, dass schräge Typen in meinen VW-Bus einsteigen«, sagt Targa, denn sie darf Margarete nicht die Wahrheit sagen.

»Warum lebst du denn immer noch in diesem alten Bus? Das ist gefährlich.« Margarete schüttelt den Kopf. Sie macht ein besorgtes Gesicht. »Bei der Polizei verdient man doch gut. Da kannst du dir sicher eine eigene Wohnung leisten.«

»Ich will keine Wohnung. Mit dem Bus kann ich jederzeit aufbrechen.« Targa sieht aus dem Fenster, blickt auf die S-Bahn-Trasse in der Ferne. Als Kind hatte sie immer geglaubt, die S-Bahn würde bis ans Ende der Welt fahren. Einmal hat sie sich aus der Wohnung geschlichen und sich in eine Bahn gesetzt. An der Station Treptow-Köpenick stieg ein Kontrolleur zu. Und damit war ihre große Reise in die weite Welt zu Ende.

»Ich schaue mir die Fotos an«, sagt sie dann und tritt hinaus auf den Flur.

Sie geht in ihr ehemaliges Zimmer und betrachtet die gerahmten Bilder an den Wänden. Es sind Schnappschüsse aus einem längst vergangenen Leben. Einem Leben, in dem sie noch ein junges Mädchen war. Mittlerweile ist sie eine Frau. Aber ihr Gesichtsausdruck hat sich in den Jahren nicht geändert. Er war schon damals verschlossen und kühl. Sie tritt vor den vergilbten Zeitungsausschnitt über dem Bett, auf dem das verblasste Porträt ihrer Mutter zu sehen ist. Margarete hat ihn vor dreißig Jahren aus der Tageszeitung ausgeschnitten und für Targa aufgehoben. Dieselben aufgeworfenen Lippen, die gleichen widerspenstigen Haare und natürlich die hellen Augen. Am liebsten würde Targa das Bild mitnehmen und immer bei sich tragen, aber sie weiß, dass es bei Margarete besser aufgehoben ist. Sie zieht das zerknitterte Foto der alten Villa aus der Hosentasche und pinnt es auf seinen Platz daneben.

»Ich muss weg«, sagt sie, als sie wieder in der Küche steht, und drückt ihrer Adoptivmutter einen schnellen Kuss auf die Wange. Sie leint Hund an, packt die Kette und das Schloss in ihre Tasche.

Doch plötzlich fällt ihr auf, dass sich in der Küche doch etwas geändert hat.

»Was sind das für Blumen?« Sie deutet auf den üppigen Strauß, der hinter der Tür an einer Schnur von einem Deckenhaken baumelt. »Warum hängen sie da?«

»Ich trockne sie. Dann kann ich mich länger an ihnen erfreuen«, antwortet Margarete lächelnd.

»Von wem sind sie?«, fragt Targa weiter.

»Die habe ich von einem sehr netten Mann bekommen.« Eine flüchtige Röte huscht über Margaretes Gesicht. »Er hat eine junge Koma-Patientin besucht und mir die Blumen mitgebracht.«

»Blumen bekommt man nur zu bestimmten Anlässen. Wenn jemand Geburtstag hat oder wenn man gestorben ist.«

»Es gibt aber auch noch kultivierte Männer, die einer Frau einfach so Blumen schenken«, antwortet Margarete.

»Dann ist Matti nicht kultiviert«, überlegt Targa. »Triffst du ihn wieder?«

»Ich weiß nicht. Er ist ein interessanter Mann. Dir würde er auch gefallen.«

23

Zwei Tage später ist Targa bereit. Den Schock mit Hund hat sie erstaunlich schnell weggesteckt. Sandman fühlt, dass seine Wahl richtig war. Targa scheint es kaum erwarten zu können, dass er den nächsten Schritt mit ihr geht.

»Wenn du den Alarm auslöst, hast du maximal eine Minute Zeit, um von der Intensivstation zu verschwinden.« Sie sitzen in Sandmans Arbeitszimmer, und er nimmt zärtlich Targas Hände. Dabei sieht er ihr tief in die Augen, während er über ihre Finger streicht. »Du musst das nicht machen«, sagt er nachdrücklich.

»Ich mache das für uns. Hast du kein Vertrauen in mich?«, antwortet Targa.

»Doch, aber du kannst es dir noch überlegen.«

»Hör auf mit dem Gerede.« Targa zieht ihre Hände zurück. Sie greift nach der winzigen Kamera, die auf seinem Schreibtisch liegt. »Damit kontrollierst du das Geschehen?«, fragt sie und betrachtet prüfend das daumennagelgroße Teil.

»Ich bin nur ein Beobachter«, antwortet Sandman. »Ein stiller Voyeur.«

Natürlich wird er Targa kontrollieren. Erst wenn sie diese Prüfung besteht, wird er ihr vertrauen. Erst dann können sie gemeinsam auf die Jagd gehen. Erst dann werden wieder tote Mädchen in Booten die Spree entlangtreiben.

Vor einer halben Stunde hat sich der Abendhimmel schlagartig verdüstert. Ein Sommerregen ist aufgezogen. Das ist gut für seinen Plan. Wenn es regnet, sind weniger Menschen auf den Straßen. Er beobachtet Targa, wie sie ihre Haare zu einem strengen Dutt zusammenfasst. Sie sieht ungewohnt aus. Auch mit ihrer Kleidung wirkt sie heute fremd und verändert. Sie trägt weiße Jeans und ein weißes T-Shirt. Nur auf ihre abgewetzten Sneaker hat sie nicht verzichtet.

»Ich habe einen Tisch im Adlon reserviert«, sagt Sandman, als sie wenig später in seinem Wagen durch die Dämmerung jagen.

»Du brauchst ein Alibi, während ich meine Aufgabe ausführe«, schlussfolgert Targa nickend.

»Genauso ist es. Ich treffe mich später mit einer Frau, aber das ist rein beruflich.« Er nimmt die Hand vom Lenkrad und legt sie Targa auf den Oberschenkel.

»Lass das.« Brüsk schiebt sie seine Hand weg. »Ich muss mich konzentrieren.«

»Du wirst doch nicht eifersüchtig sein?« Ein selbstgefälliges Lächeln umspielt seinen Mund.

»Eifersucht ist ein vernachlässigbarer Gefühlszustand«, entgegnet sie gleichgültig.

An einer Straßenecke einige Hundert Meter vor dem Krankenhaus hält Sandman an. Er dreht sich zu ihr.

»Ist alles okay?«, fragt er leise.

»Ja.« Auch ihre Stimme ist nur mehr ein Flüstern.

»Sei vorsichtig, aber genieße auch diesen besonderen Moment.« Er beugt sich zu ihr herüber. Will sie küssen. Will Targa mit seinem Atem das Böse einflößen. Sie zu seinem

Ebenbild machen. Doch sie dreht sich weg und öffnet die Tür.

»Ich werde dich nicht enttäuschen.«

Es hat aufgehört zu regnen. Sandman sieht Targa hinterher. Mit großen Schritten läuft sie über die nass glänzende Straße. In ihrer weißen Kleidung wirkt sie wie ein lockendes Irrlicht. Wie ein Todesengel, auf dem Weg zu seiner Bestimmung.

Zehn Minuten später sitzt Sandman im »Quarré«, dem Restaurant des Hotel Adlon Kempinski. Von seinem Tisch aus hat er freie Sicht auf das Brandenburger Tor. Aber der Ausblick interessiert ihn nicht im Geringsten. Er starrt konzentriert auf das billige Tablet, das er bei einem dubiosen Händler in Neukölln gekauft hat. Es ist mit der Kamera verbunden, die Targa unter dem Kragen ihres Poloshirts befestigt hat. Auf diese Weise kann er ganz in ihrer Nähe sein.

Er sieht, wie sie über den Parkplatz der Klinik huscht. Geschickt weicht sie der Überwachungskamera aus, die den vorderen Teil des Gebäudes im Bild hat. Ein Rettungswagen fährt knapp vor ihr mit Blaulicht zu einer Rampe. Targa schlängelt sich an den hektisch umherlaufenden Sanitätern und Schwestern vorbei. In ihrer weißen Kleidung fällt sie nicht weiter auf. Sie stößt eine Tür auf und betritt die Klinik.

»Was darf ich Ihnen heute servieren?«

Der Oberkellner steht mit einer Tafel, auf der die Tagesempfehlungen zu lesen sind, vor ihm. Sandman blickt erschrocken auf. Er legt das Tablet verkehrt herum auf den Tisch. Während der Maître d'hôtel die aktuellen Köstlichkeiten herunterbetet, verstreichen wertvolle Sekunden. Nervös klopft Sandman auf das weiße Damasttischtuch und bestellt schließlich das empfohlene Degustationsmenü. Als der Kellner sich abwendet, aktiviert er hastig das Tablet.

Targa greift gerade nach einem weißen Arztkittel, der über einem Stuhl hängt. Das Bild wird unscharf und die Perspektive verändert sich. Plötzlich sieht er nur noch den Boden, dann die grellen Neonröhren an der Decke. Doch nun stabilisiert sich das Bild wieder. Targa hat die Kamera an den Kittel gesteckt. Sie geht einen Gang entlang, mehrere Pfleger kommen ihr entgegen. Sie nicken, als sie an Targa vorbeigehen. Jetzt steht sie vor dem Aufzug. Als sich die Aluminiumtüren öffnen, kann Sandman sie im Spiegel an der hinteren Wand des Aufzugs sehen. Ihre Miene wirkt streng und ein wenig gestresst. Wie eben Ärztinnen aussehen, die Nachtdienst haben. Sie trägt nicht nur den Kittel, sondern hat auch ein Stethoskop umhängen. Im Aufzug steht ein Arzt mit schwarzem Vollbart, der sich zu ihr dreht. Er bewegt die Lippen, redet mit ihr. Sandman hält den Atem an. Was er wohl sagt? Wie reagiert Targa? Der Arzt lächelt ihr zu, als er in der zweiten Etage aussteigt.

Mit beiden Händen hält Sandman das Tablet, wäre am liebsten an Targas Seite.

Der Aufzug hält. Die Türen öffnen sich. Dritter Stock. Intensivstation. Der Empfang ist unbesetzt. Es ist bereits nach zweiundzwanzig Uhr. Targa eilt den menschenleeren Flur entlang. Rechts stehen unbenutzte Betten. Links sieht Sandman die Glasscheiben, durch die man in die einzelnen Patientenzimmer sehen kann. Targa bleibt stehen und blickt durch ein Fenster. In dem Zimmer stehen ein Bett und viele Apparate. Er sieht, wie Targa sich dünne Plastikhandschuhe überzieht.

Eine junge Kellnerin stellt Sandman die Vorspeise auf den Tisch. Er sticht die Gabel in das hauchdünn geschnittene Carpaccio, ohne einen Blick vom Bildschirm abzuwenden.

»Sind Sie auch so süchtig nach diesen spannenden Internetserien?«, fragt die junge Frau.

»Wie bitte?« Irritiert blickt Sandman auf. Die Kellnerin ist hübsch. Sie wartet wahrscheinlich darauf, von einem Modelscout entdeckt zu werden.

»Sie schauen so gebannt auf Ihr Tablet, da dachte ich …« Den Rest des Satzes verschluckt sie. Seine Reaktion hat sie verunsichert.

»Ja, so etwas Ähnliches. Wenn Sie mich bitte entschuldigen würden.«

Mit peinlich berührtem Blick entfernt sich die junge Kellnerin. Sandman konzentriert sich wieder auf das Video.

Targa geht langsam auf das Bett zu, in dem eine blonde Frau schläft. Ihr Gesicht ist eingefallen und blass. Sie trägt eine Sauerstoffmaske. Ihre Haare wirken leblos und strohig. Targa wendet sich zu dem Monitor neben dem Bett. Die Herzfrequenzlinie ist gleichmäßig. Beruhigend streichelt sie über Nadines Wange. Dann streift sie die Sauerstoffmaske ab und stülpt sie sich selbst über. Verhindert damit, dass der Alarm ausgelöst wird.

»Ich will jetzt nicht gestört werden«, winkt Sandman harsch ab, als der Sommelier mit der Weinkarte auftaucht. Hastig nippt er an seinem Aperitif.

Targa greift nach dem Kissen unter Nadines Kopf. Zieht es vorsichtig hervor. Plötzlich wird das Display des Tablets für einige Sekunden dunkel. Targa scheint das Kissen an sich zu drücken. Zögert sie?

Dann senkt es sich über Nadines Gesicht.

Ein Zwischengang wird serviert. Diskret zieht der Oberkellner sich wieder zurück. Ohne den Blick vom Tablet zu lösen, nimmt Sandman mit den Essstäbchen eine Sushirolle auf und zerkaut sie genussvoll.

Targa drückt das Kissen nun fest auf Nadines Gesicht. Gebannt starrt er auf den Bildschirm. Sieht nur noch Targas gespreizte Hand, die das Kissen unerbittlich nach unten presst. Sandman zählt die Sekunden, die zu Minuten werden. Er kann seine Erregung kaum noch unter Kontrolle halten. Wie lange wird Nadine noch leben? Was denkt sie in diesen letzten Augenblicken? Was wären ihre letzten Worte?

Ein Zittern geht durch Nadines Oberkörper. Ein zartes Aufbäumen. Er weiß, dass sie nun bereits hirntot ist und keine Gefahr mehr von ihr ausgeht.

Schließlich nimmt Targa das Kissen von Nadines Gesicht. Hebt ihren Kopf an. Schiebt das Kissen vorsichtig darunter. Dann nimmt sie die Sauerstoffmaske vom Gesicht. Stülpt sie wieder Nadine über. Ein rotes Alarmlicht blinkt neben dem Bett auf. Doch Targa behält die Nerven. Sandman kann die flache Linie auf dem Bildschirm des EKGs deutlich sehen. Nadine ist tot.

Targa geht zu dem kleinen Tisch, der neben dem Bett an der Wand steht, nimmt einen Stift und schreibt etwas auf ein Stück Papier. Jetzt hält sie einen Zettel vor die Kamera.

Sandman liest begierig die Botschaft:

»Ich habe sie für dich getötet.«

Teil 3

1

Ein toter Hering, in dem eine Plastikgabel steckt, liegt schlapp auf dem Pappteller. Lundt starrt darauf, als müsse er den Fisch wieder zum Leben erwecken. In dem unbarmherzigen Licht des türkischen Großmarktes sieht er bleich und ungesund aus. Obwohl überall Rauchverbotsschilder hängen, liegt eine qualmende Zigarette quer über seinem Kaffeebecher.

Targa sitzt ihm in verwaschenen Jeans und Trainingsjacke auf einem Barhocker gegenüber. Es ist früh am Morgen. Sie ist mit Hund wie üblich zu einer schnellen Runde aufgebrochen. Jetzt ist er draußen auf der Rampe angeleint. Er sabbert unentwegt, denn in dem Großmarkt riecht es verdammt gut.

»Wie ist dein Resümee?«, bricht Lundt das Schweigen.

»Ich habe sein Vertrauen gewonnen«, antwortet Targa mit einem Anflug von Stolz in der Stimme. »Sandman war ziemlich beeindruckt von meiner Vorstellung.«

Als Targa erfuhr, dass ihre Prüfung darin bestehen würde, eine junge Frau auf der Intensivstation zu töten, brach sie mit Hund zu einem langen Spaziergang auf. Unterwegs traf sie Lundt, und in Windeseile entwarfen sie ein glaubwürdiges Szenario. Lundt arrangierte, dass Margaretes Dienst auf einen anderen Tag verlegt wurde, damit sie nicht überraschend mit Targa zusammentreffen konnte. Anstelle von Nadine wurde unter größter Geheimhaltung die Leiche eines jungen Mädchens aus der Gerichtsmedizin in ihrem Bett platziert. Sie hatte das gleiche blonde Haar wie Nadine, und auch die Gesichtszüge ähnelten sich stark. Mit ein wenig Schminke und der Sauerstoffmaske im Gesicht war die Täuschung perfekt. Hofften sie zumindest. Die Anzeige des EKGs steuerte Pierre, der sie mithilfe einer versteckt platzierten Überwachungskamera beobachtete. Targa musste also nur eine Tote töten. Außer dem Klinikleiter wurde niemand auf der Station in den Plan eingeweiht.

»Ich habe ihn fast so weit«, ergreift Targa erneut das Wort. »Ich habe ihn geküsst, und jetzt habe ich für ihn getötet.«

»Du hast ihn geküsst? Bist du denn komplett verrückt geworden?« Verständnislos schüttelt Lundt den Kopf und schiebt seinen Pappteller schwungvoll zur Seite.

»Ich sollte doch ganz nah an ihn ran. Hautnah. Das war ich. Ich habe den Duft dieses Killers eingesaugt«, antwortet Targa, die Lundts Aufregung nicht versteht.

»Ich will keine weiteren Details.« Er hebt abwehrend die Hände. »Hast du etwas Neues, das uns weiterbringt?«

»Während ich in der Klinik war, hat er sich mit einer Frau getroffen. Checkt mal die Überwachungskameras rund um das Adlon. Vielleicht kann man feststellen, wer diese Frau war.«

Lundt nickt und zieht an seiner Zigarette.

Targa denkt an Sandmans Reaktion zurück, als er spätnachts in die Villa kam. Er war euphorisch und energiegeladen gewesen. Als hätte er das Leben der Toten in sich aufgesaugt. Seine Augen hatten vor Verlangen geglüht, und sein Lächeln war unwiderstehlich gewesen. Aber das sagt sie Lundt natürlich nicht.

Mit den Fingern klopft Targa auf die Tischplatte. »Sandman hat meine Schwachstelle mit Hund eiskalt ausgenutzt. Genau so etwas brauchen wir auch bei ihm. Jeder Mensch hat einen schwachen Punkt. Habt ihr seine Biografie gründlich durchforstet? Wie war die Beziehung zu seinen Eltern? Es muss irgendetwas geben, womit wir ihn kriegen. Sandman ist doch kein Übermensch.«

»Danach hat Rita bereits gesucht«, antwortet Lundt und kramt in seiner abgewetzten Aktentasche herum. Nach längerem Suchen holt er schließlich ein Blatt Papier hervor und schiebt es Targa hin. »Sie hat Sandmans Kindermädchen aufgetrieben. Die Frau hat sich jahrelang um ihn gekümmert.«

»Und?«

»Die Befragung war mühevolle Kleinarbeit. Aber letztlich ist sie doch mit relevanten Informationen herausgerückt. Das ist das Protokoll der Befragung.«

Nachdem sie den Inhalt des Papiers genau gelesen hat, schiebt sie die Unterlagen wieder zu Lundt. »Das ist sehr aufschlussreich. Sag Rita, dass sie gute Arbeit geleistet hat.«

»Ein Lob aus deinem Mund zu hören, grenzt ja an ein Wunder.« Lundt setzt ein ironisches Lachen auf.

»Warum?«

»Weil du sonst immer alles für selbstverständlich nimmst.«

»Das Normale ist auch selbstverständlich. Das hier jedoch erforderte Intuition. Hat Rita eine Übereinstimmung mit dem Datum festgestellt?«, fragt sie weiter.

»Datum?«, entgegnet Lundt verwirrt.

»Das ich in Hannas Zimmer an der Wand gefunden habe.«

»Ja. Es gibt tatsächlich eine Übereinstimmung mit einem der Morde«, bestätigt Lundt. »Viele kleine Indizien ergeben bald ein Gesamtbild.«

Targa nickt zufrieden und schiebt sich von dem Hocker. »Was ist eigentlich deine Schwachstelle?«, fragt sie dann.

»Jeder hat so seine Schwachstellen«, weicht Lundt aus. »Ich habe natürlich auch eine. Erzähle ich dir vielleicht irgendwann bei einem Bier.«

»Das hast du schon einmal gesagt. Außerdem trinke ich nicht.«

»Darum habe ich es auch gesagt.« Er blickt sie nachdrucksvoll an.

Targa zieht die Augenbrauen hoch. Lundt war schon immer ein großer Geheimniskrämer, wenn es um sein Privatleben geht. Aber Stück für Stück legt sie die kleinen Mosaiksteinchen frei, die irgendwann seine Biografie ergeben werden. Die Schwester mit dem Animierlokal. Der diskrete Nebenraum, in dem Lundt angeblich nur vorübergehend wohnt. Seine an einer Überdosis gestorbene Tochter. Lundt hat einige Schwachstellen. Eine davon heißt Targa, das weiß sie. Schon mehrmals hat er einen ihrer Alleingänge gedeckt und dabei auch seinen eigenen Job aufs Spiel gesetzt. Auf Lundt kann sie sich verlassen. Er hält ihr den Rücken frei. Ihm vertraut sie.

»Ich mache mich auf den Weg.« Sie hebt grüßend die Hand. Doch Lundt ist in Gedanken versunken.

»Es gibt immer einen dunklen Punkt in der Vergangenheit, der uns zu dem macht, was wir sind«, flüstert er ins Leere.

2

Immer und immer wieder spielt er das Video ab. Genießt jeden Augenblick. Wie sie zittert. Wie sie bettelt. Wie sie sich aufbäumt. Wie sie gegen das Unvermeidliche ankämpft. Wie sie von dem »Wandern über glühende Splitter« spricht.

Als das Videofile zu Ende und Ada tot ist, fällt Sandmans Erregung in sich zusammen. Er seufzt laut auf. Plötzlich hört er ein Geräusch hinter sich.

»Was war das für eine Stimme?«

Es ist Targa. Er dreht sich langsam um. Wie lange steht sie schon hinter ihm? Hat sie das ganze Video gesehen? Seine Erregung mitbekommen?

»Es war ein Video, das man mir für den Blog geschickt hat«, weicht Sandman aus und bemüht sich, ruhig zu sprechen. »Seit wann bist du hier?«

»Kann ich es auch sehen?«, erwidert Targa interessiert, ohne auf seine Frage zu antworten.

»Jetzt nicht«, antwortet Sandman knapp und dreht sich wieder zu seinem Computer.

»Schade. Es hat mich an gestern Abend erinnert. Das Gefühl von Leidenschaft und Macht, als ich sie getötet habe.«

Er wendet sich wieder ihr zu. »Möchtest du es noch einmal tun?«

Targa zögert nicht. »Ja. Ich habe eine Grenze überschritten, und nun will ich es auskosten.«

»Dann bist du bereit.«

»Wofür?«

»Um mit mir gemeinsam zu töten.« Sanft fasst Sandman Targas Schultern.

Sie schweigt einen Moment, dann blickt sie ihm fest in die Augen. »Hast du die Mädchen getötet, die man auf der Spree gefunden hat?«

»Was glaubst du?«

»Ich glaube, du warst es.«

Sandman antwortet nicht, sondern steht auf. Soll er Targa von den vielen Mädchen erzählen? Von den schwarzen Holzbooten, die ihn in seine Träume verfolgen?

»Sag es mir, bitte. Ich brauche eine Antwort«, unterbricht Targa seinen Gedankenfluss.

»Wenn du es glauben willst, dann habe ich sie getötet«, sagt er. Sein Gesicht ist nun dicht vor ihrem.

»Willst du mit mir ein Mädchen töten, Falk? Und es dann in ein Boot legen? Die Spree entlangtreiben lassen?«

»Was für eine schöne Vorstellung, meine Liebe.«

»Dann lass uns die Vorfreude darauf gemeinsam genießen. Treffen wir uns bei Sonnenuntergang unten am Bootssteg.«

Als Sandman barfuß und mit seinen Schuhen in der Hand über die feuchte Wiese geht, steht die Abendsonne wie ein orangener Ball tief am Horizont. Er sieht Targas schattenhafte Umrisse. Ihr Haar flattert in einer leichten Brise. Sie hockt auf dem Bootssteg. Im Wasser wiegt sich eine schmale Holzzille.

Ruckartig bleibt Sandman stehen. Wie kommt genau dieses Boot dort ins Wasser?

Targa dreht sich zu ihm um und zeigt ans Ufer. »Ich habe dieses Boot dort unter dem Gestrüpp entdeckt. Es sieht zwar ein wenig verrottet aus, ist aber noch dicht. Es heißt ›Greta‹. Ein hübscher Name.«

Targas Stimme klingt noch kälter als sonst. Oder bildet er sich das nur ein?

»Wer war Greta?«, fragt sie und blickt ihn erwartungsvoll an.

»Was willst du damit?«, fragt er mit rauer Stimme. Der Name seiner Mutter weckt keine Gefühle in ihm. Er sieht nur das verblasste Bild einer duldsamen Frau. Einer Frau, die sich ganz dem Vater, dem Richter, unterordnete. Die eines Tages verschwand, ohne Spuren zu hinterlassen. Die im See ihr stilles Grab fand.

»Komm, lass uns auf den See hinausfahren. In den Sonnenuntergang hinein. Wie die toten Mädchen. Lass sie uns fühlen.«

»Aber nicht mit diesem Boot«, erwidert Sandman entschieden. Er spürt die Holzplanken unter seinen nackten Füßen, als er auf den Bootssteg tritt.

Du hast eine Strafe verdient, Falk. Plötzlich hört er die tiefe Stimme seines Vaters in seinem Kopf. Als würde der Richter direkt neben ihm stehen.

Ja, Vater. Ich war ungezogen. Ich habe während des Abendessens unerlaubt geredet.

Du gestehst deinen Fehler ein?

Jawohl. Ich gestehe.

Aber das schützt dich nicht vor einer Strafe.

Nein, Vater. Bitte bestrafe mich! Du bist der Richter.

»An was denkst du?« Targas Frage dringt in seinen Kopf. Verdrängt die Stimme seines toten Vaters.

»An nichts Bestimmtes.«

»Warum machst du so ein betrübtes Gesicht?«

»Hör endlich mit dieser dummen Fragerei auf!«, faucht er.

Targa blickt ihn furchtlos an. »Ist schon gut. Und nun lass uns fahren«, sagt sie und deutet auf die morsche Zille.

Der Name am Heck ist verblasst. Das dunkle Wasser reicht bis eine Handbreit unter den Rand des Bootes, verschlingt es beinahe. Wieder bahnt sich die Stimme seines Vaters ihren Weg durch seine Erinnerung.

Steig in das Boot, Falk.

Ich habe Angst.

Ein Sandman kennt weder Schmerz noch Angst.

Sandman sitzt angespannt im Heck. Bewegt sich nicht. Der Geruch des vermoderten Holzes wird stärker. Sie treiben hinaus auf den See. Das flammende Rot der untergehenden Sonne kämpft mit dem Schwarz der hereinbrechenden Nacht. Die Stimme des Richters höhnt.

Du Feigling. Hier wird nicht geflennt. Du bleibst die ganze Nacht über auf dem See, dann hast du genug Zeit, dich auszuheulen.

Plötzlich ist alles wieder präsent. Die hereinbrechende Finsternis. Das ohrenbetäubende Grollen des Donners. Seine panischen Schreie. Die hoch aufragende Figur seines Vaters auf dem Steg. Die Umrisse von Blitzen erhellt. Und mitten in diesem Inferno ein siebenjähriger Junge. Der im strömenden Regen in einer schwankenden Zille ausharren muss. Der nicht schwimmen kann. Der sich vor Angst in diese Hose macht. Der am Morgen keine Tränen mehr hat.

Erst am Vormittag holte die Kinderfrau das zitternde Kind an Land. Doch es blieb nicht bei der einen Nacht. Es wurden viele Nächte in dem schmalen Boot. Nächte, in denen Sandman glaubte zu sterben.

Der Albtraum holt ihn ein. Er springt auf. Das Boot schwankt. Hysterisch schlägt er die Hände vors Gesicht. Beginnt zu schreien: »Ja, ich war es! Ich habe die Mädchen in die Boote gelegt. Der Richter verlangt es von mir. Nur so habe ich Ruhe vor ihm.«

»Wovon sprichst du?« Targas Stimme holt ihn für einen Moment zurück in die Wirklichkeit, aber es ist zu spät.

Sandman ist außer sich. Will nicht die Fassung verlieren. Will stark wie sein Vater sein. Aber er ist schwach. Ängstlich. Ein Feigling.

Wild fährt er herum, blickt panisch in den schwarzen Himmel. Die Nacht. Den Horror. Plötzlich kann er die Balance nicht mehr halten, fällt rücklings ins Boot. Er umfasst die morsche Reling. Das Holz zerbröselt unter seinem Griff. Jetzt ist er wieder sieben Jahre alt. Alleine mitten auf dem See. Jetzt gibt es keine Rettung mehr. Jetzt muss er sterben.

»Ist alles in Ordnung?« Targas Gesicht taucht vor ihm auf. Mit einem Mal kann er wieder klar denken. Er hat zu viel von sich preisgegeben.

»Verschwinde«, zischt er und stößt sie weg. Er steht hektisch auf. Das Boot droht zu kippen. Dann springt er. Taucht in den See. Weg von dem Horror. Weg von der Welt. Die Stille unter Wasser beruhigt ihn. Die bösen Erinnerungen sinken auf den Grund des Wannsees.

Als Sandman auf dem Bootssteg liegt, hat er keine Ahnung, wie er an Land gekommen ist. Er atmet ruhig. Die schwarzen Gedanken sind im See ertrunken.

»Was ist passiert? Du warst völlig außer dir.« Targas Stimme lässt ihn hochschrecken.

»Vergiss es. Ich musste nur an früher denken.« Er zieht sie zu sich herunter, braucht Targas Nähe. Will ihre Haut auf seiner spüren. Mit ihr verschwindet der Albtraum. Zusammen sind sie stark.

»Du hast Angst gehabt auf dem See«, sagt sie und sieht ihn erwartungsvoll an.

Mit einer unwirschen Handbewegung schiebt er sie weg. »Unsinn. Ich bin am See aufgewachsen. Ich bin Taucher. Ich habe keine Angst vor dem Wasser.«

»Nein, ich denke, es ist das Boot. Es erinnert dich an etwas. Wer ist Greta?«, fragt sie.

»Meine Mutter. Sie ist schon lange tot«, antwortet Sandman kurz angebunden.

»Denkst du oft an sie?«

»Nein. Ich lebe im Hier und Jetzt. Habe nur mein Ziel vor Augen, nicht die Vergangenheit.«

»Welches Ziel?«

»So oft wie möglich den Moment zu erleben, bevor jemand stirbt.« Dann setzt er sich rittlings auf sie und presst ihre Arme nach hinten. Er beugt sich vor und sieht Targa durchdringend an. »Und jetzt will ich dich spüren und jede Stelle deines Körpers lieben.«

»Ich kann so nicht lieben. Das weißt du. Diese Liebe löst keine Gefühle in mir aus«, antwortet Targa und windet sich aus seinem Griff.

»Was willst du dann?«, fragt er und fährt sich erwartungsvoll mit der Zunge über die Lippen.

»Ich will gemeinsam mit dir töten. Erst dann werden wir uns ganz nah sein. Erst dann werden wir uns lieben.«

Er blickt sie fest an. »Ich liebe dich schon jetzt. Und ich werde dir meine Liebe beweisen. Auf meine Art.«

3

Ein Strahl aus Eiskristallen prasselt auf ihren Körper. Die Kälte des Wassers macht ihre Haut gefühllos. Härtet sie ab. Targa steht unter der winzigen Dusche in ihrem VW-Bus. Sie ist euphorisch und energiegeladen. Sandman hat sich in die Villa zurückgezogen. Er ist erschöpft von ihrer nächtlichen Kahnfahrt. Von der Konfrontation mit seiner Vergangenheit. Er hat zugegeben, die Frauen getötet und in die Boote gelegt zu haben. Doch das nützt Targa im Augenblick wenig, das weiß sie. Es sind nur Worte, keine Taten.

Sie summt ein Lied eines isländischen Sängers. Den Namen hat sie vergessen. Die Stimme jedoch ständig im Ohr.

Yella bemerkt sofort, dass sich etwas verändert hat.

Was ist passiert, Targa? Du wirkst glücklich.

Mein Plan hat funktioniert. Sandman hat mir seine Seele offenbart.

Nimmst du ihm das ab?

Es war ein Augenblick der Wahrheit. In diesem Moment konnte er nicht lügen.

Wieso bist du dir da so sicher? Jeder kann lügen.

Nein. Er war gefangen in einem Albtraum. Und ich habe ihn daraus befreit. Ich habe gesagt, ich werde ihn lieben, wenn wir gemeinsam töten.

Aber du kannst doch nicht lieben?

Deshalb habe ich es auch gesagt. Mir kann nichts passieren.

Du fühlst dich sicher?

Ja. Jetzt kenne ich seine Schwachstelle. Jetzt bin ich die Stärkere. Er wird immer schwächer. Macht mir bereits Versprechungen.

Was hat er dir versprochen, Targa?

Einen Liebesbeweis.

4

Wie ein schwarzer Panther gleitet Sandman am nächsten Abend in seiner Limousine durch die Nacht. Den ganzen Tag über hat er in Gedanken ein geeignetes Szenario entworfen. Etwas, womit er Targa seine Liebe beweisen kann. Denn das ist es, was er auch von ihr will. Ist es wirklich schon Liebe, die ihn mit Targa verbindet? Oder nur die Angst, sich alleine seiner Vergangenheit zu stellen? Aber nein. Es ist etwas anderes. Es ist die gemeinsame Lust am Töten. Das Töten wird sie einander ganz nahe bringen. Wird sie vereinigen.

Doch noch gibt es einen Fremdkörper, der sich zwischen sie drängen kann.

In Friedrichshain parkt er den Wagen am Spreeufer und geht langsam die Böschung entlang. Obdachlose haben hier ihre Zelte und behelfsmäßigen Unterkünfte errichtet. Sie scharen sich um einzelne Lagerfeuer. Lassen die Flaschen kreisen. Trinken, um zu vergessen. Natürlich sind auch einige junge Frauen darunter. Aber die interessieren Sandman nicht. Heute hat er andere Pläne.

Bei einer baufälligen Treppe, die hinunter zur Spree führt, steht ein kleiner Kiosk, nicht mehr als ein besserer Bretterverschlag. Am Tresen davor lehnt ein Mann über einem großen Bier. Er ist es, dem Sandman unauffällig hierhergefolgt war. Beim Kioskbesitzer bestellt Sandman zwei Schnäpse.

»Ich mag nicht alleine trinken«, sagt er und schiebt eines der Gläser dem Mann zu.

Der greift nach dem Glas. »Danke.«

»Noch eine Runde.« Sandman hebt zwei Finger.

Wortlos stellt der Verkäufer zwei weitere Schnäpse vor sie.

Der Mann trinkt sein Glas in einem Zug aus. Sandman leert seines diskret auf den Boden.

»Setzen wir uns ans Wasser«, sagt er und klopft dem Mann kumpelhaft auf den Rücken. Er kauft eine Flasche Jägermeister, und sie hocken sich schweigend an die Böschung. Starren auf die träge dahinfließende Spree.

Sandman hält ihm auffordernd die Flasche hin. »Trinken wir, um zu vergessen«, sagt er.

»Warum trägst du die um diese Zeit?«, fragt der Mann und deutet auf Sandmans verspiegelte Sonnenbrille.

»Ist ein Tick von mir«, antwortet er. Er weiß, dass der Kerl sich bei einer polizeilichen Befragung an die Sonnenbrille, aber nicht an Sandmans Gesicht erinnern würde.

»Meine Freundin hat mich verlassen«, beginnt der Mann nach längerem Schweigen. »Von einem Tag auf den anderen war sie plötzlich weg.«

»Ist mir auch schon mal passiert. Das tut weh«, murmelt Sandman leutselig. Er hält ihm erneut die Flasche hin. »Vielleicht war sie keine gute Freundin.«

»Es schmerzt hier drinnen.« Der Mann klopft sich auf die Brust. »Sie ist keine einfache Frau. Aber gerade das liebe ich an ihr.«

»Und warum ist sie verschwunden?«, fragt Sandman mit gespieltem Interesse nach.

»Ich weiß es nicht. Sie hat wahrscheinlich einen anderen Typen kennengelernt. Ist einfach so abgehauen.« Laut seufzt er auf.

»Das muss ein harter Schlag für dich gewesen sein«, gibt sich Sandman mitfühlend. »Ich glaube, wir beide brauchen heute Abend noch ein wenig Ablenkung.«

Er steht auf und klopft ihm auf die Schulter. »Ich kenne einen Ort, wo du voll auf deine Kosten kommst.«

»Mir ist nicht nach Action zumute«, murmelt der Mann. Er bindet sich seine langen Haare mit einem Gummiband zusammen und steht schwankend auf. »Ich mache jetzt besser einen Abgang.«

»Auch gut. Ich kann dich nach Hause bringen.« Schnell taxiert Sandman ihn: Er ist breit und muskulös, die Arme sind tätowiert. Aber sein Blick ist bereits stumpf. Er wankt und nuschelt beim Reden. Noch einen kräftigen Schluck, dann ist er keine Gefahr mehr. Sandman hält ihm den Jägermeister vor die Brust. Der Mann trinkt ihn wie Wasser.

»Fuck. So viel wollte ich heute gar nicht trinken«, lallt er.

»Man muss die Feste feiern, wie sie kommen. Ich bringe dich sicher nach Hause.« Sandman fasst ihn am Arm und zieht ihn am Ufer entlang. Nachdem sie den trüben Lichtkegel des Kiosks verlassen haben, umhüllt sie die Dunkelheit wie ein schwarzes Tuch.

In einiger Entfernung sieht Sandman das Gerippe eines nie fertiggestellten Bürokomplexes. Er kennt das Gelände. Hier hausen Obdachlose und Junkies. Früher ist er in diesem Gebiet auf die Jagd gegangen. Hat seine Opfer mit Seilen langsam erwürgt.

Erst die Apnoetaucherin hat mit ihren letzten Worten seinem Töten eine neue Dimension verliehen. Ihn zu der richtigen Kunst des Tötens animiert. Ab diesem Zeitpunkt hat er seine Technik perfektioniert.

Doch das sinnlose Töten irgendwelcher Menschen, die ohnehin niemand vermisste, reichte ihm bald nicht mehr. Und dann dachte er an die Zille aus seiner Kindheit. Warum nicht die Toten dort hineinlegen? Er selbst brachte es nicht mehr über sich, in ein solches Boot zu steigen. Doch in seinem Taucheranzug schob er sie hinaus in den Fluss. Ließ die Schiffe mit den toten Mädchen davontreiben, und mit ihnen die Erinnerung an seine grauenhafte Kindheit.

An dem Rohbau vorbei schleppt er den Betrunkenen zu seinem Wagen.

»Setz dich«, flüstert er und schließt den Sicherheitsgurt um ihn.

Als Sandman durch stille Nebenstraßen in einen Vorort von Berlin fährt, schnarcht sein Beifahrer laut. Aus der Ferne hört man das gleichmäßige Brummen des Verkehrs auf der Autobahn. Dann haben sie ihr Ziel erreicht.

»Aufwachen! Wir sind da.« Er rüttelt den Mann, der sich verwirrt am Kopf kratzt. »Hier wohnst du doch.«

Sandman stützt ihn und wartet, bis er die Tür aufgesperrt hat. Vor dem Eingang stehen Bierkisten. Sandman nimmt eine davon mit hinein. Drinnen riecht es nach kaltem Fett und Alkohol. Über dem Waschbecken hängt ein Rentiergeweih. Zwischen die Hörner wurde ein kleines Bild aus einem Fotoautomaten gepinnt. Eine hübsche blonde Frau und ein Mann mit zum Dutt hochgebundenen Haaren starren in die Kamera. Sie wirken verschreckt, als hätte sie das Blitzlicht überrascht. Sandman kann sich von dem Anblick kaum losreißen.

»Ist das deine Freundin?«, fragt er.

»Ja«, rülpst der Mann, beugt sich über das Waschbecken und dreht den Wasserhahn auf.

»Trink lieber das hier.« Sandman drückt ihm noch einmal die fast leere Flasche in die Hand und wartet, bis er einen Schluck genommen hat. Dann nimmt er sie ihm wieder weg und verstaut sie in seiner Jacke.

Unauffällig zieht er dünne Plastikhandschuhe über. Holt ein kleines Knäuel dicke Paketschnur aus seiner Jackentasche. Suchend blickt er umher. An der Decke entdeckt er einen stabil wirkenden Haken.

»Du liebst sie noch immer. Nicht wahr?« Sandmans Stimme klingt mitfühlend.

»Scheiße, ja. Sie fehlt mir, und auch dem Jungen.«

»Du brauchst ein wenig Ablenkung«, sagt er. »Ich kenne etwas, das ist besser als Sex. Damit wirst du alles um dich herum vergessen«, fügt er verschwörerisch hinzu. Der Mann sieht ihn nur verständnislos an.

»Wie? Was meinst du?«

»Du legst dir die Schnur um den Hals. Dann lässt du dich in die Schlinge hineinfallen. Die Schnur zieht sich um deinen Hals zusammen. Du kriegst keine Luft. Du glaubst zu sterben. Das ist noch viel geiler als der beste Orgasmus. Glaub mir, danach wirst du nie wieder an deine Freundin denken.«

»Das ist doch krank«, lallt der Mann, aber er ist zu betrunken, um sich gegen Sandman zu wehren. Dieser legt ihm schnell die Schlinge um den Hals. Mit geübtem Griff windet er sie über den Haken.

»Bist du bereit?« Er stellt die Bierkiste verkehrt herum vor den Betrunkenen auf den Boden. »Steig drauf«, fordert er ihn auf.

»Was bist du für eine perverse Sau?«, nuschelt der Mann. Er macht einige schlappe Abwehrbewegungen, als Sandman ihn auf die Bierkiste hievt. Dann zieht er die Schnur straff.

»Hör auf damit, du Arschloch«, keucht er.

Sandman antwortet nicht. Mit dem Fuß stößt er die Bierkiste weg. Sofort zieht sich die Schlinge um den Hals des Mannes zusammen. Er röchelt laut. Versucht, mit den Zehenspitzen den Boden zu erreichen. Sein Gesicht läuft dunkelrot an. Die Augen quellen aus den Höhlen. Der Boden ist unerreichbar.

Sandman hört ein Flüstern.

»Was hast du gesagt?«

Der Mann murmelt ihm einen Frauennamen ins Ohr. Seine letzten Worte gehören seiner Freundin. *Ich werde diese Liebe auslöschen*, denkt Sandman beruhigt.

Mit den Armen rudert er hilflos durch die Luft. Wie ein großer schwarzer Vogel. Er reißt den Mund auf. Erstickte Laute dringen hervor. Ein, zwei Minuten dauert dieser gespenstische Nachtflug. Dann geht ein Zucken durch den massigen Körper. Die Zunge quillt aus seinem Mund. Sein Kopf sinkt zur Seite. Schlaff baumelt er in der Schlinge.

Sandman tritt zurück und betrachtet sein Werk. Er greift sich die Bierkiste und wischt sie gründlich ab. Danach drückt er die Finger des Toten darauf. Dann dreht er sich zum Waschbecken, betrachtet sich kurz im Spiegel. Wieder starrt er auf das Foto. Nimmt es mit seinen behandschuhten Fingern und zerreißt es der Länge nach. Trennt die Frau von dem Mann. Legt die Hälften zu Füßen des Toten.

Mit einem Lappen wischt er sorgfältig über das Waschbecken, den Haken und den Türgriff. Anschließend nimmt er das Handy des Mannes vom Tisch und wählt die Nummer der Telefonseelsorge. Den Lappen legt er über den Hörer.

»Ich will nicht mehr leben. Heute Nacht erhänge ich mich«, nuschelt er und legt auf. Einen Augenblick später klingelt es. Die Telefonseelsorge ruft zurück. Leider zu spät. Empfänger tot. Sandman legt das Handy auf den Tisch und schließt leise die Tür hinter sich.

Jetzt gibt es nur noch Targa und ihn.

5

Carlos Schmidt legt den Kopf zurück. Er spürt das Rasiermesser an seinem Hals. Die scharfe Klinge kratzt über seine Bartstoppeln.

»Warum wollen Sie denn plötzlich Ihren Bart abrasieren und die Haare kurz schneiden?«, wundert sich der Friseur.

Schmidt betrachtet sich in dem großen Spiegel an der Wand, ehe er antwortet. Er sieht so verändert aus. Fast könnte man meinen, dass ein anderer Mann ihn aus dem Spiegel heraus ansieht. Ein jüngerer Mann im Rollstuhl.

»Ich habe noch etwas vor in meinem Leben. Dafür will ich zivilisiert aussehen«, sagt er dann. Durch den Spiegel starrt er den Friseur unverwandt an. Verlegen sieht dieser zu Boden und tritt etwas zurück. Obwohl Schmidts Hände an den Rollstuhl gefesselt sind, hält der Friseur einen Sicherheitsabstand. Unwillkürlich muss Schmidt lächeln. »Sie müssen schon ein wenig näher kommen«, meint er dann. »So werden Sie die Bartstoppeln an meinem Hals nie wegbekommen.«

»Ach, das schaffe ich schon.« Die Stimme des Friseurs vibriert. Der langgestreckte Arm mit dem Rasiermesser zittert leicht.

»Passen Sie auf, dass Sie mir nicht noch den Hals durchschneiden«, sagt Schmidt und sieht den Mann provozierend an. »Würden Sie das gerne tun?«

»Nein, natürlich nicht. Das wäre ja Mord«, entrüstet er sich.

»Stimmt. Und Sie würden an meiner Stelle in die Zelle einrücken. Keine gute Perspektive, nicht wahr?«

Dann verebbt die Unterhaltung, denn Schmidt hängt seinen eigenen Gedanken nach. Schon vor einiger Zeit hat er damit begonnen, sich an seine früheren Mitinsassen zu erinnern. Immer wieder rekapitulierte er Namen, Nationalität und weshalb sie verurteilt worden waren. Aber am meisten konzentrierte er sich auf ihre derzeitigen Wohnorte. Dabei half ihm sein visuelles Gedächtnis. Die Akten, die er irgendwann auf Fischers Schreibtisch gesehen hat, konnte er im Kopf beinahe wie Fotos durchblättern.

»Sind Sie fertig mit Schmidt?« Die Stimme von Erik Holm dröhnt durch die kahle Zelle, die man vor einigen Monaten zu einem Friseursalon umfunktioniert hat. Dann sieht er Schmidt kopfschüttelnd an. »Was haben Sie denn mit dem gemacht?«

Schmidt ergreift selbst das Wort. »Ich hatte Lust auf eine Typveränderung. Wir haben uns für die sportliche Variante entschieden.« Er reckt den Kopf mit den nur noch wenige Millimeter kurzen silbernen Haaren in die Höhe. »Jetzt sehe ich fast aus wie Sie.«

»Das wollen wir nicht hoffen.« Erik gibt dem Friseur ein Zeichen. »Ist der Häftling Schmidt bereit für den Abtransport?«

»Ja.«

Sie verlassen den Raum, und Erik schiebt Schmidt über den windigen Betonplatz zum Hochsicherheitstrakt.

»Kann ich Sie um einen kleinen Gefallen bitten?«, fragt Schmidt und arretiert die Räder seines Rollstuhls.

»Was wollen Sie?«

»Sie wissen, dass es um meine Gesundheit schlecht bestellt ist. Blatter meinte, ich hätte möglicherweise nur noch ein paar Tage. Ich will noch einmal die Meeresbrandung sehen und den salzigen Wind auf meiner Haut spüren.«

»Sie wissen, dass ich Sie nicht an den Strand schieben darf. Das ist verboten«, sagt Erik. Er wirkt nervös und gestresst. »Außerdem habe ich nicht viel Zeit. Bald kommt mein Boot, das mich aufs Festland bringt. Fischer hat mir zwei Tage freigegeben.«

»Das weiß ich doch. Das haben Sie mir letzte Woche bereits erzählt. Schieben Sie mich doch einfach schnell hinaus, und dann gehen Sie Ihre Tasche holen. Ich kann Ihnen nicht davonlaufen. Und dann bringen Sie mich schnell in meine Zelle zurück.«

»Ich weiß nicht.« Unentschlossen blickt Erik umher.

»Was ist schon dabei. Es dauert nur ein paar Minuten. Ich habe nicht mehr viel Zeit. Der Krebs hat gewonnen«, insistiert Schmidt. »Keiner wird es merken, und ich werde niemandem davon erzählen.«

»Na gut.« Erik packt den Rollstuhl, schiebt ihn an der Mauer entlang und bleibt vor einem Tor stehen. Er nimmt seinen Sicherheitsausweis und zieht ihn durch den Scanner. Die Tür schwingt automatisch auf, und Erik bugsiert den Rollstuhl nach draußen. Knapp vor den Wellenbrechern hält er an. »Bin gleich wieder zurück«, sagt er, dreht sich um und läuft über den Betonplatz zu den Unterkünften.

Schmidt starrt hinaus auf das graue Meer. Nach einer Weile kann er am Horizont das Schnellboot erkennen, das in wenigen Minuten anlegen wird. Der Kapitän wird die Post für die Häftlinge ausladen. Erik wird Schmidt zurück in die Zelle schieben. Kurze Zeit später wird Erik selbst an Bord gehen. Er ist der einzige Passagier. Das hat er Schmidt verraten. Das Schnellboot wird ablegen. Zwei Stunden später erreicht es das Festland.

»Da ist es ja schon!«, hört Schmidt kurz darauf eine Stimme. Er dreht den Kopf. Erik läuft mit seiner Reisetasche auf ihn zu. »Los, wir müssen zurück in Ihre Zelle!«

Schmidt beginnt heftig zu zittern.

»Warten Sie. Mir geht es nicht gut. Mir ist plötzlich so kalt.« Er blickt Erik hilfesuchend an. »Geben Sie mir Ihre Jacke für einen Moment?«

»Sie wissen doch, dass ich das nicht darf.« Dann verdreht Erik die Augen und schlüpft aus seiner Jacke. Einem Sterbenden ist ein Wunsch eben nur schwer abzuschlagen, das weiß Schmidt. Erik wirft sie auf seinen Schoß. »Da haben Sie die Jacke. Jetzt aber vorwärts.«

»Wie soll ich sie denn anziehen? Meine Hände sind gefesselt«, fragt Schmidt mit kläglicher Stimme. Er klappert mit den Zähnen. »Erik, mir geht es nicht gut.«

»Verdammt nochmal!« Er öffnet eine von Schmidts Handschellen. Wirft ihm dann genervt den Schlüssel in den Schoß. »Machen Sie das doch selbst. Aber beeilen Sie sich!«, treibt er den Häftling an.

Langsam öffnet Schmidt die zweite Handschelle. Mit beiden Händen umfasst er die Lehnen des Rollstuhls. Er denkt an Luisa, die er nicht beschützen konnte. Er denkt an Targa, die er davon abhalten muss, sich zu rächen. Wenigstens sie muss er beschützen. Das schuldet er Luisa. Erik ruft ihm etwas zu, doch eine Windböe verschluckt die Worte.

Schmidt sieht Luisa neben sich stehen. Er kann ihr Parfüm riechen. Sie lehnen am Tresen einer Hafenkneipe. Trinken und schwören sich ewige Liebe. Aus der Musikbox dröhnt »Der goldene Reiter«. An diesem Abend hielt er sich für unbesiegbar. Doch alles kam anders. Tags darauf erhielt er die Einberufung. Sein Urlaub wurde gestrichen. Wer hatte das veranlasst? Der verlogene Ole, er ist sich sicher. Alle waren sie verrückt nach Luisa. Doch sie liebte nur ihn.

»Nun machen Sie schon.« Erik steht mit genervter Miene vor ihm. Luisas Bild verblasst. Er kehrt zurück auf die Insel. Die salzige Meeresluft sticht auf seine frisch rasierten Wangen. Sein Schädel fühlt sich mit den kurzen Haaren merkwürdig kalt an. Das Schnellboot hat unterdessen angelegt, die Hupe ertönt. Es kommt Nebel auf. Erik dreht sich zum bleigrauen Meer und gibt dem Kapitän ein Zeichen, dass er gleich da sein wird.

Langsam und mit vor Anstrengung zitternden Armen drückt sich Schmidt aus seinem Rollstuhl. Er denkt an seinen bevorstehenden Tod. Jetzt hat das Schauspiel ein Ende.

Vor zwei Jahren hatte der Krebs begonnen, sein Rückenmark zu zerfressen. Er konnte plötzlich die Beine nicht mehr bewegen, wenige Tage später war er gelähmt. Der Arzt hat ihm keine Hoffnung gemacht. Doch nach einigen Monaten, nach und nach, kam das Gefühl zurück. Ganz langsam. Zunächst konnte er nur die Zehen bewegen, aber dann auch die Beine. In der Zwischenzeit hatte er begonnen, mit Fischer Schach zu spielen, sein einziger Lichtblick im tristen Gefängnisalltag. Nie würde Fischer einen gefährlichen Häftling in sein Büro lassen, aber ein Gelähmter war keine Bedrohung. Also hatte Schmidt geschwiegen und über ein Jahr lang den

Gelähmten gespielt. Bis jetzt. Jetzt ist der Zeitpunkt gekommen, damit aufzuhören.

Er stemmt sich hoch. Dann steht er auf. Zunächst schwankend, dann aber immer sicherer steht er auf seinen eigenen Beinen, die geschwächt sind vom jahrelangen Sitzen. Erik dreht ihm noch immer den Rücken zu. Sieht zum Schnellboot hinunter. Schmidt tippt ihm auf die Schulter.

»Holm«, sagt er leise.

Erik zuckt zusammen. Erstarrt in der Drehbewegung.

»Wie ist das möglich! Sie können gehen?«

Schmidt lässt den silbernen Stift aus seinem Ärmel gleiten.

»Was machen Sie da?« Noch immer ist Erik wie erstarrt. Zu keiner Gegenwehr fähig. »Ich habe Ihnen doch geholfen!«

»Es tut mir leid.« Blitzschnell holt Schmidt aus. Der Stift dringt tief in Eriks Halsschlagader. »Glaub mir, die Welt ist kein schöner Ort zum Leben«, flüstert er.

Der Nebel wird dichter, mittlerweile sind die Umrisse des Boots nur noch zu erahnen. Schmidt zerrt Erik auf den Wellenbrecher und stößt ihn nach unten. Eine Welle klatscht über seinen reglosen Körper. Gierig zieht die Strömung den Toten hinaus in das eisige Meer. Schnell wirft Schmidt den Rollstuhl hinterher. Er zerrt Hose und Pullover aus Eriks Reisetasche, streift seinen Overall ab und packt ihn hinein. Setzt eine Wollmütze auf. Steckt Eriks Ausweis ein. Geht mit der Reisetasche auf der Schulter hinunter zum Anleger.

»Erik Holm?«, fragt der Kapitän und sieht von seiner Liste auf.

»Ja, der bin ich«, antwortet Schmidt. Er wedelt mit seinem Ausweis.

»Na, dann schnell rein. Wir müssen los, ehe der Nebel noch dichter wird«, sagt der Kapitän und schiebt Schmidt weiter.

Schwer atmend lässt er sich auf eine Bank fallen. Der Seemann nimmt nicht weiter Notiz von ihm. Er ist nur einer der Wachleute, die aufs Festland übersetzen. Das ist Routine.

Als die Insel bereits vom Nebel verschluckt und weit weg ist, dreht der Kapitän sich zu ihm um.

»Eine Frage, Holm.« Er sieht Schmidt durchdringend an. Schmidt spürt den silbernen Stift in seiner Hand. Sein Körper ist angespannt.

»Was gibt's?«, fragt er möglichst desinteressiert.

»Bist du nicht der Wärter, der diesen gefährlichen Häftling bewacht? Fischer hat mir von dir erzählt.«

»Das ist Carlos Schmidt«, nickt er. »Der gefährlichste Schwerverbrecher der Insel.«

6

Am Morgen begrüßt sie der kleine Steinhaufen mit dem schwarzen Kieselstein in der Mitte. Das vereinbarte Zeichen steht unauffällig rechts neben Sandmans Ausfahrt. Ein normaler Spaziergänger würde es nicht bemerken. Doch Targa weiß sofort, dass heute ein schlechter Tag wird.

Zügig geht sie daran vorbei, passiert die Bushaltestelle. Sie sprintet mit Hund die Treppe zum Bahnsteig hinauf und setzt sich auf eine Bank. Hund sitzt regungslos neben ihr. Er beobachtet die Pendler, die neben ihm auf die S-Bahn in die Stadt warten. Das Schild mit der altmodischen Schrift »Berlin-Wannsee« glänzt wie frisch poliert.

Die Waggons sind wie jeden Morgen überfüllt. Targa bleibt in der Nähe der Tür stehen. Sie sieht, wie Grundstücke und Hinterhöfe an ihr vorbeigleiten, doch registriert sie kaum. Immer wieder muss sie an den kleinen Steinhaufen, das geheime Zeichen, denken. Sie muss, so schnell es geht, zu dem vereinbarten Notfalltreffpunkt kommen.

Am Bahnhof Zoo steigt sie aus und zieht Hund hinterher. Ein Mann rempelt sie an.

»Der Wagen wartet in der Seitenstraße«, flüstert er und verschwindet in den Menschenmassen. Als Targa aus dem Nebenausgang der Bahnhofshalle tritt, sieht sie das Auto bereits. Rita sitzt am Steuer. Lundt im Fond. Er steckt sich eine

Kippe in den Mund und zündet sie an. Targa steigt ein, riskiert einen Blick in seine Richtung. Seine Augen sind verquollen, als hätte er die ganze Nacht gesoffen oder geweint.

»Etwas Ernstes?«, fragt sie beiläufig und sieht wieder geradeaus.

Rita startet den Motor, und sie fahren los.

»Leider.«

Der Wagen ist sofort völlig verqualmt, aber das stört Targa nicht. »Was ist passiert?« Sie kann sich keinen Reim auf die ernsten Gesichter machen. »Haben wir ein neues Opfer?«

»Ja.« Lundt antwortet einsilbig und starrt aus dem Fenster.

»Wer ist es?«, fragt sie. Die Stille gefällt ihr nicht. »Kennen wir ihren Namen? Wo habt ihr sie gefunden? In einem Boot?«

»Nicht jetzt«, würgt sie Lundt ab.

Rita dreht das Radio auf, um das lähmende Schweigen zu überbrücken. Überall ist Stau. Sie kommen nur im Schritttempo vorwärts. Dann endlich sind sie auf der Ausfahrtsstraße Richtung Flughafen Tegel.

»Diese Ausfahrt kenne ich«, sagt Targa plötzlich. Sie beginnt, automatisch das Fell ihres Hundes zu kraulen, der sich zwischen sie und Lundt auf die Rückbank gequetscht hat.

Rita nickt. Lundt schnippt die Kippe aus dem Fenster. Dreht sich zu Targa.

»Du musst jetzt stark sein«, sagt er mit rauer Stimme.

»Stark bin ich seit meinem ersten Tag auf dieser Welt. Das weißt du. Sag endlich, was los ist.«

Sie krallt ihre Finger in Hunds gestromtes Fell. Niemand antwortet ihr. Alle schweigen.

Rita fährt mit quietschenden Reifen von der Autobahn

ab. Die Gegend kommt Targa vertraut und trotzdem unwirklich vor. Es fühlt sich an wie ein Film, in dem sie die Hauptrolle spielt, sich gleichzeitig aber selbst beobachtet.

Sie fahren auf den Parkplatz. Rita bremst abrupt ab. Hund wedelt freudig, als sie aussteigen und er den Campingplatz erkennt. Vor einem silberglänzenden Wohnwagen steht ein Polizeiauto. In seiner Aluminiumhaut spiegelt sich der Himmel.

»Matti ist tot?« Es ist mehr eine Feststellung als eine Frage. *Matti ist tot*, antwortet ihre innere Stimme. »Was habt ihr damit zu tun?«, fragt Targa mit einem Kloß im Hals.

»Nichts. Wir sind zufällig darauf gestoßen«, antwortet Rita. »Ich habe in den Morgenstunden den Newsticker der Polizei gelesen. Der Name des Campingplatzes kam mir sofort bekannt vor, und dann habe ich mich daran erinnert, dass du Matti einmal erwähnt hast.«

»Wie es aussieht, war es Selbstmord.« Lundt räuspert sich verlegen, steckt die Hände in die Hosentaschen und schildert den vermuteten Ablauf.

»Matti bringt sich nicht um«, sagt Targa.

»Es gab gestern Nacht einen Anruf bei der Telefonseelsorge«, entgegnet Rita. »Er hat es angekündigt.« Sie holt ihr Handy hervor und spielt eine Datei ab.

Targa hört die Worte. Seine Stimme klingt so anders. »Das ist nicht Matti.« Sie kann es nicht glauben, dass er tot sein soll und sie nie wieder gemeinsam grillen werden.

»Das kann am schlechten Empfang hier liegen«, hält Rita dagegen. »Der verzerrt manchmal die Stimme.«

»Du glaubst nicht an Selbstmord?«, fragt Lundt und reckt den Hals. Er fühlt sich sichtlich unwohl.

»Nein. Matti macht so etwas nicht.«

»Hat er nicht einen kleinen Jungen? Wo ist er?«, fragt Lundt weiter.

»Paul macht Ferien bei seiner Großmutter«, antwortet Targa. »Ob er es schon weiß?«

Sie hockt sich auf den Boden. Sie muss durchatmen. Drei große Steine liegen neben dem Weg. Targa richtet sie an der Einfassung des Weges aus. Ordnet sie der Größe nach. Es ist ihr egal, dass Lundt ihr dabei zusieht.

Plötzlich durchzuckt sie die Erkenntnis wie ein Blitz.

Ich werde dir meine Liebe beweisen.

Sandmans Worte.

Und sie dachte, sie hätte das Spiel unter Kontrolle.

»Das war Sandman.« Sie richtet sich auf, wischt sich mit dem Handrücken über das Gesicht.

»Wie kommst du darauf?«, fragt Lundt. Targa erzählt ihm von dem Abend auf dem See. Von Sandmans Ängsten. Seinem Geständnis. Von dem Liebesbeweis.

»Ich will ihn sehen«, sagt sie ernst. »Ich will sofort hinein! Und zwar alleine.«

»Ich komme mit.« Lundt macht einen Schritt auf sie zu, doch sie weist ihn mit der flachen Hand zurück.

»Ich sagte, alleine!«

Sie steigt in den Campingbus. Schließt die Augen. In ihrem Kopf hört sie Mattis tiefes Lachen. Der ganze Wagen riecht nach ihm. Animalisch und männlich. Von einer beruhigenden Kraft erfüllt. Eine Kraft, in deren Nähe sie sich immer sicher gefühlt hat. Geborgen und akzeptiert.

Doch dann sieht sie ihn hängen. Seine tätowierten Arme haben ihre geheime Kraft verloren. Die Haare liegen schlaff auf seinen Schultern. Das Gesicht ist aufgedunsen. Die Augen sind gebrochen. Die baumelnden Beine erinnern an eine Marionette.

Sie sieht das durchgerissene Foto. Sie weiß, dass Matti dieses Foto niemals zerrissen hätte. Das war Sandman. Jetzt ist sie völlig sicher. Er will sie für sich alleine.

Ein letztes Mal will sie Matti berühren. Will ihn umarmen. Will ihren Kopf an seine breite Brust legen. Will seine Stimme und seine trockenen Kommentare hören. Will seinen gegrillten Fisch essen. Sie ballt die Fäuste. Presst die Kiefer so fest zusammen, dass ihre Zähne knirschen. Sie taumelt zurück. Stößt mit dem Rücken gegen die Spüle. Dreht sich abrupt um, prallt gegen Rita, die hinter ihr steht.

»Versprich mir, dass ihr etwas findet«, flüstert Targa. »Das ist Sandmans Werk.«

»Es gibt immer etwas zu finden.« Rita streicht ihr über die Haare. »Es tut mir so leid.«

Targa steigt aus dem Wohnwagen. Sie geht mit gesenktem Kopf auf Lundt zu. Hund sitzt neben ihm und sieht sie besorgt an. Wie benommen bleibt sie vor den beiden stehen. Sie denkt an verregnete Nachmittage im Bett mit Matti und finnischen Arthouse-Filmen. Sie denkt an seine großen Hände, die so zärtlich sein konnten.

Warum musste Matti sterben? Ich war doch gerade dabei, mich an seinen gegrillten Fisch zu gewöhnen, denkt sie.

Plötzlich hat Targa das Gefühl, als würde alles rings um sie zu bröckeln beginnen. Sie steht alleine in einer leeren Welt. Schwankt vor und zurück. Lundt hält sie an den Schultern fest. Wie verrückt beginnt sie, mit den Fäusten auf ihn einzuschlagen.

»Ich schaffe das nicht.« Targas Stimme ist brüchig und schwach. Es ist die Stimme einer Verliererin. »Das Spiel ist aus. Er hat gewonnen. Er ist zu stark für mich.«

»Du willst, dass er davonkommt?« Lundt drückt sie fest an sich. »Du schaffst das. Du bist stark. Die Beste.«

»Dann bringe ich Sandman um«, murmelt sie und vergräbt ihr Gesicht in Lundts Sakko. Der Stoff riecht nach Rauch.

»Das wirst du nicht«, hört sie seine sanfte Stimme.

Sie stößt sich von ihm ab und winkt Hund, der zu ihr trabt. Sie gibt ihm das Zeichen, Platz zu machen. Dann legt sie sich neben ihn. Mitten auf den Kieselboden. Der Himmel wölbt sich blau über ihr. Sie hebt den Kopf. Schlägt ihn mit aller Kraft auf den Boden. Will den Schmerz spüren. Wieder schnellt sie hoch, dann nach unten. Dann noch einmal.

»Das reicht!«, ruft Lundt. »Reiß dich zusammen. Du hast ein Ziel, konzentriere dich darauf. Schlag ihn mit deinen Waffen. Du kriegst ihn.«

Sie lässt sich langsam zurücksinken. Legt ihre flache Hand auf die Brust und atmet tief ein. Immer und immer wieder. Immer und immer tiefer. Bis ihre Lungen fast platzen.

»Was machst du?«, fragt Lundt.

»Ich atme das Böse in mich ein.«

7

»Es ist aus. Wir können uns nicht mehr treffen.«

Sandman wartet auf eine Antwort, aber Cosima von Webern starrt nur auf ihr Handy. Sie sitzen am Vormittag in einem Café mit Blick auf den Amtssitz der Kanzlerin.

»Du hast von Anfang an gewusst, dass es nur eine Affäre ist.« Ungeduldig klopft Sandman mit den Fingern auf die Tischplatte. »Hörst du mir überhaupt zu?«

»Natürlich höre ich dir zu, mein Lieber.« Cosima blickt auf. »Ich habe schon verstanden. Glaub bloß nicht, dass ich dich jetzt anbettle. Du wirst bald wieder zu mir zurückgekrochen kommen. Dieses Spiel hatten wir doch bereits.«

Stimmt. Er hat sich schon einige Male von Cosima getrennt. Aber das war nie von langer Dauer. Wieder denkt Sandman, dass sie unglaublich jung aussieht für Ende fünfzig. Vielleicht wird er irgendwann die Stunden mit ihr vermissen. Doch diesmal ist es anders. Denn mit Targa ist eine besondere Frau in sein Leben getreten. Es ist ihm ernst. Diese Beziehung kann eine Zukunft haben. Deshalb müssen alle Störfaktoren beseitigt werden. Wie dieser Matti. Und nun eben Cosima. Dann bleiben nur noch Targa und er übrig.

»Ich frage mich langsam, ob vielleicht doch etwas Wahres daran ist«, sagt Cosima und steckt ihr Handy in die Tasche.

»Woran denn?«

Sie blickt ihm fest in die Augen. »Dass du etwas mit den Mädchenmorden zu tun hast.«

»Sehe ich aus wie ein Serienmörder?« Sandman lächelt und breitet die Arme aus. »Ich weiß, dass dir dieser Gedanke immer schon sehr gut gefallen hat.«

»Mag sein. Aber gestern ist ein Mann bei mir gewesen. Er wollte wissen, ob ich dich an einem bestimmten Tag im Hotel Adlon getroffen habe.«

»Was für ein Mann?« Sandman richtet sich auf und zieht die Brauen zusammen.

»Keine Ahnung. Er kam im Auftrag der Innensenatorin.«

»Was hast du gesagt?«, fragt Sandman ruhig. Versonnen betrachtet er das Schaumherz, das auf seinem Cappuccino schwimmt. Dann sticht er mit dem Löffel mitten hinein und sieht Cosima erwartungsvoll an.

»Ich habe natürlich alles bestätigt. Warum auch nicht? Sagte, wir kennen uns über deinen Vater. Jetzt weiß man also, dass wir uns treffen.«

»Darum ist es umso besser, wenn wir uns nicht mehr sehen.« Sandman lehnt sich zurück und zupft eine Fussel von seinem Sakko. War er zu unvorsichtig?

»Wie ist denn deine Neue?«, fragt Cosima plötzlich. »Ist es diese Frau in Sneakern, die ich vor ein paar Tagen mit dir im Restaurant »Borchardt« gesehen habe?«

»Nein, das ist nur eine Kollegin«, lügt Sandman, ohne mit der Wimper zu zucken. »Es gibt niemand anderen.«

»Wie dem auch sei.« Cosimas Handy klingelt, aber sie reagiert nicht. »Es gibt jedenfalls offensichtlich irgendwelche Untersuchungen, und irgendwie scheinst auch du erneut von Interesse zu sein.«

»Welcher Art sind diese Untersuchungen?«, fragt Sandman.

Sie zögert einen Moment, bevor sie antwortet. »Ich weiß nichts Genaueres darüber. Aber es gab wohl eine verdeckte Aktion in der Unfallklinik in Berlin-Tegel, die ich eigentlich hätte genehmigen müssen.«

»In der Unfallklinik?« Sandman nippt an seinem Cappuccino und wischt sich dann mit Bedacht den Schaum von den Lippen. »Um was ging es dabei?«

»Ich habe keine Ahnung. Streng geheim. Lief direkt über den Tisch der Innensenatorin. Ihr junger Vorzimmerhengst hat es mir gesteckt. Aber auch er kannte keine Details.« Wieder klingelt Cosimas Handy. Diesmal nimmt sie das Gespräch an, steht auf und geht ein paar Schritte zur Seite, sodass Sandman nicht hören kann, was sie redet.

»Das war's dann«, sagt sie, als sie das Gespräch beendet hat und wieder an den Tisch tritt. »Ab jetzt gibt es keine Neuigkeiten mehr für dich aus der Staatsanwaltschaft.«

»Kein Problem«, antwortet Sandman gelassen. »Ich lasse mir schließlich nichts zuschulden kommen.«

»Das glaubst du doch selbst nicht, mein Liebling.«

Er erhebt sich und hilft Cosima in den leichten Sommermantel. Sie will ihm einen Kuss auf die Wange geben, doch Sandman drückt ihren Kopf zu sich und beißt sie in die Unterlippe.

Sie zuckt zusammen und windet sich aus seinem Griff. Blut läuft ihr Kinn herab.

»Mein Abschiedsgeschenk«, sagt er und reicht ihr ein Taschentuch.

»Du bist krank.« Cosima schüttelt den Kopf. »Aber das

werde ich vermissen«, sagt sie und läuft mit schnellen Schritten aus dem Lokal.

Sandman bestellt eine Kanne Sencha-Tee aus der ersten Ernte. Blättert gelangweilt die Tageszeitungen durch. Muss immer wieder an die verdeckte Aktion in der Klinik denken. Der Schatten eines Zweifels bleibt. Wie ein winziger Stein im Schuh, der reibt und reibt. Bis man nicht mehr gehen kann. Bis man an nichts anderes mehr denken kann. Bis man die Wahrheit erfahren muss.

8

Die stille Arbeit in der Gerichtsmedizin entspannt sie für kurze Zeit. Während Targa die toten Körper wäscht, kann sie ungestört ihren Gedanken nachhängen. Darüber nachdenken, wie sie sich an Sandman rächen kann. Doch im Augenblick wendet sich alles gegen sie. Sie hängt in den Seilen wie ein angezählter Boxer.

Sie trauert um Matti. Es ist ein neues Gefühl für sie. Etwas, das sie so nicht kennt. In ihrem Inneren spürt sie eine große Leere. Sie fühlt sich wie ausgesetzt. Als würde sie auf einer Eisscholle ins offene Meer hinaustreiben. Alleine. Ohne Aussicht auf Rettung. Nur der Gedanke an Rache hält sie noch am Leben.

Mehrmals wird sie ans Telefon gerufen. Immer ist es Lundt. Jedes Mal legt sie auf, sobald sie seine Stimme hört. Sie will ihn nicht beunruhigen. Aber sie will ihn auch nicht belügen. Er hat Angst, dass sie unüberlegt handeln, sich in Gefahr bringen könnte. Seine Angst ist berechtigt.

Gegen Mittag hält sie es in der Gerichtsmedizin nicht mehr aus. Sie fährt zu Margarete, die heute ihren freien Tag hat. Sie will über ihre Vergangenheit reden. Um sich abzulenken. Doch auch bei Margarete drängt sich Matti in ihr Denken. Sie erzählt von seinem Selbstmord.

»Das ist ja entsetzlich.« Margaretes Augen werden feucht.

Sie schnieft und drückt Targas Kopf an ihre üppige Brust. »Mein armes Mädchen.«

»Ich fühle mich so leer«, flüstert sie.

»Das geht vorüber«, tröstet ihre Adoptivmutter sie. »Weine um deinen Freund. Das hilft.«

»Ich kann nicht weinen.« Targa hebt den Kopf und sieht Margarete an. »Ich kann nicht trauern wie andere Menschen.«

»Doch, das tust du. Man sieht es dir nur nicht an«, antwortet sie.

»Bin ich herzlos?«

»Du hast ein zu großes Herz, mein Liebling.« Margarete streichelt Targas Wange. »Wenn du trauern würdest wie alle anderen Menschen, dann würde dein Herz zerspringen.«

»Das hast du schön gesagt. Auch wenn es eine Lüge ist.«

»Nein, das ist die Wahrheit«, seufzt Margarete. »Deine Gefühle sind eben anders. Du hast sie tief in deinem Inneren eingeschlossen, aber sie sind da. Als Kind hast du Regenwürmer gerettet und kleine Spinnen. Du bist mit einer verletzten Ratte zum Tierarzt gegangen. Hast alles von deinem Taschengeld bezahlt. Du bist ein Gefühlsmensch.«

»Aber was ist mit den Menschen? Zwischen mir und den anderen steht eine Wand. Ich trauere um Matti, aber die meiste Zeit denke ich an Rache.«

»Wieso das denn? An wem willst du dich denn rächen?«

»Vielleicht an der Menschheit«, lügt Targa. Sie kann Margarete nicht die Wahrheit sagen. Kann nicht von Sandman erzählen.

»Das ist doch Unsinn«, antwortet Margarete.

»Ist Rache nicht ehrlicher als Liebe?«, fragt Targa weiter. »Ist sie nicht ein Gefühl, das ganz tief aus der Seele kommt?«

»Das mag schon sein. Aber es ist ein böses Gefühl«, erwidert Margarete. Sie steht auf und öffnet den Kühlschrank. »Ich mache uns etwas zu essen.«

Targa bleibt am Küchentisch sitzen. Die Bilder von Matti werden von jenen ihrer Albträume überlagert.

»Warum musste Yella sterben und nicht ich?«

»Schon wieder diese Frage«, seufzt Margarete. »Yella hat sich aus der Decke gestrampelt und ist in der beißenden Kälte erfroren.« Sie öffnet eine Plastikbox. Holt Wurst und Käse heraus. »Das habe ich dir schon Dutzende Male erzählt.«

»Aber ich muss es trotzdem immer wieder hören. Vielleicht verstehe ich es irgendwann und kann aufhören, jede Nacht davon zu träumen.« Einen Moment herrscht Stille, dann fragt Targa weiter, obwohl sie natürlich auch diese Antwort bereits kennt. »Wie bist du auf unsere Namen gekommen?«

»Es war ein gelber Porsche Targa, den ein Patient in jener Nacht hat wegfahren sehen. Wahrscheinlich saß darin die Person, die euch vor der Klinik abgelegt hat. Deshalb heißt du Targa. Yella wurde nach der Farbe benannt. Der Porsche war gelb, also *yellow*. Das ist mir damals spontan eingefallen.«

»Gut.« Targa nickt zufrieden. »Was weißt du über meine Mutter? Hast du Nachforschungen angestellt?«

»Natürlich. Aber erst einige Tage später bin ich darauf gekommen, dass die Selbstmörderin auf der Brücke eure Mutter gewesen ist.«

»Wie hast du den Zusammenhang hergestellt?«

Dieses Gespräch ist für Targa wie ein Mantra, das den immer selben Regeln folgen muss. Drei- oder viermal im Jahr führen sie diese Unterredung. Margarete kennt das. Sie weiß, dass es ihrer Adoptivtochter hilft, den Tod ihrer Schwester zu verarbeiten und mit ihrem eigenen Schicksal fertigzuwerden.

»Die Obduktion der jungen Frau hatte ergeben, dass sie nur wenige Stunden vor ihrem Tod ein Kind zur Welt gebracht haben musste – oder natürlich Zwillinge. Da haben die Behörden die Kliniken abgeklappert. Ihr beiden wart die einzigen Findelkinder in ganz Berlin in dieser Nacht, und die Brücke ist nicht weit von der Klinik entfernt. So einfach war das. Aber leider hatte deine Mutter keine Angehörigen. Es hat sich niemand gemeldet und nach euch gefragt.« Margarete steckt zwei Scheiben Weißbrot in den Toaster. »Hund braucht frisches Wasser. Und du musst etwas essen. Du bist viel zu dünn.«

»Später«, winkt Targa ab. »Wir müssen noch über den Mann sprechen, mit dem ich seit einiger Zeit in Kontakt stehe.«

»Du meinst Carlos Schmidt?«, fragt Margarete gedehnt und setzt sich wieder. »Carlos Schmidt hat mich vor zig Jahren kontaktiert. Er hatte durch Zufall in einer Zeitung von dem Selbstmord eurer Mutter gelesen. Eine uralte deutsche Zeitung lag in einer Bar auf Malta. Das war wie eine Bestimmung, hat er gesagt.«

»Warum hast du mir damals nicht sofort von ihm erzählt?«, fragt Targa.

»Ich wollte keine falschen Hoffnungen in dir wecken«, antwortet ihre Ziehmutter. Sie sieht Targa nicht an, während sie redet, sondern blickt auf die Tischplatte. »Er hat kurze Zeit später diesen schrecklichen Mord begangen. Dann hörte ich fast zwei Jahrzehnte lang nichts mehr von ihm. Bis ich vor knapp einem Jahr eine Nachricht von ihm erhielt. Er wollte deine E-Mail-Adresse.«

»Und du hast sie ihm gegeben«, sagt Targa nickend. »Das war gut so.«

»Es war ein Fehler. Er hat gesagt, er wolle dir helfen, deinen Vater zu finden. Aber seitdem bist du wie besessen von der Suche nach ihm«, wendet Margarete ein.

»Ich habe nun eine konkrete Spur«, antwortet Targa. »Wenn ich diesen Fall abgeschlossen habe, dann kümmere ich mich darum. Dann werde ich meinen Vater finden und ihn zur Rede stellen.«

»Ich will von dem Ganzen nichts mehr hören. Warum dieser Hass nach all den Jahren?«, fragt Margarete und wirkt traurig.

»Weil er zwei Menschen auf dem Gewissen hat. Meine Mutter und meine Schwester. Er ist ein Mörder, und Mörder müssen bestraft werden.«

»Dein Vater hat deine Mutter vermutlich im Stich gelassen und sie damit in den Tod getrieben«, antwortet Margarete. »Das macht ihn zu einem schlechten Menschen, aber nicht zu einem Mörder. Die Entscheidung zu sterben, hat deine Mutter selbst getroffen. Und auch deine Rache wird sie nicht zurückholen können.«

»Doch.« Targa steht auf, das Gespräch dreht sich wie so oft im Kreis. Margarete will nicht verstehen, dass es böse Menschen gibt. Menschen wie Sandman, die aus einer schwarzen Hölle aufsteigen.

Sie streicht Margarete über das graue Haar. Eine Geste, die sie vor langer Zeit einstudiert hat, weil es Margarete Freude bereitet, wenn Targa sie berührt.

»Es war schön, mit dir zu reden«, sagt sie, ehe sie geht. Auf der Schwelle sieht sie Margarete noch einmal lange an. »Wirst du mich lieben, egal was ich mache?«

Anstelle einer Antwort drückt Margarete einen sanften Kuss auf ihre Stirn.

Targa fährt mit der S-Bahn zurück an den Wannsee. Die neue Kette, mit der sie die Türen ihres Busses gesichert hat, glänzt im Sonnenlicht. Auf der verschimmelten Bastmatte vor dem Bus liegt ein kleines Päckchen, das in blutrotes Seidenpapier eingewickelt ist. Als Targa es in die Hand nimmt, beginnt sie zu zittern. Auf der Oberseite klebt ein Post-it. »Mein Liebesbeweis« steht in Sandmans eleganter Handschrift darauf geschrieben.

Sie unterdrückt den Impuls, das Päckchen sofort aufzureißen. Sicher beobachtet er sie von seinem Arbeitszimmer aus. Will ihre Reaktion testen. Will sehen, ob sie wirklich so eiskalt ist. Ruhig sperrt sie den Bus auf, wirft das Päckchen auf den Tisch. Sie begrüßt Hund, öffnet eine Dose Futter, füllt sie in den Blechnapf und stellt ihn draußen auf die Bastmatte.

Erst jetzt ist sie bereit. Sie reißt das Seidenpapier auf und öffnet den Deckel der Pappschachtel. Auf einer roten Serviette liegt eine Halskette. Es ist ein simples Lederband mit einem silbernen keltischen Knoten. Sie kennt den Anhänger nur zu gut. Wie oft hat sie ihn mit ihren Fingern berührt, wenn sie neben Matti im Bett lag. Doch anders als am Morgen spürt sie jetzt keine Wut mehr. Nur die Eiseskälte, die sie durchströmt. Die ihr Klarheit bringt. Diesen Eissturm, der nur ein Ziel kennt: Rache.

Langsam steht Targa auf, winkt Hund, der gehorsam in

den Bus springt. Sie steigt hinaus auf die Wiese. Verschließt die Tür sorgfältig mit der Kette. Mit gesenktem Kopf geht sie hinunter zum Bootshaus. Die zerfetzten Polizeibänder flattern noch immer im Wind. Sandman hat sich nicht die Mühe gemacht, sie zu entfernen. Er fühlt sich so sicher. So unangreifbar. Das wird ihm das Genick brechen.

Neben dem Bootshaus ist ein kleiner Schuppen mit Gartengeräten. Er ist mit einem rostigen Schloss versperrt. Doch nach einem gezielten Fußtritt fliegt die morsche Tür ins Innere. In dem Zwielicht kann Targa zunächst nichts erkennen. Erst nach und nach schälen sich die Werkzeuge aus der Dunkelheit. Schaufeln, Rasenmäher, Schubkarren, Sägen und eine Axt.

Targa greift nach der Axt. Wiegt sie prüfend in der Hand. Streicht mit den Fingern über die Schneide. Sie dreht sich um und verlässt den Schuppen wieder. In der tiefstehenden Sonne wirft die Axt in ihrer Hand einen langen Schatten über die Wiese. Sie wird sich rächen.

9

Carlos Schmidt hat viele Freunde, die ihm einen Gefallen schuldig sind. Die meisten sind ehemalige Häftlinge, denen er auf seiner Odyssee durch die verschiedenen Haftanstalten begegnet ist. Schmidt war für viele so etwas wie ein Beichtvater, denn gegenüber einem Monster wie ihm schämte sich keiner seiner eigenen Taten. Er kennt ihre dunkelsten Geheimnisse. Dieses Wissen nutzt er jetzt.

Bisher ist alles nach Plan verlaufen. Seine Abwesenheit wurde auf der Insel erst am Abend bemerkt. Eine Suchmannschaft fand den leeren Rollstuhl bei den Klippen. Seine Leiche musste vom Meer verschlungen worden sein. Man rätselte zwar, wie Schmidt überhaupt bis dorthin gelangt sein konnte. Aber im Grunde gingen sofort alle von Selbstmord aus. Schließlich war er todkrank.

Am nächsten Tag hat er bereits Kopenhagen erreicht. Er sitzt in der Wohnung eines Exhäftlings in Sichtweite der berüchtigten Pusher Street im autonomen Bezirk Christiania. Vor ihm auf dem Tisch stehen ein gehackter Laptop und mehrere Schachteln mit Morphiumampullen. Schmidt liest gerade einen internen Bericht der norwegischen Polizei, der sich mit seinem Verschwinden befasst. Die Selbstmordtheorie wird auch an Europol weitergeleitet.

Mit schmerzverzerrtem Gesicht steht Schmidt auf. Er

geht zu dem altertümlichen Gasofen, auf dem ein Topf Wasser dampft. Durch das Fenster sieht er eine rote Fahne mit drei gelben Punkten. Das Symbol des Stadtteils.

Er hat Targa den Namen eines Mannes genannt. Ole muss ihr Vater sein. Er ist der Mann, der Luisa in den Tod getrieben hat und Yella erfrieren ließ. Die Indizien sprechen dafür. Sie ergeben ein schlüssiges Gesamtbild. Ole war zur fraglichen Zeit in Berlin, und er fuhr einen gelben Porsche Targa. Er war mit Luisa befreundet. In der Nacht ihres Selbstmords, der Nacht nach Targas und Yellas Geburt, bekam er zudem eine Anzeige wegen Falschparkens. Ganz in der Nähe der Klinik. Und Oles Vater hatte mächtige Freunde. Schmidt glaubt, dass er dafür gesorgt hat, dass damals sein Urlaub gestrichen wurde und er Luisa verlassen musste. Auf hoher See hatte er bald erfahren, dass sich Ole sofort nach seiner Abreise an Luisa herangemacht hatte. Für Schmidt sind das genügend Indizien.

Bei dem Gedanken an Luisa durchzuckt ihn erneut ein glühender Schmerz. Die Trauer um seine einzige Liebe wird immer größer.

Das Wasser kocht. Schmidt tritt ans Fenster und sieht den Wohnungsbesitzer, einen dünnen Mann mit abgerissener Lederjacke, unten über die Straße gehen. Er heißt Anders und war wegen Mordes zu fünfzehn Jahren verurteilt worden. Jetzt ist er in Christiania untergetaucht. Verdient seinen Lebensunterhalt als Dealer. Anders blickt nervös hin und her, ehe er über die Straße geht und im Erdgeschoss des Hauses den Coffeeshop betritt. Damit ist er aus Schmidts Blickfeld.

Er gießt sich gerade Tee auf, als Anders ins Zimmer kommt.

»Hast du alles, worum ich dich gebeten habe?«, fragt

Schmidt erschöpft. Er lehnt sich an den Küchenschrank und schließt die Augen.

Anders öffnet den Reißverschluss seiner Lederjacke und holt ein Paket hervor, das in einen schmierigen Fetzen gewickelt ist.

»Ich habe alles erledigt, wie du es mir aufgetragen hast«, sagt Anders geschäftig.

»Gib her.« Schmidt schnippt mit den Fingern und greift nach dem Päckchen. Er schlägt das Tuch auf und zerreißt das ölige Papier. Da liegt sie. Eine Makarow-Pistole aus sowjetischen Armeebeständen. Mit abgefeilter Seriennummer.

»Wo ist die Munition?«

»Hier.« Anders kramt in seiner Lederjacke und legt dann drei Schachteln auf den Tisch. »In einer sind abgefeilte Dum-Dum-Geschosse«, ergänzt er stolz.

»Das ist gut.« Schmidt nickt anerkennend und lädt die Makarow mit Munition aus einer der anderen beiden Schachteln. Er entsichert die Waffe und lässt den Schlitten zurückratschen. »Scheint einwandfrei zu funktionieren. Lass mich jetzt alleine. Ich muss schlafen.«

Als Anders das Zimmer verlassen hat, schleppt er sich zu dem Sofa und setzt sich eine Morphiumspritze. Er versteckt die Makarow unter einem Kissen und legt sich hin. Langsam ebben die Schmerzen ab, und Schmidt schließt die Augen. Denkt an Luisa und ihre Tochter Targa. Er wird ihr helfen, ob sie es will oder nicht. Er hat nichts mehr zu verlieren.

10

In der Villa ist es bereits dämmerig, als Targa die Terrassentüren aufstößt. Langsam geht sie durch den Salon. Sie schleift die Axt am Boden hinter sich her. Das Schneideblatt reißt ein helles Muster in das Parkett.

»Wo bist du, Falk?«, ruft Targa nach oben. In der Halle bleibt sie stehen. Stille. Nur selten hat er in den letzten Tagen das Haus verlassen, die Abende haben sie fast immer gemeinsam verbracht. Oft reden sie über die letzten Minuten, ehe man in die unbekannte Welt des Todes gleitet. Oft sehen sie sich die Videos an, die Sandman für seinen Blog erhält. Oft reden sie über das gemeinsame Töten.

Sie atmet ruhig durch, konzentriert sich auf den Schlag ihres Herzens. Für sie klingt er, als würde in einem Kühlhaus Eis zerschlagen. Ein Splittern und Prasseln. Die Axt scheuert über die schwarz-weißen Schachbrettfliesen, als sie die Küche betritt.

»Versteckst du dich vor mir?«

Keine Antwort, nur das Schaben des Axtblattes auf dem Boden. Sie steht vor der Kochinsel. Mit einem Schwung fegt sie den Messerblock zu Boden. Klirrend fallen die Messer auf die Fliesen. Ein glänzender, wirrer Haufen von Klingen und Griffen. Targa hockt sich davor und legt die Axt zur Seite. Dann wippt sie vor und zurück. Beginnt, die Messer auf dem Boden der Größe nach zu ordnen. Nach den Fliesenfugen auszurichten. Am Rand des Küchenblocks aufzureihen.

»Komm endlich zum Vorschein!«, ruft sie und durchbricht damit das zwanghafte Ritual. Sie greift wieder nach der Axt und steht auf. Tritt hinaus in die Halle und geht zur großen Treppe. Das Axtblatt schlägt Kratzer in den Marmor, als sie nach oben steigt. Sie steht auf der Galerie und stößt die Tür zu Sandmans Arbeitszimmer auf.

»Versteckst du dich hinter deinen Filmen und Fotos, Falk?«

Targa schaltet das Licht ein und hebt die Axt. Auch ohne die Videos, die Stimmen und projektierten Bilder ist es ein Todesraum. Die Wände verströmen eine latente Atmosphäre des Grauens. Targa kommt es vor, als hätten die Mauern die letzten Worte der Sterbenden konserviert. Von allen Seiten hört sie ein Wispern und Stöhnen und Röcheln. Hört einen ständigen Strom des Leidens. Ob auch Hanna diese Stimmen gehört hat? Hanna, deren Zeichen sie im Zimmer nebenan gefunden hat. Hanna, die ein Herz hatte und diesen Horror nicht mehr ertrug.

Neben dem Schreibtisch liegt ein ungeordneter Stapel Bücher auf dem Boden. Sie nimmt eines nach dem anderen und schichtet sie der Größe nach aufeinander. Dann tritt sie zurück, betrachtet die symmetrische Pyramide. *Zwanghaft*, geht es ihr durch den Kopf, aber sie kann nicht anders. Nur so kann sie den Stress in Grenzen halten.

Noch einmal wirft sie einen langen Blick durch den Raum, ehe sie das Licht ausschaltet und wieder hinaus auf die Galerie tritt.

»Wo bist du?« Ihre Stimme hallt durch die leere Villa. Schlägt als Echo von den Wänden zurück. »Wo bist du?« Wie die Stimme einer Suchenden, einer Liebenden. Aber es ist die Stimme der einsamen Jägerin.

Langsam geht Targa nach unten. Der Wind schlägt eine Terrassentür zu. Die Dämmerung macht aus der Halle einen unheilvollen Ort der Schatten. Die letzten Sonnenstrahlen treffen das blaue Bild an der Wand.

Sie erinnert sich an Sandmans Worte: *Jemand, der mir sehr nahestand, hat dieses Bild gemalt.* Die Apnoetaucherin, die an der Dekompressionskrankheit verstorben ist. Deren Todeskampf Sandman gefilmt hat. Sie ist sich sicher, dass er es selbst war.

Sie bleibt vor dem Bild stehen. Es ist riesig, reicht fast bis zur Galerie nach oben. Lange betrachtet sie die monochromen Flächen, die feinen Nuancen der Farbe. Und mit einem Mal erkennt sie die geheime Bedeutung des Bildes. Es ist eine tödliche Liebeserklärung. Das Blau ist zärtlich. Es ist ein Blau der Liebe. Jeder Pinselstrich ist ein mörderisches Gefühl.

»Falk, was bedeutet dir der ›Stille Ozean‹?« Noch immer kann sie den Blick nicht von dem intensiven Blau abwenden. »Der ›Stille Ozean‹ bedeutet dir alles.« Ihre Stimme klingt fremd, als sie sich selbst die Antwort gibt. »Es war der Auslöser für deine schrecklichen Taten.«

Targa atmet noch einmal tief durch, dann hebt sie die Axt. Die Klinge kracht in die Leinwand. Es ist ein Gefühl, als würde man einen Körper zerteilen. Sie reißt die Axt heraus. Holt mit voller Wucht erneut aus. Wieder schlägt sie durch Farbschichten. Das Blau bröckelt. Farbsplitter rieseln auf den

Boden. Der »Stille Ozean« verliert seine Eindringlichkeit. Die Axt kracht erneut in das Bild. Teile des Wandverputzes fallen zu Boden. Der Rahmen, der mit Haken und eisernen Drähten an der Decke befestigt ist, schwingt vor und zurück. Nach einem weiteren Schlag splittert der untere Teil des Holzes. Die Leinwand ist senkrecht zerteilt, ihre Hälften flattern wie zerfetzte tibetanische Todesfahnen.

Targa lässt die Axt zu Boden fallen. Mit den Händen reißt sie das Gemälde in weitere Stücke. Die Marmorfliesen sind mit Leinwandfetzen und blauen Splittern bedeckt. Langsam greift Targa erneut nach der Axt. Jetzt wiegt sie schwer in ihrer Hand. Aber noch ist Targa nicht fertig. Sie schlägt wie besessen auf den Rahmen ein. So lange, bis nur noch der oberste Teil an den Haken hängt. Einige wenige zerfetzte Leinwandstücke, die eine verstörende Ahnung von dem Blau wiedergeben.

Schwer atmend betrachtet sie ihr Zerstörungswerk. In der Dunkelheit wirken die Fetzen und winzigen Splitter zu ihren Füßen wie eine Armee von Insekten. Plötzlich wird die Farbe flüssig, erinnert an Blut. An Tränen. Wieder kracht irgendwo eine Tür zu. Ein Fenster wird von einem Windstoß aufgerissen. Teile der Leinwand wirbeln über den Boden. Das Rascheln erscheint Targa ungeduldig, als würde es flüstern: »Mach weiter. Mach weiter.«

Hastig sammelt sie einige der Stücke zusammen. Sie trägt sie zum Grill auf der Terrasse und wirft alles hinein: das Blau der Leinwand, das Holz des Rahmens. Die letzten Gedanken der Malerin. Sandmans Erinnerung an seine Taucherin. Dann gießt sie Spiritus darüber. Sie reißt ein Streichholz an. Eine Stichflamme lodert auf und erleuchtet die Terrasse.

Das Feuer erhellt die Gestalt, die plötzlich unten im Garten steht.

»Was tust du da?«, fragt Sandman. Er steigt langsam die Terrassenstufen hinauf.

»Wir grillen heute Abend«, antwortet Targa, ohne die Augen von den Flammen abzuwenden.

»Ist das Feuer nicht ein wenig hoch?«, wundert Sandman sich. »Und es riecht merkwürdig. Hast du Terpentin hineingegossen?«

»Lass dich davon nicht weiter stören. Ich habe bereits alles vorbereitet.« Mit einem Stück Holz stochert Targa in die Glut, um sie noch mehr anzufachen. Sandman tritt neben sie.

»Aber es liegt nichts auf dem Grill?« Er klingt verwirrt.

Genau so hat sie sich diese Situation vorgestellt. Jetzt diktiert sie wieder, was geschieht. Jetzt erlangt sie die Kontrolle zurück.

»Doch. Du kannst es nur nicht sehen. Es sind Erinnerungen und letzte Worte einer Liebenden.«

»Ich verstehe nicht, was du meinst, Targa.« Sandman legt seine Hände auf ihre Schultern.

»Lass das!« Sie schüttelt ihn ab. »Sieh genau in das Feuer. Dann wirst du verstehen.«

Neugierig beugt Sandman sich über den Grill und starrt in die Flammen.

»Was ist das? Sieht aus wie eine Leinwand. Ist es ein Bild, das du verbrennst?« Er richtet sich auf. Sieht sie an, als würde er an ihrem Verstand zweifeln.

»Es ist nicht irgendein Bild. Es ist *das* Bild«, antwortet Targa und schiebt ihn zur Seite. Sie schüttet mehr Spiritus ins Feuer. »Es ist das blaue Nichts. Der stille Ozean.«

Wieder faucht eine Stichflamme in den schwarzen Himmel und beleuchtet Sandmans verzerrtes Gesicht.

»Was hast du getan? Bist du nicht mehr bei Verstand?«, keucht er und dreht sich auf dem Absatz um. Er läuft in die Villa.

»›Das Nichts ist so blau wie auf meinen Bildern.‹ Das waren doch ihre letzten Worte«, ruft sie ihm hinterher. »Diese Worte sind jetzt zu Rauch geworden. Der Wind trägt sie über den See. Bis sie in der Nacht verschwinden.«

Sie hört die Türen knallen, als er durch den Salon und weiter in die Halle läuft. Plötzlich flammt Licht auf, und alle Räume der Villa sind taghell erleuchtet. Sie hört einen erstickten Schrei.

Die Axt lehnt in Reichweite. Sie braucht nur die Hand danach ausstrecken. Wenn es gefährlich wird. In Gedanken versunken starrt sie in die Flammen. Die Leinwandfetzen sind nur noch glühende Zungen, die sich durch das Dunkel schlängeln. Nichts ist mehr übriggeblieben von dem »Stillen Ozean«, dem zärtlichen Blau. Von einer poetischen Liebeserklärung. Keine Farbe. Keine Erinnerung. Was bleibt, ist nur ein Haufen Asche.

Plötzlich hört sie Sandmans Schritte hinter sich. Sie streckt die Hand nach der Axt aus, zieht sie dann aber doch zurück.

»Jetzt steht nichts mehr zwischen uns«, sagt sie in die Flammen.

»War das deine Rache für das, was mit deinem Freund passiert ist?« Sandmans Stimme klingt so ruhig und beherrscht wie immer.

»Nein. Doch es war notwendig, die Gedanken an deine

Malerin auszumerzen. Die Erinnerung an jene Zeit, als du deine Bestimmung entdeckt hast«, sagt Targa.

Sie dreht sich langsam um. Im rötlichen Schein des Feuers wirkt Sandmans Gesicht auf attraktive Weise brutal. Die Haare hängen ihm wirr in die Stirn. Seine dunklen Augen funkeln wütend. Sein einnehmendes Lächeln ist verschwunden. Er hat die Lippen zusammengepresst. In diesem Moment weiß Targa, dass sie die Kontrolle wiedererlangt hat. Es ist ein Wettkampf, bei dem es nur einen Gewinner geben kann. Jetzt hat sie die besseren Karten. Sie hat ihm die Erinnerung an seinen ersten Mord geraubt. Jetzt sind sie ebenbürtig und können gemeinsam auf die Jagd gehen. Jetzt sind sie beide Jäger der Nacht.

»Was hast du dir dabei gedacht?« Sandman kommt näher, aber sie weicht nicht zurück. »Vielleicht sollte ich auch dich verbrennen.«

»Versuch's doch«, sagt sie leise und greift nach der Axt, während sie seinem Blick standhält. Es wäre ein Leichtes, ihm den Schädel zu spalten. Doch die wütende Energie, die in diesem Moment von Sandman ausgeht, verwandelt den Eissturm in ihrem Inneren in ein Feuermeer. Mit seiner starken Hand umfasst er ihren Nacken, drückt fest zu. Sie zuckt mit keiner Miene. Sieht ihn weiter unverwandt an. Er drückt fester, doch sie spürt keinen Schmerz. Nur einen Hitzewall, der durch ihren Körper schießt. Noch hält sie die Axt fest umklammert.

»In zwei Tagen gehen wir auf die Jagd.« Sandmans Stimme ist fein wie der Rauch des verbrannten Bildes. Sein Gesicht ist dicht neben ihrem, seine Lippen an Targas Ohr. Die Worte dringen in ihre Haut. Entfalten sich in ihrem Bauch. Laden ihr Inneres elektrisch auf. »Wir entführen ein Mädchen. Bringen es in meine geheime Kammer. Lieben uns im Angesicht des Todes.«

Sie spürt, wie er mit der Hand die Träger ihrer Latzhose nach unten schiebt. Ihre Brustwarze fest zusammendrückt.

»Jetzt sind wir beide böse.«

11

Der Zweifel ist wie eine winzige Wolke am blauen Sommerhimmel. Einmal entdeckt, muss man immer wieder ängstlich in ihre Richtung sehen.

Den ganzen Morgen über hat Sandman schon Cosimas Worte im Ohr. Doch während er einen Tee aufgießt, verflüchtigt sich der Zweifel. Er denkt an Targas gestrigen Exzess. Es stimmt, sie hat ihn an einer empfindlichen Stelle getroffen. Sie hat seine Erinnerung an das erste Mal ausgelöscht. Das war schmerzlich. Er müsste wütend sein. Müsste Targa hassen. Aber stattdessen liebt er sie dafür. Sie ist ein Mensch der Extreme. So wie er. Deshalb gehören sie zusammen. Jetzt sind nur noch sie beide übrig.

Genüsslich nimmt er den ersten Schluck von seinem heißen Tee und geht hinaus auf die Terrasse. Im Grill liegt seine verkohlte Erinnerung. Ein Aschehaufen. Er sieht hinunter auf die Wiese, wo Targas Bus steht. Wieder kommt ihm das Gespräch mit Cosima in den Sinn. Eine leise Sorge meldet sich. Diese geheime Aktion in der Klinik. Er glaubt nicht, dass es einen Zusammenhang zu Nadines Tod gibt. Er hat keinen Grund, an Targa zu zweifeln. Er will ihr vertrauen. Doch er muss diese Information überprüfen.

Kurze Zeit später fährt er mit seinem Wagen durch die Straßen von Berlin. In einem Supermarkt in der Nähe der Klinik kauft er eine kleine Schachtel Pralinen. Er will nicht aufdringlich wirken.

Auf der Intensivstation ist es so still wie bei seinem ersten Besuch. Am Empfang räuspert er sich laut und wartet, bis jemand aus dem Schwesternzimmer kommt. Zum Glück ist es Margarete.

»Schwester Margarete. Schön, Sie wiederzusehen«, grüßt Sandman lächelnd. Dann legt er die Pralinen auf den Tresen. »Eine kleine Aufmerksamkeit.«

»Aber das wäre doch nicht nötig gewesen.« Eine sanfte Röte überzieht Margaretes Gesicht. Sie nimmt die kleine Schachtel und betrachtet sie wie ein kostbares Geschenk. Dann verdüstert sich ihr Blick. »Sie kommen wegen Ihrer Nichte«, sagt sie mit leiser Stimme.

»Wie geht es ihr?«, fragt Sandman.

Margarete antwortet nicht, sondern blickt nach links und rechts. »Kommen Sie«, flüstert sie dann und zieht Sandman in das Schwesternzimmer.

»Was ist los?« Sandman macht eine ängstliche Miene. »Was ist mit Nadine?«

»Wissen Sie es noch nicht? Nadine ist verstorben.« Margaretes Augen füllen sich mit Tränen. »Mein herzliches Beileid.« Sie kramt in ihrem Mantel nach einem Taschentuch und wischt sich schnell über die Augen. »Sie ist nicht mehr aus dem Koma erwacht.«

»Das ist ja entsetzlich.« Sandman schlägt sich die Hände vors Gesicht. »Wie konnte es nur dazu kommen? Gibt es einen ärztlichen Befund?«

»Sicher. Das Formular muss noch vorne am Empfang liegen. Ich hole es für Sie.« Margarete steht auf und verschwindet. Sandman blickt in dem Schwesternzimmer umher. Es gibt eine Pinnwand mit Urlaubspostkarten und Fotos. Er betrachtet ein Bild von Margarete, das von einer Postkarte halb verdeckt ist. Sandman rückt sie zur Seite. Starrt auf das Foto. Margaretes Arm ruht auf den Schultern einer jungen Frau. Sie hat blonde Zöpfe.

In diesem Augenblick kommt Margarete zurück.

»Merkwürdig. Ich kann das Formular nirgends finden. So etwas ist hier noch nie passiert.« Erst jetzt bemerkt sie, dass Sandman vor der Pinnwand steht und das Foto betrachtet.

»Das ist meine Tochter Targa«, sagt sie mit stolzer Stimme.

»Eine sehr hübsche junge Frau. Genau wie ihre Mutter«, entgegnet Sandman mit einem charmanten Lächeln. »Arbeitet sie auch hier im Krankenhaus?«

»Nein, sie hat immer wieder einen anderen Job«, antwortet Margarete ausweichend.

Der Zweifel meldet sich zurück. Diesmal größer. Weshalb scheint Margarete nicht über Targas Arbeit in der Gerichtsmedizin sprechen zu wollen?

»Ich bedanke mich für Ihre Unterstützung«, sagt er höflich und gibt Margarete die Hand.

»Es tut mir leid, Ihnen nicht helfen zu können.« Sie macht ein betrübtes Gesicht, doch Sandman winkt gelassen ab.

»Sie können doch nichts dafür. Ich werde mich bei der Klinikleitung erkundigen. Sie haben mir sehr geholfen.« Er geht zum Lift, ohne sich noch einmal umzudrehen.

In Sandmans Kopf überschlagen sich die Gedanken. Warum hat Targa nicht erwähnt, dass ihre Mutter in der Klinik arbeitet? Wie passt die verdeckte Polizeiaktion, die Cosima erwähnt hat, in dieses Bild? Nur Zufall? Schließlich konnte niemand wissen, dass Targa den Auftrag hatte, Nadine zu töten.

Niemand außer Targa. Und er hat mit eigenen Augen gesehen, wie sie Nadine mit dem Kopfkissen erstickt hat.

Sandman lehnt an einer Hausmauer gegenüber der Gerichtsmedizin und massiert seine Schläfen. Ein bohrender Schmerz wird stärker und stärker.

Als er Targa das Gebäude verlassen sieht, folgt er ihr auf der anderen Straßenseite. Sie verschwindet in einer U-Bahnstation. Hund springt vergnügt an ihrer Seite in die Höhe. Sandman läuft ebenfalls die Treppen hinunter und sieht ihre blonden Zöpfe in einiger Entfernung auf und ab wippen. Sie drängt sich in einen überfüllten Wagen. Im letzten Moment springt auch Sandman am anderen Ende des Waggons hinein. Zwei Stationen weiter steigt Targa bereits wieder aus. Zwischen der S-Bahntrasse und einigen Hinterhöfen biegt sie in eine enge düstere Gasse ein. Als sie stehen bleibt, weil Hund sein Geschäft verrichten muss, versteckt sich Sandman hinter einem Mauervorsprung.

Eine junge Frau auf einem Rennrad fährt an ihm vorbei, ohne ihn zu bemerken. Sie hält neben Targa und steigt ab. Hund wedelt, als er sie sieht. Die beiden Frauen gehen vertraut nebeneinander. Sie scheinen sich gut zu kennen. Als sie in einem Hinterhof verschwinden, beschleunigt Sandman seine Schritte. Im Schatten eines Baugerüsts pirscht er sich näher heran.

Er will Targa vertrauen. Er will, dass sich alles als ein Irrtum herausstellt. Er will mit ihr töten. Aber was, wenn er sich in ihr getäuscht hat?

Er kommt näher, hört, was sie reden.

»Sandman hat Matti getötet. Es war sein Liebesbeweis für mich. Und das war sein Geschenk. Mattis Halskette, sie lag vor meinem Bus.«

Targa hält eine Schachtel in der Hand. Das rote Papier ist zerfetzt. Dann holt sie einen durchsichtigen Plastikbeutel hervor. Darin das Post-it mit seiner Handschrift.

»Bringe ich gleich morgen ins Labor«, sagt die andere Frau. »Aber als Indiz ist es zu wenig.«

»Ist Nadine schon aus dem Koma erwacht?«, fragt Targa. Sandman hält den Atem an. Es war also ein abgekartetes Spiel. Nadine lebt. Es war alles nur Show. Er schluckt. In seinem Inneren beginnt es zu glühen. Er ist in Gefahr. Aber am schlimmsten ist es, dass Targa ihn verraten hat.

»Noch nicht. Aber ihr Zustand ist stabil«, sagt die Frau. »Wie geht es jetzt weiter?«

»Ich habe Sandman so weit. Wir gehen bald gemeinsam auf die Jagd. Dann schnappt die Falle zu.«

»Pass auf dich auf, Targa. Du spielst ein gefährliches Spiel.«

»Daran denke ich nicht. Ich habe einen Auftrag und werde ihn zu Ende bringen.« Targa atmet tief durch und spricht weiter: »Ich will, dass er endlich für seine Taten büßt. Und im Gefängnis soll er immer an mich denken. An die Frau, die ihn überführt hat.«

»Das klingt für mich beinahe wie eine persönliche Abrechnung.«

»Stimmt. Ich habe eigenartige Gefühle für ihn entwickelt.«

»Gefühle?«, fragt die andere Frau nach.

»Ich bewundere seine Konsequenz. Er setzt sich über alle moralischen Werte einfach hinweg«, antwortet Targa. »Und er hat eine faszinierende Ausstrahlung, der man sich nur sehr schwer entziehen kann. Es fühlt sich an wie ein Spiel zwischen mir und Sandman, und dieses Spiel werde ich gewinnen.«

»Der Mann ist ein Killer, vergiss das nicht.«

Targa entgegnet etwas, doch Sandman hört bloß Wortfragmente, der Rest wird vom Lärm einer vorbeifahrenden S-Bahn zerhackt.

Hund hält die Schnauze in die Luft, schnüffelt und beginnt zu knurren.

»Was ist mit ihm?«, fragt die Frau.

»Er will zurück in den Bus. Er braucht seine Ruhe«, antwortet Targa.

»Kann ich gut verstehen. Bald ist dieser Auftrag für dich vorbei. Dann könnt ihr euch endlich eine Auszeit gönnen.« Sie umarmt Targa rasch und schwingt sich wieder auf ihr Rennrad.

»Kommst du nicht mit zu Lundt?«, fragt Targa.

»Nein, ich habe heute Abend ein Date im »Exil« beim Landwehrkanal«, antwortet sie lächelnd. »Sei vorsichtig«, ruft sie dann noch einmal, ehe sie davonfährt.

Sandmans schwarze Seele blutet. Jeder Satz war ein tödlicher Stich. Das also ist Targas wahres Ich. Erfroren und im ewigen Eis eingeschlossen.

Sie hat mich von Anfang an getäuscht, denkt er. *Alles nur Lüge.*

Er kann kaum einen klaren Gedanken fassen. Dieser Verrat muss gesühnt werden, das ist er sich schuldig.

»Verräterin«.

Als er das Wort ausspricht, beginnt sein Herz heftig zu pochen. Seine Jägerin hat ihn verraten.

12

»Warum treffen wir uns ausgerechnet an diesem gottverlassenen Ort?«, fragt Lundt. Er stapft durch Gestrüpp und kniehohes Gras. Vorsichtig umrundet er einen auf dem Rücken liegenden Saurier und passiert das Gerippe einer Flugechse. Vor einem von Gestrüpp umwucherten Karussell bleibt er stehen.

»Das sind noch echte Holzpferde.« Lundt klopft einem Pferd auf den Rücken. »Als Kind habe ich Karussells geliebt.« Lundt sieht interessiert umher. »Gibt es auch noch einen alten Schießstand? Mit bemalten Figuren, die umkippen, wenn man sie trifft?«, fragt er.

»Dort hinten.« Targa deutet auf einen windschiefen Verschlag, dessen hölzernes Vordach nach oben geklappt ist. »Ich habe mit Matti einige Male hier geschossen.«

»Wie hast du diesen Vergnügungspark eigentlich gefunden?«, fragt er.

»Matti hat ihn mir gezeigt. Hier war er immer glücklich und hat gestrahlt wie ein Kind. Deshalb wollte ich noch mal hierher. Das bin ich ihm schuldig.«

Nach dem Gespräch mit Rita hatte sie Lundt angerufen und als Treffpunkt den verfallenen Lunapark in Treptow vorgeschlagen. Seit Mattis Tod zählt jede Minute. Sie darf keine Zeit mehr verlieren. Die Zerstörung des »Stillen

Ozeans« hat sie auf die Siegerstraße zurückgebracht. Doch die Nacht war ein Wechselbad der Gefühle gewesen. Sie war dem Schlag ihres Herzens gefolgt. Hass und Liebe hatten sich in rascher Folge abgewechselt.

»Weshalb ist Rita nicht mitgekommen?«, fragt Lundt.

»Sie hat noch eine Verabredung. Danach bringt sie Mattis Anhänger in die Spurensicherung«, sagt sie. »Wenn man Sandmans Fingerabdrücke darauf findet, haben wir ein weiteres Indiz.«

»Du weißt, dass das noch nicht reicht.«

»Deshalb muss ich jetzt aufs Ganze gehen. Bevor es noch mehr Tote gibt.«

»Wie ist dein Plan?«, fragt er.

»Setzen wir uns dort hinein«, sagt sie und deutet auf einen angerosteten Wagen, der auf den Schienen einer Achterbahn steht.

»Ich hoffe, die ist nicht mehr in Betrieb«, lacht Lundt und zieht auf dem engen Sitz seine Beine an.

»Für uns wird sie in Betrieb gesetzt«, antwortet Targa und streckt ihren Arm in die Luft. Der Wagen setzt sich quietschend in Bewegung.

»Wieso fährt das Ding denn plötzlich?« Lundt hält sich ängstlich mit beiden Händen an der Querstange fest. »Das ist gefährlich«, murmelt er.

»Ein alter Kumpel von Matti ist hier so eine Art Wachmann.« Targa winkt einer schemenhaft zu erkennenden Gestalt zu, die in einiger Entfernung neben dem ehemaligen Kassenhäuschen steht. »Er hat die Bahn für uns eingeschaltet. Ich bin mit Matti schon oft gefahren. Wir hatten nie Angst.«

Während Targa redet, wird der Wagen auf den Schienen

ruckartig immer weiter in die Höhe gezogen. Lundt wirft einen skeptischen Blick nach unten.

»Das ist jetzt verdammt hoch«, nuschelt er. »Ich bin nicht schwindelfrei.«

»Sandman hat mir von seiner geheimen Kammer erzählt. Er will dort gemeinsam mit mir töten.«

»Gute Arbeit. Dann haben wir ihn bald.« Lundt zieht ein Taschentuch aus seinem Sakko und wischt sich damit über die Stirn. »Können wir jetzt wieder nach unten?«, fragt er nervös.

»Ich glaube, er hat noch ein Mädchen ermordet, von dem wir nichts wissen«, redet Targa weiter, ohne auf Lundts Einwand einzugehen. »Ich habe ihn dabei überrascht, wie er sich das Video angesehen hat.«

»Das kann doch auch eine alte Aufnahme gewesen sein«, wirft Lundt ein.

»Niemals. Dafür war er viel zu erregt. Und ich habe den Datumsvermerk gesehen. Es war erst vor ein paar Tagen. ›Ich wandere über glühende Splitter‹ waren wohl ihre letzten Worte. Diesen Satz hat er gemurmelt, als ich in sein Arbeitszimmer gekommen bin.«

»Kannst du uns dieses File besorgen?«, fragt Lundt.

»Ich versuche es.«

»Und dieses Mädchen, von dem du sprichst, haben wir noch nicht gefunden?« Lundt wirft einen misstrauischen Blick auf die Eisenkonstruktion, auf der sie immer weiter nach oben rattern. »Wann wurde diese Achterbahn das letzte Mal überprüft?«

»Keine Ahnung. Sie ist eigentlich schon lange nicht mehr in Betrieb«, antwortet Targa.

»Wir wissen also gar nicht, ob die Bremsen funktionieren?« Lundts Gesicht wird kalkweiß. »Ich will auf der Stelle wieder hinunter.«

Targa lächelt. »Keine Sorge, das letzte Mal haben die Bremsen ihre Arbeit noch einwandfrei getan. Wir sind gleich oben, dann hast du die Hälfte bereits hinter dir.«

»Aber der schlimmste Teil liegt noch vor mir«, jammert Lundt.

Targa sieht ihn von der Seite an. So nervös kennt sie ihn nicht.

Als sie den höchsten Punkt erreicht haben, lehnt sie sich seitlich hinaus und gibt dem Mann unten erneut ein Zeichen. Der Wagen stoppt. Targa atmet tief durch. »In der kommenden Nacht gehe ich mit Sandman auf die Jagd.«

»Okay, ein Team wird dich observieren«, sagt Lundt. Er zündet sich eine Zigarette an.

»Nein, Sandman ist ein Profi. Er darf keinen Verdacht schöpfen. Wir kidnappen ein Mädchen und bringen es in seine geheime Kammer. Wenn ich weiß, wo diese Kammer mit der Dekompressionsröhre sich befindet, dann gebe ich ein Zeichen für den Zugriff.«

»Wir finden dich mit dem Peilsender.«

»Das Ding nehme ich nicht. Es ist zu auffällig.«

»Wie willst du das denn sonst machen? Du hast doch nicht mal ein Handy«, gibt Lundt zu bedenken.

Targa legt den Kopf zurück und überlegt. »Der IT-Mann hat sicher eine Lösung.«

»Er heißt Pierre. Merk dir endlich seinen Namen.« Lundt nimmt noch zwei tiefe Züge, dann schnippt er die Kippe in die Finsternis und sieht dem rotglühenden Funkenflug hinterher. »Verdammt hoch«, murmelt er nachdenklich. Er greift in seine Sakkotasche und zieht einen winzigen MP3-Player hervor. »Also gut. Pierre hat natürlich vorausgedacht. Das sieht aus wie ein MP3-Player, ist aber ein Funkgerät. Du kannst uns mit der Lautstärkenregelung ein Signal schicken und Tonaufzeichnungen machen.«

»Zeig mal«, sagt Targa, nimmt das Gerät und betrachtet es skeptisch. Dann beugt sie sich wieder seitlich aus dem Wagen und winkt.

»Was tust du?«

»Ich gebe Mattis Kumpel das Zeichen, dass wir jetzt nach unten wollen.«

Der Wagen setzt sich ganz langsam in Bewegung. Nach dem Scheitelpunkt hängen sie für einen Moment in der Luft. Werden nur noch vom Sicherheitsgurt festgehalten.

»Die Aussicht hier oben ist fantastisch«, sagt Targa und deutet auf die Tausenden Lichter von Berlin. »Aber das ist nur die trügerische Oberfläche. Denn auf dem Boden regiert das Böse. Wir sind auf einer Achterbahnfahrt in die Hölle.«

Sie lockert ihren Sicherheitsgurt und steht auf.

»Was machst du? Setz dich wieder hin!«, fährt Lundt sie an.

»Jetzt lasse ich dich los, Matti«, ruft sie, als der Wagen nach vorne kippt und ungebremst nach unten in die Dunkelheit rast.

13

Die Finsternis verschluckt die schwarze Limousine, die lauernd am Straßenrand parkt. Im Rückspiegel sieht Sandman eine junge Frau, die sich auf einem Rennrad nähert. Als sie den parkenden Wagen überholen will, öffnet er schnell die Tür, und die Frau prallt dagegen.

»Das tut mir leid«, entschuldigt er sich höflich und steigt aus. »Haben Sie sich verletzt?«

»Fuck. Können Sie nicht aufpassen?«, flucht sie und richtet sich ächzend auf. Sie wirft einen Blick auf Sandman, doch dieser wendet sein Gesicht ab. »Sehen Sie sich mein Rad an!« Die Frau fixiert das dünne Vorderrad zwischen ihren Knien, um den Lenker wieder gerade zu drehen. »So eine Scheiße!«

»Kann ich Sie ein Stück mitnehmen?«, fragt Sandman. »Bitte, das ist das Mindeste, was ich für Sie tun kann.«

»Nein, nein. Es geht schon«, wiegelt sie ab. Sie packt ihr Rennrad am Lenker und stellt es wieder auf die Straße.

»Aber vielleicht wollen Sie einen Kaffee? Sozusagen als Entschuldigung«, fragt er nach.

In diesem Moment fährt ein Taxi an ihnen vorbei und taucht beide für einen Moment in grelles Scheinwerferlicht. Geblendet schließt Sandman die Augen. Als er sie wieder öffnet, bemerkt er den panischen Ausdruck im Gesicht der jungen Frau. Als würde sie ihn erkennen.

»Ich fahre dann«, murmelt sie und will sich auf ihr Rad schwingen. Doch blitzschnell packt er ihr Bein, reißt es in die Höhe, und sie kracht mitsamt dem Rad zu Boden.

»Nicht so schnell!«, zischt Sandman und zerrt sie an den Haaren hoch. »Es ist sehr unhöflich, eine Einladung von mir abzulehnen.«

Die Frau wimmert, und er lockert seinen Griff. Sie kann sich losreißen. Sofort schwingt sie sich auf ihr Rad und tritt wie besessen in die Pedale.

Auch Sandman zögert keine Sekunde. Er springt in den Jaguar. Der Motor brummt beruhigend. Im Scheinwerferlicht sieht er die Frau hektisch die dunkle Straße entlangfahren. Immer wieder dreht sie den Kopf nach hinten und zur Seite. Sucht einen Ausweg.

Sie flüchtet an einer endlosen vernagelten Häuserfront am unsanierten Teil des Kanals entlang. Auf der schmalen Straße hat sie keine Möglichkeit zu entkommen. Schon nach wenigen Augenblicken ist der Jaguar direkt hinter ihr. Mit dem Kühler rammt Sandman das Hinterrad. Durch die Wucht des Aufpralls wird die Frau aus dem Sattel geschleudert. Sie stürzt schwer zu Boden. Sandman hält den Wagen an. Reißt die Tür auf. Springt auf die Frau zu. Doch sie hat sich bereits wieder aufgerappelt. Hinkt blutend die Straße entlang.

»Hilfe!«, schreit sie. Ihre Stimme verhallt ungehört im Leeren. Wird von den zugemauerten Fenstern der Häuser zurückgeworfen. Das Wasser des Kanals glänzt schwarz im Mondlicht und plätschert leise. In der Ferne ist eine niedrige Brücke zu erkennen, die sich über den Kanal spannt. Sandman geht jetzt schneller. Gierig atmet er die Luft ein. Sie ist angereichert mit Angstschweiß und einem blumigen

Sommerparfüm. *Schade, dass sie dieses Parfüm nicht mehr benutzen wird*, denkt er. Ohne große Anstrengung erreicht er die Frau. Er packt sie an den Armen. Schleudert sie zu Boden.

»Wie ich schon sagte. Es ist unhöflich, eine Einladung von mir abzulehnen.«

»Lass mich los, du Schwein!«, schreit sie mit schriller Stimme. Sie gibt nicht auf, sondern wehrt sich aus Leibeskräften. Reißt sich erneut los. Kommt auf die Knie. Schleppt sich auf allen vieren von ihm weg. Zieht sich an einer Hausmauer hoch. Sandman beobachtet sie mit verschränkten Armen und verzieht leicht amüsiert das Gesicht. Sie will nicht wahrhaben, dass ihre Zeit abgelaufen ist.

Jetzt schiebt die Frau sich an der Hausmauer entlang. Er sieht, dass die verlassene Häuserzeile bald zu Ende ist. Weiter vorne flammt in einem Fenster bereits ein Licht auf. Jemand ist auf ihr Geschrei aufmerksam geworden. Ein Hoffnungsschimmer für sie. Sie beginnt, noch lauter zu schreien.

Sandman schlägt ihr mit brutaler Kraft die Faust in den Rücken. Sie schrammt an der Mauer nach unten. Ihre Tränen vermischen sich mit dem Blut, das aus ihrer Nase rinnt. Noch immer kämpft sie verbissen ums Überleben. Sie dreht sich herum. Versucht, ihm zwischen die Beine zu treten, verfehlt ihn jedoch und verliert das Gleichgewicht. Auf dem Rücken liegend, robbt sie weiter. Wie ein großer Käfer kriecht sie unter das Vordach eines Wohnhauses. Die Finger krallen sich in das Gitter der versperrten Eingangstür. Im zweiten Stock wird ein Fenster aufgerissen.

»Ruhe!«, ruft eine genervte Frauenstimme hinaus in die Dunkelheit.

Im Schatten des Vordachs drückt Sandman den Kopf der Frau gegen das Gitter. Ihr Atem geht stoßweise. Aber noch immer bäumt sie sich auf. Die spitzen Metallstreben bohren sich in ihre Wangen. Reißen ihre Haut auf. Oben wird das Fenster geschlossen und das Licht wieder gelöscht. Sandman blickt vorsichtig umher. Jemand geht auf der anderen Seite des Kanals. Doch die Brücke ist in weiter Ferne. Die Frau regt sich nun nicht mehr. Sie ist bewusstlos.

Sandman packt sie unter den Achseln und zerrt sie zurück zu seinem Wagen. Er öffnet den Kofferraum und wuchtet sie hinein, dann wischt er ihr Rennrad gründlich mit einem Tuch ab und wirft es in den Kanal. Neben seiner Limousine liegt noch ihr Rucksack auf dem Boden. Er holt ein Paar Lederhandschuhe aus seinem Wagen und zieht sie an. Bewegt die Finger, um sie geschmeidig zu machen. Erst dann bückt er sich und öffnet den Rucksack. Leuchtet mit seinem Handy hinein. Es dauert eine Weile, bis er fündig wird und einen durchsichtigen Plastikbeutel herausfischt. Prüfend hält er ihn in die Höhe. Beleuchtet ihn mit dem Handy. Lächelt. Er verstaut ihn im Handschuhfach seines Wagens. Noch einmal durchwühlt er den Rucksack und zieht einen Ausweis hervor. Lange betrachtet er das amtliche Dokument mit dem Foto.

»Rita. Was für ein hübscher Name«, flüstert er.

Zufrieden steigt Sandman in den Wagen und setzt langsam zurück, bis er mit dem Jaguar wenden kann. Als er sich auf der Schnellstraße Richtung Wannsee befindet, legt er eine CD ein. Er hat sie am Vormittag gekauft. Sandman hatte noch nie etwas von Ólafur Arnalds gehört, doch Targa scheint ganz vernarrt in den isländischen Musiker. Die düsteren Klavierakkorde dringen klar und rein aus den Boxen. Als die Stimme des Sängers einsetzt, fühlt er sich sofort in eine Welt des Eises und der Finsternis versetzt.

»Island gefällt mir. Dort ist es kalt. So kalt wie in meinem Herzen«, hat Targa einmal zu ihm gesagt. Als er noch dachte, in ihr eine Gefährtin auf seinem Weg durch die Hölle gefunden zu haben. Eine Verbündete auf seiner Jagd durch die Nacht. Doch das ist Vergangenheit. Jetzt blickt er nach vorne. Auf sein Ziel. Und dieses Ziel heißt Targa.

14

Carlos Schmidt sitzt in einem Internetcafé in Rostock vor seinem Laptop. Vor einer Stunde ist er mit der Fähre aus Kopenhagen gekommen. Jetzt wartet er auf den Bus nach Berlin. Er verspürt keine Müdigkeit, die Schmerzen rauben ihm den Schlaf.

»Du siehst verändert aus. Viel jünger«, sagt Targa ohne Begrüßung. Sie kneift die Augen ein wenig zusammen. Neigt den Kopf zur Seite. Sieht an ihm vorbei.

»Wo bist du?«, fragt sie. »Das ist nicht deine Zelle.« Targa sieht mitgenommen aus. Sie hat Ringe unter den Augen. Ihre Haut wirkt grau, und ihre Wangen sind eingefallen. Sie macht den Eindruck, als könne auch sie nachts nicht schlafen. »Antworte mir«, fordert sie.

»Nein, ist es nicht«, entgegnet Schmidt kurz angebunden. »Ich bin verreist.«

»Hat man dich vorzeitig entlassen?« Targa runzelt skeptisch die Stirn.

»Ich habe mich selbst entlassen, um dich von deiner Rache abzuhalten. Der Mann, dessen Name ich dir gegeben habe, ist gefährlich.« Schmidts Stimme ist kratzig. Er greift nach seiner Bierdose und nimmt einen Schluck. »Ich sorge dafür, dass dir nichts passiert.«

»Ich brauche niemanden. Schon gar nicht die Unterstützung eines Mörders. Zwischen uns ist alles gesagt.« Sie will die Verbindung beenden, doch Schmidt ist noch nicht fertig.

»Warte, bitte!«, sagt er laut. »Ich bin nicht der skrupellose Killer, für den mich alle halten. Ich habe zwanzig Jahre unschuldig im Gefängnis gesessen. Das ist die Wahrheit.« Als Targa ihn schweigend ansieht, spricht er weiter. »Ich habe als Kapitänleutnant ein leckes Atom-U-Boot nicht wie befohlen in den Hafen von Travemünde gelotst. Denn das U-Boot war radioaktiv verseucht und stellte eine große Gefahr für die Bevölkerung dar. Ich wollte meine Mannschaft draußen im offenen Meer evakuieren. Das U-Boot dann versenken. Auf offener See hätte man es dann mit einem Betonmantel umschließen müssen. Doch das wäre verdammt teuer gewesen und hätte kritische Stimmen, die gegen Atomkraft sind, auf den Plan gerufen. Deshalb beschloss ein Sonderkomitee, das U-Boot in einer stillgelegten Werft heimlich zu entsorgen. Dafür nahm man in Kauf, dass unkontrolliert radioaktive Strahlung austritt, das Meer verseucht und Menschen einer radioaktiven Belastung aussetzt. Da wollte ich nicht mitspielen.« Schmidt nimmt wieder einen Schluck Bier. Die Schmerzen schneiden heute wie Dutzende Rasierklingen in seinem Unterleib. Seine Beine beginnen zu zittern. Doch noch ist er nicht fertig. »Mein Erster Offizier hat gemeutert und mich festnehmen lassen. Ich konnte mich befreien, und es kam zu einem Handgemenge. Ich bekam einen Schlag auf den Kopf. Als ich wieder erwachte, lag er mit durchgebissener Kehle und einem fehlenden Ohr vor mir. Dieses Ohr wurde mir zum Verhängnis.« Schmidt atmet schwer. Er beobachtet Targas Reaktion auf dem Bildschirm. Doch ihre Miene bleibt ausdruckslos, als sie fragt:

»Warum?«

»Man verabreichte mir ein starkes Abführmittel und fand das Ohr in der Toilette.«

»Du hast ihm die Kehle durchgebissen und dann sein Ohr verschluckt?« Jetzt beugt sich Targa vor, und er sieht ihr Gesicht ganz nahe vor sich. *Es besteht kein Zweifel, sie hat die Schönheit ihrer Mutter*, denkt er. Das bestärkt ihn nur noch mehr in seinem Entschluss, Targa von ihrer geplanten Rache abzuhalten. Sie hat keine Ahnung, mit wem sie sich anlegt.

»Natürlich nicht. Dieser bestialische Mord wurde mir untergeschoben. Ich war ohnmächtig, und man hat mir das Ohr irgendwie in den Magen getrieben, wahrscheinlich mit einer Sonde. Eine andere Erklärung gibt es nicht. Das war ein cleverer Schachzug. Dadurch wurde ich zu einem geistesgestörten Killer, den man nach einem Militärprozess in ein Hochsicherheitsgefängnis sperren konnte. Kein Mensch fragte mehr nach dem defekten Atom-U-Boot.«

»Warum haben sie dich nicht gleich umgebracht?«, fragt Targa ganz pragmatisch.

»Weil das zu viel Aufsehen erregt hätte. Kritische Journalisten hätten recherchiert. Mit einigen war ich schon in Kontakt«, antwortet Schmidt lächelnd. *Sie ist klug*, geht es ihm durch den Kopf.

»Du hast zwanzig Jahre unschuldig im Gefängnis gesessen und nie versucht, deine Unschuld zu beweisen?« Ungläubig schüttelt sie den Kopf. Ihre blonden Haare schwingen wie goldene Schnüre über den Bildschirm.

»Nachdem ich vom Tod deiner Mutter erfahren habe, war ich fertig mit der Welt und den Menschen. Ich wollte in der

Einsamkeit leben, niemanden mehr hören oder sehen. Da kam mir das Gefängnis gerade recht.«

»Eine seltsame Methode, sich von der Welt zu entfernen.« Targa verzieht das Gesicht. »Du bist also kein Mörder?«

»Doch. Im Knast bin ich zum Mörder geworden. Ich habe einen Wachbeamten getötet. Nur so kam ich in Freiheit«, sagt Schmidt resigniert. Es gibt noch so viel zu bereden, noch so viele ungesagte Geschichten über Targas Mutter. Aber er spürt, dass er im Augenblick nicht mehr die Kraft dazu hat. Die Morphiumampulle in seiner Tasche geht ihm nicht mehr aus dem Sinn.

»Ich muss jetzt Schluss machen«, sagt er erschöpft.

»Du wolltest mir heute noch von meiner Mutter erzählen.« Targa klingt enttäuscht.

»Vielleicht das nächste Mal«, antwortet er mit schwacher Stimme.

»Es gibt kein nächstes Mal.«

»Wie meinst du das?«, fragt Schmidt verwirrt.

»Ich werde nicht mehr mit dir skypen.« Sie macht eine kurze Pause, ehe sie weiterredet. »Wenn ich meinen Auftrag erledigt habe, werde ich mich an meinem Vater rächen.«

»Tu das nicht! Rache ist sinnlos, glaub mir. Sie wird weder deine Mutter noch deine Schwester zurückbringen. Und du begibst dich in große Gefahr«, fährt Schmidt sie eindringlich an.

»Du hast mir seinen Namen genannt. Jetzt gibt es kein Zurück mehr. Ich habe keine Angst.«

Eine neue Dimension des Schmerzes fährt durch seinen Körper. Er muss sich zurücklehnen und die Augen schließen. Als er sie wieder öffnet, ist der Bildschirm schwarz.

15

Sie liegt auf der Couch im Salon der Villa und sieht nach draußen auf den See. Es ist windstill. Schwere dunkle Wolken drücken den Himmel nach unten. Targa fühlt sich verloren. Das Atmen wird zur Qual. Den ganzen Tag über ist sie schon von einer merkwürdigen Unruhe erfüllt. Mehrmals hat sie am Morgen die Bücher in ihrem VW-Bus umgeschichtet und die Kaffeetassen der Größe nach geordnet.

Sandman war gestern erst spätabends nach Hause gekommen. Sie hatte gerade ihr Skype-Telefonat beendet, als sie seinen Wagen hörte. Entgegen seiner sonstigen Gewohnheiten fuhr er in die Garage. Sie war an diesem Tag nicht in der Gerichtsmedizin gewesen und hatte viel Zeit gehabt, sich eine Strategie für die Nacht zurechtzulegen.

Targa greift in den Kübel mit Eis, der neben ihr auf dem Boden steht. Sie legt sich einen Eiswürfel auf die Stirn. Spürt die angenehme Kühle, die aber nur von kurzer Dauer ist.

In Gedanken geht sie das Szenario immer wieder durch: Sandman wird sie in den geheimen Raum führen, in dem die Dekompressionskammer, sein »Sarkophag«, steht. Er wird ihr Opfer in die Röhre legen. Targa nimmt die Gespräche auf und aktiviert mit dem MP3-Player den Alarm. Kurz darauf stürmt ein Einsatzkommando die Villa, befreit das Mädchen und nimmt Sandman fest. Sie selbst wird sich an das Steuer ihres VW-Busses setzen und mit Hund davonfahren. Einfach alles hinter sich lassen. Ihre Zuneigung zu Sandman, den Hass auf ihn, ihren Widerstreit der Gefühle. So weit der Plan.

»Weshalb sitzt du im Dunkeln?«

Sandman steht plötzlich hinter ihr. Sie richtet sich auf, und er legt seine Hände um ihren Hals. Seine Fingerspitzen knistern elektrisch, als er ihre Haut berührt. Er beginnt sie sanft zu massieren. Sie dreht den Kopf. Es ist ein angenehmes Gefühl, seine Hände zu spüren.

»Ich denke nach.«

»Worüber?«, fragt er.

»Über uns. Wir sind an einem Punkt angelangt, an dem kein Zurück mehr möglich ist. Jetzt gibt es nur noch dich und mich. Ich will, dass wir das Böse in uns vereinen. Noch diese Nacht. Ich kann nicht länger warten. Lass uns gemeinsam ein Opfer finden.« Sie streckt sich unter seinen Berührungen, legt ihre Wange auf seine Hand.

»Du willst heute Abend auf die Jagd gehen?«

»Ja«, antwortet sie ohne Zögern. »Ich kann es kaum erwarten, gemeinsam mit dir zu töten.«

»Unsere dunklen Herzen schlagen im Gleichklang, meine Liebste. Ich habe bereits einen Plan für uns.« Er küsst sanft ihren Nacken und spricht dann weiter. »Du und ich, wir werden gemeinsam zu Jägern der Nacht. Wir fahren zu einem Open-Air-Sommerfest an der Spree. Überall schwingen bunte Lampions im Wind. In Foodtrucks wird gekocht. Mädchen tanzen in der Schwüle der Sommernacht. Wir betrachten jedes einzelne von ihnen.« Noch einmal setzt er einen zärtlichen Kuss auf ihren Hals. »Wir sehen ein Mädchen, das sich alleine im Dunkel neben der leicht erhöhten

Tanzfläche dreht. Ihr Körper wird von den Scheinwerfern der vorbeifahrenden Schiffe angestrahlt. Aus der Nacht herausgehoben. Sie steigt auf das Podium. Ihr Körper ist durchtrainiert. Wir wissen, dass sie ideal für unsere Zwecke ist.«

Sandmans Mund ist nun nahe an ihrem Ohr. Seine Stimme ist berauschend suggestiv. Seine Worte formen schreckliche und gewaltige Bilder in Targas Kopf. Gegen ihren Willen erregt es sie.

»Wie geht es weiter?«, flüstert sie und lehnt sich gegen seine massierenden Hände.

»Ich gebe dir ein Zeichen. Du bist zugleich Köder und Jägerin. Du steigst auf das Tanzpodium. Näherst dich ihr in kreisenden Bewegungen. Die Lichter der Lampions färben dein offenes Haar bunt. Du schüttelst es wild, je näher du unserer Beute kommst. Du stehst vor ihr. Eure Blicke treffen sich. Du übernimmst ihren Rhythmus. Du verwandelst ihre einsamen Drehungen in einen Tanz zweier Herzen. Du streichst mit den Händen über ihren Hals. Du spürst, wie sie vor Erregung zusammenzuckt. Die Beats fließen durch eure Körper, die sich eng aneinanderpressen. Die zu vibrieren beginnen. Du greifst nach ihren Händen. Ihre Finger sind warm und gut durchblutet. Du ziehst sie von der Tanzfläche. Der Sound begleitet euch weiter. Ihr umschlingt euch hinter einem Foodtruck. Du küsst sie auf einer von Fackeln sanft beleuchteten Wiese. Du stehst Hand in Hand mit ihr vor dem Container mit den Toiletten. Es ist dunkel. Trotzdem versinken ihre Augen in deinen. Ihr seid bereit für das Abenteuer. Das Reich der Sinne. Sie denkt nur an dich. Du nur an mich. Du küsst sie. Schiebst sie an dem Container vorbei. In die Finsternis. Dort warte ich. Ich drücke auf einen Punkt in ihrem Nacken. Sie sinkt ohnmächtig zusammen. Wir sind Jäger. Wir haben unsere Beute erlegt. Das Mädchen erwacht erst wieder, wenn es in unserer geheimen Kammer ist.«

»Wo ist diese Kammer?«, fragt Targa, die ihre Erregung kaum mehr verbergen kann.

»Das wirst du erfahren, wenn es so weit ist«, antwortet Sandman mit seiner dunklen Stimme. »Wenn das Mädchen erwacht, liegt es in der Röhre. Die Jäger stehen daneben und betrachten ihre Beute. Du beugst dich zu ihr nach unten. Du siehst ihren schön geschwungenen Mund. Du küsst sie zum Abschied noch einmal auf die weichen Lippen. Sie zittert. Sie schwört dir ewige Liebe, wenn du sie freilässt. Du flüsterst ihr ins Ohr, dass sie bald sterben wird.« Nun gleiten Sandmans Hände über ihre Brüste nach unten. »Das Mädchen will schreien, doch ich lege ihm die Hand auf den Mund. Dann schließen wir den Deckel, und du erhöhst den Druck in der Röhre. Die Luft wird immer weniger. Wir stehen uns nackt gegenüber und lauschen ihren Atemgeräuschen. Je hektischer das Mädchen nach Luft schnappt, umso erregter werden wir. Ihr Blut beginnt zu kochen, während wir uns ekstatisch lieben. Doch vor dem Höhepunkt, ehe sie stirbt, lassen wir wieder ein wenig Luft in die Röhre. Gebannt und eng umschlungen lauschen wir auf dem Gipfel der Lust den letzten Worten einer Sterbenden.« Sandman greift mit beiden Händen in Targas Haar und zieht ihren Kopf ruckartig nach hinten. »Bevor es jedoch so weit ist, muss ich dir etwas Schreckliches erzählen. Es ist mir gestern passiert«, flüstert er und küsst sie auf den Hals.

»Was ist geschehen?«, fragt Targa verwundert. Sie streckt den Kopf noch weiter zurück. Sie spürt seine Lippen auf ihrer Haut. Es ist so anders als bei Matti, es ist erregend und abstoßend zugleich. Vielleicht sollte sie es wirklich tun. Vielleicht sollte sie gemeinsam mit ihm ein Mädchen töten. Um endlich zu wissen, wie es ist, diese Grenze zu überschreiten.

»Ein Freund hat mich böse verraten. Ich habe ihm vertraut, mit ihm über meine Ängste und Sehnsüchte gesprochen. Er hat nichts Besseres zu tun, als sich darüber mit seiner Freundin zu unterhalten. Mich zum Gespött zu machen.« Sandman klingt enttäuscht, und das überrascht Targa. Schien doch bisher alles an ihm abzugleiten wie an einer Rüstung. Nach außen hin war er immer unverwundbar. Doch dieser Verrat hat ihn schwer getroffen.

»Wer ist dieser Freund?«, fragt Targa verwundert und dreht sich zu ihm um. »Du hast noch nie irgendwelche Freunde erwähnt. Auf mich hast du immer gewirkt wie ein vom Himmel gefallener Mann.«

»Ein schöner Vergleich«, sagt Sandman. »Aber ich bevorzuge ›aus der Hölle entstiegen‹.«

»Was wirst du jetzt tun?«, fragt sie weiter.

»Ich werde mich für diesen Verrat rächen.«

»Was hast du vor?«

»Das erzähle ich dir später. Es wird grausam schön«, erwidert er lächelnd. Sein Atem streicht über ihre Haut, als er ihr das T-Shirt auszieht. »Du bist ganz verschwitzt«, sagt er leise und nimmt einen Eiswürfel aus dem Eimer. Lässt ihn über ihren Oberkörper wandern.

Sie atmet tief ein. Streift ihre Hose ab. Jetzt spürt sie Sandmans Hände und das kühle Eis überall auf ihrer Haut. Aus den Boxen dringt gedämpft die tiefe Stimme einer Sängerin. Sie singt »My skin is like fire«. Auch Targas Haut brennt trotz des Eises wie Feuer. Die letzten Worte des Mädchens auf dem jüngsten Videofile gehen ihr durch den Kopf. *Ich wandere über glühende Splitter.* Die Jägerin in ihr bringt Targas Körper vor Lust zum Glühen. Doch Sandman ahnt nicht, dass er das schöne Raubtier ist, das sie heute Nacht erlegen wird. Ein Kampf auf Augenhöhe, und sie wird siegen.

Sie schließt die Augen und überlässt sich ganz diesen Gedanken. Hört, wie auch Sandman seine Hose auszieht. Die Gürtelschnalle klappert. Plötzlich spürt sie das Leder um ihren Hals. Ruckartig zieht Sandman den Gürtel enger. Schnürt ihr die Luft ab. Erregt reißt sie die Augen auf. Beginnt zu röcheln. Ihr Körper bäumt sich auf. Sie spürt Sandmans Hand mit dem Eis zwischen ihren Schenkeln. Targa öffnet die Beine. Schnappt nach Luft. Jeder Gedanke wird von einem weißen Rauschen überlagert. Er zieht den Gürtel noch enger. Sie ballt die Hände zu Fäusten. Krallt sie dann in das Leder der Couch. Zuckend presst sie die Schenkel zusammen. Stößt Sandman weg.

Keuchend setzt sie sich auf. Sie reißt sich den Gürtel vom Hals. Jede Faser ihres Körpers pocht. Ihr Hals brennt.

»Das sparen wir uns für später auf«, sagt sie und hustet. »Jetzt gehen wir auf die Jagd.«

16

Targa steht schwankend auf und sammelt ihre Kleider vom Boden ein. Ihr Hals schmerzt, und der Hustenreiz verstärkt sich. Sie trinkt etwas Wasser, doch der Schmerz bleibt. Sandman schlüpft in sein schwarzes Tanktop und beobachtet sie schweigend. Die Musik ist verstummt.

»Ich muss zu Hund«, sagt sie mit kratziger Stimme und schlüpft in Hose und T-Shirt. Noch immer hat sie Sandmans Stimme im Ohr. Sieht die Bilder des Sommerfestes. Sieht die bunten Lichter. Das schöne Mädchen auf der Tanzfläche. Sieht alles an ihrem geistigen Auge vorbeiziehen. »Ich komme wieder.«

Keine Reaktion. Die Stimmung hat sich auf merkwürdige Weise verändert. Es scheint Targa, als würde sie nach einer durchtanzten Nacht im Haus eines Fremden erwachen. Sandman sagt kein Wort, scheint tief in Gedanken versunken. Etwas stimmt nicht. Etwas ist anders. Etwas ist passiert. Etwas steht zwischen ihnen.

Als sie nach draußen auf die Terrasse tritt, ist es unerträglich schwül. Langsam geht sie über das Gras. Noch immer spürt sie Sandmans Hände und das Eis auf jeder Faser ihres Körpers. Doch das Auflösen in der Lust will nicht mehr gelingen.

Der VW-Bus steht groß und dunkel auf der Wiese. Auch er wirkt mit einem Mal fremd und abweisend.

Was ist bloß los? Als sie vor dem Bus steht, beginnt Hund, wie von Sinnen zu bellen und im Inneren gegen die Tür zu springen.

»Hund, was ist?«, ruft sie, obwohl sie weiß, dass er sie nicht hören kann. Noch nie hat er einen solchen Terror gemacht. Hektisch nestelt sie die Schlüssel aus ihrer Hosentasche. Sie will die Kette öffnen. Aber der Schlüssel passt nicht. Sie starrt auf das Schloss. Es ist groß und glänzend, aber es ist nicht ihr Vorhängeschloss. Schweiß tropft von ihrer Stirn. Rinnt ihren Hals herab. Dort, wo Sandmans Gürtel seine Abdrücke auf ihrer Haut hinterlassen hat.

Nervös fährt sie sich durch die Haare. Hund springt wie verrückt gegen die Tür. Bellt, knurrt und winselt in einem fort. Wieder fährt sie sich durchs Haar, schlägt ihren Kopf gegen den Bus. Einmal, zweimal und dreimal. Sie weiß, das sind die ersten Anzeichen eines Nervenzusammenbruchs, doch in diesem Moment kann sie sich nicht mehr kontrollieren. Zu viele negative Einflüsse, die geballt auf sie einstürzen.

»Jemand hat das Schloss ausgetauscht«, sagt sie laut zu sich selbst. Dieser Satz wirkt wie eine Rettungsleine, zwingt sie dazu, sich wieder auf ihr logisches Denken zu konzentrieren. Und diese Logik lässt nur einen einzigen Schluss zu: Es muss Sandman gewesen sein.

Noch ehe sie begreift, was das bedeutet, hört sie bereits seine Schritte. Barfuß und mit den Händen hinter dem Rücken nähert er sich, wie ein Ankläger, der über sie urteilen wird.

»Gibt es ein Problem, Targa?«, fragt er kühl und bleibt in einiger Entfernung von ihr stehen.

»Warum hast du das Schloss ausgetauscht?«, entgegnet sie. »Hund ist völlig verrückt vor Angst. Ist das eines deiner Spielchen? Ein neuerlicher Liebesbeweis?«

Sie weiß, dass sie jetzt keine Schwäche zeigen darf, denn irgendetwas läuft hier komplett schief. Sie wird weiterreden, immer weiter, und mit jedem Satz wieder ein Stückchen näher an ihn herankommen. Ihn in Sicherheit wiegen. Sie spürt, wie die Kälte in ihrem Inneren wieder stärker wird. Eine kompakte, undurchdringliche Eisfläche.

»Ich will sofort in meinen Bus«, sagt sie mit gefühlloser Stimme.

»Du brauchst den Bus nicht mehr«, antwortet Sandman ruhig. »Dein Job ist hier zu Ende.«

In diesem Moment überkommt sie die unerbittliche Erkenntnis. Sie ist aufgeflogen. Sandman weiß, weshalb sie hier ist. Aber wie konnte das passieren, wo hat sie einen Fehler gemacht? Sie kapiert es nicht, doch das ist jetzt nebensächlich. Mit einem Mal sind die Rollen vertauscht, ist sie von der Jägerin zur Gejagten geworden.

»Ich verstehe nicht, wovon du sprichst. Aber das ist jetzt egal. Die Zeit der Spielchen ist vorbei. Öffne meinen Bus. Lass uns auf die Jagd gehen.«

»Nein, Spiele gibt es keine mehr. Und die Jagd hat bereits begonnen.« Er blickt ihr fest in die Augen.

Sie macht einen Schritt auf ihn zu. »Lass uns fahren, zu dem Sommerfest an der Spree und …«

»Du bist nicht dumm, Targa. Hör auf mit dem Gefasel«, unterbricht Sandman sie und macht eine wegwerfende Handbewegung.

Wieder macht sie einen Schritt nach vorne. Wenn schon

sterben, dann im Kampf. Ihr Kopf ist nun so klar wie selten. Und dann versteht sie es. Als sie mit Rita sprach, hatte sie einen Schatten bemerkt. Auch Hund knurrte, doch sie hatte nicht reagiert. Das war ein Fehler. Aber noch hat sie eine Chance. Noch ist nichts entschieden.

»Warum hast du mich verraten?«, flüstert Sandman und schüttelt traurig den Kopf. »Ich habe begonnen, dich zu lieben, und wollte alles mit dir teilen. Selbst meinen geheimen Ort, an dem ich die schönste Lust mit dir empfinden wollte: Gemeinsam lieben und töten.«

»Wovon redest du? Ich habe dich nicht verraten«, stammelt sie. Doch Targa erkennt an Sandmans versteinerter Miene, dass jeder weitere Rechtfertigungsversuch zwecklos wäre.

»Ich bin so maßlos enttäuscht von dir. Was soll ich nur mit dir machen?«

Erst jetzt zieht Sandman seinen Arm hinter dem Rücken hervor. In der Hand hält er eine Harpune. Targa hat sie selbst vom Paketdienst entgegengenommen.

»Diese Harpune ist für kleine Fische geeignet. Sie besitzt nur eine geringe Durchschlagskraft«, sagt er und blickt versonnen ins Leere. »Du bist ein kleiner Fisch. Hast Angst vor deinem wahren Ich. Verdrängst jeden Gedanken, der dich in unbekannte Gebiete führt.« Sandman verstummt.

Targa spannt alle Muskeln ihres Körpers an. Sie will die winzige Chance nutzen. Doch die Feder mit dem Pfeil ist gespannt, und Sandmans Zeigefinger spielt mit dem Abzug.

»Willst du mich etwa damit töten?« *Noch lebe ich*, denkt sie. »Es wäre ein banaler Mord. Mein Tod würde dir keine Befriedigung verschaffen, das weißt du.«

»Vielleicht doch.« Sandman zuckt müde mit der Schulter und krümmt den Zeigefinger.

Als er abdrückt, springt sie auf ihn zu. Sie will ihm die Harpune aus der Hand schlagen, doch sie ist zu langsam. Der Pfeil trifft sie. Targa taumelt zurück und knallt gegen den Bus. Krallt sich am Seitenspiegel fest. Hund jault und winselt, kratzt immer heftiger an der Tür. Noch einmal versucht sie sich aufzurichten, doch ihre Beine gehorchen ihr nicht mehr. Langsam rutscht sie an der Seite des VW-Busses nach unten, sinkt mit dem Kopf auf die modrige Bastmatte. Das Raubtier hat die Jägerin besiegt, denkt sie noch. Langsam versinkt sie in der Stille, und die Nacht bricht über sie herein.

17

Carlos Schmidt lehnt an der unverputzten Wand eines Fabriklofts im Osten von Berlin. Die Schmerzen in seinem Unterleib sind zu einem ständigen Begleiter geworden. Er fühlt sich wie ein asketischer Mönch, der auf einer Welle des Leidens in eine höhere Bewusstseinsstufe reitet. Doch was er sucht, ist nicht die Erleuchtung. Er will nur den Besitzer einer IP-Adresse herausfinden. Der bärtige Mann in schwarzer Kleidung neben ihm bedient gleichzeitig mehrere Computer, die vor ihm auf einem breiten Arbeitstisch stehen.

»Wie lange dauert das denn, Ike?«, fragt Schmidt und sieht dem jungen Mann über die Schulter. Er stützt sich schwer auf einen Stock mit einem Totenkopfknauf, den er auf dem Trödelmarkt an der Straße des 17. Juni erstanden hat.

»Das braucht eben Zeit, Mann.«

Ike ist Mitglied der Hackergruppe Anonymous, die sich zum Ziel gesetzt hat, Missstände in Regierungen und Konzernen an die Öffentlichkeit zu bringen. Vor wenigen Minuten ist Schmidt ihm das erste Mal begegnet. Ikes älteren Bruder Joe hat er vor vielen Jahren im Knast kennengelernt. Wegen einer Cyberattacke auf die Deutsche Bank war er zu fünf Jahren verurteilt worden. Doch als Joes Zellenkumpan ermordet aufgefunden wurde, haben sie ihm weitere fünfundzwanzig Jahre aufgebrummt. Schmidt hat ihm immer geglaubt, dass er es nicht war und die Regierung damit dafür gesorgt hat, dass er das Gefängnis so schnell nicht mehr verlässt. Die Freundschaft der beiden war eng, bis Schmidt auf die Insel verlegt wurde. Der Kontakt ist jedoch nie völlig abgerissen, und so hat Joe ihn nun zu Ike geschickt. Er wird ihm helfen, Targa über ihre IP-Adresse ausfindig zu machen.

»Ich glaube, jetzt habe ich sie.«

Ikes Stimme reißt Schmidt aus seinen Gedanken.

»Wo ist sie?«, fragt er und beugt sich zu dem Bildschirm.

»Moment, Moment.« Ike hebt abwehrend die Hände. »Irgendwo in der Gegend um den Wannsee.«

»Kannst du das nicht genauer bestimmen?«, fragt Schmidt ungeduldig.

»Nein, ihr Computer ist im Augenblick nicht aktiv. Er läuft auf Stand-by. Das heißt, das Signal ist sehr schwach. Aber ich bin dran.«

Auf einem der anderen Bildschirme erscheint eine Karte von Berlin, die Ike so vergrößert, dass nur noch der Ausschnitt um den Wannsee übrig bleibt. Ein rotes Signal pulst in gleichförmigen Wellen über die Karte.

»Hier ist es.« Stolz deutet Ike auf einen roten Punkt. »Der Laptop befindet sich auf diesem Grundstück.«

»Können wir da noch näher ran?« Schmidt wischt sich den Schweiß von der Stirn. Seine Beine zittern. Er müsste sich eigentlich setzen, aber jetzt ist keine Zeit für Schwäche. Ächzend stützt er sich auf seinen Stock.

Auf dem Monitor taucht das Bild einer großen Villa auf.

»Ist das das Haus?«

»Ja, von diesem Grundstück wurde das letzte Signal gesendet und empfangen«, antwortet Ike und streicht sich über seinen langen sorgfältig getrimmten Bart.

»Gut gemacht.« Schmidt klopft ihm auf die Schulter.

Jetzt muss er sich beeilen. Seine Uhr tickt. Er nähert sich unerbittlich seinem Ende. Doch zuvor muss er Targa helfen. Der Mann, der aller Wahrscheinlichkeit nach ihr Vater ist, ist kein gewöhnlicher Banker. Ole hat sich mit dem Import von Drogen und Mädchen eine goldene Nase verdient. Mit dem vielen Geld hat er sich in die Berliner Gesellschaft eingekauft und über einen Strohmann eine eigene Bank gegründet. Jetzt gibt er sich als biederer Nadelstreifenbanker mit Frau und Kindern, aber im Grunde ist er noch immer derselbe Gangster wie früher. Ein brutaler Mann, der nicht zögern wird zu töten, wenn jemand aus seiner Vergangenheit auftaucht. Denn Ole versucht ein Problem nicht zu lösen, er schafft es schlichtweg aus der Welt. Nach allem, was Schmidt gehört hat, hat Ole das in den letzten Jahren schon mehrfach getan. Und er trägt die Schuld an Luisas und Yellas Tod. Doch Schmidt wird nicht zulassen, dass bald auch Targas Name auf dieser Liste steht.

18

Sandman trägt Targa in seinen Armen über die Wiese. Das Gebell von Hund ist in ein langgezogenes Winseln übergegangen. Es hat den Anschein, als wüsste er, welches Schicksal Targa erwartet. Als müsste er bereits jetzt um sie trauern. Doch noch ist es nicht so weit. Aus der Wunde, die der Harpunenpfeil in ihr Fleisch gerissen hat, fließt dunkles Blut. Es rinnt über Sandmans Arm. Tropft auf die Wiese. Fällt wie Tautropfen auf zitternde Grashalme. Hinterlässt eine blutige Spur bis in die Villa.

Sandman betritt den Salon. Targas Kopf hängt nach hinten. Das blonde Haar wippt sanft im Takt seiner Schritte. Wie eine Braut trägt er sie über die Schwelle. Targa ist seine Braut. Erschaffen im Angesicht des Todes.

Langsam schreitet er durch den Salon hinaus ins Foyer. Er bleibt vor der kahlen Wand stehen. Dort, wo früher der »Stille Ozean« seinen Platz hatte. Nur einige dünne Leinwandfetzen hängen noch weit oben. Doch in seiner Erinnerung ist das Bild vollkommen unbeschädigt. Das Blau ist noch immer kraftvoll und jeder Pinselstrich ein Manifest der Liebe. Targa hat sich geirrt. Sein Ozean der Erinnerung lässt sich nicht verbrennen.

Vorsichtig steigt er die Kellertreppe nach unten. Öffnet die Tür hinter dem Weinregal.

»Ist sie tot?« Eine krächzende Stimme. Leise, undeutlich, unterbrochen von lautem Röcheln.

Die feierliche Stimmung, in der er sich soeben noch befunden hat, verpufft. Sandman dreht sich zur Seite. In der Mitte des Raumes steht eine Frau. Anmutig wie eine Balletttänzerin balanciert sie auf den Zehenspitzen. Bewegt sich vor und zurück. Ihre Hände sind auf dem Rücken gefesselt. Die schwarzen Haare fallen strähnig auf ihre Schultern, ihr Gesicht ist tränenverquollen. Um den Hals hat sie einen dünnen Nylondraht, der über eine Rolle an der Decke führt und an der Wand befestigt ist. Die dünne Schnur schneidet wie ein Messer in ihren Hals. Die Haut ist bereits aufgerissen. Beginnt, leicht zu bluten.

»Bleiben Sie auf den Zehenspitzen, sonst stranguliert Sie der Draht, Rita«, sagt Sandman zu der Frau. »Er würde die Blutzufuhr zum Gehirn unterbrechen, aber Ihr Sterben würde sehr lange dauern.«

»Ist Targa tot?«, keucht Rita erneut.

»Sie ist nicht tot«, antwortet er. »Obwohl es besser für sie wäre.«

Schnell geht er zu der großen metallenen Röhre und legt Targa hinein. Rita sieht ihn mit schreckgeweiteten Augen an.

Sandman muss sich beeilen, denn Targa stöhnt bereits leise auf. Das Betäubungsmittel aus dem Harpunenpfeil ist nur von kurzer Wirkung. Beinahe zärtlich bindet er ihre Handgelenke mit den weichen Lederriemen an den Innenseiten der Röhre fest. Dann streicht er mit der Hand über ihren Körper. Verharrt auf ihrer Brust. Spürt den Schlag ihres Herzens.

Ihre Lider flattern. Plötzlich reißt Targa die Augen auf. Ihre Blicke treffen sich.

»Warum hast du mich verraten?«, fragt er sie noch einmal. »Es hätte alles so schön sein können. Du hast es kaputt gemacht.«

»Was hast du vor?«, fragt Targa mit schleppender Stimme.

»Das ist eine dumme Frage.« Sandman schüttelt nachsichtig den Kopf. »Und du weißt es bereits: Ich werde dich töten.«

Langsam richtet Targa den Kopf auf und sieht Rita, die noch immer auf Zehenspitzen dem Tode trotzt.

»Was tut sie hier?«

»Auch Rita wird sterben«, entgegnet Sandman mit gespieltem Bedauern.

»Rita wird dich nicht verraten.« Targa hebt erneut den Kopf. Sieht zu Rita, die verzweifelt versucht, die Strangulation hinauszuzögern.

»Wenn ich dir etwas bedeute, Falk. Dann lass sie frei.« Jedes Wort strengt Targa an. »Empfindest du denn nichts mehr für mich?«

»Doch, das tue ich. In meiner Erinnerung werden wir für immer zwei Jäger der Nacht bleiben. Wir erlegen unsere Beute. Bringen sie hierher. Betten sie in den Sarkophag. Lieben uns im Angesicht des Todes. Spüren die Wucht ihrer letzten Worte. Tauchen hinab in das Meer unserer geheimen Sehnsüchte. Dorthin, wo noch nie ein Mensch war. Wo kein Gedanke die Dunkelheit erhellt. Werden eins.« Während er spricht, schließt Sandman langsam den Deckel der Druckkammer.

»Wir können das alles noch immer gemeinsam erleben«, sagt Targa. »Lass Rita frei, und dann gehen wir auf die Jagd.«

»Nein.« Traurig schüttelt Sandman den Kopf. »Warum akzeptierst du dein Schicksal nicht?«

»Weil es nicht nur mein Schicksal ist, Falk. Es ist unser gemeinsames. Wenn ich sterbe, stirbt auch ein Teil von dir.«

Einen Moment hält Sandman inne. Es stirbt ein Teil von ihm. Doch mit Targas letzten Worten wird er wiedergeboren. Dann wird er sein Werk fortsetzen. Durch die Flüsse und Kanäle von Berlin werden noch Dutzende von Kähnen mit toten Mädchen treiben. Er wird nicht aufhören, bis er sein Werk vollendet hat. Bis er den Augenblick des Todes selbst erlebt.

»Ich erkläre dir, was dich erwartet«, sagt er ruhig. »Ich verringere gleich den Luftdruck. Bereits nach ein paar Minuten spürst du eine unheimliche Hitze in deinem Körper. Du verbrennst innerlich. Doch deine Fingerspitzen und Zehen sind ganz kalt. Dein Blut und dein Herz beginnen zu kochen. Dann ist es so weit. Der Moment, bevor du stirbst, ist gekommen.«

Sandman schließt den Deckel. Dreht an den seitlichen Rädern, um die Röhre luftdicht zu verschließen. Von außen ist nur noch Targas Gesicht zu sehen. Er beugt sich über sie.

»Du hast mich verraten. Aber du kannst deine Schuld wiedergutmachen. Schenke mir diesen einen Augenblick. Sage mir, was du empfindest, ehe du stirbst. Nur, wer den letzten Moment beherrscht, der beherrscht das Leben.«

19

Sie schwebt durch Raum und Zeit. Gerade noch liegt sie mit Yella vor der Klinik. Sekunden später sitzt sie als Kind in der S-Bahn auf der Fahrt ans Ende der Welt. Gleich darauf stoppt sie als junge Frau mit ihrem VW-Bus an einer staubigen Landstraße. An einen Müllcontainer ist ein großer struppiger Hund angeleint. Dann ist sie in Berlin. Angelt mit Matti an dem Teich beim Campingplatz. Sie essen den gegrillten Fisch.

Plötzlich wird die Luft wieder mehr. Targa keucht und atmet wie eine Ertrinkende. Das Feuer in ihrem Körper rast. Sie glüht. Klappert gleichzeitig mit den Zähnen. Der Schleier vor ihren Augen löst sich langsam. Noch nie hat sie ihr ganzes Leben so deutlich vor sich gesehen. Es ist grauenhaft und schön zugleich. Ein euphorisches Gefühl, das bald kippen wird. Sie hat die Berichte in der Gerichtsmedizin gelesen. Sie weiß, was sie erwartet.

»Man hat mich gezwungen, dieses Spiel mitzuspielen«, redet sie gegen das Bullauge an. Sandman kann jedes Wort hören. Sie will Zeit gewinnen. Will überleben. »Innerlich war ich schon lange auf deiner Seite. Doch ich musste mich verstellen. Glaub mir, mein wahres Ich ist ein anderes. Es ist wie du.«

Wie viele Minuten bleiben ihr noch? Und was kommt

dann? Wird der Tod kalt und traurig sein? Heiß und berauschend? Bald wird sie es wissen.

»Hörst du mich? Ich bin es, ich bin deine Jägerin der Nacht.«

Warum antwortet Sandman nicht? Steht er bei Rita? Lauscht er Ritas letzten Worten? Hängt sie bereits tot von der Decke? So wie Matti?

Ihr Überlebenswille facht auf. Groß und mächtig. Sie muss weiterleben. Für Yella. Mit wem soll Yella sonst sprechen? Wer soll für Hund sorgen? Das kann nur sie sein. Sie darf nicht in dieser Röhre ersticken.

»Kannst du mich hören?«, ruft sie. »Ich will für dich töten. Warum glaubst du mir nicht?«

Targa holt tief Atem. Will die kostbare Luft in ihren Lungen speichern. Will nicht wieder zurücksinken in das Dunkel.

»Warum sollte ich dir jetzt vertrauen?«, hört sie plötzlich Sandmans Stimme. »Du hast mich belogen.«

Sie spürt, wie die Luft langsam wieder weniger wird. Er spielt mit ihr. Mit der Panik, die über sie hereinbrechen wird. Hektisch öffnet sie den Mund. Atmet den wenigen Sauerstoff ein, der ihr noch bleibt. Spürt plötzlich ein Brennen in den Unterschenkeln. Ihre Waden verkrampfen sich. Ihre Beine beginnen zu zittern. Die Muskeln verhärten immer mehr, beginnen zu zucken. Ihr ganzer Körper wird durchgeschüttelt. Sie kann nichts dagegen tun.

»Warte«, keucht sie angestrengt. »Ich muss dir etwas gestehen.«

Sandmans Gesicht taucht vor dem Bullauge auf. Seine Miene ist unergründlich.

»Was willst du mir gestehen?«

»Meine wahren Gefühle.«

»Sprich weiter«, antwortet er kühl.

»Ich habe dich vom ersten Moment an begehrt.«

Sandman zögert kurz. Targa spürt, wie Luft in die Röhre strömt. Sie hat einen Aufschub erreicht. Jetzt darf sie keinen Fehler machen.

»Wie sehr liebst du mich?«, fragt er plötzlich.

Targa überlegt, denn sie weiß, dass in diesem Augenblick alles auf dem Spiel steht.

»Ich liebe dich so sehr, dass ich jedes Mädchen in Berlin für dich töten würde.«

»Du kannst nicht lieben.« Sandmans Gesicht ist nun ganz nahe über ihr. Nur die Glasscheibe des Bullauges trennt sie. »Ich sehe es in deinen Augen. Du lügst.«

Sie schließt die Lider. »Stimmt. Ich habe gelogen.«

»Dann stirbst du jetzt.«

20

Carlos Schmidt stößt mit seinem Gehstock das Gartentor des prächtigen Anwesens auf. Er steht vor der Villa, die ihm Ike auf seinem Computer gezeigt hat. Mühsam schleppt er sich die Stufen hoch und rüttelt an der Eingangstür. Doch sie ist verschlossen. Langsam steigt er wieder hinab und geht über die Wiese hinter das Haus. Er sieht den weißen VW-Bus, von dem Targa ihm erzählt hat. Hier wirkt er wie ein Fremdkörper.

Als Schmidt näherkommt, bemerkt er eine schwere Kette, mit der die Türen des Busses versperrt sind. An der Seitenwand ist ein dunkler Fleck zu sehen. Schmidt tippt mit dem Finger darauf. Kein Zweifel, es ist Blut. Drinnen beginnt ein Hund zu bellen und an der Tür zu kratzen. Targa hat ihren Hund manchmal erwähnt. Sie war immer kühl und rational, doch in diesen Augenblicken hat er ganz deutlich die Zuneigung in ihren Augen gesehen.

»Targa? Bist du da drinnen?«, ruft Schmidt. Keine Antwort, nur der Hund bellt.

Instinktiv greift er in die Tasche seiner Jacke. Zieht die Makarow heraus. Ist Targa auch in dem Bus gefangen? Ist er zu spät gekommen?

Er tritt einen Schritt zurück und feuert mit der Pistole auf das massive Schloss, das sofort aufspringt. Er löst die Kette und schiebt die Seitentür auf. Ein großer Hund springt an ihm vorbei und läuft sofort auf die Villa zu. Schmidt steigt in den Bus. Er erkennt die Bücher auf dem Bord. Das blaue Buch immer am Ende. Aber keine Spur von Targa.

Draußen im Gras entdeckt er noch mehr Blut. Eine feine Spur. Sie führt direkt zur Villa. Schmidt geht schneller. Das Ziehen und Stechen in seinem Inneren ist zu einer peinigenden Sinfonie angeschwollen. Sein Morphium ist aufgebraucht. Aber so kann er wenigstens klar denken.

Der Hund läuft auf der Terrasse auf und ab, kratzt immer wieder wie besessen an den großen Glastüren.

»Was ist los?«, fragt Schmidt. Doch der Hund reagiert nicht.

Schmidt reißt eine Tür auf. Sie ist nicht verschlossen. Das Tier rast durch einen sparsam möblierten Salon. Verschwindet in einer großen Halle. Schmidt hinkt hinterher. An einer großen kahlen Wand baumelt an Drähten der obere Teil eines Bilderrahmens. Der Hund winselt und jault. Kratzt an einer unauffälligen Holztür. Auf dem Boden entdeckt Schmidt auch hier Blutstropfen.

»Sei still«, befiehlt er. Dann fällt ihm ein, dass Targa erzählt hat, der Hund sei taub. Schmidt gibt ihm mit der Hand ein Zeichen. Gehorsam setzt der Hund sich und hört auf zu bellen. Schmidt nimmt ihn vorsichtig am Halsband und sperrt ihn in die Küche.

Er geht zurück zu der Holztür und öffnet sie behutsam. Eine Treppe führt nach unten. Er drückt auf einen Lichtschalter und hält die Makarow schussbereit in der Hand. Kurz darauf steht er in einem Weinkeller. Er ist allein, doch eines der Regale steht in einem merkwürdigen Winkel zur

Wand. Leise und Schritt für Schritt schiebt sich Schmidt an dem Regal entlang. Dahinter führt eine versteckte Tür in einen hohen fensterlosen Raum.

In der Mitte des Raumes steht eine lange Röhre aus Aluminium. Es ist eine Dekompressionsmaschine, wie Schmidt sie aus seiner Zeit bei der Marine kennt. Ein Generator brummt leise.

Neben der Röhre steht mit dem Rücken zu Schmidt ein Mann. Er trägt schwarze Jeans und ein schwarzes T-Shirt. Jetzt beugt er sich über die Röhre.

»Du kannst nicht lieben. Ich sehe es in deinen Augen. Du lügst«, sagt der Mann enttäuscht.

»Stimmt. Ich habe gelogen.«

Das ist Targas Stimme. Wo ist sie? In der Dekompressionskammer? Schmidt packt die Makarow fester. Ein plötzliches Übelkeitsgefühl treibt ihm die Tränen in die Augen. Es ist, als würden viele kleine Tiere in seine Eingeweide beißen.

»Bald werden die Adern in deinen Augen platzen. Du wirst erblinden«, hört er den Mann. Schmidt sieht, wie er einen Hebel nach unten drückt. Ein leises Zischen ist zu hören.

Vorsichtig schiebt Schmidt sich ganz in den Raum. Er will seinen Stock zu Boden legen, doch in diesem Moment durchzuckt ihn ein gewaltiger Schmerz, der ihm für eine Sekunde alle Sinne raubt.

Der Totenkopfknauf klappert auf den Beton. Der Mann an der Maschine hört das Geräusch und dreht sich zu ihm um. Sein Gesicht verzerrt sich, und er rennt auf Schmidt zu.

Geistesgegenwärtig packt er die Makarow und feuert. Doch der Kerl ist bereits bei ihm. Er ist stark und durchtrainiert. Dem hat Schmidt nichts entgegenzusetzen. Mühelos packt er Schmidt an den Schultern und wirft ihn zu Boden. Die Makarow fällt aus seiner Hand. Der Mann springt auf ihn und drückt ihm mit beiden Händen die Kehle zu. Schmidt mobilisiert alle seine verbliebenen Kräfte. Er kann die Hände wegdrücken und sich zur Seite rollen. Der Mann versetzt ihm einen Faustschlag ins Gesicht. Schmidt kann die Waffe greifen und feuert. Trifft. Der Mann knallt gegen die Wand. Dann robbt er zum Eingang und versucht sich an der Tür emporzuziehen. Schmidt feuert ein zweites Mal. Er fällt zu Boden und bleibt regungslos liegen.

Schmidts Herz rast. Er schleppt sich auf Knien zu der Dekompressionsröhre. Zieht sich daran hoch. Der Blick auf die Anzeige sagt ihm, dass Targa schon verdammt lange ohne Sauerstoff ist.

In kurzen Intervallen lässt er Luft in die Röhre. Am liebsten würde er sofort die Klappe öffnen, aber er muss sich Zeit lassen, es muss langsam gehen. Andernfalls bilden sich Gasblasen in ihren Blutgefäßen, und sie stirbt. Dann endlich kann er den Sauerstoffpegel auf ein normales Maß heben.

Er schiebt sich zum Bullauge. Öffnet es. Targa liegt mit offenem Mund in der Röhre. Ihre Augen sind blutunterlaufen. Sie rührt sich nicht. Schmidt schlägt ihr leicht auf die Wangen. Dann klappt er den Deckel der Röhre nach oben.

Targa beginnt zu husten.

Erleichtert atmet er aus.

»Was machst du hier?«, krächzt sie kaum verständlich.

»Ich helfe dir«, sagt Schmidt. Er öffnet die Lederbänder an ihren Handgelenken. »Er wollte dich umbringen.«

»Du hast deinen Besuch nicht angekündigt. Ich mag keine Überraschungen.« Sie räuspert sich. »Aber danke.«

»Schaffst du es, aus der Röhre zu steigen?«, fragt er. »Ich bin zu schwach, um dir dabei zu helfen.«

Targa nickt und klettert unter Schmerzen heraus. Schmidt stützt sie. Dann sackt sie auf dem Boden zusammen. Erbricht grüne Galle.

»Wo ist er?« Gierig schnappt sie nach Luft.

»Der ist wahrscheinlich tot«, sagt Schmidt. Er deutet auf den Mann, der hinter ihm reglos in der Tür auf dem Boden liegt. Nur seine Beine und eine Blutlache sind zu sehen.

»Das ist gut«, krächzt Targa. Doch in ihrem Gesichtsausdruck bemerkt Schmidt, dass sie nicht nur Erleichterung empfindet. »Wir müssen Rita befreien«, flüstert sie nun.

Erst jetzt nimmt Schmidt die Frau bewusst war, die im hinteren Teil des Raumes mit einem Draht um den Hals an der Decke hängt. Bisher hatte seine ganze Konzentration dem Mann und der metallenen Zelle in der Mitte des Zimmers gegolten.

»Ich kann nicht mehr.« Er ist am Ende seiner Kräfte. Er hält sich an der Röhre fest. Doch seine Beine gehorchen ihm nicht, und er rutscht zu Boden. Die Makarow fällt ihm aus der Hand. Er sieht, wie Targa mit unsicheren Schritten zu der Frau schwankt und ihr die Drahtschlinge über den Kopf zieht. Sofort sinkt auch sie zu Boden.

Dann kommt Targa zurück und setzt sich neben ihn.

»Mit mir ist alles in Ordnung«, flüstert er.

»Bist du verletzt?«, fragt Targa und bettet seinen Kopf in ihren Schoß.

»Es ist nur der Krebs.« Schmidt lächelt müde. »Ich habe mich an ihn gewöhnt.«

»Du musst durchhalten.« Sie beugt sich über ihn. Ihre

Augen sind von roten Adern durchzogen. Doch sie leuchten bereits wieder. Es sind die Augen ihrer Mutter.

»Warum bist du gekommen?«, fragt sie leise.

»Ich muss dich beschützen. Auf dich aufpassen. Wie ein Vater.«

»Aber du bist nicht mein Vater.«

»Nein. Ich wäre es gerne gewesen. Deine Mutter konnte ich nicht beschützen. Aber bei dir ist es mir hoffentlich geglückt.«

Ein Zucken geht durch seinen Körper. Noch einmal nimmt er alle seine Kräfte zusammen. »Targa, der Mann, den du suchst, ist gefährlich. Lass es gut sein. Vergiss den Namen, den ich dir genannt habe. Rache macht keinen Sinn.«

Dann sinkt sein Kopf langsam zur Seite.

Nur ein Wort geht ihm noch durch den Kopf: *Luisa*. Sekunden später ist er tot.

21

Die geheime Kammer ist ein fensterloser Raum. Nackt und kahl und kalt. Grauer Boden und graue Wände. Erbarmungsloses Neonlicht leuchtet von der hohen Decke. Strahlt auf das Zentrum des Raumes, in dem die Dekompressionskammer steht. Der Sarkophag, wie Sandman sie nennt. Dieser Raum ist die Hölle. Genau so wird Targa ihn beschreiben.

Sie hält Carlos Schmidt noch immer in ihren Armen. Auf seinem Gesicht liegt ein sanftes Lächeln. Es macht den Eindruck, als hätte er im Tod sein Glück gefunden.

Targa wirft einen Blick zur Seite. Rita liegt mit angezogenen Beinen auf dem Boden. Zusammengerollt wie ein Embryo. Sie wimmert leise und starrt mit glasigen Augen ins Leere. Die blutigen Kratzer im Gesicht und am Hals leuchten auf ihrer bleichen Haut. Sie steht unter Schock.

»Gleich ist ein Krankenwagen hier. Lundt ist unterwegs«, sagt Targa, obwohl das nicht stimmt. Lundt hat keine Ahnung, dass die Operation beinahe in einem Desaster geendet hätte. Doch sie haben überlebt. Und Sandman? Ist er tot?

Behutsam bettet Targa Schmidts Kopf auf den Boden. Sie steht schwankend auf. Die Verletzung an ihrer Schulter beginnt wieder zu schmerzen. Ihr blutiges T-Shirt klebt auf der Wunde. Ihre Gliedmaßen zittern. Sie muss zu Sandman. Muss mit eigenen Augen sehen, dass er tot ist.

Sie geht zur Tür. Sandman brach mitten im Eingang zusammen. Robbte vielleicht noch ein Stück nach vorne in den Weinkeller. Blieb dann liegen und starb.

Doch jetzt ist er weg.

Auf dem Boden nur noch ein großer Blutfleck.

Carlos Schmidt hat sich geirrt. Sandman ist nicht tot. Er ist noch am Leben. Und er ist so gefährlich wie ein verwundetes Raubtier.

Schlagartig erwacht die Jägerin in Targa. Sie läuft zurück in die geheime Kammer und nimmt Schmidts Pistole. Überprüft das Magazin und lädt die Waffe durch. Dann geht sie langsam in den Weinkeller. Steigt vorsichtig die Kellertreppe nach oben. Als sie hinter sich ein Geräusch hört, wirbelt sie mit der Pistole im Anschlag herum. Doch es ist nur Rita, die laut aufstöhnt.

Targa öffnet die Tür zur Halle. Huscht nach draußen und sieht sich schnell um. Doch auch hier ist er nicht. Nur ein weiterer großer Blutfleck auf dem Boden. Ein Hund jault. Targa schreckt auf und öffnet die Küchentür. Hund springt an ihr hoch und leckt ihr über das Gesicht. Winselt vor Freude. Seine bedingungslose Liebe gibt Targa neue Kraft. Sie gibt ihm ein Zeichen. Gehorsam legt er sich auf den Boden.

Jetzt muss sie Lundt alarmieren. Schnell.

»Ich brauche ein Telefon«, sagt sie leise zu sich selbst. Suchend geht sie durch die Halle und betritt den Salon. Auf einem Sideboard steht ein schnurloses Telefon. Daneben das Bild von Liv Streeter. Der Frau, die den Weltrekord im Freitauchen hält. Der Frau, die den »Stillen Ozean« gemalt hat. Und die einen Tauchgang mit dem Leben bezahlt hat.

Sie wählt Lundts Nummer.

»Wir brauchen sofort das Einsatzkommando in der Villa«, sagt sie, ohne zu zögern, als Lundt sich meldet.

»Ist schon unterwegs«, lautet seine lapidare Antwort.

»Wie das?«, fragt Targa verblüfft. »Wer hat das veranlasst?«

»Das war ich.«

»Warum? Wo bist du?«, stottert sie.

»Ich stehe vor der Villa«, antwortet Lundt. »Bin gleich bei dir.«

»Wie kommst du hierher?«, fragt Targa verwundert nach.

»Rita war einen Tag lang verschwunden. Wir haben ihr Handysignal geortet«, informiert Lundt sie. »Pierre hat bemerkt, dass es konstant aus der Villa kommt, und hat den Alarm ausgelöst. Ist alles in Ordnung mit Rita? Ist sie bei dir?«, fragt er besorgt.

»Sie ist so weit okay«, antwortet Targa knapp. »Sie hat einen Schock.«

»Was ist mit Sandman?«, fragt Lundt weiter.

»Er ist uns entwischt. Aber er ist verletzt. Es gab einen Schusswechsel.«

»Du hast auf ihn geschossen?«, hakt er nach.

»Nicht ich. Jemand anderes«, antwortet sie ausweichend. »Aber dieser Jemand ist tot.«

»Was redest du da? Bleib, wo du bist, wir kommen gleich rein. Keine Alleingänge. Das Einsatzkommando müsste jeden Moment eintreffen. Hast du mich -«

Plötzlich bricht die Verbindung ab. Aus dem Telefon ist nur noch Knacken und Rauschen zu hören.

»Lundt?«

Wieder nur ein lautes Knirschen. Dann Schritte.

»Lundt?«, fragt sie erneut.

»Der ist im Augenblick verhindert«, tönt mit einem Mal Sandmans Stimme aus der Leitung. Zynisch und selbstbewusst wie immer.

»Du hast keine Chance«, zischt sie in das Telefon. »Gleich wimmelt es hier vor Polizisten.«

»Die interessieren mich nicht. Ich interessiere mich nur für dich. Es ist noch nicht vorbei, Targa.«

22

Das Handydisplay an seinem Ohr beleuchtet das graue Gesicht des Mannes. Er geht schnell über die gekieste Einfahrt der Villa und telefoniert aufgeregt. Im letzten Moment bemerkt Sandman ihn. Er duckt sich zwischen die Zierbüsche neben dem Fuß der Treppe. Zwei Kugeln haben ihn getroffen. Zum Glück sind es nur Streifschüsse in den Oberarm und in die Hüfte. Die Schusswunden schmerzen und bluten etwas, aber jetzt ist keine Zeit, sie zu verbinden.

»Was redest du da? Bleib, wo du bist, wir kommen gleich rein. Keine Alleingänge. Das Einsatzkommando müsste jeden Moment eintreffen. Hast du mich -«

Plötzlich lässt der Mann das Handy sinken und sieht zu den Zierbüschen. Er geht einen Schritt auf sie zu, fährt mit der Hand in sein Sakko und zieht eine Pistole hervor. Sandman greift nach dem Tauchmesser mit der gezackten Klinge. Es ist das Tauchmesser von Liv, der Malerin. Es bringt ihm Glück. Der Mann starrt in seine Richtung, doch er hat ihn noch nicht entdeckt.

»Lundt?« Eine fragende Stimme tönt aus dem Handy. Der Polizist blickt auf das Display. Er ist abgelenkt.

Mit einem schnellen Schritt hat Sandman ihn erreicht und sticht wortlos zu, ehe der Mann reagieren kann. Die Klinge trifft seinen Bauch. Mit einem leisen Stöhnen sinkt er zusammen. Aus dem Handy ist noch einmal Targas Stimme zu hören.

»Lundt?«

Sandman greift nach dem Telefon. »Der ist im Augenblick verhindert.«

»Du hast keine Chance. Gleich wimmelt es hier von Polizisten.« Targas Stimme ist eisig. Unerschrocken. Sie ist die perfekte Jägerin.

»Die interessieren mich nicht. Ich interessiere mich nur für dich. Es ist noch nicht vorbei, Targa.«

Der Mann liegt im Schatten der Ziersträucher auf dem Kies. Von der Treppe aus ist er nur schwer zu entdecken. Sein Atem geht stoßweise, und er hält sich beide Hände über den Bauch.

»Sagen Sie Targa, dass ich hier auf sie warte.« Sandman beugt sich über den Mann und legt das Handy neben ihn. »Ich habe die Koordinaten eingespeichert.«

Dann zieht er ein zweites Handy aus seiner Tasche.

»Wo bleibst du? Ich warte.« Sandman legt auf, bückt sich und nimmt dem Mann die Pistole aus der Hand. Dieser keucht und will etwas sagen. Aus seinem Mund gurgelt Blut. Er hebt die Hand von seiner Wunde und streckt sie Sandman entgegen. Das Blut tropft von seinen Fingern auf den weißen Kies.

»Pressen Sie beide Hände fest auf Ihren Bauch«, sagt Sandman mitleidlos. »Sonst quellen die Gedärme heraus.«

Gebückt huscht er über die gekieste Einfahrt. Schwer atmend lehnt er sich an das Tor. Ein Motor heult auf, einen Augenblick später hält ein Wagen mit quietschenden Reifen vor ihm. Die Beifahrertür wird aufgestoßen.

»Ich wusste, dass du wieder zu mir zurückgekrochen kommst«, sagt Cosima verächtlich.

Ächzend wuchtet Sandman sich auf den Beifahrersitz. Zieht die Tür zu. Wirft noch einen letzten Blick auf die Villa. Die er nie wiedersehen wird. Die sein Zuhause war.

In diesem Moment wird die Eingangstür aufgerissen. Auf der Treppe erscheint Targa. Angespannt späht sie in die Dunkelheit. Sie sieht das Auto und erkennt Sandman. Sofort stellt sie sich breitbeinig in Schussposition. Für den Bruchteil einer Sekunde findet er den Gedanken reizvoll, sich von Targa erschießen zu lassen. Aber nein, das wäre zu früh.

»Gib Gas«, sagt er stattdessen zu Cosima und duckt sich. Der Wagen schlingert über die Straße. Eine Kugel fetzt über das Dach. Das zweite Geschoss trifft das Rücklicht, das klirrend zersplittert. Dann fegt der Wagen davon und wird von der Dunkelheit verschluckt. Sandman lehnt sich zurück und sieht nach seinen Wunden. Sein T-Shirt ist mit Blut vollgesogen. Die Verletzungen scheinen schlimmer als angenommen.

Er weiß, dass die Jägerin seine Spur aufnehmen wird. Bald gibt es nur noch einen von ihnen. Sandman oder Targa.

23

Targa erschrickt, als sie das viele Blut sieht, das aus Lundts Bauch quillt. Kurz öffnet er die Augen und hebt seinen Arm. Seine blutige Hand glänzt im kalten Licht der Außenbeleuchtung, dann presst er sie wieder auf den Bauch. Auf seiner Brust liegt ein Handy.

»Du musst durchhalten«, flüstert sie und kniet sich neben ihn.

»Lass mich.« Lundts Stimme klingt matt. »Ich … ich schaffe das schon.« Das Sprechen kostet ihn viel Kraft, immer wieder hustet er und spuckt Blut. »Sandman hat dir Koordinaten zurückgelassen. Dort wirst du ihn finden. Beeile dich. Du musst ihn kriegen.« Er drückt Targa das Handy in die Hand.

»Ich kann dich doch jetzt nicht alleine lassen«, antwortet Targa. *Du darfst MICH nicht alleine lassen*, denkt sie gleichzeitig. *Was mache ich ohne dich? Niemand versteht mich so wie du. Ich brauche dich.*

»Worauf wartest du?« Lundt hustet, und ein dünner Blutfaden läuft aus seinem Mundwinkel. »Fahr ihm nach. Das Einsatzkommando instruiere ich.«

»Du bist schwer verletzt!«

»Und wenn schon.«

Lundt hat recht. Sie haben ein Ziel, und es nun aus den

Augen zu verlieren, würde ihm auch nicht helfen. Ihrem Ziel muss Targa alles unterordnen. Das ist ihr Job. Und Sandman hat Menschen, die ihr etwas bedeuten, auf dem Gewissen. Doch sie ahnt bereits, dass das Einsatzkommando ihr nicht nützen wird. Sie soll ihm allein gegenübertreten, ohne Unterstützung. Das ist es, was Sandman will. Dass nur noch sie beide übrig bleiben.

Sie winkt Hund, der am Absatz der Treppe steht, und läuft zu ihrem VW-Bus. Das Handy legt sie auf den Beifahrersitz und startet das darauf installierte Navigationssystem, in dem Sandman das Ziel bereits eingegeben hat. Sie hat keine Eile, denn sie ist sich sicher, dass er auf sie warten wird. Das gleichförmige Brummen des Motors bestärkt Targa, dass es an der Zeit ist, diesen Platz für immer zu verlassen.

Ein letztes Mal kurbelt sie das Fenster herunter, betrachtet die Villa, deren Umrisse sich schwarz vor den zuckenden Blaulichtern der eintreffenden Einsatzfahrzeuge abheben.

Wir machen noch einen kurzen Zwischenstopp. Bald ist alles vorbei, Yella.

24

Die Finsternis zieht an ihm vorbei, aber diesmal weiß er nicht, ob er das Ende der Nacht noch erleben wird.

»Du willst sicher eine Erklärung von mir«, sagt er zu Cosima, während sie mit dem Roadster über eine lange Allee Richtung Berlin fegen.

»Nicht nötig. Ich bin doch nicht dumm«, entgegnet sie kurz angebunden. Ein Krankenwagen rast an ihnen vorbei. Dann mehrere Polizeifahrzeuge. Aus der Ferne hören sie das Geknatter eines Hubschraubers.

»Wohin fahren wir?«, fragt er, als sie eine Kreuzung passieren. »Hier hätten wir abbiegen müssen.«

»Ich bringe dich in eine sichere Wohnung. Dann sehen wir weiter.«

»Das geht nicht. Ich muss zu dem Anlegeplatz in Friedrichshain«, antwortet Sandman bestimmt. »Dort habe ich eine Verabredung.«

»Du willst zu den Holzbooten? Quält dich die Erinnerung?« Ein hochmütiges Lächeln huscht über ihre Lippen.

»Nein.«

Cosima schüttelt abschätzig den Kopf. »Da hat dein Vater ja einiges an dir verbrochen. Nach all den Jahren kannst du diesen einen Tag auf dem See noch immer nicht vergessen.«

Sandman ballt die Fäuste. Ärgert sich, dass er Cosima in

einer schwachen Stunde davon erzählt hat. »Mein Vater hat mich zu dem Menschen gemacht, der ich jetzt bin«, entgegnet er.

Doch mit dem versteckten Anlegeplatz verbindet er vor allem eines: Dort hat er zum ersten Mal ein totes Mädchen in ein Boot gelegt. Dort hat er die Furcht vor seinem Vater überwunden.

»Nein, mein Lieber«, widerspricht sie ihm. »Schieb nicht alles auf deinen Vater. Du hast schon als kleiner Junge Tiere gequält. Ich habe das mit eigenen Augen gesehen. Du warst schon immer böse.«

Cosima presst die Lippen aufeinander. Sie wirft einen Blick in den Rückspiegel. Dann tritt sie auf das Gaspedal. Der Motor heult auf. Ohne das Tempo zu verringern, biegt Cosima auf die Auffahrt zur Stadtautobahn. Der Sportwagen schlingert kurz, doch sie hat ihn schnell wieder unter Kontrolle.

»Hast du dich in diese Frau mit dem VW-Bus verliebt?«, fragt sie kurz darauf verächtlich.

»In einem anderen Leben wäre sie vielleicht meine Geliebte. In diesem Leben ist sie meine Gegnerin«, sagt Sandman kühl. Er lehnt den Kopf an die Seitenscheibe.

»Spar dir deine poetischen Ergüsse«, erwidert Cosima. »Du brauchst jetzt einen Arzt. Ich kenne jemanden, der keine Fragen stellt.«

»Ich will zuerst zu der Anlegestelle.«

»Damit bringst du auch mich in Gefahr.« Cosima wirft ihm einen besorgten Blick zu.

»Du kannst noch immer anhalten, ich steige aus, und niemand wird je erfahren, dass du mir geholfen hast«, antwortet er.

Cosima schüttelt den Kopf.

»Dann ist das also unser letztes Rollenspiel«, murmelt sie, nachdem Sandman seinen Plan erläutert hat.

»Richtig. Und jetzt fahr zu den Booten.«

Sandman betrachtet Cosima von der Seite. Sie hat ihr schwarzes Haar hinter das Ohr geklemmt. So kommt ihr Profil besser zur Geltung. Sie ist eine schöne und erfolgreiche Frau, denkt Sandman. Trotzdem ist sie in einer dunklen Welt gefangen, aus der es für sie kein Entrinnen gibt. Ohne ihn ist Cosimas Leben leer, das spürt er.

»Du hast es immer gewusst. Dass ich der gesuchte Killer bin. Stimmt's?«, fragt Sandman ganz direkt.

Cosima umfasst das Lenkrad fest mit beiden Händen. Ihre Knöchel treten weiß hervor, als sie sich zu Sandman dreht.

»Sicher wusste ich es. Ein Wahnsinnskick. Den konntest nur du mir bieten.«

25

Die Bootsanlegestelle in Friedrichshain liegt hinter einem verlassenen Fabrikgelände. Targa fährt mit ihrem Bus an einer aus roten Backsteinziegeln erbauten Werkshalle entlang, bis sie den Parkplatz erreicht. Das schummrige Licht einer einzelnen Straßenlaterne streicht sanft über verwaiste Biertische und hochgeklappte Bänke. Die Bretterbude des Bootsverleihs ist verschlossen, der Fensterladen zugeklappt. Die hölzernen Zillen liegen aufeinandergestapelt am Flussufer. Vom Parkplatz aus wirken sie wie große schwarze Speere.

Vor dem Bootsverleih steht der weiße BMW. Die Türen sind offen, doch es ist niemand zu sehen. Mit der Pistole im Anschlag geht Targa am Rand des Lichtkegels hinunter zum Fluss. Sie kann niemanden entdecken.

»Wo bist du, Falk?«, ruft sie in die Finsternis hinein. Das leise Plätschern des Wassers ist die einzige Antwort.

Plötzlich hört sie ein lautes Klatschen. Dann noch einmal. Als würden Steine in den Fluss geworfen. Schnell dreht sie sich in die Richtung, aus der das Geräusch kommt.

»Lass diese Spielchen! Die Polizei weiß, dass du hier bist. Selbst wenn du dich in ein Boot traust, wirst du damit nicht entkommen.« Während sie redet, hört sie bereits die Sirene der Einsatzfahrzeuge, die sich rasch nähern. Mit rotierendem

Blaulicht kommt der erste Wagen auf dem Parkplatz zu stehen.

»Verschwinden Sie! Das Einsatzkommando ist bereits in Position«, ruft der schwer bewaffnete Einsatzleiter in Schutzkleidung Targa zu.

»Wie geht es Lundt?«, fragt sie, als sie neben ihm steht. »Kommt er durch?«

»Er ist schon im Krankenhaus und wird operiert. Mehr weiß ich auch nicht. Und jetzt weg.«

Targa geht einen Schritt zur Seite. Da sieht sie einen Schatten neben dem Kassenhäuschen des Bootsverleihs. Es ist Sandman.

Langsam tritt er aus der Dunkelheit. Er ist nicht allein, sondern schiebt eine Frau in einem eleganten Kostüm vor sich her. Als beide in den Lichtkegel eines Polizeischeinwerfers treten, erkennt Targa sie. Es ist Cosima von Webern, die Leiterin der Oberstaatsanwaltschaft. Jene Frau, mit der sich Sandman an dem Tag getroffen hat, als Targa Nadine für ihn töten sollte. Doch diesmal ist Cosima nicht freiwillig an seiner Seite. Sandman hält ihr eine Pistole an die Schläfe.

»Schick die Polizei weg, Targa«, befiehlt Sandman und drückt die Waffe stärker an ihre Schläfe. »Sonst töte ich die Oberstaatsanwältin.«

Targa sieht sich um. Auf dem Dach der Lagerhalle in Sandmans Rücken kann sie Scharfschützen erkennen, die nur darauf warten, einen tödlichen Schuss abzugeben. Inzwischen sind noch mehr Streifenwagen auf dem Gelände eingetroffen. Sie blockieren die Zufahrten. Sandman sitzt in der Falle.

»Hier kommst du nicht lebend heraus«, ruft Targa ihm zu. »Ergib dich. Du hast dieses Spiel verloren, Falk.«

»Ich wiederhole mich nur ungern.« Sandmans Stimme klingt beherrscht und überlegen. »Wenn die Polizei nicht abzieht, bekommt die attraktive Frau Oberstaatsanwältin eine Kugel in den Kopf.«

Targa wirft dem Einsatzleiter einen fragenden Blick zu. Er zögert kurz und nickt dann. Sie hebt die Hände, lässt die Makarow am Abzugsbügel um den Finger hängen.

»Also gut. Wir ziehen uns zurück«, sagt sie und will sich umdrehen.

»Du nicht!«, hört sie sofort Sandmans Stimme.

Targa ist kein bisschen überrascht. Sie spürt noch immer das unsichtbare Band, das sie mit ihm verbindet, und er spürt es auch.

»Ich bleibe nur, wenn du die Frau freilässt«, sagt Targa und tritt in den Lichtkegel. »Also, was ist?«, fordert sie ihn heraus, als er nicht antwortet. »Nimm mich stattdessen als Geisel. Aber ihr wird kein Haar gekrümmt.«

»Leg deine Waffe auf den Boden«, befiehlt er ihr. »Dann zieh eines der Boote ins Wasser. Und leg dich hinein. Verhalte dich wie ein totes Mädchen.« Er lächelt selbstsicher.

»Ich weiß nicht, wie sich ein totes Mädchen verhält.«

»Du kannst doch gut schauspielern. Das wissen wir beide«, entgegnet Sandman.

»Nein. Ich habe dir nie etwas vorgespielt. Ich war immer ich.«

»Umso besser. Wenn du im Boot liegst, lasse ich sie gehen.«

Vorsichtig legt Targa die Waffe auf den Boden. Die Scheinwerfer erlöschen, und die Polizisten steigen in ihre Einsatzfahrzeuge. Jetzt ist sie ganz auf sich alleine gestellt. Mit erhobenen Händen geht sie zum Ufer. Als sie eine der langen

Holzzillen ins Wasser zieht, pocht die Wunde der Harpune in ihrer Schulter und beginnt wieder zu bluten.

Sandman folgt ihr langsam. Noch immer hält er die Pistole an den Kopf der Oberstaatsanwältin.

Targa watet ins Wasser und schwingt sich ins Boot. Sandman folgt ihr mit Cosima.

»Auf den Boden«, befiehlt er leise.

Targa gehorcht und legt sich auf den Rücken. Sie faltet die Hände vor der Brust und schließt die Augen. Wie ein totes Mädchen. Hört, wie Sandman ächzend ins schwankende Boot klettert und dabei murmelt: »Ich schaffe das.«

»Was ist mit mir?«, fragt die Oberstaatsanwältin.

»Verschwinde!«, fährt er sie an.

Das Boot treibt langsam vom Ufer weg. Targa öffnet die Augen. Sandman sitzt im Heck und zielt mit der Pistole auf sie. Er scheint keine Angst mehr zu verspüren. Von der Panik, die ihn das letzte Mal befallen hat, ist nichts zu erkennen. Ein Hubschrauber kreist über ihnen.

»Jetzt beginnen wir unsere Reise ins Herz der Finsternis«, sagt Sandman. »Schon bald werden wir im gleißenden Licht der Scheinwerfer sterben.«

Noch immer richtet er die Waffe auf sie. Doch seine Hand zittert leicht. Das schmale Brett, auf dem er sitzt, ist blutig. Als er sich mit der anderen Hand an die Seite greift, zuckt er vor Schmerz zusammen.

Er ist schwer verletzt, denkt Targa. Doch das macht ihn nicht weniger gefährlich. Er ist unberechenbar.

Vorsichtig steht Sandman auf, das Boot schwankt unter seinen Bewegungen hin und her. Er macht einen Schritt auf Targa zu.

»Wir hatten so viel gemeinsam«, sagt er und lächelt.

Mit einem Mal fühlt sich Targa an jenen Tag zurückversetzt, als sie Sandman das erste Mal gegenübertrat. Es war dieses geheimnisvolle Lächeln, das ihr Herz zum Schlagen brachte. Es war dieses Gefühl, dass sie mit ihm einen gesetzlosen Raum betreten würde. In eine Welt eintauchen könnte, in der es keine Moral und keine Tabus gab. Keine Zwänge. Nur sie und ihn.

»Wir sind uns ähnlich. Aber ich war niemals wie du«, antwortet Targa und stemmt sich innerlich gegen die Anziehungskraft, die noch immer von Sandman ausgeht. »Was hast du jetzt vor? Du weißt, dass du niemals davonkommen wirst. Warum stellst du dich nicht?«

»Sehe ich aus wie jemand, der aufgibt?« Sandman verzieht angewidert den Mund. Dann blickt er nachdenklich in den dunklen Himmel. »Seit ich weiß, dass du mich hintergangen hast, habe ich gedacht, dass am Ende einer von uns beiden sterben wird. Entweder du oder ich. Aber das war ein Irrtum.« Er spannt den Hahn der Pistole. »In Wirklichkeit sterben wir beide.«

26

Sandman beobachtet den kreisenden Hubschrauber über ihnen, dessen greller Scheinwerfer das Boot immer wieder in weißes Licht taucht.

Er befindet sich in einem kleinen, schwankenden Boot mitten auf der Spree. Noch heute Morgen hätte ihm allein der Gedanke daran den Schweiß auf die Stirn getrieben, und doch fühlt er sich nun mit einem Mal seltsam frei. Sogar die Gedanken an seinen Vater sind verschwunden. Ob das an Targas Nähe liegt?

Targa liegt noch immer regungslos am Boden der schmalen Zille und hat die Hände vor der Brust gefaltet. Die offenen Haare umrahmen ihr Gesicht. Ihre Augen sind wieder geschlossen.

Das Boot treibt am East-Side-Park entlang. Am Ufer stehen einige Streifenwagen, deren rotierende Blaulichter die Szenerie erhellen. Sandman hört abgehackte Sätze und Wortfetzen, als die Polizisten laut in ihre Funkgeräte sprechen. Doch hier ist es ganz still. Das schmale Boot schwankt, aber das stört ihn nicht. Er kniet sich neben Targa und hält ihr die Waffe an die Schläfe.

»Ich könnte dich einfach erschießen«, sagt er leise. »Dann springe ich ins Wasser und verschwinde.«

»Das schaffst du nicht.« Targa öffnet die Augen.

»Vergiss nicht, ich bin Apnoetaucher. Ich kann lange unter Wasser bleiben. Man wird glauben, ich sei ertrunken. Meinen Verletzungen erlegen und untergegangen.«

»Was hättest du davon?«, fragt sie sachlich. »Du hast kein Haus mehr. Keinen geheimen Raum. Keinen Sarkophag. Du wirst ein gehetztes Leben führen und nie mehr zur Ruhe kommen.«

»Du hast recht«, meint er nachdenklich. »Da ist es besser zu sterben.« Er sucht ihren Blick. »Willst du mit mir sterben?« Sandman drückt den Lauf der Pistole fest gegen Targas Kopf. »Willst du mit mir sterben?«, wiederholt er.

Langsam dreht sie den Kopf in seine Richtung. Sieht ihn lange an. Eine blonde Haarsträhne fällt in ihr Gesicht, zerteilt es in zwei Hälften.

Eine Hälfte von ihr ist gut, die andere böse, denkt Sandman. *Welche wohl gerade die Oberhand hat?*

»Ja, ich will mit dir sterben«, sagt sie entschieden.

»Du lügst schon wieder.«

Sie blickt ihn fest an. »Du hast recht. Du durchschaust mich.«

Sandman richtet sich auf, hebt die Waffe und drückt ab. Die Kugel zischt neben Targas Kopf in das Boot, durchschlägt den Holzboden. Sofort dringt Wasser durch das Loch ein.

Der Helikopter kreist noch immer direkt über ihnen. Unter einer Brücke tauchen die Lichter eines Polizeibootes auf.

»Hier spricht die Polizei! Geben Sie auf! Legen Sie die Waffe zu Boden!«, tönt es aus einem Lautsprecher des Helikopters über ihnen. Blitzschnell dreht sich Sandman um, schießt mehrmals auf den Scheinwerfer, der mit einem Knall zerplatzt. Wie Kristalle rieseln die feinen Scherben über das Boot. Schlagartig ist alles dunkel. Nur die blinkenden Lichter der Einsatzfahrzeuge am Ufer tauchen die Spree in ein mystisch-blaues Leuchten.

Wieder zielt er auf Targa.

»Wir sterben zusammen! Du und ich, Targa, wir beide!«

Das Boot schwankt, und Sandman muss für einen Moment sein Gleichgewicht wiederfinden, um nicht ins Wasser zu stürzen. Doch plötzlich ist Targa auf den Beinen. Schlägt mit der Faust gegen die Wunde an seiner Seite. Mit schmerzverzerrtem Gesicht geht Sandman in die Knie.

»Du irrst dich. Wir sterben nicht gemeinsam!«, hört er ihre Stimme.

Sandman mobilisiert seine letzten Kräfte. Er verpasst ihr einen Fußtritt, der sie über Bord wirft. Sofort springt er ihr hinterher. Das Wasser klatscht über seinem Kopf zusammen. Er sieht ihre Umrisse vor sich, sie schwimmt auf das Ufer zu. Aber im Wasser hat sie gegen ihn keine Chance. Er blendet die Schmerzen aus, taucht auf und krault los. Schon hat er sie eingeholt und drückt mit der Hand ihren Kopf unter Wasser. Sie versucht sich zu wehren, aber Sandman kann ihren Schlägen geschickt ausweichen. Er packt sie an den Trägern ihrer Latzhose und taucht nach unten. Zieht sie tief und immer tiefer auf den Grund hinunter.

Von allen Seiten flammen Scheinwerfer auf. Ihre Lichtspuren huschen über das Wasser und durchbrechen die Oberfläche. Sandman dreht sich zu Targa. Sie hat die Augen weit aufgerissen. Feine Luftblasen steigen aus ihren Mundwinkeln nach oben. Er spürt, wie sich sein Pulsschlag verlangsamt. Er ist voll konzentriert und doch völlig entspannt. Er weiß, wie lange sein Körper ohne Sauerstoff auskommen kann, und er ist geübt darin, ihn bis an diese Grenze zu treiben. In einem solchen Moment fühlt er sich unbesiegbar.

Anders Targa. Sie schwebt bereits schlaff neben ihm. Vorsichtig lässt er die Träger ihrer Hose los.

In diesem Augenblick schnellt Targas Hand nach vorn. Sie fährt ihm mit den Fingern in die Augen.

Erschrocken reißt Sandman den Mund auf und schluckt Wasser.

Mit zügigen Bewegungen schwimmt Targa an die Oberfläche. Schemenhaft sieht er ihre Umrisse einem Lichtkegel entgegentreiben.

Sandmans Kopf droht zu zerspringen. Wut kocht in ihm hoch, und er muss immer stärker gegen den Impuls ankämpfen, einfach aufzutauchen. Die Luft in seinen Lungen wird weniger. Dann hat Targa die Wasseroberfläche erreicht. Er schließt die Augen, rudert mit den Armen weiter nach unten. Dort findet er die Stille, die er braucht.

Plötzlich ist Targa wieder neben ihm. Zerrt ihn am Arm nach oben. Er will sich wehren, ist aber zu schwach. Seine Wunden pochen. Sein Kopf dröhnt immer lauter.

Gemeinsam erreichen sie die Wasseroberfläche. Ihr Boot ist bereits zur Hälfte vollgelaufen. Targa zerrt ihn mit dem Oberkörper hinein. Keuchend legt er den Kopf auf das Holz. In seinem Hosenbund spürt er die Pistole. Er hievt seine Beine in das sinkende Boot und greift nach der Waffe. Mit der Faust schlägt er nach Targa, die ihm die Pistole entreißen will.

Ächzend richtet er sich auf. Dann hebt er seinen Arm in Richtung des Ufers und feuert auf Blaulichter und schemenhafte Gestalten. Immer und immer wieder, bis das Magazin leer ist. Sofort wird zurückgeschossen. Eine Kugel trifft ihn an der Schulter. Dann noch eine am Hals. Mit verdutztem Blick greift er mit der Hand an die Einschussstelle. Blut sprudelt zwischen seinen Fingern hervor. Wieder trifft ihn eine Kugel. Diesmal in die Brust. Langsam sinkt er zusammen und kippt dann seitwärts über den Rand des Bootes zurück in die Spree.

Sandman spürt, wie der Fluss seinen Körper in die Tiefe zieht, doch Targa beugt sich über ihn und hält ihn an den Armen über Wasser. Er hustet Blut.

Langsam verschwindet der Schleier vor seinen Augen. Er blickt Targa lange an. Saugt einmal noch jede Nuance ihres Gesichts auf: die schön geschwungenen Brauen. Ihre hellen Gletscheraugen. Die fein modellierte Nase. Die trotzig aufgeworfenen Lippen.

»Sprich«, hört er Targas Stimme ganz nah an seinem Ohr. »Sag mir deine letzten Worte.«

Eine Welle schwappt über sein Gesicht. Das Wasser ist kalt. Der »Stille Ozean« taucht vor ihm auf. Das intensive Blau, die feinen Pinselstriche. Die unzähligen Farbschichten, in die er immer weiter eintauchte, bis er sein wahres Ich, seine Berufung entdeckt hatte.

Er blendet die Geräusche der Polizeiboote und des Hubschraubers nun vollkommen aus. Er sieht nicht die Polizeitaucher, die sich mit schnellen Schwimmzügen nähern. Er hört nicht die lauten Stimmen durch die Megafone. Er sieht nur sie.

Sandman beginnt mit den Zähnen zu klappern. Er friert. Immer dachte er, wenn man liebt, sei alles warm und angenehm. Das war ein Irrtum. Langsam breitet sich eine eisige Stille in ihm aus, die nur einmal noch von Targas Stimme unterbrochen wird:

»Was sollen deine letzten Worte sein?«

»Durch dich lebe ich weiter, Targa.«

27

Eine Woche später

Seit sieben Tagen steht ein weißer VW-Bus mit einem schwarzen Reserverad am Kühler auf einem halbleeren Parkplatz am Wannsee. Jeden Morgen steigt eine blonde junge Frau aus und läuft mit ihrem großen struppigen Hund am See entlang. Wenn sie zurückkommt, verbarrikadiert sie sich im Inneren des Busses. Erst abends kommt sie wieder heraus. Pünktlich um einundzwanzig Uhr geht sie mit ihrem Hund zu einer Telefonzelle an der S-Bahnstation. Von dort ruft sie jeden Tag in der Charité an.

»Wie geht es dir heute?«, fragt sie.

»Ich bin das erste Mal aufgestanden.« Lundt hustet.

»Rauchst du?«, fragt sie verblüfft.

»Nur eine schnelle Zigarette bei offenem Fenster. Damit ich mich gesund fühle.« Er lacht trocken. Dann zieht er erneut an der Zigarette, ehe er weiterredet: »Hast du ihn schon vergessen?«

Sie zögert einen Moment. »Nein. Aber meine Narbe ist unsichtbar. Wie geht es deiner?«

»Mir wird wohl eine zehn Zentimeter lange Erinnerung an Sandman bleiben. Aber damit bin ich gut davongekommen. Hast du übrigens die Nachrichten verfolgt? Die Innensenatorin redet nur von einem gefährlichen Serienkiller, den man zur Stecke gebracht hat, ohne ins Detail zu gehen. Kein Wunder, denn die Leiterin der Oberstaatsanwaltschaft hat Sandman ja höchstwahrscheinlich zur Flucht verholfen. Deshalb wird es für uns wohl auch keine öffentlichkeitswirksame Belobigung geben. Die näheren Umstände seiner Festnahme bleiben streng geheim.«

»Das macht mir nichts«, antwortet Targa. »Ich habe meinen Auftrag erfüllt und hautnah ermittelt. Sandman ist tot. Das genügt mir.«

»Bist du noch immer auf dem Parkplatz am Wannsee?«, fragt Lundt.

»Woher weißt du das?«, wundert sie sich.

»Ich weiß alles über dich. Schon vergessen? Und erzähl mir nicht, du seist wegen der schönen Landschaft dort.«

»Ich habe noch etwas zu erledigen«, weicht Targa aus. »Eine rein private Angelegenheit.«

»Mach bloß keinen Blödsinn«, warnt Lundt sie. »Rache zahlt sich nicht aus.«

»Wie geht es Rita mittlerweile?«, wechselt Targa das Thema. »Hat sie den Schock überwunden?«

»Rita ist vom Krankenhaus in eine psychiatrische Klinik verlegt worden. Körperlich ist sie in Ordnung. Aber als du ihr die Drahtschlinge über den Kopf gezogen hast, war sie nur noch einen Hauch vom Tod entfernt. Das hat sie völlig aus der Spur geworfen. Doch das wird sich geben«, fügt Lundt optimistisch an. »Eines wollte ich dich noch fragen: Wie ist Carlos Schmidt überhaupt zur Villa gekommen? Woher wusste er, dass du dort bist?«

»Ich weiß es nicht«, antwortet Targa und krault liebevoll

das gestromte Fell von Hund, der neben ihr auf dem Boden sitzt.

»Sehr mysteriös. Jedenfalls wurde seine Leiche auf Anordnung des Außenministeriums sofort verbrannt. Das wäre schon seltsam genug, aber das Merkwürdigste ist, dass die Urne mit seiner Asche seit zwei Tagen auch noch verschwunden ist.«

»Ja, das ist eigenartig.« Targa schweigt und ringt nach Worten. »Lundt, ich danke dir für alles«, sagt sie dann.

»Was ist los mit dir?«

Sie antwortet nicht. Legt stattdessen auf und geht mit Hund zurück an den See. In einer Unterführung fällt ihr Blick auf die Schlagzeile einer Tageszeitung: »Selbstmord oder Tod bei Sexspiel?« lautet die balkengroße Schlagzeile. Darunter ist das grobkörnige Foto einer schwarzhaarigen Frau zu sehen. Targa nimmt eine Zeitung aus der Box und überfliegt den Aufmacher: »Die Leiterin der Oberstaatsanwaltschaft Berlin, Cosima von Webern, wurde gestern in ihrer Wohnung tot aufgefunden. Sie hing unbekleidet an einem Strick in ihrem begehbaren Kleiderschrank. Die Polizei schließt nicht aus, dass es sich dabei um einen Unfall während einer erotischen Strangulation handelt.«

Kopfschüttelnd wirft Targa die Zeitung in den nächsten Papierkorb. Selbst nach seinem Tod fordert Sandman noch Opfer. Die Frau war ihm sicher genauso hörig, wie es Hanna Darboven, Tekla Braun und viele andere gewesen sind.

Das Wetter hat umgeschlagen, und es beginnt heftig zu regnen. Mit einem Ruck öffnet Targa die Schiebetür ihres Busses und steigt mit Hund ein. Während sie ihre nassen Haare mit einem Handtuch trockenrubbelt, fällt ihr Blick auf eine silberne Aluminiumschatulle, die auf dem Bücherbord steht. Darin befindet sich die Asche von Carlos Schmidt. Seine Gedanken werden sie in Zukunft begleiten, so wie Yellas.

Willst du wirklich Rache, Targa? Schmidt hat dich gewarnt, und Lundt auch.

Für mich ist sie der einzige Weg, Yella.

Gib dir noch etwas Zeit. Denk darüber nach.

Nein, der richtige Zeitpunkt ist bereits da.

Um zweiundzwanzig Uhr greift Targa in die Tischlade. Sie holt die Makarow von Carlos Schmidt heraus und legt sie auf die Resopalplatte. Gedankenversunken starrt sie die Pistole an. Dann steht sie auf, steckt die Waffe in ihre Lederjacke. Energisch zieht sie den Reißverschluss bis zum Hals zu und steigt hinaus in den Regen.

Drei Minuten später steht sie vor einer großen, düsteren Villa. Der Himmel wird von zuckenden Blitzen erhellt, und das Donnergrollen dröhnt wie Trommelschläge. Sie klingelt. Eine schwarz gekleidete Frau mit verhärmten Gesichtszügen öffnet.

»Ole ist oben!« Mit einer müden Handbewegung deutet sie zu einer Galerie.

Targa steigt eine breite Holztreppe hinauf, die unter jedem ihrer Schritte knackt. Die Frau steht regungslos am Treppenaufgang und beobachtet sie.

Oben geht Targa einen mit dunklem Holz getäfelten Flur entlang. Dicke Teppiche dämpfen ihre Schritte. Es ist düster, nur aus einem Zimmer am Ende des Flurs dringt Licht nach draußen. Unter den Donnerschlägen zittern die Wände, und Vasen klirren leise. Jetzt steht sie vor dem Zimmer. Die Tür ist nur angelehnt. Der helle Lichtstreifen leuchtet auf ihre durchnässten Sneaker. Sie öffnet ihre Lederjacke. Zieht die Makarow hervor und entsichert sie. Noch einmal atmet sie tief durch, dann stößt sie die Tür auf.

Ein Mann sitzt vor seinem Computer. Er ist allein.

»Ole Bergstein?«, fragt sie.

»Ja?«

»Ich werde Sie jetzt töten.«

In diesem Moment zerreißt ein mächtiger Donnerschlag die angespannte Stille und übertönt den Schuss.

Das ganze Haus erzittert bis in die Grundfesten, und die Sicherungen springen heraus. Schlagartig wird es dunkel.

Als Targa eine halbe Stunde später erwacht, liegt sie auf einem Teppich in Bergsteins Zimmer. Das Licht ist grell und blendet sie. Sie blutet. Kneift die Augen zusammen, um etwas zu erkennen. Verschwommen beugt sich eine Gestalt über sie.

»Was ist hier passiert?«, fragt Lundt mit sorgenvoller Miene. Er steckt sich eine Kippe in den Mund, ohne sie anzuzünden. Diesmal trägt er keinen Anzug, sondern nur ein graues Blouson, unter dem der weiße Verband hervorblitzt.

»Targa, komm zu dir, verdammt noch mal.« Er rüttelt sie an den Schultern. »Was zum Teufel tust du hier, und wer ist der Mann dort hinter dem Schreibtisch? Hast du ihn getötet, Targa?«

»Ich kann mich an nichts erinnern.«

Fortsetzung folgt

Danksagung

Wir bedanken uns von ganzem Herzen bei unseren Fans, Lesern, Buchhändlern, Bloggern, Journalisten und allen anderen, die unsere TARGA gelesen und weiterempfohlen haben.

Ein großes Dankeschön geht an unsere Agentin Lianne Kolf, die an uns glaubt und uns ihren einzigartigen Support genießen lässt.

Des Weiteren bedanken wir uns bei unserem Verlag Penguin, bei dem wir uns wohlfühlen und der einfach toll ist. Danke speziell an unsere Lektorin Monika Kempf, mit der es viel Spaß gemacht hat, unsere TARGA zu entwickeln. Danke an die Programmleitung von Eva Schubert, an das professionelle Marketing- und Vertriebsteam.

Ein dickes Hunde-Bussi geht an unseren Mediator und besten Freund Kajumba Jabali!